立春·夏至

主编
骆寒超
黄纪云

人民文学出版社

图书在版编目(CIP)数据

立春·夏至/骆寒超,黄纪云主编. —北京:人民文学出版社,2020
(星河)
ISBN 978-7-02-016420-2

Ⅰ.①立… Ⅱ.①骆…②黄… Ⅲ.①诗集—中国—当代②诗歌评论—中国—当代—文集 Ⅳ.①I227②I207.22-53

中国版本图书馆 CIP 数据核字(2020)第 106035 号

责任编辑　于　敏

出版发行　人民文学出版社
社　　址　北京市朝内大街 166 号
邮政编码　100705
网　　址　http://www.rw-cn.com

印　　刷　浙江广育爱多印务有限公司
经　　销　全国新华书店等

字　　数　492 千字
开　　本　787 毫米×1092 毫米　1/16
印　　张　22 插页 2
版　　次　2020 年 7 月北京第 1 版
印　　次　2020 年 7 月第 1 次印刷

书　　号　978-7-02-016420-2
定　　价　79.00 元

如有印装质量问题,请与本社图书销售中心调换。电话:010-65233595

目 录

主　编
骆寒超　黄纪云

执行主编
骆　苡

诗歌编辑
菡　萏　袁丹丹
晓　鸣　贝　尔

理论编辑
安　操

责任校对：菡　萏
封面题签：黄纪云
封面设计：武克非
篆　　刻：姚伟荣
内文插图：老　猪
责任印制：洛　依
印制助理：李春芝

立春·夏至

001　XINGHE　星月交辉

1　吉狄马加的诗
10　追寻生命存在的本原
　　——读吉狄马加的诗 ············ 骆寒超
14　田原的诗
17　为了不忘却而伫立边缘的诗
　　——读田原诗集《石头的记忆》 ··· 李在苑(韩国)　朱　玲 译
20　阿尔丁夫·翼人的诗
31　不断淬炼的精神升阶书
　　——论阿尔丁夫·翼人的长诗写作 ············ 霍俊明
35　王学芯的诗
42　养老院书写与诗的"中年变法"
　　——谈王学芯近期诗歌创作 ············ 刘　波
45　唐月的诗
49　日常生活之中精神纹理的诗意挖掘
　　——唐月诗歌品读 ············ 古　心
52　冯娜的诗
56　自然景观中的文化编码
　　——评冯娜的诗 ············ 孙晓娅

058　XINGHE　星河微澜

58　歌儿(组诗) ············ 王　侃
64　塔坛(组诗) ············ 周瑟瑟
69　伊犁诗篇(组诗) ············ 伊　甸
74　拾荒者(组诗) ············ 鲁绪刚
77　时间边角(组诗) ············ 张　珏
81　情思的谣曲(组诗) ············ 陈蕊英
85　歌得这样唱才久远(组诗) ············ 楼森华
89　万物都有预备好的归宿(组诗) ············ 陈计会
92　花满枝头，春光在前(组诗) ············ 皖西周

目录

- 96 泪如果可以把所有后悔带走,剩下的就不需要选择(组诗)……康　泾
- 99 丁香哀歌(组诗)……马永波
- 102 诗歌的日常化(组诗)……格　风
- 105 尘土的颜色(组诗)……杨　子
- 108 在阅读中抵达(组诗)……龚学明
- 110 故乡(组诗)……李成恩
- 114 我不再写爱情诗了(组诗)……李德武
- 117 行走中(组诗)……董进奎
- 120 每一滴水都遍体鳞伤(组诗)……孙启放
- 123 眼前(组诗)……包雨蕾
- 127 我们就这样活着,无以名状(组诗)……宁　乔
- 131 地理诗:衡山之南(组诗)……甘建华

135　XINGHE　星河回廊

- 135 骆寒超诗选
- 147 黄纪云诗选
- 158 骆　苡诗选
- 169 怀　尘诗选
- 175 袁丹丹诗选
- 180 菡　萏诗选

195　XINGHE　星河组章

- 195 提到绍兴就是诗(组章)……黄亚洲
- 200 樱花醒(外八章)……爱斐儿
- 204 彩云南之南的呼唤(组章)……庄文勤
- 208 成长的思绪(外三章)……杨　敏
- 211 春天有点乱了套(外三章)……王　垚
- 214 记忆的碎片(外四章)……夏　天
- 216 遇见西塘(组章)……张九龄

目录

218 繁星满天

- 218　致艾青(外二首) …………………………… 木　汀
- 221　七桅船(外三首) …………………………… 龚　璇
- 222　镜子(外三首) ……………………………… 张　典
- 224　异己者(外四首) …………………………… 赵　俊
- 226　退休帖(外四首) …………………………… 田　斌
- 228　如果你此刻奔来(外二首) ………………… 吴　冬
- 230　车过西辽河(外六首) ……………………… 阿　雅
- 232　会见朋友(外五首) ………………………… 雪丰谷
- 234　多雨季(外四首) …………………………… 小　书
- 235　春到鸡笼山(外四首) ……………………… 如山夫
- 236　东门大桥(外二首) ………………………… 张　鹰
- 237　敞开(外二首) ……………………………… 舒　航
- 238　夏天是漫长的一天(外一首) ……………… 游　金
- 239　春风辞(外六首) …………………………… 程向阳
- 241　鸭子河(外七首) …………………………… 刘　巧
- 243　树的远方,就是他自己(外七首)………… 冯书辉
- 245　燃烧的水杉(外六首) ……………………… 张燕翔
- 247　与春天有关,或其他(外五首) …………… 蒋　波
- 248　春山空(外五首) …………………………… 张诗青
- 250　我在梦里写诗(外五首) …………………… 臧　恕
- 251　浮云(外四首) ……………………………… 西　玉
- 252　香椿树(外三首) …………………………… 高　峰
- 253　炊烟里的渴望(外三首) …………………… 素　峰
- 254　记忆(外二首) ……………………………… 何军雄
- 255　一只鸟,停在落日中心(外五首)………… 蔡力平
- 257　一辈子的草那么多(外六首) ……………… 红　朵
- 259　等你来读(外六首) ………………………… 周天红
- 261　中国像披上银色的盔甲(外一首) ………… 王爱红

262 河外星系

- 262　安娜·布兰迪亚娜诗选 ……………………… 高　兴 译

271 当代摩洛哥法语诗九家 …………………… 傅　浩 译
276 乔奥瓦尼·多托利诗选 ……………………… 黄佳倩 译

279　XINGHE　星河评论

279 百年新诗经典及其焦虑 …………………… 罗振亚
287 评徐志摩的诗创作 ………………………… 白　耶
317 李岂林和他的诗 …………………………… 骆寒超
　　附：诗集《幸存者之恋》选编
326 诗性的相对论
　　——孙晓世诗集《请让我安静地焦虑》序 …… 朱寿桐
　　附：诗集《请让我安静地焦虑》选编
334 论郑敏的《诗集1942-1947》……………… 曹新怡　徐建华

341　XINGHE　星河档案

341 "另类"的新诗史
　　——徐芳《中国新诗史》的文本内外 ……… 李佳悦

立春·夏至

卷首语

　　常言道："四十而不惑。"《星河》诗丛自2009年5月首刊以来，十年间竟也陆续出版了四十辑。秉持立足本土，面向世界，既注重诗歌文本创作，又注重理论建设的原则，《星河》选载了许多国内外诗人的大量作品，同时围绕诗歌创作、诗人个性特征、诗歌美学和新诗发展历程等等方面，进行了有一定深度的理论探讨，从而在我国诗坛逐步有了影响力。在《星河》的旗下，聚集了不少有名望的诗人和诗歌评论家，也培育了大批有才华、有理想的新锐诗人。

　　今年，由于新冠疫情的突然爆发，我们的编辑工作遇到了前所未有的困难。为了不辜负广大读者的期望，也为了广大的作者辛勤劳作的成果不被束之高阁，我们及时调整了出版计划，将原本分两辑出版的《立春》和《夏至》合为一辑出版，算作第四十一辑。

　　这些困难都是暂时的，我们将继续努力，选编出更好的诗歌作品和理论文章，为繁荣创作，满足广大读者的精神需求而勤勉工作。

吉狄马加的诗

迟到的挽歌
——献给我的父亲吉狄·佐卓·伍合略且

当摇篮的幻影从天空坠落
一片鹰的羽毛覆盖了时间,此刻你的思想
渐渐地变白,以从未体验过的抽空蜉蝣于
群山和河流之上。

你的身体已经朝左曲腿而睡
与你的祖先一样,古老的死亡吹响了返程
那是万物的牛角号,仍然是重复过的
成千上万次,只是这一次更像是晨曲。

光是唯一的使者,那些道路再不通往
异地,只引导你的山羊爬上那些悲戚的陡坡
那些守卫恒久的刺猬,没有喊你的名字
但另一半丢失的自由却被惊恐洗劫
这是最后的接受,诸神与人将完成最后的仪式。

不要走错了地方,不是所有的路都可以走
必须要提醒你,那是因为打开的偶像不会被星星照亮,
只有属于你的路,才能看见天空上时隐时现的
马鞍留下的印记。听不见的词语命令虚假的影子
在黄昏前吓唬宣示九个古彝文字母的睡眠。

那是你的铠甲,除了你还有谁
敢来认领,荣誉和呐喊曾让猛兽陷落
所有耳朵都知道你回来了,不是黎明的风
送来的消息,那是祖屋里挂在墙上的铠甲
发出了异常的响动
唯有死亡的秘密会持续。

星月交辉

那是你白银的冠冕，
镌刻在太阳瀑布的核心，
翅翼聆听定居的山峦
星座的沙漏被羊骨的炉膛遣返，
让你的陪伴者将烧红的卵石奉为神明
这是赤裸的疆域
所有的眼睛都看见了
那只鹰在苍穹的消失，不是名狗
克玛阿果①咬住了不祥的兽骨，而是
占卜者的鹰爪杯在山脊上落入谷底。

是你挣脱了肉体的锁链？
还是以勇士的名义报出了自己的族谱？

死亡的通知常常要比胜利的
捷报传得更快，也要更远。

这片彝语称为吉勒布特②的土地
群山就是你唯一的摇篮和基座
当山里的布谷反复突厥地鸣叫
那裂口的时辰并非只发生在春天
当黑色变成岩石，公鸡在正午打鸣
日都列萨③的天空落下了可怕的红雪
那是死神已经把独有的旗帜举过了头顶
据说哪怕世代的冤家在今天也不能发兵。

这是千百年来男人的死亡方式，并没有改变
渴望不要死于苟且。山神巡视的阿布则洛④雪山
亲眼目睹过黑色乌鸦落满族人肩头如梦的场景
可以死于疾风中铁的较量，可以死于对荣誉的捍卫
可以死于命运多舛的无常，可以死于七曜日的玩笑
但不能死于耻辱的挑衅，唾沫会抹掉你的名誉。

死亡的方式有千百种，但光荣和羞耻只有两种
直到今天赫比施祖⑤的经文都还保留着智者和
贤人的名字，他的目光充盈并点亮了那条道路
尽管遗失的颂词将从褶皱中苏醒，那些闪光的牛颈
仍然会被耕作者询问，但脱粒之后的苦荞一定会在
最严酷的季节——养活一个民族的婴儿。

哦,归来者!当亡灵进入白色的国度
那空中的峭壁滑行于群山哀伤的胯骨
祖先的斧子掘出了人魂与鬼神的边界
吃一口赞词中的燕麦吧,它是虚无的秘笈
石姆木哈⑥的巨石已被一匹哭泣的神马撬动。

那是你匆促踏着神界和人界的脚步
左耳的蜜蜡聚合光晕,胸带缀满贝壳
普嫫列依⑦的羊群宁静如黄昏的一堆圆石
那是神赐予我们的果实,对还在分娩的人类
唯有对祖先的崇拜,才能让逝去的魂灵安息
虽然你穿着出行的盛装,但当你开始迅跑
那双赤脚仍然充满了野性强大的力量。

众神走过天庭和群山的时候,拒绝踏入
欲望与暴戾的疆域,只有三岁的孩子能
短暂地看见,他们粗糙的双脚也没有鞋。

哦,英雄!我把你的名字隐匿于光中
你的一生将在垂直的晦暗里重现消失
那是遥远的迟缓,被打开的门的吉尔⑧。

那是你婴儿的嘴里衔着母亲的乳房
女人的雏形,她的美重合了触及的
记忆,一根小手指拨动耳环的轮毂
美人中的美人,阿呷嫦嫫⑨真正的嫡亲
她来自抓住神牛之尾涉过江水的家族。

那是你的箭头,奔跑于伊姆则木⑩神山上的
羚羊的化身,你看见落叶松在冬日里嬉戏
追逐的猎物刻骨铭心,吞下了赭红的饥馑
回到幻想虫蛹的内部,童年咬噬着光的羽翼。

那是你攀爬上空无的天梯,在悬崖上取下蜂巢
每一个小伙伴都张大着嘴,闭合着满足的眼睛
唉,多么幸福!迎接那从天而降的金色的蜂蜜。

那是你在达基沙洛⑪的后山倾听风的诉说
听见了那遥远之地一只绵羊坠崖的声音

这是马嚼子的暗示,牧羊的孩子为了分享
一顿美餐,合谋把一只羊推下悬崖的木盘
谁能解释童年的秘密,人类总在故伎重演。

那是谁第一次偷窥了爱情给肉体的馈赠
知晓了月琴和竖笛宁愿死也要纯粹的可能
火把节是小裤脚[⑫]们重启星辰诺言的头巾和糖果
是眼睛与自由的节日,大地潮湿璀璨泛滥的床。
你在勇士的谱系中告诉他们,我是谁!在人性的
终结之地,你抗拒肉体的胆怯,渴望精神的永生。

在这儿父字连名指引你,长矛和盾牌给你嘴巴
不用发现真相,死亡树皮上的神祇被刻在右侧
如果不是地球的灰烬,那就该拥抱自由的意志
为赤可波西[⑬]喝彩!只有口弦才是诗人自己的语言
因为它的存在爱情维护了高贵、含蓄和羞涩。

那是你与语言邂逅拥抱火的传统的第一次
从德古[⑭]那里学到了格言和观察日月的知识
当马布霍克[⑮]的獐子传递着缠绵的求偶之声
这古老的声音远远超过人类所熟知的历史
你总会赶在黎明之光推开木门的那个片刻
将尔比[⑯]和克哲[⑰]溶于水,让一群黑羊和一群
白羊舔舐两片山坡之间充满了睡意的星团。

你在梦里接受了双舌羊约格哈加[⑱]的馈赠
那执念的叫声让一碗水重现了天象的外形。
你是闪电铜铃的兄弟,是神鹰琥珀的儿子
你是星座虎豹字母选择的世世代代的首领。

母性的针孔能目睹痛苦的构造
哦,众神!没有人不是孤儿
不是你亲眼看见过的,未必都是假的
但真的确实更少。每一个民族都有
自己的英雄时代,这只是时间上的差别。
你的胆识和勇敢穿越了瞄准的地带
祖先的护佑一直钟情眷顾于你。

那是浩大的喧嚣,据说在神界错杀了山神
也要所为者抵命,更何况人世血亲相连的手指

杀牛给他！将他围成星座的
肚脐，为即将消失的生命哀嚎，
为最后的抵押救赎
那是习惯的法典，被继承的长柄镰刀
在鸦片的迷惑下，收割了兄长的白昼与夜晚
此刻唯有你知道，你能存活下来
是人和魔鬼都判定你的年龄还太小。

那是你爬在一株杨树，以愤怒的名义
射杀了一只威胁孕妇的花豹，它皮上留下
的空洞如同压缩的命运，为你预备了亡灵
的床单，或许就是灭焰者横陈大地的姿态
只要群山亦复如是，鹰隼滑动光明的翅膀
勇士的马鞍还在等待，你就会成为不朽。

并不是在繁星之夜你才意识到什么是死亡
而拒绝陈腐的恐惧，是因为对生的意义的渴望
你知道为此要猛烈地击打那隐蔽的，无名的暗夜
不是他者教会了我们在这片土地上游离的方式
是因为我们创造了自我的节日，唯有在失重时
我们才会发现生命之花的存在，也才可能
在短暂借用的时针上，一次次拒绝死亡。

如果不是哲克姆土①神山给了你神奇的力量
就不可能让一只牛角发出风暴一般的怒吼
你注视过星星和燕麦上犹如梦境一样的露珠
与身俱来的敏感，让你察觉到将要发生的一切
那是崇尚自由的天性总能深谙太阳与季节变化
最终选择了坚硬的石头，而不是轻飘飘的羽毛。

那是一个千年的秩序和伦理被改变的时候
每一个人都要经历生活与命运双重的磨砺
这不是局部在过往发生的一切，革命和战争
让兄弟姐妹立于疾风暴雨，见证了希望
也看见了眼泪，肉体和心灵承担天石的重负
你的赤脚熟悉荆棘，但火焰的伤痛谁又知晓
无论混乱的星座怎样移动于不可解的词语之间
对事物的解释和弃绝，都证明你从来就是彝人。
你靠着那土墙沉睡，抵抗了并非人的需要
重新焊接了现实，把爱给了女人和孩子

你是一颗自由的种子,你的马始终立于寂静
当夜色改动天空的轮廓,你的思绪自成一体
就是按照雄鹰和骏马的标准,你也是英雄
你用牙齿咬住了太阳,没有辜负灿烂的光明
你与酒神纠缠了一生,通过它倾诉另一个自己
不是你才这样,它创造过奇迹也毁灭过人生。

你在活着的时候就选择了自己火葬的地点
从那里可以遥遥看到通往兹兹普乌①的方向
你告诉长子,酒杯总会递到缺席者的手中
有多少先辈也没有活到你现在这样的年龄
存在之物将收回一切,只有火焰会履行承诺
加速的天体没有改变铁砧的位置,你的葬礼
就在明天,那天边隐约的雷声已经告诉我们
你的族人和兄弟姐妹将为你的亡魂哭喊送别。

哦,英雄!当黎明的曙光伸出鸟儿的翅膀
光明的使者伫立于群山之上,肃穆的神色
犹如太阳的处子,他们在等待那个凝望时刻
祭祀的牛头反射出斧头的幻影,牛皮遮盖着
哀伤的面具,这或许是另一种生的入口
再一次回到大地的胎盘,死亡也需要赞颂
给每一个参加葬礼的人都能分到应有的食物
死者在生前曾反复叮嘱,这是最后的遗愿
颂扬你的美德,那些穿着黑色服饰的女性
轮流说唱了你光辉的一生,词语的肋骨被
置入了诗歌,那是骨髓里才有的万般情愫
在这里你会相信部族的伟大,亡灵的忧伤
会变得幸福,你躺在亲情和爱编织的怀抱
每当哭诉的声音被划出伤口,看不见的血液
就会淌入空气的心脏,哦,琴弦又被折断!
不是死者再听不见大家的声音,相信你还在!
当那个远嫁异乡的姐姐说"以后还有谁能
代替你听我哭泣",泪水就挂在了你的眼角
主方和客人在这里用"克哲"的舌头决定胜负
将回答永恒的死亡是从什么时候来到人间
逝去的亲人们又如何在那白色的世界相聚
万物众生在时间的居所是何其的渺小卑微
只有精神的勇士和哲人方才可能万古流芳
送行的旗帜列成了长队,犹如古侯②和曲涅②

又回到迁徙的历史,哦,精神的流亡还在继续
屠宰的牛羊将慰藉生者,昨天的死亡与未来
的死亡没有什么两样,但被死亡创造的奇迹
却会让讲述者打破常规悄然放进生与死罗盘
那里红色的胜利正在返回,天空布满了羊骨
的纹路,今天是让魂灵满意的日子,我相信。

哦,英雄！古老的太阳涌动着神秘的光芒
那群山和大地的阶梯正在虚幻中渐渐升高
领路的毕摩②又一次抓住了光线铸造的权杖
为最后的步伐找到了维系延伸可能的活水
亡者在木架上被抬着,摇晃就像最初的摇篮
朝左侧睡弯曲的身体,仿佛还在母亲的子宫
这是最后的凯旋,你将进入那神谕者的殿堂
你看那透明的斜坡已经打开了多维度的台阶
远处的河流上飘落着宇宙间无法定位的种子
送魂经的声音忽高忽低,仿佛是从天外飘来
由远而近的回应似乎又像是来自脚下的空无
送别的人们无法透视,但毕摩和你都能看见
黑色的那条路你不能走,那是魔鬼走的路。

沿着白色的路走吧,祖先的赤脚在上面走过
此时,你看见乌有之事在真理中复活,那身披
银光颂词里的虎群占据了中心,时间变成了花朵
树木在透明中微笑,岩石上有第七空间的代数
隐形的鱼类在河流上飞翔,玻璃吹奏山羊的胡子
白色与黑色再不是两种敌对的颜色,蓝色统治的
时间也刚被改变,紫色和黄色并不在指定的岗位
你看见了一道裂缝正在天际边被乘法渐渐地打开,
那里卷轴铺开了反射的页面,光的楼层还在升高
柱子预告了你的到来,已逝的景象掩没了膝盖
不用法律捆绑,这分明就是白色,为新的仪式。

这不是未来的城堡,它的结构看不到缝合的痕迹
那里没有战争,只有千万条通往和平之梦的动物园
那里找不到锋利的铁器,只有能变形的柔软的马勺
那里没有等级也没有族长,只有为北斗七星准备的梯子
透明的思想不再为了表达,语言的珍珠滚动于裸体的空白
没有人嘲笑你拿错了碗,这里的星辰不屈服于伪装的炮弹
这里只有白色,任何无意义的存在都会在白色里荡然无存

白色的骨架已经打开,从远处看它就像宇宙间的一片叶子。

哦,英雄!你已经被抬上了火葬地九层的松柴之上
最接近天堂的神山姆且勒赫⑩是祖灵永久供奉的地方
这是即将跨入不朽的广场,只有火焰和太阳能为你咆哮
全身覆盖纯色洁净的披毡,这是人与死亡最后的契约
你听见了吧,众人的呼喊从山谷一直传到了湛蓝的高处
这是人类和万物的合唱,所有的蜂巢都倾泻出水晶的音符
那是母语的力量和秘密,唯有它的声音能让一个种族哭泣
那是人类父亲的传统,它应该穿过了黑暗简朴的空间
刚刚来到了这里,是你给我耳语说永生的计时已经开始
哦,我们的父亲!你是我们所能命名的全部意义的英雄
你呼吸过,你存在过,你悲伤过,你战斗过,你热爱过
你看见了吧,在那光明涌入的门口,是你穿着盛装的先辈
而我们给你的这场盛典已接近尾声,从此你在另一个世界。

哦,英雄!不是别人,是你的儿子为你点燃了最后的火焰。

注释:
①克玛阿果:彝族历史传说中一只名狗的名字。
②吉勒布特:凉山彝族聚居区一地名,彝语意为刺猬出没的土地。
③日都列萨:凉山彝族聚居区一地名,传说是彝族火把节的发源地。
④阿布则洛:凉山彝族聚居区布拖县境内的一座神山。
⑤赫比施祖:凉山彝族历史上最著名的毕摩(祭司)之一。
⑥石姆木哈:凉山彝族传说中亡灵的归属地,传说它的位置在天空和大地之间。
⑦普嫫列依:彝族创世神话中的女神之一。
⑧吉尔:彝语中的护身符,在凉山彝族不同的家族中都有自己的吉尔。
⑨阿呷嫭嫫:彝族传说中一种鸟的名字,此鸟以脖颈细长灵动美丽而著称。
⑩伊姆则木:凉山彝族聚居区布拖县境内的一座神山。
⑪达基沙洛:凉山彝族聚居区布拖县一地名,此地为诗人父亲出生的地方。
⑫小裤脚:特指凉山彝族聚居地阿都方言区的彝人,因男人着裤上大下小而被形象地称为小裤脚。
⑬赤可波西:彝族历史上最著名的口弦(一种古老的以

口腔进行共鸣的乐器)出产地。

⑭德古:彝族传统社会中的智者和贤达。

⑮马布霍克:凉山彝族聚居区布拖县境内的一座神山。

⑯尔比:彝语的谚语和箴言。

⑰克哲:彝族中一种古老的说唱诗歌形式。

⑱约格哈加:彝族历史上一只著名的绵羊,以双舌著称,其鸣叫声能传到很远的地方。

⑲哲克姆土:凉山彝族聚居区布拖县境内的一座神山。

⑳兹兹普乌:地点位于云南省昭通境内,是传说中彝族六个部落会盟迁徙出发的地方。

㉑古侯:凉山彝族著名的古老部落之一。

㉒曲涅:凉山彝族著名的古老部落之一。

㉓毕摩:彝族原始宗教中的祭司和文化传承人。

㉔姆且勒赫:凉山彝族聚居区布拖县境内的一座神山。

作者简介:吉狄马加,中国当代最具代表性的诗人之一,同时也是一位具有广泛影响的国际性诗人,其诗歌已被翻译成近四十种文字,在世界几十个国家出版了八十余种版本的翻译诗集。现任中国作家协会副主席、书记处书记。

主要作品有诗集《初恋的歌》《鹰翅与太阳》《身份》《火焰与词语》《我,雪豹……》《从雪豹到马雅可夫斯基》《献给妈妈的二十首十四行诗》《吉狄马加的诗》《大河》(多语种长诗)等。

曾获中国第三届新诗(诗集)奖、郭沫若文学奖荣誉奖、庄重文文学奖、肖洛霍夫文学纪念奖、柔刚诗歌荣誉奖、国际华人诗人笔会中国诗魂奖、南非姆基瓦人道主义奖、欧洲诗歌与艺术荷马奖、罗马尼亚《当代人》杂志卓越诗歌奖、布加勒斯特城市诗歌奖、波兰雅尼茨基文学奖、英国剑桥大学国王学院银柳叶诗歌终身成就奖、波兰塔德乌什·米钦斯基表现主义凤凰奖、齐格蒙特·克拉辛斯基奖章。

创办青海湖国际诗歌节、青海国际诗人帐篷圆桌会议、凉山西昌邛海国际诗歌周以及成都国际诗歌周。

追寻生命存在的本原
——读吉狄马加的诗

● 骆寒超

很多年以前，我读了《吉狄马加诗选》。在读到该书最后那篇"代后记"的创作谈——《一种声音》时，我被如下这一句吸引住了："我写诗，是因为人类居住在这个不断发生着变化的大地上，人类面对万物和自身，时时刻刻都在寻找其本质和规律。"这可是对生命存在的本原在作追求！如此创作态度，令我惊叹了！后来，我又陆陆续续读到这位彝族诗人的新作，直至2007年"青海湖国际诗歌节"上他赠我的那本《吉狄马加的诗与文》，我始终没有淡化当年那份惊叹心情，而他这么多年诗创作中为此付出的努力和取得的成就，确也值得来作一番专题论析了。

读吉狄马加的诗，使我发现他的生态感觉有点超常，而这类超常之举在他的诗创作中则显示为两类：心理幻感与时空超验。

幻感是直觉心理的产物，当然也含有主体对对象的认识。不过这对象只是个别的，排除了它与其它对象在生态关系中人为地相互依存的逻辑知解关系，其认识因此不具知觉意义。从生态系统应有的逻辑知解关系来衡量，这种认识之不具知觉意义，也就决定了幻感常常是一种变异的感觉，而变异意味着对习惯了的心理常态效应作冲击。因此，幻感超乎庸常，总给人以不可思议、神秘莫测之叹。有关这些方面，吉狄马加的诗中几乎随处都能见到。如

《感受》，就是直接写心理幻感的。诗中说当自己的目光"没有声音"地"从瓦板屋顶飞过"而"融化在空气中"时，就有了多重感觉幻现，一种是"隐约在山的那边/阳光四处流淌/青色的石板上/爬满了昆虫"，这是视觉真实的变异；另一种是"有一节歌谣催眠/随着水雾上升"，这是听觉，但又属注目于"瓦板屋顶"这一视觉的变异；第三种是"随着水雾上升"的"歌谣"声又成了"迷离的影子/渐渐消失"，变异成视觉，对注目于"瓦板屋顶"的主体那场视觉感受来说，则成了变异的变异。这就是说：吉狄马加对个别对象的直觉已成为"心理化"的"幻感"，而由此带引出来的一次对习惯了的心理常态效应的冲击，也就使注目于"瓦板屋顶"的心理幻感显得扑朔迷离，不可思议。又如《故乡的火葬地》写"诗人注视着这片人性的土地"时，竟然还"听见远古的风/在这土地上最后消失""听见一支古老的歌曲/从人的血液里流出后/在这土地上凝固成神奇的岩石"了。这种感觉变异还只停留在扑朔迷离、不可思议上，但接下来他进一步作了这样的抒写：

我看见那些早已死去的亲人
在这土地上无声地汇聚
他们紧抱着彼此的影子
发出金属断裂的声音

这已让幻感深入到神秘莫测的境地了。上面已提及的《一种声音》中,吉狄马加还这样说过:"我写诗,是因为渴望表达自己真实的感情和心灵的感受。我发现有一种神秘的力量在感动着我。"可见他欲表达的"自己真实的感情和心灵的感受"乃是"一种神秘的力量"的感召所得。

这些都意味着:这位诗人的诗创作,在相当大的程度上来自于幻感。

那么这种"神秘的力量"的感召,或者说幻感,在他创作过程中之能发生,凭依的又是什么呢?虚静!所谓"万物静观皆自得"或者"宁静以致远"即是。在《故土的神灵》中,写漫游于故土的抒情主人公"脚步放轻"地"穿过自由的森林"时,竟"陷入最初的神秘",感受到在这"永恒的平静"里"到处都是神灵的气息",而"死了的先辈正从四面走来",甚至

　　往往在这样异常沉寂的时候
　　我们会听见来自另一个世界的声音

这就是"宁静以致远"所生的心理幻感。《骑手》中,写"疯狂地旋转"后的"骑手"在"一块岩石旁躺下",睡着了,安静了。但就在这样的时候,他的血管里竟神秘地响着"马蹄的声音",这就是"万物静观皆自得"的心理幻感。在《一个彝人的梦想——漫谈我的文学观与阅读生活》一文中,吉狄马加对此还这样说过:"我想写的不是骑手在他动的时候的感觉,而是写他在静的时候的感觉。骑手在寂静的时候,血管里一定会有马蹄的声音在响。"正是这一种幻感,使诗人在"静观"中受了"神秘的力量"的感召而获得了人类生命的本源性的东西。

时空超验是吉狄马加生态感觉的又一类独特表现。这是对形而上的一种直觉,说具体点即对地球时空超验。这种超验时空的神秘感觉在吉狄马加创作中又可分为两种:心灵的空间同体感应和存在的时间同位感应。它们分属于空间、时间的宇宙觉识。

吉狄马加创作中的空间表现是突破了分析—演绎这个逻辑依存框架的,大有"万物皆备于我"的意味,所以它属于非客体的心灵空间,因而是无间的同体感应。对此可以从《我的歌》这篇作为吉狄马加个人的诗歌宣言中获得深刻印象。不妨拿其中的一些诗行群来看看:

　　我的歌
　　是那蓝色的天空上
　　一朵飘动的云
　　我的歌
　　是幽谷的回声
　　是远山的一种呼唤
　　是暴风雨过后
　　一条迷人的岸

对这些诗行,我无意于从意象及其组合所生隐意效果来作价值判断,使我感兴趣的乃"我是……"这种判断句型所提供的判断关系。"我的歌"说吉狄马加的诗既是"飘动的云",又是"幽谷的回声",也是"远山的一种呼唤",更是暴风雨后"迷人的岸",这些都意味着这里的判断没有空间的定位,更不是以分析—演绎显示的线性陈述关系,而是四个空间意象并置聚合于"我的歌"中。如果说诗为心声,那么这种并置地聚合体现着主体的心灵空间中众生万类既无人为的分析性区别,又无主观的演绎性联系,而是无间的同体。细读这位诗人的作品,可以得到这样一个印象:他的诗创作的运思构架,基本上是借这种心灵空间的同体感应来支撑的。

至于时间表现,在吉狄马加的创作中则解构了"过去—现在—将来"这种逻辑推理顺序,大有三者不分的意味。所以它是非人定的、绝对的时间,因而是浑茫的同位

感应。对此我们可以从《自画像》——作为吉狄马加隶属的彝民族的一篇宣言中获得深刻印象。也不妨拿其中一些诗行群来看看。在写了"我是这片土地上用彝文写下的历史",以及"我是一千次死去／永远朝着左睡的男人／我是一千次死去／永远朝着右睡的女人"后,他这样续写:

其实我是千百年来
正义和邪恶的抗争
其实我是千百年来
爱情和梦幻的儿孙
其实我是千百年来
一次没有完的婚礼
其实我是千百年来
一切背叛
一切忠诚
一切生
一切死

这些诗行使我感兴趣的也仍属以"我是……"为句型的判断关系。在这里,说"我"是"正义"对"邪恶"的抗争,是"爱情和梦幻的儿孙",是"一次没有完的婚礼",并且是"百年来"一直如此的,这就意味着在"我"的身上"过去"和"现在"同位;接着又说"我"是"一切背叛""一切忠诚""一切生""一切死",这就是意味着在"我"的身上不仅"过去"和"现在"同位,也和"将来"同位;是三体同位于"我"的生命存在,也就显出现实时间的解构,而成了浑茫一片的宇宙永恒时间。诗人还在《时间》一诗中冥想,说"时间"从来"就没有所谓的开始""也不要问它的归宿在哪里",因为"在浩瀚的宇宙／它等同于无限";还说"它永远在死亡中诞生／又永远在诞生中死亡""它包含了一切／它又在一切之外"。这些都表达了诗人对时间的理解。这是一种三体(过去、现在、将来)同位的宇宙时间感应。

值得指出:吉狄马加还在创作中让超验时空相交错,来显示神秘感应。《猎人岩》就体现了这种特性。诗这样写:不知什么时候开始,"山谷"下升起了篝火,而这篝火又竟是整个宇宙的,它和银河、獐子肉的香味,和"古老的传统",和"永远敞开的门""无法关闭的窗",和"小鸟""蝈蝈儿""萤火虫"组成的生态环境相伴在一起,而"雪片""石路上浅浅的脚印""兰花烟"则随着篝火即将熄灭的顷刻又冒出青烟而燃起等以显示事物重复轮流的出现。可见这里的"山岩"—"猎人岩"是一个固定的、始终不变的空间,而它又能"弯下了腰／在自己的脚下／撑起了一把伞"——营建成一个猎人的家园,是"万物皆备于我"的心灵的空间。至于山岩下升起的篝火和与它组成的生态环境,则是重复而又轮流地在变动的时间表现,而时间的流动又总是以空间的变动为形态标志的,故围绕篝火而变动的生态环境,显示着时间的永恒流逝,如同"子在川上曰,逝者如斯夫"那样,体现出"三体一位"的长流,无始无终的浑茫。正是这种不变的空间和长流的时间相交叠,完成了一场超验的时空感应。

这种颇显神秘的时空感应是由绝对的宇宙时空赐予的。绝对的宇宙时空是对相对的、为人类所限定的地球时空超越后的觉识,是人类超经验的一次时空把握,而欲达此境界则有赖于宁静以致远中出现的心理幻感来推动。这种由心理幻感和时空超验相叠合的生态感觉特性,为吉狄马加催生出一条颇带神秘意味的艺术感应路子,这是当今诗坛颇为少见的一场灵的觉醒所致。我们已很少谈灵的觉醒了。"五四"初期,在引进西方新浪漫主义文学思潮时有人把"灵的觉醒"提了出来。昔尘发表在《东方杂志》第17卷第12号上的《现代文学上的新浪漫主义》一文认为:诗人须探求那"潜伏在"抒情对象即"事实里面的神秘的方面",办法就是"依敏锐强烈的主观力的表现",这股主观力就是灵觉,由心理幻感与时空超验复合而成。灵觉超脱了显示人类依存关系的现实生态感觉,而成为宇宙生态感觉,所指的就是灵觉。所谓灵的觉醒是对灵觉的张扬,这种张扬极重要,为中国诗人形成天人合一的观物态度和物我两忘的感物方式打下了基础。值得指出所有这些有关灵觉的艺术思路,其哲学基础须归之于万物有灵论,亦即泛灵论。吉狄马加理所当然地成为了万物有灵论的信奉者。

在创作谈《一种声音》中,吉狄马加说:"我写诗,是因为我相信万物有灵。"

在《看不见的波动》一诗中,他还说:"有一种东西让我确认/万物都有灵魂。"

在第二届中国诗歌节上,以《诗与我们共同面临的时代》为题的演讲中,吉狄马加更说:"在诗人的眼里,一棵植物,一只动物,一股泉水和一片云雾都充满灵性,它们的存在为我们的生命创造了更多的解释空间。"

由此看来,这位彝族诗人的观物态度和感物方式,以及由此写成的主要诗篇,都是建基于万物有灵论的。

而这也正是我们进入吉狄马加诗歌真实世界的入口。

田　原的诗

梦中的树

那棵百年大树
是长在我梦中的
一颗绿色牙齿
午夜,它被风
无情地连根拔掉

风
一头疯狂的狮子
它挟持着树在天空飞翔
在梦中,我无法推断
树被强行移植的命运

没有了树
我的天空开始塌方
没有了树
我的世界变得空洞

树是我梦乡温暖的驿站
我听惯了它枝头的鸟鸣
我熟悉在它的浓荫里乘凉和避雨的人
以及那叶片迎来的黎明

树在梦中消失后
罂粟花上长出了毒素
树在梦中消失后
马车陷在泥泞的路途

没有树
我只能回忆鸟鸣留下的浓绿
没有树
我只能祈祷树在远方结出果实

蝴蝶之死

一个阳光明媚的晚秋
突然让我在午后收拢住匆匆脚步的
是路边差一点被我一脚踩在脚下的蝴蝶
起初,我以为她是在歇息翅膀
等我蹲下细瞧
才知道她已绝了呼吸

她一定是刚死不久
头上的两根长须还在随风轻摇
细长的腿还保留有抓紧大地的力量
阳光穿透她戴着墨镜的眼
斑斓的翅膀折射出凄凉的死亡之光
死去的蝴蝶是美丽的
她的美丽在于
死了比活着还显得安祥

她的死让我想起许多美丽的词句
但什么样的词句都无法描绘出她的死亡
我下意识地
用手指把蝴蝶小心地捏起
放进禁止入内的人工草坪上
这可能是对她最好的埋葬

那块草坪我永远不会淡忘
在站前东西大马路的第一个十字路口

一根高压电杆旁

深　夜

树木们假寐着生长
星星的絮语依旧璀璨
像一桩透明的往事

梦游症患者在平房的医院墙外
狂奔。像一匹剽悍的野驴
他的高喊使医生病倒
如同患了绝症

渔火明灭在梦的尽头
船头上,渔民解开鱼鹰脖子上的绳
将鱼鹰的脚拴绑在船尾
鱼鹰的翅膀抖落的水珠
淋湿星星

船走破了鞋,生锈的锚
思念着故乡的码头
云在云里酣睡
梦见软绵绵的枕头开花
开出时间的颜色

深夜与大海同类
它无底的沉默似一种宽容
承受着鼓帆的飘动
河流向河,山蜿蜒着山
水和石头的胳膊
挽紧着大地

夜空录下了处女的梦话
和牙齿的磨擦声
稻草人被绷得紧紧的腿
跳着独步舞
在大地的裂缝里深入浅出
汗水淹没的欲望里
女人被压迫的声音
使夜更深

其实,黑暗的深处是碧蓝的
像丰秋沉甸甸的一句祝福
像子宫里打盹的胎儿的心……

梅　雨

梅雨淋不湿垂直落下的梅香
被风吹弯的伞上
结结巴巴的雨滴
渴望着丝绸之旅
梅雨打湿的只是从脚下
消失的地平线。远方
藏起回声的山
仿佛巨大的海绵
贪婪地吸吮着
雨粒、雨粒
树在尽情的沐浴里
让绿更深一层
闷居在天空的太阳
等腻了自己的裸身
在霉菌悄悄蔓延于月亮的背面时
朽木构思着蘑菇的形状

梦中的河

梦中的河横流在我的故乡
跟传说中的那条很像
缥缈恍惚如一条鞭痕
在一代又一代人的记忆中
抽响

架在河面上的石拱桥
仍以石头的刚硬
负载重压和抵抗风暴
镌刻在桥栏上的木筏
厌倦了飘泊
看得懂桥头碑文的人
已早死光

梦中的河以西高东低的走向
流入海口

它的上游连接着高原和雪山
那里离天堂很近
也是葬人的好地方

祖祖辈辈沐浴它长大
年年干旱的农田因它的浇灌长粮
梦中的河
仿佛一句失传的母语
在故乡的大地上回荡

洪水冲毁过的屋舍
已与梦无关
那决过堤的岸
已被牛马踩成坚实的路
飞跑过蜻蜓和少年

小小的码头上
一只无形的手
解开拴船的绳缆
而另一艘驶来的船
仿佛载满了乡愁
喘息着靠岸

小　镇

循着叙述垄断的记忆
南下，在临水的小镇上
一声邂逅的狗叫
唤起我的羁愁

毁于兵燹的木楼被文字还原
清澈的水里
鱼鳞带着那时的星光
在水底闪亮

隔着那么长的岁月
河流是一条疲惫的绷带
它包扎着受伤的村落和山岗
沧桑的码头
翘望一片粼粼之水
仿佛在等待消瘦的水手

伴随着一阵阵咳嗽
划着乌篷船
逆流而归

挺拔的老树上
叽叽喳喳的麻雀
数着青石路上的跫音
残破的古庙里
圆寂的和尚梦见天堂

隐隐约约传来的船歌
回荡在下游
载动船的水
却流不走
那夹杂在天籁里的咳嗽

无遮无拦的天
是一面镜子
反照出记忆的黑斑
一个时代的倒影
在水中晃动
变得模糊不清

旅次小镇
在陌生感被黑暗冲淡的夜晚
我在梦中咳血
然后梦见
老水手那明明灭灭的烟袋锅
照亮我的脸

作者简介：田原，旅日诗人、日本文学博士、翻译家。1965年生于河南漯河，1990年代初赴日留学，现为日本城西国际大学教授。出版有汉语、日语诗集《田原诗选》等10余册；主编有日文版《谷川俊太郎诗选集》（五卷）；翻译出版有《谷川俊太郎诗选》（20册）《异邦人——辻井乔诗选》《金子美铃全集》等；出版有日语文论集《谷川俊太郎论》（岩波书店）等。作品先后被翻译成英、德、西班牙等十多种语言，出版有英语、韩语、蒙古语版诗选集。

为了不忘却而伫立边缘的诗
——读田原诗集《石头的记忆》

●李在苑（韩国）　朱　玲　译

一、使用非母语写诗

在阅读田原的诗作时，我们会自然而然地想到诗人的特殊身份和经历。他的诗虽是以汉语作为母语，但却站在用日语创作的独特位置上。而作为韩国人的我，只能无奈地接触田原被译为韩文在韩国出版的作品。因此在阅读田原的作品时，相比原作形式上的诸要素，我只能相对更集中于作为韩国语内容上的要素，并且对中国与日本特有的语言和文化，在他的诗歌中如何得到维系或如何互相影响也无法敏锐地去考察和把握。但他的诗所持有的边缘语言的独特性给予了我中国、日本与韩国三种语言和文化毫无区别地互相混合的体验，那陌生的时间的体验虽与正确阅读他的诗作不同，却非常引人入胜，这是我首先想要表达的。

因此，如果谈论田原的诗，首先无法回避的就是：非母语写诗到底是怎样一回事这个问题。因为作为越过自己母语写作的田原，是比任何人都想要深入回答这个问题并回答着这个问题的人。他本人也曾阐述过母语对于一个诗人的重要性。也只有在母语里才能做到准确把握与理解一个语言最细微的部分，因为诗人对语言要敏感于一切。因此在他所阐述的作为中日两语基础的大部分汉语词汇实际上都以不同的意思延续下来的这部分，能够揣测到他的苦衷。对于26岁开始学习日语的他，用日语写诗也一定会经历很多表达上的困难。同时，用日语写诗也意味着断绝母语的思考方式和情绪，以及包含在其中的经验与记忆。

田原的诗突破了这种局限，还一直坚持用日语写作，在这一点上其存在本身就非常特别。日本诗人小池昌代在对《石头的记忆》解读中，认为田原诗作的特长在于"中国作家的日语表达"。他对以日语作为母语的现代诗人所无法触及的部分进行大胆描写的行为给予肯定。也因诗人能够灵活使用汉字词的深刻含义而使其窥见到诗人的古朴品格而给予他积极的评价。这种评价表明田原已超越了因使用作为外语的日语写诗而备受瞩目这一点。即他反而专注于作为外语的日语所持有的独特之处，克服其界限，并以此开拓出了日语作为母语创作时所无法实现的个性领域的诗化世界而备受关注。例如他提及日本文字的多样性，并认为其与东西方语言的结合有关。还把日语的含蓄性当做意义的多样性来接受。也就是说，对于他来说使用非母语的日语写诗是突破许多局限，在母语构建的坚固世界以外，通过其他语言，在其他思维的结构里，找到生成该世界的快乐。这一点似乎非常有吸引力。那么，是时候记住这位诗人的履历并谈谈他的诗作所持有的特别之处了。

二、从始源流淌的"河"的意象

田原的诗中频繁出现"河"或"风"的意象,如加斯东·巴什拉所说这些水的意象与空气的意象能够使我们体验动态的想象力。就是说,在田原的诗中形成核心意象的河或风通过那流动的且无形的物质性,建立了一个自由穿梭于固定形态或已定区域的诗化世界。他的诗首先通过"河"的意象使过去和现在的区划相连。例如在诗《梦中的河》中述者所认知的"我的故乡"不单单只停留在现在,称为"梦中的河"的某个"传说中的河",即被认知为是与作为存在的始源的空间相连的位置。因为在此时此地流向故乡的"河",是连接那无法知晓的上游空间与这里的,因此不会隔绝彼处与此处。且诗人在那条河的上游看见的是"祖祖辈辈"。所以可以说河的作用是为了连接久远的先祖时间与此时此地时间的媒介。"梦中的河""仿佛一句失传的母语/在故乡的大地上回荡"。但在田原的诗中,河的意象不仅仅在这种时间性的侧面雾化界限,也被描绘为因横向扩展开来而起到某种治愈的作用。

　　循着叙述垄断的记忆
　　南下,在临水的小镇上
　　一声邂逅的狗叫
　　唤起我的羁愁

　　毁于兵燹的木楼被文字还原
　　清澈的水里
　　鱼鳞带着那时的星光
　　在水底闪亮

　　隔着那么长的岁月
　　河流是一条疲惫的绷带
　　它包扎着受伤的村落和山岗
　　　　——《小镇》

在此诗中,述者把在旅行地相遇的某个"临水的小镇上"的想念加以形象化。在经历小镇后,他认真思考的是环绕那个小镇的"河"的意象。他把"河"看作"隔着那么长的岁月""包扎受伤的村落和山岗"的"疲惫的绷带"。就是说,因为"河"蕴含着经过的久长时间而必定深邃,并认为作为包含那些时间的深度其能起到包扎伤痕的绷带的作用。河能够起到绷带作用是由于在那个河中"鱼鳞带着那时的星光",即在他的诗中,河包含着如同某种"战争"创伤的时间。那么记忆着这种创伤时间的河,怎能又同时成为治愈的河呢?这是指此诗可以从作为旅行地的这里临水的小镇与感受羁愁的地点相连。即这里的"河"似乎被认知为不仅仅是包括创伤的时间,还包含比那更久远的时间,渗透在故乡的并作为某种始源的时间的地方。因此河虽然位于区分此处与彼处的界限位置,在那个位置上所蕴含着的都是对各自创伤的记忆,当那样的创伤追溯到作为存在的始源的时间上时,最后都会聚集到一致的位置。所以河不是倾向一边而强调差异的界限位置,而是在各自的创伤中因恢复能够囊括其自身的共通的存在论感觉而治愈我们的场所。同时这样的河的地位和作用超越了语言、文化与历史的界限,看起来甚至是在边缘处写成的,田原的诗所存在的地点没什么不同。就像他在此诗中,在旅行地体味到了乡愁一样,他的诗不单单只在个人或民族的界限里有效,因为在他的诗中反而可以捕捉到想要拥抱超越那个界限的全人类性范围的身影。

三、欲证明和记忆的"边缘"诗

像先前看到的一样,他的诗中经常出

现类似"江"的某种边缘的认识,这些界限反而使诗中已既定的区划变得模糊。而这也可以与田原诗的内容中呈现出的历史意识相连。他的历史意识与其说是局限在特定的界限内部,不如说是超越了界限,进而扩展到了全面的认识阶段。这一点值得记忆。

> 敲打它的手指早已在地下腐烂
> 而我的祖先不死的魂灵
> 却在一方土地里侧耳聆听着它
> 钟声,它响过六朝五府
> 它响过古罗马,印度和西藏高原
> 它响过银河系和海面
> 石头在它的响声中风化
> 人类在它的响声中死死生生
>
> 我想起钟声里的一场暴动和起义
> 也想起钟声里的阴谋和革命
> 黑暗的岁月,钟声是钟声
> 光明的日子,钟声还是钟声
> 时间无法改变它的音质
> 它却改变着时间和日子
> ——《晚钟》

例如诗《晚钟》中带有想在巨大而动听的钟声里认识时间流逝的思想,即诗人没有把钟声作为刹那来认识,而是想将钟声记忆为自己从没有触及过的,可以与很久以前的时间相连接的事物。但是特别之处在于,这个很久以前的时间,最初就是"敲破它的手指已在地下腐烂"的,即使这样也能记住"先祖不死的魂灵"的事。即其不会止于只记忆交织成纵向关系的先祖的时间。因为诗中的钟声不仅仅是先祖的魂灵,它也被描绘为了不会忘记在"古罗马,印度,西藏高原"的回声。现在这里的钟声并不仅仅是被民族或血缘凝结的很久之前的时间,而是将其作为超越了那个界限的,贯穿于各地的钟声来认识。与之相同,通过将"人类"作为一起经历钟声的普遍共同体来认识,而想要记住这首诗里的钟声所蕴藏着的不仅是"光明的日子",还有"暴动和起义""阴谋和革命"。这些诗为了维系这些记忆而付出努力,是因为只有肆意地在"钟声里活着,倾听历史"时,才能在"钟声里死去,感知未来"。

在田原的诗中,述者面对的某一个瞬间或记忆并不是固定在当前的位置并逗留一会儿便消失的类型。像在《黎明前的火车》中显现的一样,它以"那一瞬的声音让我想起一个人和更多的人"的方式,成为连接"想起一个事件和事件之外的事件","想起声音和声音之外的声音"的媒介。并且记忆与意象的这种横向扩展,最终会像一只手抓住创伤的记忆而另一只手抓住"生命之根"的事情一样,也是向对未来的可能性的时间前进的意志。所以田原的诗中,常常出现"将写这首诗作为证据"(《堰塞湖》),或是"我活着就是为她证明/我是她活着的墓碑"(《黎明前的火车》)这种风格的句子,这一点意味深长。而且这种诗多是关乎于具体的历史事件或死亡、自然灾害等作为巨大的伤痕而留在我们心中的记忆。从这里可以猜测也许对他来说,诗是从想要记住贯通历史内部的某个时间的意志中产生的。

同时,这种意志可能与"很多陌生人围住我/他们用眼睛在替我喊疼"(《无题》)的事,又与"陌生人在流梦一样颜色的泪"的事相关。即在与自己无关的人和"我"之间,共享痛苦和眼泪的过程中,这种痛苦和眼泪有可能会削弱。而使这可能的原因在于认识到陌生人和我是作为持有同质要素的存在,作为钟声的共同聆听者而相连在一起。因此,可以说田原就是在亲身证明他的诗不会忘却我们彼此相连,记住历史和倾听未来相同,且能够使之成为可能的是诗。

阿尔丁夫·翼人的诗

错开的花
装饰你无眠的星辰①
——撒拉尔的传人颂辞及其它

子不予怪力乱神
　　——撒拉尔
在这前定的道上
壮行　独美八百年
而这道啊！注定
以尕勒莽阿合莽的名义②
铸造黄金般的誓言
——题记

第一章　新月上的蓝宝石：
　　　　十月的撒拉尔

一

谨以将这布满荆棘
却饱含深情的野玫瑰
尤利西斯之情
浮士德之恋
爱情之花　献给
我最崇敬我最挚爱的
同道同胞兄弟
尕勒莽阿合莽的后裔

唯有你们
"唯有"二字深具含义
它不仅仅指向我深爱的妻子和女儿
它更指向所有信奉教义和寻道之人
因为我多年的诗歌写作早已养成

单一的主题用特定的场景设置和诗句表达
比如我邻居家年轻漂亮的妻子
常常把自己的男人赶到街上
这类似于乞丐和娼妓就不该拥有
男人之外的男人，女人之外的女人
犹如欺世盗名众叛亲离之人
注定用一生的心血书写死亡证书

注定鬼神崇拜
在邻居门前闹鬼

注定夜夜醉倒在上司门前
把讨来的盘缠抵押

注定在岁月斑驳的肌肤上
留下罪恶和腐败耻辱的爪痕

注定头上不长草
残花败柳　抱恨终天

注定行尸走肉
注定助纣为虐

注定为"一分钱"左顾右盼
注定逐名图利　戕害无辜

注定嫉贤妒能
以造谣之能事
以诽谤之后快
以"《沉船》靶向论"
和"死亡花季少女"的喋喋不休

造就其一生的伪业

谁能晓得如今只剩下一具叮当作响的空壳
和死去的灵魂陪伴其左右
并以他一生的心血
换取祖宗三代的家业和血脉
而此种人
注定唯恐天下不乱
注定好死不如赖活时
伙同风骚女子的二月汉
秘密媾和　挖掘祖坟
购得一包香烟
和几颗星的外包装
最终以神圣的仪式埋葬他
卑鄙肮脏的灵魂

二

"唯有"只有"唯有"
是我的心声和诗歌的源头

请听！我向你们吟诵
这位撒拉族诗人的爱情诗篇

唯有你们，
哦，你听！你听啊

唯有你们
唯有你们啊
真理的坚强捍卫者
信仰的忠实实践者
加入到朝觐者的行列
与寻道者一起出征
与他们一起　默默吟诵
各自心目中最崇高的诗篇

唯有你们
最能够洞察人类内心的渴求
把今世的太阳高高挂起
把后世的明月揽在怀里，暖在心里

"念想"　闪出万道光芒
"举意"　迎来世界的宏恩浩荡

晨礼　把天堂的大门开启
宵礼　把乐园的芬芳酿制

宽恕我的罪孽吧
我将在五番和念想中
认主赞圣　牵挂着你们

一日五番的花香啊
你是我毕生的乐章
你是我沉醉的月光

你就是你吗

我刚刚从两莽的墓地归来
两膝的黄土翻滚着
历史的烟云在我眼前纷飞
我斗胆以卑微的思想
想象上千年两河流域的文明
和两莽直逼中西文化的巨人的光芒

当我小心翼翼地翻阅
千年的黄金诗卷时
懵懂的思想和身躯
顿时被一道神秘的火光照亮

她蔚蓝　鲜活
是两世的紫色红晕
我感到眩晕并炙手可热

是你们驱散我头顶的阴霾
引领我走向圣洁的殿堂
引我把两莽的旗帜升高

唯有你们
哦，唯有你们　最先感知
这枝橄榄枝释放出的馨香
和野玫瑰分泌出的毒素

唯有你们
在河流汹涌的波涛声中
把串串通体发光的珍珠穿起
午夜过后,又将把它们一路抛撒
爆出生命的阵阵脆响

唯有你们
只选择一种朝向
在公平和道义的立场上
始终以良知的秤杆丈量

就像此刻你捧读我分行的诗句
再次被你思想的密码破译
再次被你心灵的激情燃烧

唯有你们
时刻被神性的光芒照亮

即使你面对有亏之人
同样把他当成朋友
在家中设宴款待

倾心交谈　让亏心人
感到自愧弗如　潸然泪下

唯有你们
连同星空把思想的旗帜升高

使几百年贫瘠的土地
在黑暗的最深处
被一种悠远深邃的
深切呼唤声启迪

唯有你们
早晚在崇高诗篇的颂声中
平安度日　再度忙碌
也不忘时刻的准点

严守时间的秘密

把最神圣的交换托付

唯有你们
每日在时刻的准点
一次次凝聚成一座座高耸的山脉
伟岸如长城　汹涌如波涛

涤荡了山川河流
抚平了人心的不安与骚动

唯有你们
在一次次严峻的现实和考验面前
缄默如山　铸造铁板的身躯

把人间的温暖传送
把世间的仁爱传递

唯有你们
哦,唯有你们啊

才是撒拉尔连绵的山峰
唯有你们
才是我作为撒拉族诗人挺拔的脊梁

如黄河的巨浪　呼啸汹涌
如黄河的涛声　波涛滚滚

十月的撒拉尔
新月上的蓝宝石

第二章　水里的刀子斩断风：牧羊人之歌③

当我写到这儿　突然跳出一个人
以挑战的姿态　向我发问

我一时不知所措
当我抬头看看四周　却不见人影

这时我才缓过神来

这或许是一种幻觉

不管怎样我一定得把它记下
这将有助于我们思考一些
值得思考的问题

是谁借用家妇的擀面杖
正在搅浑汩汩流淌的清澈的河面

是谁偷偷把祖传的家谱改写
改写家谱的历史有些时日了
只当家人没有看见
你看见又有何妨

是谁正在步步逼近走散的羊群
难道走散的羊群还会按时赶到羊圈吗

这是一道简单的哲学命题
不便在此赘述
任由你聪明的头脑思考

是谁整日
靠近旦扎里④　坐定乌托邦

我曾经偷偷到岸边
溜达过几回　回来的途中

碰见一女子
赤身裸体

口吐白沫
两眼发黑

听说最近她不明不白地死了
哎！真可惜！

难道我们以后还会听见
海伦娜优美的歌声吗！

是谁竟敢明目张胆地大声叫嚷

希特勒政党并没有杀死犹太人

谁不知希特勒是世界的头号敌人
叫嚷着要改写世界历史

改写历史由来已久

我的案头就有几本
同一个历史人物
在同一历史时期
扮演不同的角色

一时半会真辨不清他究竟是何人
冷不丁举着小旗到处疯跑

一会儿跑到削发为尼的尼姑庵
一会儿跑到目不识丁的砍木村

假定自己是各种主义的传播者
信誓旦旦与他们促膝谈心　语重心长

一会儿跑到村妇家中　问寒问暖
一会儿跑到知识精英家里　彻夜长谈

这犹如螳螂捕不到蝉
夜莺唱不出新曲
渔夫钓不到鱼
流浪狗找不到食物
便在"最后的晚餐"施出绝招

但当他面对销魂的美酒和诱人的香肠
外加一道晋升的特殊佐料时
他就马上信口雌黄

改口称　他虽姓韩姓马
但他的祖上不信这个姓

谁听了这话谁将冒出一身冷汗
至少我已哆嗦　不敢往下写了

但我还得坚持我分行的诗句
为了赢得诗神的爱恋

求得民族的繁荣发展大计

是谁时时把自己凌驾于"黄昏的落日"之上
横加干涉别国内政
粗暴干预他国民主政治
动不动大声怒斥有罪无罪的农夫

快说："你家菜地的那条龙蛇是怎么回事？
怎么你们家的菜地偏偏弄出一条蛇来？
有蛇你怎么不先向我报告？

"哎，泻热康⑤！还是一条眼镜蛇
那怎么了得　你难道不知道
蛇是我祖先的命脉
我的同根同祖吗？……"

可怜的农夫怎会知道这些
他只晓得　民以食为天
年终有个好收成

此刻电话铃响了
有人在电话里抱怨说

"你以前的诗作艰涩难懂
是否写得更通俗易懂些？"

我就答应了这位朋友的请求
事实上我一开始就这么做了

特意选择了最原始的诗歌艺术
作为我诗歌的表达方式或写作立场

尽管我从内心里是多么地不情愿
但为了我们的友谊和读者的至尊

只好暂时委屈一下自己
破例写一首妇孺皆知的诗篇

是谁一夜间篡改了《自由女神》的章节
添加了撒旦之子而成为牧羊犬的呢？

现在倒是羊群追逐牧羊人的最佳时机
时不时嘴里叼上一块毛

系上领带　走街串巷
偶尔站在大庭广众之中
大声呼喊自己是撒旦之子

"喂！你们还认得我吗？

我是撒旦之子

我的神圣父亲
正在拜见他的祖师爷

他们在家正在秘密谋划一场策反计划

这个计划有关我们撒旦家族的兴衰荣辱
你们当中有人已经彻底违背父王的意志
公开挑衅他'至高无上'的权力

称自己是民族之王
更有甚者称他为

'智慧之神　宝剑之父'
但我们已经全面布控
让他终生不得翻身

啊,朋友们啊,
识时务者为俊杰
友谊的桥梁已经架设

脚下的红地毯
一直铺向忘川之水

忘川之水哟　忘川之水

你是我一生的梦想
你是我一生的荣耀

我何尝不想做一个普通人
但偏偏欲望的恶魔
在我不经意时使劲往我鼻孔吹气

一股暖流立刻涌满全身
一阵沉醉的花香
令我神魂颠倒

我甚至不知道自己的亲生母亲是谁
我寻找了半生　至今尚未找到

你们当中有谁跟我父王欢悦一晚
投胎生下我这个四不像的呢？

快快说来让我认下自己的母亲"

可怜的撒旦之子
四处寻找　眼神里流露出
几缕从未有过的绝望的哀愁

他时而抬头仰望蓝天
时而发出深深的感叹

不知道自己是何物
更不知道自己从何而来
又往何处去

正在他一筹莫展之时
迎面走来一位衣衫褴褛的女子
两人的目光互相对视了一会儿
好像彼此心里在嘀咕

"'难道她就是我九死一生寻找的母亲？'

'难道他就是我错胎生下的孩子？'"
　　　　……

这样的场景我在电影里见过几回
今日亲眼一见我便忽然想到
狐狸与九牧王媾和一生的故事

如果你没有听说或者忘记
我在这里向你简单复述唤起你的记忆：

狐狸与九牧王原是一对孪生兄妹
在长期的共同生活中
彼此逐渐产生了"爱慕"之情

其中一人特别喜欢与狐狸玩耍
因久吃狐狸之奶　变成了狐狸
其中一人特别擅长权术之道
因爱恨交织于一身
赢得部落酋长的欢心和赏识
谋得"九牧王"之称

两人一生的媾和生下一男七女
这一男子便是这七女共同的丈夫
也是她们共同的敌人

据说人类善恶的起源从此诞生
最后他们的父母因对儿女
财产分配等问题上产生争议
夫妻二人终于分道扬镳
各自踏上征程　寻找谋生之路

半个世纪过去了
儿子突然发现自己还有一个母亲
便下定决心甩下妻子　四处寻找

某日　他独自一人悄悄来到
一个偏僻的荒郊野外

在一棵风雨飘摇的银杏树下
发现像似老人的妇女
脸色苍白　满头白发垂至脚底

似乎她半露的身躯

星月交辉

被一身雪白的雨雪覆盖
透过她花白的头发
露出一双近乎死亡的眼睛

她一会儿望着远方
一会儿望着天边的云朵

时而嘴里喃喃自语
像是呼唤着谁的名字

突然一声"我的儿啊!"

像天边的惊雷
唤醒了儿子几十年来
对母亲的日夜思念和渴望

唤醒了恍恍惚惚
忧郁一生的梦魇　刹那间

大地在震颤
天空在摇晃

老妇人的话音未落间
迎着母亲的呼唤
儿子一头扑进
久经风霜的母亲的怀抱

顿时　母子二人声泪俱下
寂静的山谷传来阵阵
经久不息的哭喊声

过了很久很久以后
人们才发现　这两具尸体
成为一块坚硬的化石
像米开朗琪罗手中的雕塑
成为时间的定格

像太阳发出永恒的光芒
成为诗人笔下
永远歌颂不尽的生命的元素

亲爱的读者　现在你终于明白
这则故事的真正含义了吧

漆黑的夜空
总是用错开的花朵装饰
无垠的大地
总是展现出四季芬芳的花蕾

在你不假思索聆听大自然
庄严和谐的天籁之声时
请你不要忘记早晨醒来走出家门
双脚轻轻落下酥软的土地
带给你无限的慰藉和呵护

这是生命奏响的第一刻
在这一时刻　我首先想到的是

撒旦之子正在街头
疯狂寻找他失去的母亲

简单的发问揭示严肃的命题
沿着以此命题的发问

我昨夜梦见　南北朝之间
有趣的博弈拉开序幕

首先撒旦作为主战方向人类发起进攻
在他的阵营里有各色人种
其中以红黄两旗为主要代表

所谓"红"者以鹰派为代表
从出生的那一刻起
有位忠实的信徒　在同僚的怂恿下
拉起孩子的右手　抱紧拳头
从眼前高高举起　嘴里念念有辞
然后以最庄严的礼仪
举行最隆重而神圣的仪式
随即在孩子稚嫩的额头上
用烧红的铁块烙下红印

一旦烙下此种红印
是人是鬼　终生不得取除
直至走向地狱的深渊
这便是鹰派为代表的红派的由来

所谓"黄"者以撒旦之子为代表
主要以一些终日无所事事
依靠漂亮的脸蛋和招牌施舍度日
和一些玩世不恭的流氓无赖组建的拉拉队
从组建的第一天起　为了统一标准
要求所有拉拉队员　一律穿"三无"牌黄
　　衬衫
喊出同一的口号"我是流氓我怕谁"

必要时掏出随身携带的通行证
穿梭于酒吧、舞厅和一年一度的
"撒旦宰牲节"　在这个节日里
他们必定要把肥得流油
敢于与虎狼拼杀的领头羊宰杀
血淋淋地供奉给他们无限忠诚的主子

当他们的主子见到此种情景
首先把他们称赞一番
然后就按"业绩"的大小一一奖赏
他们应得的那份礼品

评判"业绩"的首要一条
是其对主子是否"忠诚"
如主子一旦在其他部落那里
受到鸟气　他们就立马全副武装进行报复

当然主子受到鸟气是常有的事
因为他是最大的恶魔
是其他白胡子部落联盟的死敌

这次拿到头奖的自然就是
最受主子青睐的老四（绰号叫牧羊犬）
礼品虽然不大也不值几文
不过是九牛一毛　这"毛"相当于

"鸡毛"和"鸟毛"一类

但他们看来这"毛"出自主子之手
意义就非同寻常

其象征性和所起的作用
远远大于奖品本身的几倍或几十倍

因此谁得到这样一支"鸡毛"
毋庸置疑谁就可以胡作非为
一辈子不做什么事"坐吃山空" "坐享其
　　成"

你看看它的意义和作用如此巨大
他们能不耗出五条性命去争夺吗

你说得也是
草山毕竟很小
他们又无能力去开辟其他牧场

当他们出入酒吧、舞厅和红歌会时
自然就遇见主子的其他远方亲戚
他们就连连点头作揖　赔罪

说自己是混蛋　狗娘养的
说自己不是人有眼无珠　不该站着行走
而应该像哺乳动物贴着地面爬行

说着说着他扑通跪在地上
丈二和尚摸不着头脑

弄得守门的老头啼笑皆非
连忙把他从地上扶起

当守门员把他扶起时
一不小心撕破了他的衣裳
为了赔不是　把自己的黄衬衫脱下
穿在了这位拉拉队员的身上

从此以后这位拉拉队长

星月交辉

经常穿着这件黄衬衫
出入各种"重大"场所

某日　他同样穿着这件黄衬衫
参加一年一度的部落联盟大会
年会刚刚开始　他作为主持人
播完大会议程

一位中年女子马上跳出来
扯住穿在他身上的黄衬衫不放
他来不及反应只好谎称
"是你那天晚上亲自送给我的……"

听见这种立即斩断翅膀的侮辱性语言
这位女子当场一头撞墙死亡

这件事至今历历在目
活在每个人的心中
这便是黄派的由来

最近我又听说死去的女子
偏偏是部落酋长的女儿叫姬

年会以一个年轻女子的生命为代价
结束了这场残酷的战争　不久
他们又以另一种名目招兵买马
准备举行更加声势浩大的部落年会

这届年会的主题是将确立
部落酋长永远的霸主地位

但是这种企图永远不可能了
纯粹是仙窟千载　黄粱一梦
博尔赫斯有诗写道：

　　那是个幻象
　　人类对黑暗的共同恐惧
　　把它强加在空间之上
　　它突然停止
　　当我们觉察到它的虚假

就像一个梦的破灭
破灭在梦者明白自己在做梦的时刻

红黄两派的由来我已简单叙述完毕
细心的读者一定注意到
质朴的语言道出的自然神韵

我自小生性好动
犹如战争不可避免
犹如凛冽的寒风呼啸而过
犹如一行诗句消灭一群战争贩子

哦，哪家的诗句有这么大的威力
现代病态的诗作倒是令人窒息死亡
我有过数十年的写作和编辑生涯
拜读过一屋子海内外经典作家的作品

但给我留下深刻印象的
却是一首无名作者的《无题》作品

不妨让我们再次一读
提醒读者诸君请注意
此作的积极意义和象征性指向何方

　　"你也许猜出我喜悦的心情
　　总被一些世俗的价值观嘲弄

　　但我的智慧汪洋恣肆　兴风作浪
　　一会儿的工夫既能看清自己
　　又能看清对方　并能同时翻越
　　横亘在眼前的崇山峻岭

　　——群山巍峨　香云缭绕
　　想象突兀的山头　与撒旦对峙

　　两眼望去　一片苍茫
　　有恐被太阳融化……"

撒旦再次与我会面
我以诗人的直觉和敏锐判断

他像一只蝙蝠　靠本身发出的超声波
试图引导那些无知的人们

共同驾驭一辆三轮马车
承载着他行驶在狭长而崎岖的
羊肠小道上　翻山越岭

他熟悉黑夜就像熟悉自己的影子
某日　他找到我悄悄对我耳语

"你以诗人的才思和激情
焚烧白昼　创造黑夜永恒的天堂"

早在四十年前我还青春年少时
我就领教过此番阴毒和险恶用心
就像三十年前我鲜活的诗篇
遭遇过当代文学的尴尬境地
和二十年前颠覆性的诗歌运动

一霎时　我感到愕然
警钟如风　丧钟如烟

但"卡西莫多"撞钟的声影
时时撞击我的心灵

撞击我心灵的
还有吉卜赛少女优美的舞姿
和她时刻相伴的纯洁而神圣的羔羊

为此我曾写过一首题为《少女与恶棍》的
　　诗篇
有人为之赞叹　有人为之诅咒和恐惧

赞叹是因为他尚存人类的良知
就像你眼前这篇朴素的诗篇
唤起你们美好的心灵和永远诅咒的记忆

哦,诅咒吧,诅咒的人们

我们人类曾有过太多相似的经历

但经历的曲折与坎坷　成败与得失
恰恰助长了人性的黑暗、狂妄、自大与贪婪

就像一开始我为你们设置的撒旦这个人物

他作为恶魔首次出现在我的诗篇
似乎有点不自然　但还为时不晚
至少我已涉及到这个人物
他的出现将极大地丰富读者的阅读兴趣
相信不久的将来又有一部《天方夜谭》
将为之汗颜　为之扼腕

注释：

①阿尔丁夫·翼人主编：《撒拉尔的传人》(第二辑)诗歌献词,甘肃民族出版社出版2009年版。

②尕勒莽阿合莽：撒拉族的祖先,他们是兄弟俩。

③该诗篇是作者根据撒拉族民间寓言故事《撒旦遗言》创作而成。该诗的创作路径和艺术风格与作者早已形成的那种磅礴大气、庄严厚重、铿锵有力的写作风格迥然不同,但是他那隐喻、反讽和强烈的批判意识仍然凸显在字里行间。在这篇寓言性诗篇中,我们看到了诗人阿尔丁夫·翼人诗歌创作复杂、丰富而深刻的另一面:他想通过预言式写作拓宽现代诗歌艺术形式,通过民间故事素材创作当代诗歌,以故事情节和人物典故来丰富汉语言诗歌创作——细致入微地在诗歌创作中巧妙地融合时代精神和思想情感,借助最古老的寓言或故事描绘当下的现实处境并大胆创新,这与诗人阿尔丁夫·翼人在其诗歌理论文章中经常谈到的要创作出"最古老的黑色狂想曲"的艺术主张是相一致的。这种诗歌语言的特点虽然简约、质朴,但它所表现的内容却极其丰富,具有一般现代诗歌艺术难以胜任的艺术技巧和百科全书式的思想特点,而反讽和批判性是其最大特点。

④旦扎里,阿拉伯语的音译,意为"骗

子手",名叫"麦西哈旦扎里",伊斯兰教《圣训》预言:他是世界末日临近前来自东方的纯种犹太人,旦扎里是他的绰号。他有欺骗成性和瞒天过海的本领。《圣训》对旦扎里的描述是:独眼龙,奇坏无比,红发瘸腿,大骗子,破坏分子。其右眼的形状是可憎的、凸出的独眼,他不会生儿育女,额头上写有"否认者"的字样。他出世后,妄言改良人类社会和指引正道,然后又妄言自称是宇宙的主宰,他拥有给世人幻显海市蜃楼般的天堂和火狱的神奇能力。他宣传的过程中很多人步入其后尘,上当受骗,他们大部分是犹太人。他的出现是对人类最大的磨难,自人祖先知阿丹(亚当)直到世界末日,没有类似这样的灾难,他以表里不一的方式做了无数反常的事情;他会破坏地球上的一切,除麦加和麦地那,烟雾弥满东方和西方之间四十天,穆斯林像伤风感冒似的,不信主者如同醉汉,烟从鼻、耳、后窍中冒出。最后真主派遣先知尔撒(耶稣)重返人间杀死旦扎里。

⑤撒拉语,表示愤慨之意。

作者简介: 阿尔丁夫·翼人,又名容畅、马毅,撒拉族。曾先后毕业于青海教育学院英语专业、西北大学汉语言文学系。系中国作家协会会员。现任大型文化季刊《大昆仑》主编、世界伊斯兰诗歌研究院中国分院院长、青海大昆仑书画院院长、青海省诗歌学会副会长、青海民族文化促进会会长。主要长诗作品有:《漂浮在渊面上的鹰啸》《耶路撒冷》《光影:金鸡的肉冠》《母语:孤独的悠长和她清晰的身影》《沉船——献给承负我们的岁月》《遥望:盛秋的麦穗》《我的青铜塑像》《神秘的光环》《被神祇放逐的誓文》以及享誉阿拉伯世界被誉为"三十九字箴言"的撒拉族文化圈的开篇巨献《黄金诗篇》。阿尔丁夫·翼人的创作实践已纳入屈原开创的"史入诗"空间史诗传统并深具当代特征,被评论界誉为"立马昆仑的神秘主义诗人"。

作品曾荣获"第四届青海省人民政府文艺奖"、第四届中国民族文学创作"骏马奖""中国当代十大杰出民族诗人诗歌奖""《现代青年》杂志评选的最受读者欢迎的十大诗人奖""中国新诗一百年百位最具影响力诗人奖""第十一届黎巴嫩纳吉-阿曼国际文学奖"等国内外重要文学奖项。

诗作被译成英语、俄语、法语、波斯语、马其顿语、罗马尼亚语、阿拉伯语等12种外文版出版。作品入选《中国现当代杰出诗人经典作品赏析·高等院校选修课教材》《百年诗经-中国新诗300首》《新诗创作与鉴赏》(何休著)、《中国近现代杰出诗人作品赏析——高校选修课教材》《二十一世纪:中国文学大系-诗歌卷》、历届(共五届)《青海湖国际诗歌节代表诗人作品选》;主编《中国西部诗选》。

不断淬炼的精神升阶书
——论阿尔丁夫·翼人的长诗写作

● 霍俊明

长诗无疑属于更有难度的诗歌写作类型,而中国又是自古至今都缺乏长诗(史诗)写作的传统。自海子之后中国诗人的史诗情结多少显得荒凉、青黄不接,而写作长诗甚至"史诗"一直是从"今天"诗派、第三代诗歌以及1990年代诗歌以来当代汉语诗歌噬心的主题,甚至在海子之后只有极少数的诗人敢于尝试长诗的写作,其成就也是寥寥。因为写作长诗对于任何一个诗人而言都是一种近乎残酷的挑战。长诗对一个诗人的语言、智性、想象力、感受力、选择力、判断力甚至耐力都是一种最彻底和全面的考验。在笔者看来"长诗"显然是一个中性的词,而对中国当代诗坛谈论"史诗"一词我觉得尚嫌草率,甚至包括海子在内的长诗写作,"史诗"无疑是对一个民族、国家、历史、文化的多元化的书写和命名,而这是对诗人甚至时代的极其严格甚至残酷的筛选过程。在一个工业化时代会产生重要的长诗,但是"史诗"的完成还需要时日甚至契机。在笔者看来,"大诗"正是介于"长诗"和"史诗"之间的一个过渡形态。说到当代的"长诗"不能不提到几位重要的诗人,洛夫、昌耀、海子、杨炼、江河、欧阳江河、廖亦武、梁平、于坚、阿尔丁夫·翼人、大解、李岱松(李青松)以及江非等更为年轻的诗人。我从不敢轻易将当代诗人包括海子的长诗看作是史诗,我们的时代也不可能产生史诗,我更愿意使用中性的词"大诗"。我更愿意将当下的后社会主义时代看作是一个"冷时代",因为更多的诗人沉溺于个人化的空间而自作主张,而更具有人性和生命深度甚至具有宗教感、现实感的信仰式的诗歌写作成了缺席的显豁事实。

在中国1990年代以来的"长诗"写作版图上,阿尔丁夫·翼人的名字更加亮丽,在后社会主义时代的今天,阿尔丁夫·翼人大量的长诗写作,如《沉船》《致伊朗》《神秘的光环》《错开的花 装饰你无眠的星辰》以及《漂浮在渊面上的鹰啸》《放浪之歌》《古栈道上的魂》《西部:我的绿色庄园》《撒拉尔:情系黑色的河流》《曆景:题在历史的悬崖上》《遥望:盛秋的麦穗》等都秉承了其一以贯之的对宗教、语言、传统、民族、人性、时间、生命以及时代的神秘而伟大元素的纯粹的致敬和对话,这种致敬和对话方式在当下暧昧而又强横的后工业时代无疑是重要的也是令人敬畏的,"子不予怪力乱神/——撒拉尔/在这前定的道上/壮行 独美八百年/而这道啊!注定/以尕勒莽阿合莽的名义/铸造黄金般的誓言//灵魂像风 奔跑在美的光影里"(《灵魂像风 奔跑在美的光影里》)。阿尔丁夫·翼人的这种带有明显的民族和诗歌的双重"记忆"的不乏玄学思考的诗歌写作方式和征候不能不让我们联系到海子当年的长诗写作。但是海子的长诗在最大的程度上祛除了个人的现世关怀和俗世经验，这就使海子的长诗拒绝了和其他个体的对话和交流并也最终导致了在无限向上的高蹈中的眩晕和分裂。而可贵的是阿尔丁夫·翼人多年以来的长诗写作是同时在宗教、哲理、玄学、文化和生命、当下、时代和生存的两条血脉上同时完成的，这就避免了其中任何一个维度的单一和耽溺，从而更具有打开和容留的开放性质地和更为宽广深邃的诗学空间。撒拉尔、清真寺、骆驼泉、先民陵墓、古兰经以及青藏高原和黄土高原的接合部、黄河之畔的循化都成为诗人永远无眠的星辰和恒久的诗歌记忆，"我刚刚从两莽的墓地归来/两膝的黄土翻滚着/历史的烟云在我眼前纷飞/我斗胆以卑微的思想/想象上千年两河流域的文明/和两莽直逼中西文化的巨人的光芒"（《错开的花 装饰你无眠的星辰》）。

从理想主义、集体主义的红色政治年代过渡到商业化、娱乐化、物欲化、传媒化的后工业强权时代，剧烈的时代震荡和社会转变，夹缝中生存的尴尬和灵魂信仰的缺失都如此强烈地淤积在翼人以及同代人的内心深处，甚至一些更为强烈的倾诉和抗议的愿望已不可能在短诗中无以完成和淋漓尽致地呈现，只能是在长诗写作中才能逐渐完成一代人的倾诉、对话、命名和历史的焦虑，磅礴大气和温柔敦厚并存的诗歌方式成就了翼人长诗的个性。概而言之我们看到包括翼人在内的一些诗人写作长诗的努力印证了中国当代诗人写作优秀长诗的可能性，尽管其面对的难度可想而知。当然这种可能性只能是由极少数的几个人来完成的，历史总是残酷的。在巨大的减法规则中，掩埋和遗忘成了历史对待我们的态度，而语言和诗歌永远比一个国家更古老，更具有生命力，一些诗人用语言创造的自我和世界最终会在历史中停留、铭记，历史在寻找这个幸运者，这个幸运者肯定也是一个在个人和时代的轨道上发现疼痛和寒冷的旅人。作为1960年代初出生的诗人，阿尔丁夫·翼人的个性和诗歌写作中具有着强烈的文化寻根（同时具备了农耕文明和游牧文化）和民族叙事的抒写冲动。作为一个撒拉尔族人，阿尔丁夫·翼人很容易被看作少数民族诗人，因为身处青海又更易于被贴上"西部诗人""边地诗人"的标签。当然无论是将阿尔丁夫·翼人看作少数民族诗人还是西部诗人，这都无可厚非。甚至这种民族根性和西部的文化地理学在一定程度上成就了阿尔丁夫·翼人的诗歌写作个性，尤其是他的长诗写作谱系。但是我更愿意在更为宽广的意义上看待翼人的身份和长诗的个性，因为他的长诗写作在当下的时代具有明显的诗学启示录的价值和意义。当然这并非意味着翼人的长诗写作就是毫无缺点和无懈可击，而是说他多年来的长诗无论是对于中国当代长诗的写作传统还是一般意义上的诗歌写作而言确实具有着需要我们重新认知的埋藏着丰富矿石的地带。翼人的长诗写作呈现的是既带有神秘的玄学又带有强烈的与现实的血肉关系的质地，无论是与诗人的生存直接相关的往事记忆、生活细节还是想象和经验中的更为驳杂的历史性、民族性和宗教性的场景、事件，这一切都在融合与勘问中呈现出当下诗人少有的整体感知、历史意识、人文情怀和宗教信仰。翼人的长诗写作在张扬个体对自我、世界、生存、诗歌、历史、民族、宗教的经验和想象性认知的同时，也以介入和知冷知热的方式呈现出工业和城市化语境之下传统的飘忽与现实的艰难，尤其是急速前进的时代之下驳杂甚至荒芜的人性与灵魂。翼人多年来的长诗践行更像是一个个人化、历史化、生命化和寓言化的精神文本和一个诗人的灵魂升阶之书。

而1990年代以来，一些诗人普遍放弃了集体或个人的乌托邦"仪式"而加入到了对日场经验和身边事物的漩涡之中。当我们普遍注意到1990年代诗歌的叙事性和日常经验的呈现时,为诗人和研究者所津津乐道的诗歌的"个人化"(私人化)风格却恰恰在这一点上获得了共生性和集体性。在一定程度上随着1980年代末和1990年代初的社会语境和相应的诗歌写作语境的巨大转换,诗歌写作对以往时间神话、乌托邦幻想以及"伪抒情""伪乡土写作"的反拨意义是相当明显的,但是这种反拨的后果是产生了新一轮的话语权力,即对"日常经验"的崇拜。确实"日常经验"在使诗歌写作拥有强大的"胃"成为容留的诗歌的同时,也成为一种巨大的漩涡,一种泛滥的无深度的影像仿写开始弥漫。基于此,翼人不能不在诗歌写作中形成这样的体认,即对于大多数诗人而言,应该迫使自己的写作速度慢下来并具备开阔的视野和对现实与历史的强大的穿透力和反观能力,从而最终达到与生存与时代相契合的精准而真实的联系和见证意义,"或许我们本不该再次久留/本不该扶你送上祭坛/周围的一切都在蒙昧的花园里/投去鄙视的目光 扼杀或挫败/无与伦比的梦幻在世界的中心旋转"(《神秘的光环》)。对于在诗路跋涉、探询、挖掘的翼人而言,在黑夜的明灭闪烁的火光中揭开诗歌漂流瓶,在物欲、金钱、权力和疯狂幻象围拢、挤迫的黑暗中沉潜下来,倾听来自语言、民族、宗教以及遥远而本真的灵魂独语或对话的神秘召唤是一种不能放弃的责任与担当情怀。这一切无疑是良知的体现,正如布罗茨基所说"诗歌是对人类记忆的表达",而从"诗"的造字含义上就含有记忆和"怀抱"以及宗教的精神维度。正是在此意义上翼人的长诗写作真正回到了诗歌的源头。他制造的诗歌漂流瓶盛满了集体的记忆积淀,而那明灭闪烁的火光中本真的宁静与自足闪现就是必须的,是倾尽一生之力追问和挖掘的高贵姿态。巴什拉尔说"哪里有烛火,哪里就有回忆"。是的,哪里有倾听,哪里就有回忆。基于此,翼人在"深入当代"与"深入灵魂"的噬心主题的独标真知的呼求中彰显出执著的诗学禀赋和富有良知的个性立场,以诗歌语言、想像力和独创的手艺承担了历史和人性的记忆。

翼人的长诗中持续不断的是诗人对天空、河流、土地、山脉、彼岸和精神乌托邦世界(当然也是个人化的)的长久浩叹与追问,这种源自于诗人身份和民族记忆的对诗意的精神故乡的追寻几已成为他诗歌写作的一种显豁的思想特征甚至症候。对于优秀的诗人而言,在后工业时代语境之下坚持一种形而上的精神世界的探询和诘问是最为值得尊重的一个维度,我是在整体性上来谈论翼人与理想主义、农耕文明、宗教情怀之间的尴尬和挽留关系的。翼人自1980年代以来的诗歌写作尤其是长诗写作,确实蕴含了一种独具个性而又相当重要的个人化的历史想象力和深入现实的精神向度。这种个人的历史想象力较之1980年代以来的带有青春期写作症候的美学想象力而言更具有一种深度和包容力。历史想象力是指诗人从个体主体性出发,以独立的精神姿态和话语方式去处理生存、历史和个体生命中显豁和噬心的问题。换言之,历史想象力畛域中既有个人性又兼具时代和生存的历史性。历史想象力不仅是一个诗歌功能的概念同时也是有关诗歌本体的概念。翼人诗歌写作尤其是长诗写作,有力地在历史想象力的启示下呈现了一个民族的精神肖像和一代人的诗歌史、生活史和心灵史。这些诗作也可以说是历史想象力在一代诗人身上的具有代表性的展现与深入,清醒与困惑的反复纠缠,自我与外物的对称或对抗。

翼人的诗句有如长长的沉重的铁链顽健地拒绝锈蚀的机会,那抖动的铮铮之声在午夜暧昧而强大的背景中呈现为十字架般的亘古的凛冽和苍凉,"哦,沉默的土地啊/那是从遥远的马背上启程的儿子/亘古未曾破译这现实时间的概念/或有更多的来者注视:存在的背后/所蕴含的哲理被轻柔的面纱遮去/或是老远望去河岸的大片风景/在绚丽的阳光照耀下　步步陷入深渊"(《沉船》)。这些容留的力量、张力的冲突及其携带巨大心理能量和信仰膂力的诗句,在当下诗人的诗歌写作中是相当罕见的。这也只能说明在历史与当下共同构筑的生存迷宫和怪圈中,特殊的生存方式、想象方式和写作方式造就了一个张扬个性、凸现繁复镜像和无限文化与传统"乡愁"的诗人翼人,"在你面前我曾是一名无望的患者/使我重新确认物体的表面所蕴含的重量/远远超过草木细微的影子/或许这仅仅是传说　或许我们早跟自己的影子相逢/且在光明的路上　拖着尾巴/穿过大街小巷或那无尽的回忆/并把所有的梦想化为石头的训语/镌刻灵魂缄默的花树"(《神秘的光环》)。在一个信仰中断和放逐理想的年代,在一个钢铁履带碾压良知和真理的粉末状的年代,一个跋涉在精神之路上的歌手,一个不断叩问的骑手在工业的山河中与风车大战。因此,翼人的诗歌更为有力地呈现了时间的虚无和力量,换言之,在具体的细节擦亮和情感的呈示中翼人的长诗更多显现的是诗人对时间和生存本身的忧虑和尴尬,在茫茫的时间暗夜这短暂的生命灯盏注定会熄灭,曾经鲜活的生命在干枯的记忆中最终模糊,"唯有你们/早晚在崇高诗篇的颂声中/平安度日　再度忙碌/也不忘时刻的准点/严守时间的秘密/把最神圣的交换托付"(《错开的花　装饰你无眠的星辰》)。有人说谁校对时间谁就会老去,但是翼人却在苍茫的时间河流上最终发现了时间的奥义和神秘的诗篇。所以多年来翼人的长诗写作无论是在精神型构、情绪基调、母题意识、语言方式、抒写特征还是想象空间上,基调始终是对生存、生命、文化、历史、宗教、民族、信仰甚至诗歌自身的无以言说的敬畏和探询的态度,很多诗句都通向了遥远的诗歌写作的源头。这无疑使全诗在共有的阅读参照中更能打动读者,因为这种基本的情绪,关于诗歌的、语言的和经验的都是人类所共有的。这种本源性质的生存整体共有的精神象征的词句不时出现在长诗之中,这在某种程度上带有向传统、语言、诗歌的致敬和持守意味,"相信或怀疑注有标记的旗杆上走动的人群/在我的耳旁号叫、嘶鸣/但我依然守候着他们/当他们远离亲人时/吹送柔柔的清风"(《沉船》)。

王学芯的诗

填补一个合适的空隙

当老人潮涌来　突然闪亮　湿透
冲开我六十岁的缺口　叠起的峰峦
就形成了连绵的走向

像在填补一个合适的空隙
进入行列　混合的形象　是那
恍惚　融合和波浪

触及和记住
隐隐一切投出的影子
都是显露出来的警觉或凝视

太快的夜色降临
一个漏掉的月亮　留下了
朦胧的清辉

这使许多看不见的沼泽
生命随着喘息一路拂动而去
淹没了悬起的声音

泡沫一个又一个若有所思地飘移
由东往西　更荒凉的空间
收窄了水流

而我向前的眼睛
看到优雅的日落和倒影
飞行的绿叶在穿过苔藓和青草

夜　色

夜色在覆盖风动的树丛
雾的脚步在街面上移动

履痕无声
沉淀中的灯孵出黑黢黢的墙角
一束飞燕草斜倚着枝干发呆

夜深时间或十二点
人在街上消失　房子忍受着压迫的寂静
分割开的一个个窗户　片刻的光
冻结住了窗帘
而墙壁
如同一件裹紧的外套
变成化身的存在

街留出一长条干涸的空地
让拖出的雾气生根　偶尔
头朝一侧凝视
瞪大的眼睛
发现一只潮湿的猫
也在寻找自己的眼睛

我们都在每一天老去

当我们老去的时候
微笑会跃起难以控制的皱纹
肺里　仿佛少了些空气

星月交辉

加速中变得更为急促的时间
在感受眉毛的弯曲时
到来的艰难时期
躯体改变姿态　关节像在固定下来
每天的碎步　开始
堆积在房间或小径
而习惯性的凝视　在清晨的光中
总会看到一朵桃花睁开眼睛
近邻的门口
悲怆的送别
这种始初与终结　半明半暗
盘绕的鼻息随风漂移
全然不知一生的砥砺时光
怎样悄悄地出没

老去的人
仰望天空　星星都在凿穿黎明
松散的云朵变成一只只年迈的腿
空间里
我们这群越来越庞大的整体
一边围起暮色
一边转向炫目的落日
并在今天这里　离开的明天
与新月之光和从容物象
融为一体

昼与夜

四个老人的手掌
相互交叠　像突出的屋檐
庇护一座有婴儿的房子

昼与夜绵延
耐心或谨慎或饱经风霜的一生时间
辨析清了奶瓶上的刻线

庄严的配方比例和温度
以最大空间凝听一次嗝声
像在等待一个世纪的交替

而夜晚和早晨的星光
熟悉的平衡　仿佛
比自身的过去还要复杂或更有意义

发生变化的平和
老人的重生渗入一种新生　伴随
最珍贵的短暂时光

屋檐总是永久性的
偶尔望一望天空　月亮的皮肤细薄
如同肥皂泡泡

午寐

屋子宁静　我的午盹穿过
摇篮里的凝视和微笑　看到一个女孩
在通向我日后的路上

卓立的楼群　缝隙
如同一架细长的通天梯子　太阳
踩着轻柔的云层

从房子到房间
雪白的胡茬　从唇边的肉里
长出一束熔金的光

而在另一种景象里的一朵结婚的花
透过朱红色的叶簇　沾着露珠
朝我鞠了一躬

我从浅寐中醒来
柔软的厚绒毛衣　和过去一样
捂着暖暖胸口

晚年

在窗户收起天空
喝茶的杯子慢慢空了时
星星的黄眼睛开始怀旧

我知道
我已进入晚年

白发一个劲地掉落下来
突出的眉毛如同疑问一样卷曲
一只孤鸟的叫声震动窗棂
松弛下来的神经
如同漫长的生涯
往后一仰　交给藤椅的扶手
身体卷成了
夸大或被压缩的影子

现在　我清楚了花甲的意味
房间里塞满一声不吭的空气或烟缕
偶尔溜达一阵的鞋子
极慢极慢移动
拉长的时间
变成了多种思维的归纳过程

窗户长出的城市
伸进了云层　内心衍生出的万事万物
仿佛都在自己的腰际
转动和错位

路过一个花坛

坐在花坛边的老人
我不知道他看了我多久　直到现在
目光还在坚硬地斜伸过来

他的黑灰色头发
像是烧炭窑里熏出的烟
眼皮盖着没有血色的颧骨

我的年龄是他遥远的过去
是一座静悄悄的老爷钟前
摇曳的时光

而不同的视角
年过半百之后　两个不同的黄昏

有了一种相似的梦境

如同天上一连串碎云
在岩石上裂开　抖动着
经过身边的灌木

空气又湿又粘
我的呼吸像在转移
在老人的表面上出现和隆起

落　叶

风在缓慢吹动
把落叶拢在一起　推入一个墙角
从未考虑的缘由　像在丢下
废弃的一堆纸团

光和空气急剧变化
进入缺少秩序的细小窟窿

更多的树枝穿过自己的葱绿
经过纷繁复杂的演变
留下了清晰的骨架

裸露的季节
低斜的夕阳飘出一片远景中的云朵
在分离万物的苍穹

薄暮吞没了绿色的雾霭
树枝和树枝在使用暗淡的词语送别
往下沉的心脏　想起
落叶的气味　轮廓和茎脉
以及曾经的
稠稠血脉关系

给妻子

菜市场在烦恼的街上
绵延的树像是伸长的腿
在穿过会说话的小巷和早晨时辰

这种最普通的生活　永久的生活
正在升起盈盈的太阳
变成一个与时刻扯在一起的人

岁月在鞋里
身体与市民相似　行动中的影子
闪过了太过拥挤的空隙

没有疑问的深刻
似乎一分钟在完成一个世纪的重托
继续着肺里的呼吸

而当栗色的围兜
系上腰际　锅间冒出的油烟
总在飘过低下的头

干　渴

酒后　屋顶上的烟道干渴
沙尘漫过骆驼的铃铛　形成
遮天蔽地的荒漠
这时　大象的鼻子
吸着一条汹涌澎湃的大河
亭亭玉立　站在一扇窗户中间
跟我喉咙的距离
只有一臂之遥
只是空气
像块很大很厚很结实的玻璃
隔开昼与夜　隐隐听到
水在哗哗地流淌

沙漠涌出一片汪洋
骆驼萎缩成一株干枯的芨芨草
而我没有唇的脸
张大着嘴巴
看到大象把吸满水的鼻子
灌入月亮神池
出现了空中的荷塘

除　夕

东面的天空　闪烁烟火的闪光灯
麻雀飞过浓浓的青烟　躲过一声巨响
窜向西面

西面的天空　闪烁烟火的闪光灯
麻雀落到一个黑暗角落　又在巨响声中
窜向东面

南面和北面同时烟熏缭绕
晕头转向的麻雀　急速地回旋
不定惊魂
遍及大街小巷

我坐在四合的庭院深处
眼睛疼痛　耳廓鸣响　抬出头的一个喷嚏
朝着闪光灯的更远地方
扑了过去

昼与夜的痉挛和喜悦连绵
我陷入可见度为零的浓雾　失去了
思念的等待和静默

居　所

城市蓬勃向上
固定不住高度　那些矮小的房子
在走下岩石的台阶

居所一点点缩小
合围的大厦闪闪发光　恐惧的天空
变得愈加抽象

就像一只鸟
擦着玻璃掠过绿色树丛
急速地收拢翅膀

而斑马线上的人影

飘来飘去　在穿过阳光时
蓬起一层毛毛灰尘

砖瓦居所　泥与土分裂
吱吱呀呀　在蜷缩的角落
响出一声很薄的犬吠和微风

石榴花

石榴树花开
花落一地　掠过一个养老院的房子
没有时间恐惧
只有叶子交叠着　相互点了点头
飘过一丝气息

没有感觉的感觉
老人的日常呼吸在始与终之间
透出半明半昧的沉寂

石榴花变得很轻
美好的空气在枝桠面前　演化成了
一束淡淡的光
四周的树
左边与右边的灌木
仿佛都在各自的小天地里凝视
适应着
微妙的悸动

石榴花有时会有晃动的喃喃自语
而后在一阵忽闪的风中
隐没深处　留下的一切
只有一棵石榴树
在院子里
揉碎时间

描　述

年衰的一个身体　带着
来苏尔味道飘出医院里白色的光
两条细直的瘦腿　如同

熨烫过的裤子褶线
轻轻摇曳
脱离了
身后一间幽深的病房

分得很开的两只眼睛
粘着羞怯怯的微笑　眉毛和睫毛
像是吹灭了邪火的透明烟缕

时光再次从钟表里出现
幸福的颤动增加了行走的生动
而恢复接触的手
绒毛一样软的分量　转移了
生命最繁复的简单问候
短短的间歇中
一只鸟
从陌生的植物间飞了出来

穿过荒凉而来的人
阳光和阴影如同一颗沙漠中的沙粒
在具体的概念中　变得
一半虚悬
一半明亮

冥　想

如果在某个世界里
老人和新生的婴儿变成一人　叠加的年龄
减半或一分为二　那么时光的语言
应该这样出现

所有穿过白昼与黑夜的身体不再衰老
微微翘起的眉毛和中年微笑
从朦胧的雾霾中升起
而储存在黑色源泉里的目光
凝视太阳
就会变成一条轮廓鲜明的红带子
与所有渴望的水平线衔接
并使一生的现实或世界
在胸口　涌动出

星月交辉

美丽的光芒

大叶子树

大叶子的树
收缩冬天的严寒和一抹黄色
寂静透明　茎脉越来越清晰
裸露出来的枝桠
转动着空气的漩涡

修剪过的灌木延伸出长长的小道
硬茬或落叶停在眼前
细微之处的阴影
与体衰联系一起
像经过恍惚状态的人　走动的鞋
相遇了很多静止的声音

重现的一分钟和深深的呼吸
背景吹出寒风　时辰里的时间
触及薄薄的嘴唇

而当又一次吸入鸟鸣
沉淀下去　一切在场的道别
街头或僻静角落　每一个消逝的日子
天气总是
一声不响

梅雨季节

梅雨缓慢延续
蜷起房子的暗淡　朝下的屋顶
一只桔色的鸟　停在
窗前的树梢上　拍动翅膀
以一个正面的姿态
朝我啼鸣　然后像在正确的位置
带着一束小小的光
飞向雨的天空

鸟在远处转了一圈
难以置信地又回到刚才的树梢

用一双会说话的小眼睛
凝视我　默默一秒钟
万籁俱静
倏地尖叫一声
再次滑翔而去

我隐匿在窗里
一脸茫然　一根肌腱拖住体重
看到自己的影子　搭在
灯光中的椅背上

出　门

因为去见一个人
出门前　照了照镜子　一根雪白胡须
如同过去的往事卷曲在剃刀上
手一颤抖　下巴颔冒出的血
扼住了呼吸

熨烫过的衣服　线条笔直
伸进深深的眼神　在绷紧骨骼时
脱落一粒纽扣

纽扣一蹦一跳
很快隐匿了声音和动静　一瞬间
更老更迟钝的脖子　凝止了
震动的眼睛

房屋肃静
门在掏空门缝里的光　连续的深呼吸
散去行为和时间　只觉得
外面的天空
融化了容貌

这个时刻

我几乎忘了自己肢体
在忽略脚踝　关节和脸的变化
感到肌肉年轻
内心的某种东西绷紧

做着做不完的正确事情

好像耗不尽的敏捷
总在保持时间尖上的轻盈
一而再地
用自己上千万束的光　去照耀
锤炼的虚幻
或者其它什么

六十岁的念头一闪而过
观点栖息在屋内的房间里　感到
现在的时间有了更重的份量

一个不老的人
脊骨像是结实的衣架　美好的时光
让我记住穿上所有动感的衣服
用踝骨突出的脚
确定一种存在
而不知
今年这个时刻
明年这个时刻

初　夏

有时候某种一点气息
或青翠　会使自己的呼吸透彻
浓厚和聚拢的感觉　掠过

存在的空隙　出现或记住的名字
像在一个幻想的房子里
轻灵闪动

宴饮拖入长长的灯光
像昼一样坐着的月亮　内心气候里的
馥郁　有着一种植物的娇柔

而欣然卷起一丝儿发缕
窗外蛙声和带着光的虫子以及树枝
生出一种斜着向上的星空
夜晚的片片时刻后退
窗帘的花纹蹁跹跶跶
朦胧　浮动
一个初夏
在此不复

作者简介：王学芯，生于北京，长在无锡。中国作家协会会员。参加《诗刊》第十届青春诗会。获《萌芽》《十月》《诗歌月刊》年度诗人奖，获《中国作家》《扬子江诗刊》双年度诗人奖，获《诗选刊》《现代青年》年度杰出诗人奖，获名人堂2019年度"十大诗人奖"，《空镜子》获中国诗歌网2018年度十佳诗集奖。部分诗歌译介国外，出版个人诗集《可以失去的虚光》《尘缘》《空镜子》《迁变》等11部。

星月交辉

养老院书写与诗的"中年变法"
——谈王学芯近期诗歌创作

◉ 刘 波

年龄对于一个敏感的人来说,到底有着多大的暗示性?这可能取决于身体的某种感知,因为很多时候,年龄只是一个数字,它作用于我们的是身体机能所带来的心态变化。比如我们年轻,就不用担心衰老,而一旦过了60岁,很可能在实际的身体机能衰退和社会角色变换(比如退休)的内外双重压力下,既产生危机意识,又不得不接受现实,此时,身体和心态交织的落差维度,会作为潜在处境成为一个人的日常精神资源。在王学芯的诗歌里,他直面"花甲之年"方式,是关注养老院老人们的生活,让"年迈"话题自然地构成写作背景,映照出其诗歌某种"中年变法"的光晕。

王学芯诗歌的底色一直是异质性与陌生化,他对日常经验的变形由词语的外部切入精神的内部,但又拒绝格言警句化,这是否会让诗歌的延伸意义悬置呢?或许王学芯并没有过多地去考虑诗歌在"介入"价值上的及物性,词语的组合拼接传达出来的美学,本身就是诗歌要承担的修辞之美的功能。在先锋层面上将王学芯的写作进行归类,很容易划分到"玄学诗"范畴之中。在近年一直聚焦于老人院而写作的组诗《花甲之年》里,年龄问题作为精神背景已深入到诗人创作的内核,他在洞察日常生活时,很自然地会以此作为标准来衡量和判断经验入诗的可能。"当老人潮涌来突然闪亮 湿透/冲开我六十岁的缺口 叠起的峰峦/就形成了连绵的走向",这好像是由视觉想象带来的人生思索,在老人潮的必然性和自我感觉的偶然性之间,一种事实风潮和体验的张力,需要转化成独特的个体感知,"像在填补一个合适的空隙/进入行列 混合的形象 是那/恍惚 融合和波浪"。诗人以意识流的形式触及了年龄层幽暗的内部,那种精神的远望在经过了现实经验的消解后,最终还是要回到观看的肉身现场,"泡沫一个又一个若有所思地飘移/由东往西 更荒凉的空间/收窄了水流//而我向前的眼睛/看到优雅的日落和倒影/飞行的绿叶在穿过苔藓和青草"(《填补一个合适的空隙》)。从现实到虚幻,然后再回到现实,这一系列的位移并不完全源自空间的变换,它也有时间的更替,诗人最后想以什么来填补或弥合这道空隙?"岁月在鞋里/身体与市民相似 行动中的影子/闪过了太过拥挤的空隙"(《给妻子》),精神上的自我安慰是一方面,另一方面,自然之光的飘移同样也由此回到了对生命的接续。在对人生慨叹的词语洪流中,王学芯为什么没有立足于一种更明晰的表达,而是选择相对复杂的角度来呈现全新的认知视域?这还是在于他为诗歌创作所赋予的召唤性,他希望超越传统的意义层面而达至更为纯粹的词的境界。

越来越多与衰老有关的词语、意象涌入笔端,这可能并非王学芯有意为之,当岁月和年龄已成无法规避的"身体法则"时,我们对于世界的体验是选择封闭还是敞开,确实也考验一个人的应对心态。"当我们老去的时候/微笑会跃起难以控制的皱纹/肺里 仿佛少了些空气//加速中变得更为急促的时间/在感受眉毛的弯曲时/到来的艰难时期/躯体改变姿态 关节像在固定下来",诗人直接触及了"老去"的身体反应,这是描述式的自我警惕,内含着某种普遍的经验和关联性的象征色彩,而老去的意象也呈现出谱系性。"老去的人/仰望天空 星星都在凿穿黎明/松散的云朵变成一只只年迈的腿/空间里/我们这群越来越庞大的整体/一边围起暮色/一边转向炫目的落日/并在今天这里 离开的明天/与新月之光和从容物象/融为一体"(《我们都在每一天老去》)。由个体走向群体,诗人通过与自然的对接,更新并激活了"老去"和"暮色""落日"之间的同构性,这似乎表征了人至暮年的无奈,但又没有停留于感慨,他将"明天"和"新月之光"落脚于人生希望之上,预示着"老去"也代表着从容,它们是相辅相成的。如同他在一首诗中写道:"年衰的一个身体 带着来苏尔味道飘出医院里白色的光"(《描述》),诗人对"老去"的理解,投射于修辞中可能不乏"抗争衰老"的意味,但是伴随着真相到来的,还是以守为攻,在自嘲乃至解构中完成对规则的确立。"在窗户收起天空/喝茶的杯子慢慢空了时/星星的黄眼睛开始怀旧/我知道/我已进入晚年",从身体感知到精神发现,"晚年"意象企及的是对年龄近距离的征服,这仍然是由自然观察来获得延展的效应。"现在 我清楚了花甲的意味/房间里塞满一声不吭的空气或烟缕/偶尔溜达一阵的鞋子/极慢极慢移动/拉长的时间/变成了多种思维的归纳过程"(《晚年》),花甲之年的安宁,让曾经狼奔豕突的自我和世界沉静下来,繁复人生的总结也开始了。晚年是人生下降的过程,对这种经历的体验越发显得内在,再多的高调也需要在命运的安排下渐趋平稳,这就是不断地靠近终极的人生智慧。

诗人的终极思考也无过多刻意,更多是自然情感的流露,包括那些复杂的审美都是基于对人生延长线上"晚年"的深层次强调,他并不想简化自己对年龄的关注,多方位融会就是将"中年变法"作为写作的尺度和新征程的开始。诗人在冥想中思考过衰老的具体形态,"如果在某个世界里/老人和新生的婴儿变成一人 叠加的年龄/减半或一分为二 那么时光的语言/应该这样出现",这个细节隐藏着能量的守恒法则,但又不像数学题那样简单,它关涉一种整体性的时空转换路径。"所有穿过白昼与黑夜的身体不再衰老/微微翘起的眉毛和中年微笑/从朦胧的雾霭中升起/而储存在黑色源泉里的目光/凝视太阳/就会变成一条轮廓鲜明的红带子/与所有渴望的水平线衔接/并使一生的现实或世界/在胸口涌动出/美丽的光芒"(《冥想》)。诗人罗列出"时光的语言",定格了年龄平均之后的人生方向,这种内在秩序是希望保持命运的恒定性,虽为理想之光,但确实只能限于冥想,无法在现实中还原。当然,除了冥想之外,王学芯从现实观察中打开"老之将至"的精神格局,那是诗人坚守的真相。"四个老人的手掌/相互交叠 像突出的屋檐/庇护一座有婴儿的房子"(《昼与夜》),老人和婴儿交替出现,呼应着岁月的更迭,就像他说"老人的重生渗入一种新生",安慰也由此找到了源头。比如在感喟自己老年到来的同时,也有这样的比较:"坐在花坛边的老人/我不知道他看了我多久 直到现在/目光还在坚硬地斜伸过来",在这一细节中,更老的人对于诗人的人生来说是一个参照,时光的轮回在每个人身上都会应验,"空气又湿又粘/我的呼吸像在转移/在老人的表面上出现和隆起"(《路过一个花坛》)。诗人以路过花坛所见书写老人，似又无不指向自己，讲述的故事终究会落到个人头上，并成为无法终结的"往事"。

老年、时光与岁月的流逝，像阴影一般笼罩在成年人的生活之中，而衰老不知不觉地靠近了我们。诗人以他的敏感对所有的"年迈"作了定位，在修辞中他无法避免以沉郁作为基调；但这也不一定必须是悲凉的，因为所有的感慨中都寄托着他对命运无尽的思索。"石榴树花开/花落一地掠过一个养老院的房子/没有时间恐惧/只有叶子交叠着　相互点了点头/飘过一丝气息"(《石榴花》)，落花与养老院是否印证着"衰老"的定局？诗人究竟想以此召唤出什么？恐惧是必然的，但他又"没有时间恐惧"，这才是真相，无法逃避，却又时刻面临困惑，如何解决呢？"老人的日常呼吸在始与终之间"，生活还将继续，要打破乌托邦的幻想，只能靠某种意念，想象着唯有院子里的那棵石榴树能够"揉碎时间"，解构衰老。诗人突破了身体衰老的边界，不时地指向时间所带来的存在之难，并联想着另外的可能。"细微之处的阴影/与体衰联系一起"(《大叶子树》)，固定的审美强化着诗人去描绘更多的细节，也可能是对自己想法的一种预演，虽然他清醒地知晓未来的答案，而写下衰老的过程就是"诗的见证"。

花甲之年作为一种事实，给予了诗人某种存在主义式的体验，他在和年龄的相互凝视中，最终还是要回到与时间的抗争或融合。"六十岁的念头一闪而过/观点栖息在屋内的房间里　感到/现在的时间有了更重的份量"(《这个时刻》)，他面对的是当下，而需要留住的仍然是现在的时光。这种对当下的依赖是倾听内心的声音，让所有的感怀化为时间性的人生节点，来应和诗人"中年变法"风格的形成。这是王学芯近期诗歌写作的价值观，也是重要的方法论。

唐　月的诗

终点站

奇寒。滴泪成冰
出站口哈着白气,吐出
变形烟圈儿
半声咳嗽,吐出
肿瘤样大包小包
栓塞人流
年底了,连风都走在
回家路上
带着它吹不散的呼呼乡音
和灰白乱发

式　微

我儿时磕掉的半颗门牙
还在痛,在老屋的老房顶上
与那些荒草一起痛
以村庄缓慢的风速

那些漆黑的夜里脱掉的黑发
还在生长,在不为桃木梳子所知的
某一夜与另一夜
一夜一夜尾随贫血的月色
白过来

麦芒还在为自己一针针针灸
我遗失的马掌和鞭梢还在
找寻我的老路上迷路

今夜,所有的故事都微张着眼
故乡已没有故人

种植者

和太阳对个火
把指间这支炊烟抽完
待袅袅的心事将晨风拉直
我就下地

平土,造墒,种下自己
光明和黑暗都已有限
茁壮的墓碑终会代我说出
永恒的贫瘠

月夜十三行

一夜,东坡在西屋咳嗽
我从梦里伸出右手
拍打西墙,一如拍打他
辽阔的背——从京城到儋州
"朝云啊,这里,这里"
于是满墙的火,满墙的灰
满墙的不合时宜
满墙河流欲止,满墙浪花涌动……
我摘下一朵,佩戴在锁骨
钟摆摆出钟,摆出西墙
摆出西窗
指针弯曲成月亮模样
挂在我不停晃动的手臂上

喊出来

今夜,你要把一轮明月
从唐诗里喊出来
一壶酒的沉默显然不够响亮
你需给酒里下足雄黄
勾兑以子时蛙叫,午夜蝉鸣
最好还要佐以初生婴儿干净的啼哭

今夜,我要做的是另外一件事——
把一首唐诗从明月里喊出来
或许我们可以一起喊
用两壶沉默。顺便也把你我
从彼此的体内喊出来

外　人

睡在自家夜里
蓦然间觉得自己是个
外人——
借宿人世的外人

满地参差的月光
没有一小段儿,是我的
钟摆上荡秋千的尘埃
没有半粒,是我的

梦中翻身,呼唤村庄乳名的人
没有一宿是我的
他压碎的床,不是我的
他揽紧的我也不是,我的

独卧春坤山

多少年了
一群羊仍在山坡上
练习吃草
它们偶尔抬起头来
将身子探进天空

模仿一下白云
此刻,若有个
叫昆都仑河的男人
环绕身边
不晓得他又会对我
做些什么
一朵格桑花摇曳在
自己渐失的香气里
因为爱,它选择在风中
慢慢停下来

霜　降

雪没来,霜是不会轻易降的
纸上多为空文
唯有一些句读在煞有介事喘息

久居所谓人间
不言暖,便不觉齿冷
如今,我至少可以向一碗鸡汤保证
霜打我脸时,我绝不还手

我仍会红着眼,像一片枫叶那样
递上火的心跳,顺便递上
一支烟的呼叹……

酒醒扎鲁特

日出时分
一个人还在另一个人梦中
画月亮,怎么也画不圆

她动用了皮鞭的圆规
草尖上的夜露
和一枚遗失在别人衣襟上的
金属钮扣

有人在蒙古包外歌唱
蒙古包
有云在山脚仰望山顶

有风在一圈一圈转敖包,手中
念念有词

扎鲁特,匍匐在地的仆人
此刻,借亿万青草抬起头来,朝向
太阳重生之地。我来了

来了,又走了
勒勒车知道我在说什么

踏 雪

嘎吱嘎吱嘎吱——
雪一来
路上就铺满了鸟鸣
每走一步,都有一只鸟
在向另一只鸟求爱
走得快一些,再快一些
跑起来,跳起来吧
叽叽喳喳叽叽喳喳——
我想把一只鸟走成两只鸟
两只鸟走成一窝鸟
一窝鸟走成满林子的鸟……
哎呀,我走过的大地上
春天雀跃,儿孙满堂

天 意

阳光打在我脸上
比一记耳光响亮
然而,留住痛感是困难的
那些代我们死去的落叶
面色安详,铺满大地
任何祭奠都显得多余
我将自己平放在缩水的长椅上
再折叠起来,反反复复
直至弄皱了这个黄昏
始终相信:枝柯之外
自有一双手在摆弄星辰
你瞧,树梢上的月亮又缺了

其时正值十五

一只猫的十行沉默

说吧,一个人如何打败月光
在黑夜内部暗自亮起来

如何牵起一朵花刺生的手
浩荡成春天的样子。说吧

一个人如何重新变回一只猫
与阳光吵架,嬉戏,相拥而泣

产下一窝又一窝小猫和小阳光
而不被群猫诅咒,不被众神祝福

不说吧。一说就陷进了人的泥淖
一说就惊醒了一只猫的沉默

薄 凉

最近呼吸也薄
睡眠也薄
像一张纸,贴在床上
不敢轻易翻身
只怕弄皱了,揉碎了
昨晚试着将纸夹进
一条河流
今晨发觉
河流也薄了,也皱了
像欢情,像另一张纸

夜猫子

当整个夜晚穷得只剩下
一个女人
她还是有办法孕育花朵的
将自己安放镜前,让孤独翻倍
是件令人上瘾的事——
用烟头戳亮对面的眼睛

拿酒杯碰碎她的嘴唇
或以一首诗塞她的耳朵
以另一首诗扇她耳光……
痴人自有痴人的乐
她至少不会再哭给这个人间
那些无比正常的石头看

月亮偈

低头看月亮
回头看月亮
闭目看月亮……
我的眼睛不够用了
许多东西都得这么看了
银碗盛雪,玉壶斟酒
白马入芦花
看见的,看不见的
都在,都不在
那个怀揣好多月亮的人
早已把白天过成了长夜

牧妪

明天尚远,此刻,我离黄昏最近
离牛背的摇篮最近,离牛乳的钟摆
最远

我目噬落日,直至从群山嘴里夺下
所有回声

与一头小牛一起拱奶喝
是我最想复制的哺乳生活
为此,我在鞭梢上打满了蝴蝶结
笛孔里塞满了金簪花

黄昏哞哞的长调呵
我抓紧这绳索,乱红般荡起那秋千

与牛尾一起横扫牛蝇,与牛蹄一起加固
一朵一朵牛粪

种春

在草丛里种下蛇
种下小路,种下晨昏
以及它们和第三个敏感词
无尽的缠络。
种下毒。

沿月亮的扶梯
夕颜耽于殉道、耽于攀缘。
在花叶上种下阳光
丝质的脚印、露水琉璃的脚印
同时种下一双陶瓷的脚。
种下破碎。

立秋

将乌云赶至檐下,如果有屋檐的话
将羊群放牧在午后湿漉漉的天空
如果有天空的话

将草尖的骈句打乱了,揉碎了
以闪电的舌尖涂满野马的颈部
如果有野马的话

你知道我在说什么,最好不知道
就像落花不知道流水
这并不影响秋天的到来

作者简介:唐月,女,出生于1970年代,内蒙古作家协会会员。诗作见《诗刊》《山花》《江南诗》等各类文学期刊及多种诗歌选本。

日常生活之中精神纹理的诗意挖掘
——唐月诗歌品读

● 古 心

诗人戴望舒曾说:"诗是由真实经过想象而出来的,不单是真实,亦不单是想象。"这提醒我们要重视诗歌的缘起。读到诗人唐月的诗,让我有一种溯源的冲动。不禁想起陈丹青演讲时说到的一件往事,那时他还在美国,担心以后没有人读木心,于是作家阿城说了一句话,让陈丹青印象特别深刻,那就是:"小孩子咕嘟咕嘟冒上来。"事实上,许多年以后,阿城的话应验了,太多的年轻人,从木心的文字里获得了更加纯正的文学趣味。回到唐月的诗,就像当初读康雪等年轻一代,她们已经是"雨后春笋",且有着更大的精神视野,她们在诗歌里释放着天性,甚至"野性",打破了那种僵硬的意识形态的束缚,在人性的舒展上有着更大的弹性,由此而来的文字,对于那种"媚俗"的"轻"就形成了一种"逼围",文学,正因了这年轻的力量,一种真正的历史意义上的进步才有其可能。首先看唐月的姿态,就有一种高蹈与孤绝,人是为"分行而沉默的人",这甚至让我想起了美国桂冠诗人默温,在沉默里释放诗意的温存。年终之际,读唐月《终点站》一首就特别感怀:"奇寒。滴泪成冰/出站口哈着白气,吐出/变形烟圈儿/半声咳嗽,吐出/肿瘤样大包小包/栓塞人流/年底了,连风都走在/回家路上/带着它吹不散的呼呼乡音/和灰白乱发"。短短十行,有一种鲁迅话语方式的冷峻,如此寒冷天气,挡不住返乡回家的热情,而这种热情是"压抑"的,会让我们联想到依然强大的民工潮,依然背井离乡的千千万万讨生活的黎民百姓,她抓住在出站的这一时刻,进行了一个形象化比喻"出站口哈着白气,吐出/变形烟圈儿/半声咳嗽,吐出/肿瘤样大包小包/栓塞人流"。几无美感,个体是模糊的,有一种无声胜有声的批判力。结尾处的"灰白乱发",甚至让我想起华老栓,想起祥林嫂,想起中年闰土……我们在这里涌起的已经不仅仅是"乡愁",而是一种为了活着的巨大"哀愁",诗人精准的描摹力以及极简主义的控制力,让这首短诗给人一种突破窠臼的惊喜。

在每一个季节里寻找自己,那个被生活压抑的自己,通过诗句一点点找回来,那些时间里的伤口仍有痕迹,试着用雪花覆盖之,用月色抚摸之,疼痛仿佛就缓解了,甚至消失了,这如果说算是一种"麻醉",诗人甘愿沉沦其中。就唐月《节气帖》一组,先感佩一番。我一直强调智性写作的意义,在铺天盖地的抒情里,你提供了怎样的诗意?这是一个大问题,但就唐月的这一组诗浏览下来,她有着举重若轻的魔力。有太多的叩问,往往以沉默作答。但那些已经被酝酿的情绪必须有一个出口,这时诗句就有了理性思考之后的自然呈现:"总有一些饺子包不住的馅儿/洒落人间,成为一张张饥饿的嘴/不说出真相会噎死,说出真相会饿死"。这样的句子是过目难忘的,作者描摹生活的同时,也在调动读者的生活经验,我们常说,一首好诗往往是作者与读者共同完成的,此间可窥一貌。《霜降》一首:"雪没来,霜是不会轻易降的/纸上多为空文/唯有一些句读在煞有介事喘息//久居所谓人间/不言暖,便不觉齿冷/如今,我至少可以向一碗鸡汤保证/霜打我脸时,我绝不还手/我仍会红着眼,像一片枫叶那样/递上火的心跳,顺便递上/一支烟的呼叹……"三节十行,三四三"阵型",首节首句:"雪没来,霜是不会轻易降的"。让我们不禁联想到"霜雪"一说,霜事之后是雪事,自然秩序当如此,但"雪上加霜"却也是人类社会较为普遍的"物候"现象。诗人下笔凛冽,情绪骤降至零度以下。对比人间世事书生意气:"纸上多为空文/唯有一些句读在煞有介事喘息"。我们借此可以联想诗人安坐世界的一隅,早已经厌倦了日常的世俗与功利,渴望一场内心深处的"拯救"。于是,"纸上谈兵",而"你"心不在焉。"久居所谓人间/不言暖,便不觉齿"。这看起来的不经意之句,却透着"世事洞明"意味。想起新加坡散文作家尤今曾在文字里深切地感喟"人生如鱼饮水,冷暖自知",这透着寂寞的凉意的句子在诗人这里同样感同身受,"如今,我至少可以向一碗鸡汤保证/霜打我脸时,我绝不还手",必须撕开现实生活里的虚伪面纱,必须直面人生的种种况味,活着的要义不仅仅是活着,但一碗鸡汤绝不可以是心灵鸡汤,有时候,"低头"恰恰是一种"抵抗"。第三节:"我仍会红着眼,像一片枫叶那样/递上火的心跳,顺便递上/一支烟的呼叹……"是推进,是回收,也是总结:世界绝不只是黑白分明、一分为二,恰恰是那些模糊地带,最见真性情,也最见人性。天可怜见,那个面对霜雪的"我"始终在,哪怕"红着眼",也要"搏斗"一番,明知道悬崖就在眼前,知道宿命不可改变,仍以"一支烟的呼叹",学着西西弗斯推着石头上山。这首诗,不是一首传统的"傲霜"的诗,如果说非得要给

这首诗冠一个主题,那就是:无奈的挣扎后,不无自嘲的慈悲的抵达,而非妥协。"因为懂得,所以慈悲",因为真实,反而让我们"柔软",而这种柔软,不是霜打之后的"蔫",而是一种精神的"缭绕",一种情绪的小小的"渊",你抵达了,才会有清澈见底的"看见",生命里那么多隐秘,而"看见",需要诗人时时刻刻醒着的一双"心眼"。

一个诗人,要有一种持久的"野心",即要把有限的语言不断通过不同的路径抵达无限的精神天空。这是一个看起来艰难困苦的过程,同时你也需提醒自己要有游戏般的心境。也就是说,在文本的推进中,我们固然要有星辰般的期待,但也可能是烟花易冷的结局。当一个诗人意识到诗歌必须是超越生存哲学的起码地平线之后,其才真正可能获得更多的灵性和更大的自由。唐月的诗,我是旧历年底才邂逅的,她所抵达的一种自由之上的缜密与从容,在我漫长的阅读经验里确系"惊艳"的发现。于是,最近持续进入她的文本,并以自己的精神氛围对接之,常有"驿路梨花处处开"那种感受。我们一直强调一个诗人想象力的重要性,但想象力在诗人这里绝非那种无效的"天马行空",呈现在文本里,必须是一种个人经验的"形而上学"化,这个思考可以从《种植者》一首浅观。《种植者》:"和太阳对个火/把指间这支炊烟抽完/待袅袅心事将晨风拉直/我就下地//平土,造墒,种下自己/光明与黑暗都已有限/墓碑茁壮,终会代我说出/永恒的贫瘠"。首先说视域的问题,这个问题,就当下的女性诗歌写作的文本沉淀,处理得好的并不多,很多女诗人,诗句委婉细腻,甚至灵性缠绵,这一性别优势也很容易让她们沉溺于自己的舒服区域而导致其局限性。相反,在唐月的诗句里,却有一种草原般的辽阔,甚至有一种举重若轻的洒脱。进一步说,她内心的山水不是"舟摇摇以轻飏,风飘飘而吹

衣"式的摆脱某种束缚后的放松，亦非那种"行到水穷处，坐看云起时"的静默心音，其有着一种内在的热烈，这种热烈让她的文字透着郁勃之气。"和太阳对个火/把指间这支炊烟抽完"，起句"高远"，仿佛"我"就是天地达人，对于辽阔天地的一切，皆可"交汇"，即使对于"太阳"，一支烟的方式，就把"太阳神"拉下马来，并在诗歌里将其"驯化"，"待袅袅心事将晨风拉直/我就下地"，这样一种从容有致，甚至让你觉得，原来夸父逐日、精卫填海等都不再是一种神话。"平土，造墒，种下自己"，此时的"种植者"仿佛带着某种使命，她完成的不是我们理解的"春种一颗粟"，关于"造墒"一词，有妙意，我们在种植学里讲"墒情"，这本来是自然之力，有其不可把握性，而诗人偏偏让"种植者"去"造墒"，这近乎是对"神域"的挑战，让我不自觉想起了里尔克在《秋日》里所隐藏的一种诗意的"奥义"。我常常思考"致广大而幽微"这样一种文学境地，这首《种植者》秘密地契合了我要寻觅的那种果实。再回到诗歌的推进："光明与黑暗都已有限"。而诗人的内宇宙却呈现一种无垠，在光明与黑暗之间，诗人站在那里，就是光明与黑暗的边缘，也是爱与痛的边缘。"墓碑苗壮，终会代我说出/永恒的贫瘠"。此为"金句"，万千生死，万千轮回，终究是要面对"墓碑"，你如何有一种永恒的"墓志铭"？"永恒的贫瘠"，也终究是永恒的伤悲！

读唐月的诗，就整体性来考量，有一种"看似寻常却奇崛"的不凡，这考验的是一个诗人"心裁别出"的功夫，也是我强调的"有难度写作"。从眼睛出发，从寻常出发，但必须时时带着自己的心，而我们也必须记住这样的说法"我们都有心，但不是每个人都有心灵"，这也可以呼应"世事洞明皆学问，人情练达即文章"之说，写诗，尤然，这不仅仅要求你"练达"，更要你有"睁着眼睡"的敏感，我在这里强调的是精神的"日常性"。这一点，也呼应了我开头提到的戴望舒的说法。我前面文本细读的《终点站》与《耕种者》，它们有寻常里发现的"异常"。一个优秀文本的呈现，往往能够在那一瞬间调动了你的"经验"，而你即使"众里寻它"，却始终难以出现。想起陆放翁曾言"文章本天成，妙手偶得之"，这可能会让我们却步，事实上，即使天才诗人，下的也是"笨功夫"，所以，要有"两句三年得，一吟双泪流"的耐心。《独卧春坤山》相对于上面两首，算是"另一种风格"，有一种情绪的浑然，在整体画面的呈现里，层次感分明，"多少年了/一群羊仍在山坡上/练习吃草/它们偶尔抬起头来/将身子探进天空/模仿一下白云"，这几句铺排，是"乡景"，是"乡情"，是一种"此目到处悠然"。"此刻，若有个/叫昆都仑河的男人/环绕身边/不晓得他又会对我/做些什么"，如果说上面一个层次是"独观"，那么这一层则是"独想"，始终还是扣住了题目里的"独"字。"我置身于天地之间"，云绕，水潺湲，而情感的"渊深"，不可言。诗歌的情绪，被白云拉远，又被流水"救回"。"一朵格桑花摇曳在/自己渐失的香气里/因为爱，它选择在风中/慢慢停下来"，最后，借助于一朵格桑花把自己"内心的花朵"绽放开来，自己与自己"缠绵"，依然是扣住了"独"，而这个"独"已经由前面的"不安之心"抵达了天地自然洗礼后的"柔软"。

平凡地活着，日子久了，心也会钝如生锈的刀刃，而诗歌是一种拯救。"一朵旧棉花般揽紧怀中体温/而不生出多余的花香，好久了"，这样一种感叹，有着感伤的意味，也是一种提醒，提醒自己眼前与远方需要一种平衡，无论"涓生"还是"子君'"，无论"简爱"还是"罗切斯特"……即使有着太多的"伤逝"，也还是要提醒自己，欲抵达更高的远景，需要新一轮的精神启蒙，这是对唐月的祝福，也是对其诗歌的期许。

冯　娜的诗

出生地

人们总向我提起我的出生地
一个高寒的、山茶花和松林一样多的藏区
它教给我的藏语,我已经忘记
它教给我的高音,至今我还没有唱出
那音色,像坚实的松果一直埋在某处
夏天有麂子
冬天有火塘
当地人狩猎、采蜜、种植耐寒的苦荞
火葬,是我最熟悉的丧礼
我们不过问死神家里的事
也不过问星子落进深坞的事

他们教会我一些技艺,
是为了让我终生不去使用它们
我离开他们
是为了不让他们先离开我
他们还说,人应像火焰一样去爱
是为了灰烬不必复燃

棉　花

被心爱的人亲吻一下
约等于睡在72支长绒棉被下的感觉
遥远的印度,纺织是一门密闭的魔法
纺锤砸中的人,注定会被唱进恒河的波涛

炎炎烈日的南疆　棉铃忍耐着
我想象过阿拉伯的飞毯
壁画中的驯鹿人,赤脚走在盐碱地
只为习得那抽丝剥茧的技艺
——遗忘种植的土地,如何理解作物的迁徙
身着皮袍的猎人,披星戴月
走向不属于自己的平原

豫北平原,被手指反复亲吻的清晨
一个来自中国南方海岸的女人
脱下雪纺衬衣和三十岁的想象力
第一次,触摸到了那带着颤声的棉花

陪母亲去故宫

在这里住过的人不一定去过边远的滇西小镇
住在那里的人接受从这里颁布的律令、课税、无常的喜怒
尽管门敞开着,钥匙在拧别处的锁孔
尽管珍宝摆在玻璃柜中,影子投射在人群触不到的位置
穿红戴绿的人走来走去,讲着全世界的方言
母亲问我,早上最先听见的鸟鸣是喜鹊还是乌鸦
我想了一会儿,又一会儿
不知这里的鸟是否飞出过紫禁城
不知鸟儿可会转述我们那儿的风声

呼 麦

多么羡慕蒙古人,在喉咙里携带着家乡和
　　草原
在喉咙里放牧马群
在喉咙里,欢乐也会发出悲伤的回声
弓箭拉开,是庆祝、是猎取、是海拉尔河上
　　的冰裂

我羡慕他们喉咙里的暴雪和霜冻
他们爱过、忍受过、失去过的广阔北方的
　　冷寂
我羡慕他们山岭粗犷、岩崖刚烈
即使,来到无数人簇拥的聚光灯下
也能发出陨石般的声息

喉咙里诞生的,必在喉咙里逝去
微小的星辰在呼吸间运转
陆地上,相似的火光和迥异的震颤
那些积雪中的跋涉,马头琴上的断弦
让他们清醒地跨过掌声的镣铐
穿过了众人的钦羡

寄 北

用新习得的方言,穿过一枚顶针
一个北方的手印,用不多的力气
按在新鲜的盐粒上

坐在市集的背阴处,想与你说一说李煜或
　　苏轼
我在南方获得的宁静,是他们维持的气候
拂晓时,回味着出现林海的梦
你经历的北方,早有人述说
手艺人有时带来奇妙的新把戏
我尾随他,看见作坊里人们正把日子一点
　　点用旧

裁缝店里的学徒,裁寿衣就像裁一封家书

我熟悉那些哭声和交谈
熟悉那些滚边的丝绸衣裳
古人的信,藏着不想被识破的伤心
他们拣选尘灰覆盖的词,吹一吹
我把湿了的双手擦一擦,
把它们重新放回你不能看见的地方

龟兹古国

在晾衣绳上晒得蜷曲的下午
在昏暗的洞窟
残破的壁画中,乐器还在弹拨
在一首不完整的和歌中——
我曾听命于我的佩剑:这里是龟兹
我将会隐身于我的夙愿:这里依旧是龟兹

那波斯曲调的水分
让我在某一个地方秘密地活着
战争、苦役、罪人的刀口,将我弃于沙土
智者在流放中,抵达了我丝绸的音律
劫掠者,在自己的贪婪中面壁——
我是壁画中最高的修辞
被剜去双眼的造像,赐予我更多的星宿

这里有更多不属于谁的酒酿、经文、烈马
在干涩的海盐中,我会过去
在一部会被读错名字的古籍里
消失在一个诗人的汉语中
——我存在于:龟兹

石 像

最难雕刻的部分已经完成
她的笑意是石头的
她的嘴唇和衣袖是石头的
她的哑默和心跳是石头的
当一个人伸出手,她的体温是石头的

她在石头里获得时间
在别人的眼光和抚触中获得生活

星月交辉

许多朝代后,还会获得新鲜的祷告
——如果人们还信奉神灵安住在石头当中

在她的石头的眼睛里
生命和死亡是同一只鸟
日出前起飞,在黄昏隐藏了脚迹
她的怜悯和遗忘是石头的
她的呼吸是石头的
她的不确定的名字是石头的
——最难雕刻的部分已经完成

白雪楼

大雪封山,一个钟情于鲍叔牙的人
必定也钟情于雪的清洁

当贤者像一个疲惫的使徒
走过宫殿、庙宇和困顿的街市
他需要一扇冰凉的窗户,推开重复的诗行

孤独是最后的牵挂
一个留守鲍山的人,必定也徘徊在寒冬的
　　尊严中
登楼谢客
他在低矮的光线中翻阅先人的生活:
光明如雪的时刻
举棋不定的时刻、心似刀割的时刻……
他在纷扬中活过了许多人的一生

他与过往的自己和未来的知己频频相遇
他走进雪里,以为是百年前那一场

弗拉明戈

我的步履疲惫——弗拉明戈
我的哀伤没有声音——弗拉明戈
用脚掌击打大地,是一个族裔正在校准自
　　己的心跳
没有力量的美　以美的日常显现
弗拉明戈——

流淌着贫病、流亡的血和暴君偶然的温情
越过马背的音乐,赋予肉体熔岩般的秉性
流浪者在流浪中活着
死亡,在他们渴望安居时来临
谁跳起弗拉明戈
谁就拥有世上所有不祥的欢乐
谁往前一步,谁就在不朽的命运中隐去自
　　己的名姓
弗拉明戈——我的爱憎不分古今
弗拉明戈——我的黑夜曾是谁的黎明

夜晚散步

我喜欢和你在夜里散步
——你是谁并不重要
走在哪条街上也不重要
也许是温州街、罗斯福路
也有可能是还来不及命名的小道
我喜欢你说点什么
说了什么并不重要
我能听见一些花卉、异国的旅行
共同熟识的人……
相互隐没,互成背景

我喜欢那些沉默的间隙
仿佛我并不存在,我是谁并不重要
你从侧面看过去,风并未吹散我的头发
它对我没有留恋
风从昨天晚上绕过来
陷在从前我的一句诗里:
"天擦黑的时候,我感到大海是一剂吗啡"

我喜欢那些无来由的譬喻
像是我们离开时,忘掉了一点什么

与彝族人喝酒

他们说,放出你胸膛的豹子吧
我暗笑:酒水就要射出弓箭……
我们拿汉话划拳,血淌进斗碗里

中途有人从外省打来电话，血淌到雪山
　　底下
大儿子上前斟酒，没人教会他栗木火的
　　曲子
他端壶的姿态像手持一把柯尔特手枪
血已经淌进我身上的第三眼井
我的舌尖全是银针，彝人搬动着江流和他
　　们的刺青
我想问他们借一座山
来听那些鸟唳、兽声、罗汉松的酒话
想必与此刻彝人的嘟囔无异
血淌到了地下，我们开始各自打话
谁也听不懂谁　而整座山都在猛烈摇撼

血封住了我们的喉咙
豹子终于倾巢而出　应声倒地

作者简介：冯娜，1985年出生于云南丽江，白族。毕业并任职于中山大学。中国作家协会会员，广东省文学院签约作家，广东外语外贸大学创意写作中心特聘导师。著有《无数灯火选中的夜》《寻鹤》等诗文集多部。曾获华文青年诗人奖、美国The Pushcart Prize提名奖等奖项。参加二十九届青春诗会。首都师范大学第十二届驻校诗人。

自然景观中的文化编码
——评冯娜的诗

● 孙晓娅

每位诗人都有一个心灵的原乡，或一方与其生命相互链接的地景，它所展现的不只是语言情境的开显，也是诗人存在于当下的感悟与诗想。诗人对寓居或经验过的地方，无疑存在着一种观看、认识和理解的方式，如此一来，不同的地景蕴蓄着诗人存在的经验和生命的体认，构成诗人审视生活的一个视角，或者说是一种意识形态，或可称之为地域景观。冯娜的诗中书写了不同文化与区域的地域景观，地域景观架构起诗人隐秘的精神空间，它们不仅是"风景"，还承载浓缩着诗人的精神世界——记忆、想象、认同，传达了人伦亲情以及主体的生命感、依附感与归属感。在书写这些地域景观之时，诗人撒开都市繁华的外表和嘈杂的市声，沉静下来回味或聆听这些景观与灵魂的通融元素，这就形成积极、多维度的互动。在冯娜的诗歌中，云南、西藏、乌鲁木齐、广州和豫北平原、恰克图、樟木口岸、长城等不同的地域景观中暗含着她的审美理念、亲情和生活观念，尤为可贵的是它们投射出诗人内在心灵与外在世界的存在结构，唤醒灵魂深处神秘之境的想象，扩展了诗人主观诗写的空间。恰如2014年度"华文青年诗人奖"授奖词所评"诗人冯娜将现代诗歌意识与现实生活经验、想象的时空、梦幻的语境、巧妙的神思相结合"。

冯娜是有根的诗人，她的根得到多重文化养分的滋生补给，她对故乡景观的书写根植于衍生不尽的养料之中。故乡是诗人笔下永恒的召唤，冯娜大凡写到云南时，都情不自禁地流露出对乡土家园的一份恋地情结（topophilia）以及富有哲理意味的存在之思，她对故乡地域景观的书写缠绕着深深的眷恋之情和生命的哲理。

诚如阿多诺所言："仅仅只有个人的激情和经验的流露，还不能算是诗，只有当它们赢得普遍的同情时，才能真正称得上是艺术，这正是根据其美学的特定含义来讲的。抒情诗所表达的，并不一定就是大家所经历过的，它的普遍性并不等于大家的意志，它也不是把其他人未能组合起来的东西加以单纯的组合。"[①]冯娜出生于"充满诗意、深情和火焰"[②]的云南，那里是她生活、写作与精神的原乡，从出道至今，如何让笔下的家乡草木山川河流与人事赢得诗学意味的"普遍的同情"，是诗人始终关注的问题。云南是一个江水源集、自然风光秀美的地方，除了崇山峻岭形成的景观之外，还有由丰富的水资源形成的水源景观，冯娜对故乡的诗写不乏对"河流"意象的关注，也不惮于从自然层面书写水的景观，借由对水的情态和寓意的关注实则梳理了其思想深处复杂而丰富的文化思考。在《云南的声响》《沿着高原的河流》《夜过凉水河》《澜沧江》《金沙江》《洱海》《冬日在拉市海》《卡若拉冰川》《流水向东》等诗篇中,诗人笔下"水"的意象暗含并寄寓了其内心深处所积蕴的文化诉求和诗意情怀——从容自然、动态包容、随遇而安。《云南的声响》是冯娜2011年创作的比较富有个人标识度的诗作,在诗歌中她以冷静的笔法书写了云南繁复的语言系统和人情风俗:"在云南 人人都会三种以上的语言/一种能将天上的云呼喊成你想要的模样/一种在迷路时引出松林中的菌子/一种能让大象停在芭蕉叶下/让它顺从于井水"。与其说这是诗人对故乡"朴拙真挚的念想",莫若说是其借由对故乡语言特色的形象捕捉,完成富有地缘特质的超越现实世界的文化表达。诗中,云南所拥有的那三种语言,都是承载思想的语言,是地域精神的符号,它表征着多维度、特殊指向的场所精神,若非当地人,很难领悟它的生命维度:"那些云杉木 龙胆草越走越远/冰川被它们的七嘴八舌惊醒/淌下失传的土话——金沙江/无人听懂 但沿途都有人尾随着它"。在冯娜的文化编码系统中,水成为当地人生命的内核,驯服调化着"金沙江"畔的生灵,亦如诗人内心深处跳跃的幽灵,时时闪现在笔端。

"在我的老家 水中的事物清晰可见",诗人以水拟喻她对故乡澄明的爱,这有别于常人的写法,故乡的水犹如诗人心灵中那片无染的蓝空,水的镜像映射出诗人主体的情怀,水的温度等同于诗人情感的温度,水的清晰即心性的澄明,水幻化为精神的指向,调服离乡游子的"痛"。冯娜善于在自然景观中进行文化的编码,注入主观的感喟和哲理探寻,她深谙其间的秘术,不断为书写对象进行富有文化意味的编码:其他很多诗篇诸如短诗《小木匠》,写工匠文化和工匠精神;《云中村落》《漓江村畔》,写村落文化;《婚俗》,写传统婚姻中的礼俗文化;《端午祭屈子》,以屈原的故事来写祭祀文化;《西藏》《菩提树》《贝叶经》《去色拉寺》等,则书写佛教文化。这些文化诗写,在诗集《无数灯火选中的夜》中的"短歌"中多有呈现。这些"短歌"作品,没有题目,类似中国古典诗歌中的"无题诗",诗的内容表达较为含蓄,现代质感较强,无不体现着诗人对"人"的思考,对"存在"的思考,以及对"人的信仰"的思考。然而,在这些思考中,传统道德和人伦价值与现代交往和人际互动之间,形成了强烈的文化碰撞。可以说,冯娜想要表现的既非对单一传统文化的弘扬,亦非对现代文化的高度认同,相反的是,她要表现文化之间的碰撞,以及不同时代"代际文化"的处境和命运,这一点非常深远。

冯娜是一位有扎实的西方诗学积累、阅读视域开阔的诗人,在诗途之上,她孜孜不倦地探索,自觉寻找突破之路。以往研究冯娜的诗歌,难以回避一度被研究者诘难的代际命名问题,即"80后"诗人与诗歌。从年龄上看,冯娜是"80后"诗人群体中的一员;从诗歌创作维度考察,也多少烙印着"早期80后"诗人的创作基因或曰诗歌艺术实践上的某些特征。但是,就冯娜近年出版的两本诗集《寻鹤》(2013年)和《无数灯火选中的夜》(2016年)而言,无论是诗歌的艺术形式、主题意涵、情感诗绪等方面均有鲜明的超越,其中最别然于"80后"代际诗人创作的一个方面即她的植根文化时空写作,这方面尤其值得我们后续深入研究。

注释:
①西奥多·阿多诺:《谈谈抒情诗与社会的关系》,《文学笔记》第一卷,根据U.Heise编《文艺理论读本》1977年德文版译出。节译本,蒋芒译,刘小枫、伯杰校。
②冯娜:《诗人的本分》,在2014年度"华文青年诗人奖"诗歌研讨会上的发言。

歌 儿（组诗）

● 王 侃

诗 集

告诉你
这是一个年轻的庄园
白云之下的道路敞如胸膛
诗行的枝桠
都扎进化不开的绿原
每一个词语都擦得锃亮
像拢入箧奁的翡翠
装进枪膛的子弹
而夜风中袭人的芬芳
来自爱情的窖藏

也许不久，也许很久
定然会有一个
像我一样的少年
仲夏之夜凭海临风
他伸手取下我写就的诗篇
像摘下从篱墙上探出的玫瑰
献给一个像你一样的姑娘
久久不语

立 春

风和风在密林里交接
万化坐回到镜前
当太阳从云外转动门锁
没有谁夺路而逃

将牛背上的牧笛
转交给松下的童子
重生的道路
用开花的手杖遥遥指出

入夜时踏雨而来的
是圣洁的孤独
你怀里滑落的爱情秘笈
此刻翻开在第一页

这一首诗

这一首诗关于你，关于
你我共同的河流，宽而幽谧
像流年的镜子
倏忽划过永恒世界的易逝形象
它们跌失于时光瀑布的巨大落差
直到你蓦然回首，万川逆流
记忆不再是雨夜的婆娑
骑车飞驶的少年穿梭于那桥
一切如此清晰，可以看见
他无知的衣袂在疾风中
忽啦忽啦懵懂地撩动

这一首诗关于你，关于
你宥谅的河岸，花开千树
悄然安顿了少年寂寥的踯躅
哪怕在冬天的腹地，蒹葭枯白
你从没吝啬过
你襟袖间舒卷的美丽季候
像你赠与世人的倾心微笑
像从天而降的真言，银瓶乍破

般清绝,让他在驶离此岸
的列车上,一合上眼就顿时看见
其实并未发生过的站台吻别

这一首诗关于你,关于
你深藏镜底的美
年华深处钻石般永不磨损的动人
关于你的诗,每写一次都是复沓
致命的美只可能被描写一回

白

白,是离太阳越来越近时的光
万物的开端,是
草坪上滚动的绵羊
谷中的百合,南极的冰川
是相思的夜眼布满血丝的部分
连绵的雨天里被人遗忘的
曙色初染

是匕首在夜行服里出鞘
是玉碎的声音,是一个诗人的
名字,是将进酒的静夜思
举头望月时看到的永恒面向
是虚无,这宇宙的本质
是通过死亡才能接近的
刻骨真相

是倾妃的记忆空城,是时光
蓦然坍陷,犹如珠峰的雪崩
断崖般深邃无垠
白,是百事堪哀的贫贱
引车卖浆的鄙陋,是徒劳
是投降的旗帜挂落城头
泣血少女无辜的回眸

白,是不着一字的爱情履历
是一块绷紧的画布,等你落笔
是你的脸庞从雨夜深处浮现
像梅枝初蕾,云擦皎月

是独上西楼的一夜皓首
清寒小雪未曾飘落的冰晶
深夜里玫瑰般簇拥的花样年华

红

你是长虹的外沿,幸福的彩练
是被初恋定义的羞怯,最深刻的
腼腆,是放学的田塍路上
不灭的霞蔚,是秋天的枫林
萧瑟、枯白之中的异数
是燃烧的赤焰,柔软的诗心里
与你的波长对等的一截光芒

你是树木的心脏,是葵花的朝向
是北京,是六八年五月的巴黎
是坚如磐石的赤诚,是朝圣的路
是中国女孩的名字,灼灼桃花
是子夜的烟头,在墙角忽明忽灭
那一句你看不见的唇语,关于他
有多么爱你

你是宇宙的果瓤,生命的色相
如果万物失血
那是你正在与天地告别

钻 石

地表以下两百公里处的地幔
碳在沉睡,黑暗浸透了它
一种旷世的炽烈骤然前来叫唤
黑而多棱的梦刹时通体透明
从此,你是纯净、忠贞的克拉
阳光的涟漪孜孜不倦地搜索你
一遍又一遍,一轮又一轮
直到你在清浅的溪床上睁眼
云破处的黎明日出一般

如果灵魂有深度,但愿它
泊在两百公里处的静穆

如果灵魂有色泽，它必定属
碳的海洋所皈依的光谱
就像你凝望我时
我从你的眸子里看见的

移 情

在瓦茨大街，布达佩斯
与一个忧戚的金发女人擦肩而过
我认定，她应该名叫安娜
另一个名字，卡列尼娜
随着她的发丝飘拂

也曾在年少时的黄昏
不废江河的侧畔，目睹
一位长袍老者清癯的缄默
我以为是杜甫
瞬时看见了无边落木

我喜欢这富于修辞感的移情
逻辑的大陆沉进辞海
这逶迤，这次第
就像神借我慌乱的拥抱
示爱于你一样

繁简颂

我是读过万卷书行过万里路的人啊
我将随着时光推移，渐渐地
被堆积的见闻和记忆覆盖
一天天沉浸在风烛中的围炉夜话
但凡听人说起风景
我眼前便有西湖黄山大漠长河
有绿原林莽冰山天池
有令人迷醉的海岸，络绎不绝
我能说出一百种以上的花名
认得八十种以上的蝴蝶
而关于诗歌，从国风到离骚
从李白到纳兰，我将不吝于展示
用宋体镌在我胸口的诗史

每一次，当我的指尖从立在架上的
一排书脊迅疾划过，那些像琴键
一样激烈跳动的名字，莎翁托翁
但丁雨果博尔赫斯，以及
卡拉马佐夫兄弟，以及
替天行道的一百零八星宿
是铿锵而声部不一的隐秘交响
我多么喜欢这麦粒落地般的纷繁啊
就像我喜欢的某种洗炼和极简
但凡听人提及爱
我脑海里就只浮现神和你

送 别

这锋利的冬天，雨夜的中央
消遁的津口重新浮现
没有什么能阻止一次离别
阻止月亮和马匹往天河远去
当一根无助的火柴划亮
又熄灭
爱与黑暗无声地相望

此刻，我像是唯一的人类
在无援的弃世里
多希望每一条石缝都会歌唱
并凭藉深奥的玄学去移除
抱恨的诗章
此刻，我像是行走旷野的
右手之子，伸出救赎的枯指
在胸口，在心脏的位置
在从不跳格的江南四季里
按下了寒暑共鸣的琴键

春 华

我们如何能敌得住春天的才华
除了眼睁睁看着
恍如花染的悠长道路上
未被掩杀的词语四下里逃亡
被废黜的比喻，禾稗一样

倒伏在百草的蓬勃韵脚
除了看见它祭出一缕细风
就能让苦吟的诗行赧然坍塌

除了在斑斓的十面埋伏里
默默地原谅诗人的弃降
在繁星的水面逢迎渡叶的雅歌
朝圣般冥立,除了在光芒中
让一支耽美的画笔战战兢兢
看着一朵朵一片片花开
像期待已久的亲吻正在实现
我们如何敌得过那盖世的才华

看不见

我深愿黑暗永驻
因此看不见花入春泥
看不见飞絮从柳枝飏起
像灵魂从肉体剥离

看不见在思念的孤旅
迅速折旧的身躯
看不见未遇知音的旋律
雨丝一样折断在沟渠

看不见愤怒的烽火湮灭
看不见弱冠剑客出剑
看不见失意的太白或青莲
在一小盏春醪里佯眠

形 状

原野上抖动的草叶
说出了风的形状
从陆家嘴穿云的楼尖
看到了天空的形状
梅雨时节的江南屋檐
滴下水的形状
古道上的瘦马,西风中
勒着孤独的形状

倾圮的玉门关是历史的形状
蝶翅上有春天的形状
迅速融化的冰激凌
是夏天的形状
但是,即使握有
玉宇万里,风雨雷电
让野火反复烧掠
太阳永不西沈
用尽万卷春秋
也难以名状
那一瞬的波诡云谲
我在那一瞬里
丢失了自己的四季
如果你是萤火虫
我会是永不退却的夏夜
如果你是一片雪
我会是沉默的爱斯基摩人

选 择

我选择了夜晚和黑暗
选择了灰烬而不是火焰
选择深渊和彻寒
选择迷失,选择省略
选择屈服和瓦解
选择零或负数
选择一切的反面
选择划地为牢
选择把自由交给铁链
把诗写进青烟

但我不选择离开
不选择枯萎和败落
我黑暗中默生的白发
记录着每一次昏晓交割
我从夜晚递进白昼的
鲜花和枝条

我已有了答案

无时无刻的风
会消蚀隐忍的细节
如果这是必须
我只愿意记住
阳光漫过山脊的一幕
低垂的云朵,贴着草皮
寻找它遗落的雨珠

仅有的一个意外
剪开了生活的边缘
卷成不朽的花朵
我为自己写下的故事
其实都是你的传记
那些隐忍的细节
全是按下不表的人间烟火

眼看远方从此黯去
独木桥坠了崖
国王也不再赦免
如果失去退路的人们
还可以有最后一次天问
我会把这个机会让给
离我最近的人

信　念

在出发时的曙光里
我们领取了各自的云朵
和共同的阴晴
我们被应许的道路
像失修的唱针
横断大地的纹理
横断悲伤的河流
亡命的戈壁
以及一众速朽的昼夜
但绝不会有恐惧
用颤栗的措辞
改写彼此的眼神
在这唯一的道路上
不会有永别的风
突然卷起

在非洲

看见了玫瑰的种子
不死的夏天
屡被伏击的美
黄昏里孤愤的偏义
谦卑的静默
援引给丰饶的清贫归途
万千救赎的元始
一切爱与被爱的理由

如果,可以

可以让落叶重回枝头
灰烬又变回火焰
也可以被蝴蝶梦见
无论正午或是子夜
流年一页一页地
退到春秋的封面
中国终会撞上非洲
天地,会闭合在盘古
醒来以前

如果,仅仅是如果
北极可以忍住不下雪
沧海可以忍住
无边的呜咽
恋人可以忍住
一世的心念

致七月的逝者

我可以让虚构栩栩如生
让光线拐弯,可以将
无尽的风暴安然移进梦乡

捋起袖子就可以
一五一十地数遍星海的浩瀚

但我不能让时间折返
不能把一个苹果的热量
重新变成阳光
不能从镜子里伸出手
熨平我们夺眶而出的悲伤

致新年

是所有像秸杆一样倒伏的日子
重又站立成青纱帐,是一只空碗
等待被注满,是翻转的大沙漏
是投身一个似曾相识的时间牧场
而万物重新铺开了逶迤的婚床

命运再次校对了时间,告知给
最后的烟花。可并没有谁的行程
会被改签,去往天堂或者相反
幸福或是哀伤,无常的悲欢总是
会突如其来地报出陌生的到站

但我已用月泊窗台的某个夜晚
消弭了所有的悲欢。我要握着你
握着万千美感,就像天河溅起
的星光,像锦衣夜行的黑色爱情
出演只为诸天之上所瞩的专场

命运会再次校对时间,由岁末
最后的烟花去通告天下。你知道
有谁的行程会被改签?会不会
有谁被遗落?风声四起的原野上
我用野火点燃所有倒伏的秸杆

绿 夜

这一桩绿雾中的夜奔,你的
明亮、炽热和未及化开的
忧郁,随风入潜
却如私奔无方的花朵
四散坠入草茎
深化了渴望迷失的幽昧

但我倾向于相信
那是被神眷顾过的
复杂的美
是将深秋眺入春色
是从果实还原花朵
是于一切之中,追溯
美好的源头

这绿夜之中的明亮、炽烈
和未及化开的忧郁
这迷乱,幽昧
这被神所眷顾的
复杂的美
都将还原为
镜前或画外的你

塔 坛（组诗）

● 周瑟瑟

人 马

每个人小时候
都有一双马的眼睛
睫毛巨长
盖住了整只眼睛
我静静地站在那里
看大人们
有说有笑走过我身边
我不为所动
我像一匹马
似乎没有看你
但我心里把你
记住了
长大之后
我认得出
我看过的东西

屋檐与山巅

屋檐与山巅之间
永远隔着一条河
河已经远去
年轻时飘洋过海
白发苍苍时突然回来
愧对死去的父母
愧对族人
愧对屋檐上的瓦片
愧对山巅的白雾
阁楼里永远有一个新娘

窗户一直紧闭
你爬上山巅
看见自己
跪在山下的祠堂里
河水为你倒流
永远有一座亭子为你建造
你死在了异乡
但你在故乡依然出现

饭 店

竹篾圆盘
挂在屋檐下
那是农家
晾晒食物用的器物
上书：饭店
一个中年男人
坐在竹椅上
他身边一排竹椅
磨得发亮
屋顶的瓦片乌黑
那是这个村子最整齐的东西
不见厨房和饭桌
只有一块圆匾招牌
一个男人与他寂静的下午
我微微惊讶
但马上适应
我适应了饭店之外的青山
那是我最想吃掉的
蹲在溪水里的鸭子
它们一直蹲着

青山上的白云我必吃无疑
那个男人他只需坐在这里
我经过他的饭店
墙上挂了一面镜子
镜子下有一个洗手池
我照了照镜子
镜子里的人油光闪亮
却是一个清淡的食客

弗里达家门外

一根金属扶手插进她的腹部
直接穿透她的阴部
她失去了童贞
一生不能生育
剧烈的冲撞撕开了她的衣服
车上有人带着一包金粉……
金粉撒满了她血淋淋的身体
我和拉丁美洲、中国东北的观众
在弗里达家门外排起长队
整个墨西哥城
弗里达家门外排队的游客最多
我们都来观看她血淋淋的身体

白云监狱

在墨西哥
随处可见古老的教堂
我们的车停在红灯下
远远看见前方高耸的尖顶
——那里是教堂吗
——那里不是教堂
那里是奇瓦瓦市的监狱
犯人们住在尖尖塔顶下
白云环绕,阳光暴晒
附近教堂的钟声敲响
他们吃着牛肉和辣椒
在高原监狱里一天天祈祷

玉 米

墨西哥奇瓦瓦郊外的玉米
哗啦啦摆动
我靠近金黄的叶子
闻到了泥土和阳光
混搭的北美味道
一个农场主站在风中
向我招手
这里是美国人的后花园
他们没事就来这里走走
吃肥肉一样的大玉米
白色的玉米粒咬在嘴里
发出清脆的嘎嘣声
玉米的骨头
墨西哥的肥肉

白 鹇

李白喜欢的鸟
唐朝的鸟
深山密林里的鸟
向我飞来
它拖着长长的尾巴
像一个幽灵
脸颊鲜红的幽灵
嘴唇嫩黄
双腿带着血色
眼睛鼓起
我的白鹇
我梦中的李白的幽灵
向我飞来
降落在洞庭湖边
一个回家的人的床边

鹧鸪的腹肌

我回到岳阳
腹肌隐隐作痛

人到中年我对故乡
开始水土不服了
早中晚
我都听到鹧鸪咕咕鸣叫
它们隐藏在阿波罗御庭酒店
窗外的某棵树上
或许远在洞庭湖的一座岛上
这个季节
它们的鸣叫更加低沉隐忍
像我对待诗坛的某些人
我若即若离如一只鹧鸪
我腹肌上的绒毛
温暖柔软
我真是一只鹧鸪
我知道我肉体的
每一丝细微的感觉
在故乡的好天气里
我深深吸了一口气
然后长长吐了出来
—咕咕—咕咕

西南官话

你给我说方言贵州话
还是西南官话
我都侧耳倾听
我不会放过大山里
任何一丝响声
语言：这天生的岩洞
需要我去填满
语言：官方和民间
大为不同
官方的不太好懂
民间的亲切自然
语言：缠着迷雾的山峰
好像负伤的人
急需我爬上去
解开那一层层包裹的
白雾的绷带

塔坛

我爱法华寺塔坛里的腌菜
我爱法华寺湖边刚刚种下的辣椒
我爱"八指头陀"花白的胡须
他吃腌菜时胡须要向两边扒开
因为塔坛太大了
我要吃十年才能吃完一坛腌菜
或许一辈子也吃不完
我爱农禅并重的生活
早晨我背着锄头到湖边种菜
晚上我在清风明月下诵经
智者大师与灌顶大师
指着阳雀湖叫我快看
我端着一碗酸菜
一边吃白米饭
一边看七茎石莲花开

少孤为客早

少孤为客早
一个容易感伤的人
他看到雨打白桃花
不觉失声大哭
"野蔬充肠，微接气息"
在佛舍利塔前燃二指
剜臂肉燃灯供佛
民国初年末法时代
内务部礼俗司司长杜关
打了他一耳光
他蒙受奇耻大辱
胸膈隐隐作痛
当晚即示寂于法源寺
在我的故乡
他是"八指头陀"
是"洞庭波送一僧来"
他教我以很少的食物活着
只有清苦的生活
才让人心安

只有回到故乡
白桃花开满枝头
你才知道如何感伤

灵蛇踏青

天气转暖
青草长出来了
枯枝上的嫩芽迎风颤抖
一条蛇醒了
从洞里探出身子
世界多么清爽啊
它转动脑袋
看到了满眼的绿色
它爬过松软的泥土
吸饱了雨水的泥土
潮湿如世界的产道
先是缓慢向前蠕动
然后欢快地扭动起来
它听到了孩子们的笑声
青草生长的呼呼声
人们走动的脚步声
在蛇的耳朵里
我在喊它
喊它快点靠近
望月的犀牛
好奇的我

北极光

梦到北极是危险的
因为北极我从没到过那里
没有到过的地方
居然梦见了
我仿佛返回了童年
北极折射绿色的光
把我惊呆了
我记得在童年时
随便就能梦见没有到过的地方
但梦见北极

要等到很多年后的昨天晚上
我在绿色的光里醒来
像睡在薄纱纹帐里
妈妈抱着姐姐
还没有生下我

苏州一间房子里

竹椅如家禽
家禽傲首阔步
但走不出庭院
一个人在门口张望
他家的亲戚今日来访
坛子里的豆酱又香又滑
爱在早晨开始弥漫
阴郁在昏暗的仓库
已经白发苍苍
我走进客厅
一屁股坐在竹椅上
家禽纷飞
豆酱开坛
老爷爷异常亢奋
他重新爱上了老奶奶

黄河边的孔雀

黄河入海口
一只大铁笼子里
关着孔雀一家人
它们正在迎接
夜幕低垂时的恐惧
我看不清它们清秀的面孔
它们焦急地走动
像有什么事情即将发生
但又说不出口
暮色里的孔雀
像婴孩弹跳着
发出无端的尖叫
我害怕它们因为害怕
挣脱铁笼子

星河微澜

从后面扑过来伤害我
黄河流入了大海
孔雀一家人
它们干枯的喉咙
渴望黄河的滋润

我无法确定的声音

黎明时分
我在南岳的床上醒来
确信这具肉身属于我
确信南岳昨晚压在我身上
但无法确定一种绵长的声音
它来自南岳的树林、寺庙和夜空
在我的耳朵里发出轰隆隆的撞击声
我无法确定在我酣睡的时候
地球与月球是怎样
在南岳旋转、飞升与相互吸引
可以确信发生了很多惊心动魄的事情
因为贪睡我错过了目睹这一切
坐在黎明的床上
曙光给我送来乳白色的液体

一只鸟,随后三五只鸟告诉我
确定的消息:南岳彻夜不眠
它在磨一块砖头

漆黑的夜空

漆黑的夜空不全是漆黑一片
漆黑的夜空中
布满了微弱的星星
星星不全是混乱的
像我的脑袋
如果不仔细观察
它看上去必定混乱无序
复杂的结构
隐藏了清晰的逻辑
我的脑袋
耸立在南岳衡山
漆黑笼罩
星星艰难
群山的困兽
趴在我怀里

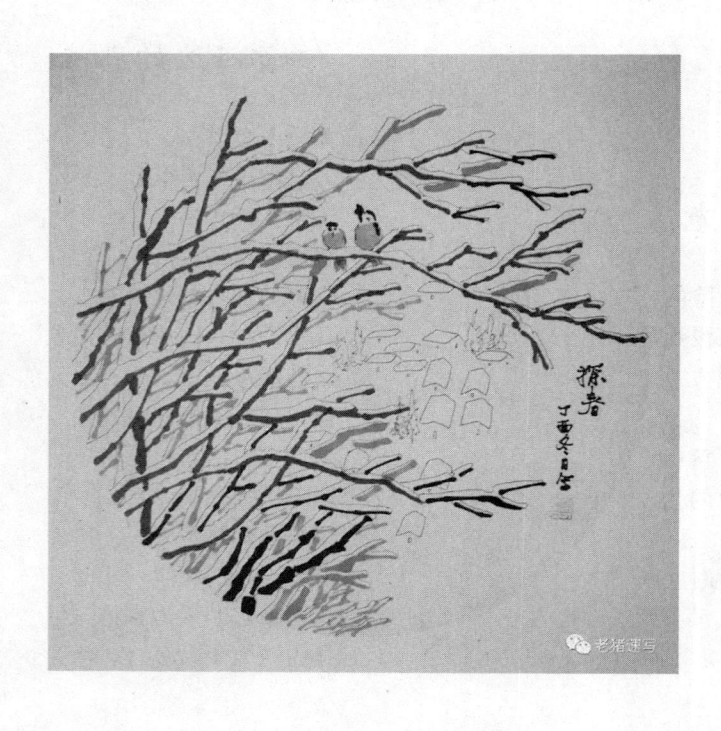

伊犁诗篇（组诗）

● 伊 甸

托乎拉苏草原

我像一头在戈壁滩上挣扎太久的骆驼
以为整个世界就是灰暗的泥沙
丑陋的石头。托乎拉苏仿佛从天上飘下来
我用目光、心脏、相机、诗句……
拼命地拉住它。我怕我眼睛一眨
它就飞向我再也找不到的地方
就像年轻时我眼睛一眨
她就飞向我再也找不到的地方

那朵不起眼的勿忘我
朝雪山投去的一瞥意味深长
黄蝴蝶是想在梦幻般的白色和绿色之间
再创造一个新的梦境吗？
一生中，我的梦一个个破碎
托乎拉苏，你有怎样的底气
让科古尔琴山和吉尔格朗河
像父亲和女儿一样无穷无尽地爱你？

内心荒凉的人，那些向天空走去的野花
你骑哪一匹马才能追上？

山坡上，许多羊在低头吃草

山坡上，白色的羊在低头吃草
黑色的羊在低头吃草，褐色的羊
在低头吃草……它们吃得那么专心
仿佛世界上除了吃草
再也没有值得一提的事

它们不像人那样贪婪
总把头仰起来觊觎天空
它们绝不东张西望，连住着天神的雪山
它们也懒得看一眼
它们更不会去抢别的羊嘴边的食物
它们一个个是彬彬有礼的绅士
一瞬间你以为它们
一边在吃草一边在作哲学家的思考
你不知道它们是否真的在思考
恍惚中，你发现自己也变成了一头
谦卑而憨厚的羊
专心致志地吃着身前的草
太阳伸出慈母般的手
把草原缓缓地拉向天空

天山的头颅白发苍苍

天山的头颅白发苍苍。一只黑色的鹰
衔来几条丝绸般光滑的河流

城市正在上演魔术。衰老的宫殿和城墙
胸前插满鲜红的花朵

我的故乡皱纹密布。我的故乡
头发被染得七彩斑斓

唯有天山的头颅，一万年
白发苍苍

一个向天山致敬的诗人
他的每一行诗——白发苍苍

星河微澜

喀拉峻草原

松树从谷底跃上悬崖
要去抚摸雪山的脸庞
一块石头的寂寞有来自四面八方的问候
草原像知书达理的青年
对历尽沧桑的长者恭恭敬敬地鞠躬

牛羊早已跟白云学会谦让
蓝天俯下身子叮咛一朵朵野花
群山的奔腾始终有河流在鼓掌
最慈爱的是风
它悄悄走过草丛时屏住了呼吸

一匹抖落了忧郁和怯懦的马
隐藏起它的脚印和蹄声
它一会儿就跑到了天上
骑马的人
整个儿融化在阳光里

芦草沟的薰衣草

它从公主的忧郁中提取了紫
它从流放文人的苦难中提取了紫
它从朝圣者的虔诚中提取了紫……

并非所有的美都轻盈得
像蝴蝶的翅膀
史书中的悲剧。凝固的血
冰山的千年沉默

欢乐的游客中,有一个人的思绪
突然沉重得像一块紫色的石头

赛里木湖

湖边的野花小小地开
水底的石头静静地修行
雪山和白云在湖水中慢悠悠地谈经论道

一眨眼就是千年

它是天神的眼睛,以深深的悲悯注视着
每一个从湖边走过的人
它看见我们内心的丑陋
但它不说话,它只是痛苦地含着泪水

伊犁草原上的野草和野花

伊犁草原上的野草和野花
是从我们身体里飞出去的
我们的血液里飞出了勿忘我和风铃草
它们的紫色,细小然而洁净
我们的心脏里飞出了金莲花和橐吾花
那让人眼睛一亮的金黄
谦卑,然而超凡脱俗
我们的骨头里飞出了卷耳和独活草
它们和天山顶上的白雪
默默地呼应

我们身体里的每个部位
都在飞出一些美丽的野草和野花
——莲座蓟、鸢尾草、毛茛
糙苏、飞蓬、紫苑、乌拉尔甘草
花花紫、珠芽蓼、苦豆子
老鹳草、火绒草、红花车轴草……
草原其实就是我们的身体
我们安详地躺在大地上
把自己五颜六色的爱
献给天山以及比天山更大的世界

科古尔琴雪山看着我

在托乎拉苏草原上
我发现科古尔琴雪山在看着我
它不看别人,也不看牛羊
它甚至不看正在奔跑的伊犁马
它的眼睛一眨不眨地盯着我
我走到哪里,它的目光就追到哪里
哪怕我走进河谷

它的目光也能穿透悬崖和云杉林
它剥去我的衣服
揭开我的皮肤
它把我的五脏六腑看得清清楚楚

我……我……
在科尔古琴雪山如箭如电的目光下
我怎敢在身体的某个缝隙里
藏起一小块黑暗？

勿忘我

它是紫色的，像流出伤口后
刚刚凝固的血
在巍峨的雪山和辽阔的草原面前
它把自己缩小了又缩小
我们一不小心就把它
踩在了脚下

勿忘我！勿忘我！
从这一声声祈求里
我听出了绝望和悲凉

其实雪山一刻不停地在说话

其实雪山一刻不停地在说话
它用它的肃穆
说出对死亡的敬畏
它用寒冷说出
鹰和探险者的孤独
它用沉默、沉默和沉默
说出它积聚了几千年的
怜悯、痛心和绝望

而我们——浅薄和浮躁的人
装作虔诚的朝圣者
写一首又一首无聊的诗赞美它的沉默
我们幽暗的内心
害怕它一旦开口
就说出了我们不敢面对的

冷酷的真相

一头黑山羊站在山顶

一头黑山羊站在山顶
远远望去，它和太阳兄弟般站在一起
有时，它甚至骑在了太阳身上
周围的草原和树林都匍匐下来
四周的群山也屈膝跪拜

其实黑山羊是被山顶一簇肥美的青草
吸引过去的
起先它只盯着那簇青草
后来它无意间望了望四周
发现自己已站在神的位置上

它越来越相信自己就是那个
真正的神，它看见它以前的伙伴
个个像蚂蚁一样卑微
连它以前不敢仰视的高傲的雪山
也开始像毛毛虫一样爬行

特克斯的星空

特克斯的星空
是从我的童年里逃出去的
它逃得那么远，六十年后
我在人生和世界的边缘
找到了它

它还是那么高渺
像一个无法企及的幻想
它还是那么亲切
像六十年前祖母的笑容

我怕它再一次逃出我的生命
我用我的心脏、血液、骨头、神经……
盯着它，盯着它

为什么它一言不发？

星河微澜

为什么它散发着越来越逼人的寒意?
为什么它吝啬得
不肯送我一颗小小的流星?

它还是我童年的
那个比童话还美的星空吗?

它是另一个星空
它是别人祖母的笑容
它是我的更深的孤寂
它是我六十年积聚的泪水
一下子洒在了荒芜的夜空

但我还是盯着它——
我的心脏、血液、骨头、神经……
愈来愈冷

五媳妇沟

在高贵的雪山面前
它把自己降得那么低
让雪山和鹰都找不到它
在雍容华美的草原这位贵妇身后
它躲藏着
像一个不经世面的村姑

一匹红马在悬崖边探头一望
瞬间跑得不见了影子
敏感而多疑的羊群听见沟底的水声
对陌生的事物,它们满怀敌意
只有几个蚂蚁历尽艰辛
终于找到一个全新的家园

我听见五个人间最美丽的媳妇
她们血管里流动着朴实而执着的爱
她们不想抛头露面
不想做显赫的太阳皇后或月亮女神
松树和山崖默默的庇佑
就是她们的全部幸福

琼库什台

琼库什台是神仙居住的地方
那里一切都是永生的
雪山,溪流,牛羊,孤独……

马鹿在山沟里跑了一千年
它在哪一棵胡杨树下追上了爱情?
鹰衔起一个个像少女一样圣洁的草原
要把它们置放在谁的灵魂里?

阳光和雪比交响乐还要盛大
当归、松鸡和奶茶的温情
比世界上所有的婚礼更让人陶醉

我还没有修炼成仙
我身体的一些角落有虫子在爬行
圣洁的琼库什台,比诗歌还诗歌的
琼库什台,我在一个叫做九曲十八弯的
 地方
远远望了你一眼
就像一棵车前草俯下身子
久久地忏悔

等我慢慢地洗净身体里的污秽和虫豸
我要像天空一滴洁净的水
纵身一跃
和你的宁静、虔诚融为一体

三十前的唐布拉

三十年前的唐布拉伸出手
把我拉进一道耀眼的光

三十年后的唐布拉伸出手
把我拉进一朵虚无缥缈的云

我的血液里依然流出喀什河的祈祷声
我的骨头里,天山的岩石早已碎裂

紫苜蓿还在忧郁着它的忧郁
野高粱早已学会在飓风和暴雨中一声不吭

当年我在唐布拉爱上的
名叫小米的女孩,你把我的雪山藏哪儿了?

我骑过的那匹棕褐色的马,仍然昂着头
站在山岗上,嘲笑我的怯懦和笨拙

从我的诗歌中失踪的
唐布拉,从我的欢乐和痛苦中失踪的

唐布拉,如果我把你找回来
是否需要另一次青春,另一场死去活来的
　　爱情?

拾荒者（组诗）

● 鲁绪刚

和一只鸟对峙

整个下午，和天空中一只散步的鸟
对峙，瘦小而隐忍的肉身
成了时间里凸起的疤结，装着辽阔的心事
和尘垢，风莽撞地挤进来
揭开一路走来携带的云朵和草叶
露出伤痕，胆怯，迷茫
持久的大雾像身体里埋下的顽疾
道路和黄昏并排躺下，在我们面前
呈现出空旷之美
我不知道这样的对峙会坚持多久
我们和鸟相依为命，却经不住风雨的扇动
有时会四分五裂，各自西东
也许我和鸟彼此理解了追求以及
追求之外的疲惫，无奈和失落
一个内心宽广的人，凭想象就可以飞翔
就可以拥有整个天空

拾荒者

雨穿过一个人的身体，然后破碎
没有阳光的日子，风撩起衣角
掩饰不了内心的惶恐和记忆里的疤痕
时间像一张很旧的纸，每一个皱折
暗藏着雷声和故事
远处堆积的土
埋葬了熟悉或不熟悉的面孔
和一些人的名字
现在，我固执地在很旧的情节里打捞

越来越像一个拾荒者
不停地丢弃，保留
总想有意想不到的惊喜

荞麦地

我常常去荞麦地边坐坐
不是为了听荞麦拔节，呼吸山风
而是那里有一棵老槐树，树上的鸟巢
像一个漂泊四海的家
呢喃，争吵，为一个愿望丢失
或者拥有。那些坚硬的，柔软的
鸟鸣，似一颗颗钉子
从任何角度，都可以钉进肉体
和灵魂，留下
巨大的疼痛，与孤独

风中的叶子

我不想把风中的叶子形容成
生活，曾经选择过
逃避，挣扎，迷茫，随波逐流
我只是把它当作一个梦，在阳光下
酝酿一次次突围
岁月是我们随手扔出的纸，皱巴巴地
蜷伏在路过的某个角落
日子像一位拄着拐杖的老人，时不时地
需要我们去问候一下，搀扶一下
我们在云彩下面，杂草一样兴衰
把忧伤翻出来晾晒
时间是雨天里的咳嗽声，那么轻

天晴了,看不到一点迹象
我不是有意,要回避内心的感受
那片刚刚远去的叶子,它留下的空白
找不到一个准确的词去填补

因为风

因为大风来临,我学会了放弃
学会了用虚伪、假象去掩盖真实
推开窗子,窗外跑过的泥沙,陈年往事
和雨滴、泪水、悲伤挤在一起
陷入悬而未决的段落,你不需要解释
也不需要颠三倒四的诉说
我会在段落之间
品尝到我正在感受的沉默和无奈
我把身体交给时间,把音乐交给琴键
让内心,被阳光和流星划疼
在泥土中躺下,完美收官于秋天
一次又一次听到生命脱落的声音
听到呼吸
就像感受到刀片深深划过皮肤

窗　子

与一棵树对峙了整个冬天,没有彼此走近
日子一直被风攥着,飘摇不定
天空挤满了名词,随时都可能篡改
我们预想的
情节,时间一点一点挤进皮肤和骨头
你触摸不到,却又充满质感
内心暗藏的火焰,一次次燃烧
又一次次熄灭
阳光是贴在生活上的膏药,揭下来
就有一些残缺,窗台上堆满了落叶和水渍
你把窗子关上,仿佛一本书
合上,所有的细节慢慢模糊
打开,曾经的形象就会呈现出来

落叶如秋

苍老的身影挤在路上,只有灵魂
无处安放,时间之手如此残忍

几片守着天空的叶子,孤零零地
在空旷中摆动,像要在绝望之后
有一缕风可以牵着它的手,找到归途

捂着秋天的伤口,暮色加重了疼痛
岁月是留不住的客人
仿佛靠泥土养活的人
受到泥土伤害,依然相信命运

活着是森林,是可以涂抹世界的釉彩
一片一片,呼吸通透,梦境无边
倒下,也是一把土,一次涅槃

深情的叶子,不愿离开我们独自快乐
落下来,也要抬高站立的高度
只有无所适从的枝杆,替人类承担孤独

曾经的雨夜

你把自己从忙碌的生活中赶出来
躲在曾经的一个雨夜,用几页乡音
掸着内心的尘土,和杂念
此刻,夜色中最浓的部分陷落
肉身靠几粒灯光支撑
脸上暗淡的表情,恰如残酷的现实
看似平静,深处却激流汹涌
在人生的某个路口,突然蹿出的一块石头
路标,不会提示你前面是悬崖或冰川
你曾无数次收拾行囊,想折羽而回
你取出生命中的任意一天
给时间一个交代,窗外纠缠不清的雨丝
让你在走和留之间,举棋不定

蛙 鸣

干净的荷,柔软的水,暮色里的
空旷被炊烟填充,自然,平淡
轻风挥一挥衣袖,带走了一些云彩
孱弱的夜色,被一个背着柴草的妇女
抱在怀里,拄着拐杖的老人
站在石磨旁,望断了河边的山路
几只蜻蜓,送来了仓皇的时间
并且一次又一次试探着生活深浅
我提着瓦罐,从山坡上下来
四野唧唧如织的虫子用歌声撒下一张网
捕捉我血液里的潮汐与浪涛
经过池塘时,蛙鸣突然扎紧了我的心

下雪了

我惊叹命运的安排,让夜晚以雪花的形状
掩饰内心的慌乱,与惊悚
它轻盈、柔软。而生活就是一张纸
在上面可以涂上任何颜色
不管怎样揉捏,总会有一些棱角
现在,它站在屋顶或树叶上
显得冷酷,高贵。一缕风在它旁边
仿佛一群孩子在追逐,嬉戏
雪下或者不下,相信翅膀是虚无的
天空是虚无的,只有伤痕
是我们积累的资产
这无声而又暴力的雪,像亲人
又像巨大的石头
它将归于泥土,它要为谁守身如玉
不像我,犹如某块攀升的云朵
因牵挂而一再回头
试图用自己的身体,同时间一起老去
试图通过远处的火光,看到自己的前生

鸟 鸣

它有落下来或者不落下来的理由
此刻,穿过时光的阳光像一根根线
将埋藏很深的记忆从内心提起
我可不可以将写了很久的信在这个秋天
借用几片落叶一次寄出
泪水和伤痕可以走进情节,证明不了
风言风语之后把天空再抬高一些
露出无奈、落寞、苍凉,某块远去的云朵
当我抬起头,那同大雾一样脆弱的
时光,现在一寸寸缩小,成为
生活中某些善意的谎言,一生中
也许只有这一次歌唱
至少现在听到了它砸向大地的声音

时间边角（组诗）

● 张 珏

风削下一地黄叶
被裁掉的时间边角
在泥土上变声走形
而来的赶脚试图打出节拍
让它们重新起舞

撩动的片段
枝节僵硬着表情
一牵强就碎
已是落荒的残骸
正放归焚烧或掩埋

光阴占据着光
打亮被收拾了的时空

秋 雨

水声将时间击出了金属音
冷兵器打断一个时节
残留的余温
消亡于一滴寒光

与锻钢淬火无关
铁青色
僵硬了流声
游动过的曲线
哗变了行头的名号

一场交戈之后
凝成白

春分之分

时节在一个冷冷的日子
打出了乍暖招牌

冬的余孽濒临死亡
一点尖锐之末
将终于极端
呼出了最后的寒流气息里
我们不再讲述关于此前
所有阴冷的话
身体正褪去一层光阴

日夜从此开始颠覆长短
新的影子在改变分寸
光的色差
越来越挑明

固封的日子

疫情像流窜的隐形杀手
我们无法分辨门窗外的安危
虚实杂沓蒙以时间的行头
乘着滴答声放浪
影子摇晃着风的节奏
随时变幻冷暖色调

最好固步最好自封
最好静于凝聚的目光里
让脑袋澄清起来

星河微澜

让身子与墙一样结实
在扎下的营里提炼本能
遗落在外的都不再重要

对峙会持续很久
安于存储的粮食、水和用品
安于不断的梳理、布置和重整
消无了出行的欲望
和不确切的呼应
我们在等一个安全的信号

某 时

或许注重庞大惯了
没有提防微小的时刻
具有致命攻击力的微生物
经过一串宿主后突如而来
拥有瞬间开始了畸变

以躲避以远离
以无法躲避以无法远离
都成为对峙和挽救的情形
像迟来的雪还是还给了冬日
立春的符号里隆重了更苍茫的白
在清一色的空间

回到和回不到的地方
沉静和沉静不了的样子
持续着笼罩着的焦灼与不安
和蔓延开来的生死场面
虚弱与强大又一次分明

热烈的呼吸成为恐惧的标记
心肺透明是怎样的奢望
一遍遍追溯由来的时空
反复出示的凭证里
传响敲着钟声

正月十五

云酿出了
光与水的魔术
天机将至时
开泻了泡发着幻想的雨水

将灯火淋漓到五更
澄明了每条街巷的纹身
方圆里的手艺人
做完一宿水滴里的活儿

装满了一盘声音
注入脑洞的
填了时间的残缺
环节连着环节

天大的事儿
已经从东到西
能圆的
都圆了

惊 蛰

时间早已在树梢,檐下和泥土
布下了通天的记号
发动的那一刻
隐私生出了破绽

高空的声音已经失语
风的指尖点破最后一层掩体
泄露的影子
模样精确到色差

痕迹耐不住
越过木讷的端面
正从骨子里拔出头绪
引爆春

五月相

有来头的这场雨
给枝头的花儿拨响流声
给拔土的苗儿点亮水色
春日事儿
一波一波交付

酿成新潮
注满时间的节骨眼
膨胀的五月里
桅杆以长长的倒影
摇动着夏的旗幡

避 暑

它将锋芒投射出火
精确成燃点
炽热超越了血肉的体温
炙身便是痛,由红至黑的伤
透穿时节

开始避光移动
靠近以至进入覆盖与遮掩
盘下没有被蒸发的余地
隐幽的方寸里
稀释体内浓郁

试图不再被脱水
从暖意里流失成劫
可以交接的
除了清凉
是比清凉更清凉的秋事

海岸线

一

猛烈的天体从遥远袭来
起搏了地心
基因的重新组合
超越此后无限的想象

地壳豁开裂口
弥漫烟云和纷纷的水晶体
血液进化的汹涌
远远不够奔腾
天水分娩了海洋

二

日月交相
源头的阴阳开启了潮汐
脉搏从不失漏
鼓浪击响处
推出岸
分明了界限

奔跑的,沥水的
姿势,声音,眉目,习性
各自方言
发育的信息
始终沿袭遗传

三

海水不断吐出碎骸沙砾和泡沫
掷向身外
在边缘地带
与岸擦肩或者迎面
礁石的骨骼上
刻着交戈的痕

灯火,炊烟,打坐的据点
垂直的光阴
重复着澎放或消弭
遗迹落进尘氲和厽
而浩瀚着的,怀抱果实
星月朝日、风云和海子
经久交融

四

横亘的堤坝外
霓裳,锦绣,绿色的江湖
以食为生的物种
风暴策马而过
尘埃裸成黄土

此外的浩淼
每一个分子终日吸摄阳光
萃取出蓝色的
肌肤与血液,澄清着
咸涩里盐的晶体
播种沧海
它不需要收割

五

那些纷涌的归处
收货的码头,开捕的港,停泊的湾
石墩上圈着缆绳
锚扎下锁

海的身体却从不僵硬
游弋划过
被溅起纷纷念头
切口上的浪花
开出了漩涡

与远去的不再牵扯

六

高大而出的山峦
立起地标
以举世的海拔
收罗飞羽和牲禽
视线的角度越来越陡

仰卧的,敞开海平面
体内怀着古火山
凝结的核
沉潜原址的故事

七

一岸相隔
彼此的时空不再交合
流动和静穆承载了各自的图腾
沧海之王,桑田之主
分离了乡愁

蓝色和黄色开启的千秋
深不可测或一望无垠
出示平面和海拔
从此纵横
漂泊的漂泊,绵延的绵延

情思的谣曲（组诗）

● 陈蕊英

影

影也能收藏吗？是的,也能
朗月下,梅痕横斜在湖心

我于是就让思念的云彩
在那生活的微波上飘飞
你就静静地听我说吧
眷恋是收藏者,懂得幻美

影也能收藏吗？是的,能够
秋阳里,枫叶残落在江头

我于是就挥舞如椽之笔
描绘起人生路上的行迹
你就默默地听我说吧！
道尽了血和泪,心就飘逸

影也能收藏吗？问得多妙
你总在我的双眸里闪烁……

耽误者

车开到广场边,催你下站
太闹了,你不下,说不习惯

又有人上来,车继续前开
越过山,穿过桥,原上迂回
素莲已经在秋风里凋了
炊烟袅袅的,祷钟声荡来

车又在十字架下面停靠
太肃穆,不下。你说受不了

人下车,人上车,熙熙攘攘
你那心魂儿已开始凄惶
飘泊的行程该何处依托
犹豫间车又停靠在路旁

再没有车路了,波涛滚滚
你只得怅对孤帆的行程……

板 桥

溪边,红枫树已百岁年纪
看惯了古镇朝夕的美丽

为了让东西岸连成一片
它们被锯成了几方木板
造起了一条芳香的板桥
串联成两边人一个心愿——

让桥上有情人携手漫步
让桥埠乌篷船点亮渔火

花开了,又落了,水温水凉
牙牙学语者已白发苍苍
板桥背负着畅行的职责
依旧吱嘎嘎哼唱得响亮

却也记录着我心的沉吟

呵,板桥的送别,浓霜、足印……

越 鸟

江南的越鸟没忘却归程
村后的小山坡,一片松林

驮尽了晚霞光,回进暖巢
青枝绿叶间有晚烟缥缈
它梦着蛱蝶可敛翼花心
孤帆在风波中可还迢遥

北地的越鸟筑巢在南枝
白杨声萧萧里梦得凄迷

它梦见茫茫的戈壁荒滩
藏羚羊走失了它的家园
驼铃声星星样闪亮过来
它仿佛听到亲人的呼唤

江南的越鸟有柳暗花明
北地的越鸟有长亭短亭……

盛夏的绿色

盛夏的绿色像潮一样的
一夜间涨遍了山野大地

屋角的斑鸠渴求地长啼
啼出一串串绿色的血滴
浣女的魂梦随波荡开了
荷叶上,素莲花亭亭玉立

盛夏的绿色是喷出来的
一夜间洒遍了草芽藤叶

牧场的湖羊撒欢得奋蹄
承受着草浪神秘的洗礼
牧童的叶笛随风流远了
菱叶间,飘忽着采花蛱蝶

盛夏的绿色是火辣辣的
艳阳的青春祭庄严美丽

站 台

我的灵魂是一座站台
熙熙攘攘的人往人来
我守着站台等待着你
清晓,黄昏,花落又花开

车轮的铿锵飘来幻想
车轮的沉寂一片苍凉
哪儿有你的歌声笑语
空间在时间里迷迷茫茫

长长的站台长长守候
一缕游丝在风前颤抖
忽儿你出现在我的跟前
两行泪诉尽万千缠缪……

灵魂的站台从此别了
时光长廊中我俩逍遥

盛 夏

我们的小院围着竹篱
燕呢碎落出一片安谧
樟树的荫里藤椅方桌
清风在为我翻着书页

炊烟影里有归巢晚鸦
驮着片夕阳咿咿呀呀
你在竹篱边浇着花草
这儿的爱情正值盛夏

没忘记昨夜那片梦境——
狂风暴雨里你在远行
茫茫前途,油纸伞,芒鞋
背影出没在长亭,短亭……

竹篱上飘来栀子花香
感恩的歌儿心头荡漾

恋

多少回走在这条路上
芙蓉花谢了，又吐芬芳
儿时牵手的一对人儿
又在我那心儿里浮映

忘不了当年那些情景
你我躲猫猫，黄昏时分
你趴在草垛里半天不出
我隐入那扇古老墙门……

湖面上白云悠悠地飘
绿荫里阳光闪闪地摇
多少往事随逝川远去
却难忘当年那段美好

呵，我每当迷茫的时候
多想倚靠在你的肩头

情人节

我们也曾有过初恋吗
是的，却不在花前月下
那是夹在书里的纸条
画着一朵并蒂的莲花

如今白发人牵手湖滨
羞涩竟浮上我的心灵
这可是个心跳的日子
我得赠给你一件礼品

于是，急匆匆赶回家里
拿来染发膏染我发丝
让一头黑发唤回青春
镜里一个飘逸的自己

情人节什么礼物最好
现实和当年一样美妙

浪漫

坐着听我的絮絮叨叨
一双眼睛还盯着直瞧
忽儿摆摆手忽儿点头
你象天使样快乐逍遥

晴岚在西山恍恍惚惚
我俩手牵手河边漫步
晚霞红艳艳普照大地
照亮了你，也照亮了我

两颗心永远怀着憧憬
你我肩并肩坐在客厅
听听音乐，聊诗的美妙
只愿平静地走向晚景

一路点点滴滴的收藏
待来日摇椅上面品尝……

天使的眼睛

防护服掩盖了
她那动人的表情
却无法遮住
灵魂之窗的眼睛
她在她灵魂之窗里
望着广大的城镇山村——
戴着口罩的祖国
正在和无形的敌人抗争
抗争，为了生存的美好
抗争，为了美好的生存
她拿起听诊器
像拿起望远镜
冲向雷神山
进入先锋营

星河微澜

呵,天使的眼睛

防护服掩盖了
她那崇高的表情
却无法遮住
灵魂之窗的眼睛
我在她灵魂之窗外
望见神圣的誓言情境——
戴着口罩的祖国

正在和无形的敌人抗争
抗争,为了母亲的孩子
抗争,为了孩子的母亲
她端起注射筒
像拔出刺刀拼
冲向火神山
一名排头兵
呵,天使的眼睛

歌得这样唱才久远（组诗）

● 楼森华

我知道　　那艘巨轮已经沉默
　　——泰坦尼克

我想着
站在那条地平线上

看着那根天际线
知道顶着远方的莹蓝
有一抹暗黑的黛色是分不开的

深夜里　我总在匆匆地赶路
时不时一簇竹子探出头来
观看着留在墙上的身影

好在这些只是睡前的事情
山边　弯曲的小道　伴着溪水倒行
在草丛中挺拔的是梧桐与杉树
它们共同担当着小屋的屏障
里面的故事曾经让人黯然伤神
现在看着　也都仿佛没有发生
但它使我不能忘怀

我与你曾走过的
我与他也去过一次
不远　就十来米　特别是那些姿态
都是灿烂与幽怨的
梦　它有紧盯着你眼神的能力
泪痕　却更多的倾心于那些行走
那些他乡的养蜂人
他们支起帐篷　他们安下家来

而我的心　已永远地流浪

接下去要走的是隧道
我又看见你回来　在厚厚的墙的那一边
　　灯光昏黄
有一天早晨　大雨让它塌了一半
平时它总是车声隆隆　此刻
有谁还会记得
黄昏里曾被倾心地捧着的那束花
会让你那样急切地走过

游子的影子中没有芬芳的季节
回头再看　才感到那二株樟树如此安静
想到行程颠簸　步履自然艰辛
岁月蹉跎　风霜雨雪
都只是要急切地走过

再走
前面便是一块新铺的开阔地
我空望着窗口与阳台
得再穿过至少一个十字路口
才能回到有床的家　但不会很快睡下

我得重温一遍这历程　得经常回顾一下这
　　遗忘
虽然　隧道里只有影子沉长
通宵达旦

那是些小灌木　长长的茅草
映衬着深远的天空　桥下的溪水
一直是季节与时刻的衡器

这里的鱼儿

我感到　有大船驶出港口
有些已经驶进大海的漫漫长夜
在这场疫情中
我们虚构了太多不同的生活
我感到

今晚有一个笑声会问候一生一世

我想　夜里的门会打开
很多星星会下来
你从窗口会看到

不是在月球上
在家乡的太阳下　它们照在雪上
怎么不是在地上

我们重逢又寒暄
让夕阳埋头黄沙
把事物退回墓中

我们互相拥抱
清澈的空气　并没有猜到
谁会先哭　谁会先笑

它们是环形岛屿飞翔的鸟群
掌纹中的命运在学习呼喊
放逐的神来救我　别躲
我在缪斯的沙滩上学会写诗

这里躺着你我的前世
这是一首寂寞的小诗
它特有的颜色深爱着虚空
比古老更古老的这些人啊　如果诚实
我的手美好　你别说不在乎
你别说也忘了

我屏住呼吸敲开

你这没有门的堡垒里　不用说
里面正传来笑声

2013在寻找头骨与血肉的路上
我听到寂寞的声音被夜色撞碎
2014这是对死亡这桩罪行的判决
看前途曼妙　要看
我们如何在废墟上养儿育女
路我可以点着灯寻找
它们照在雪上
猫没有瞳孔　也知道

今晚有一个笑声会问候
一生一世

没　有

是谁带你到这个地方　是这个地方
是什么让你这样到来　只因你的到来
它就是这般模样
这样的地方　没有神不可想象
没有关于月亮的歌词你不能留驻
其实　你曾经多少次来过
它处处在你刀下
那坚定化作的温柔疯狂

此时你已经确定过了
那明晃晃的风围困的海滩
啸声与天空下展开的不仅是一座雅法古城

那个地方
也变得高远起来
它却就在你这双眸紧闭的框里
没有眼泪不能想象

没有一个拉脱维夫不曾一生二次死亡
没有一个太阳不曾被血染过无数回
没有梦无法让这一切在它的水平面中上
　升
正是这一切

这个世界　这个时候
一切正坠将下来……

这是与物理本质还是
与灵魂本身有关的问题

大地方

这是一个繁衍生息的围子
在这样一个大地方
海潮太早地退场
因为漫长　所有的鱼都留下了
牺牲的味道鲜美
只有渔夫的口有福
一切都在接近尾声
得意与维护　年年月月
洋面上一切　辽阔浩渺
无论日出天黑
景致从来只有一个
风平浪静

风自北向南
船早已起浆橹
并没有咸淡不济
本没有疆域
天如若只是这般
心意便只求自安
我也只是路过

这是肉的命运
不必自作多情
莫道还要自以为是
只是很不幸　我懂了
能在人心里剩下的
心里那一丁点真诚
不是因为你有多好
只是时间久了　有些东西已经忘了

就在这样的时期
我再一次为自己的心到来
心想
一点好便要很多坏去猜测
这好却是经不起一点赃污染

夜读常玉

夜晚那么明朗
秋季的玉米
也正是黄金一般的成色
而你的白天　却从来深沉

你的大象也跑得特别远

仿佛一只甲虫盯在大海上
奔赴迷茫的天堂

你自我的呓语
那是插在她们头上的鲜花
常常会来看我们做梦

其实只是你玉的品质
有纯真与懦弱的心

就当是越来越被看懂了
俗世中优质的人正渐渐明白
你善良的暖意
为你择处的孤独作着注解
那是你抵达某种领悟的流程
在你这里
天赋与品味才是功夫

还有便是
懈怠与寂寞

你在异乡的颓废被夸大了
不能确定那么多尝试与收拾
被特别强调的隔膜
身后的你是否还有梦见过
那些严厉的纵树

那是世间的冬天

你成为了一支火炬
或一捧惊人的玫瑰
其实
你所有的情人是你自己

那是一匹小马　一粒大象　一尾小猫
你是如此任性
自由　温柔　洞悉人间

一份无望的恬静

通达
从来都不可能不是被逼的
我不确定我们是不是从同一个地方出发
是否又曾经真的相互汇聚过
虽然不能知道是否会在同一个位置坠落
心里的绞痛与胃紧连着
我真的知道　现在或许将来
有很久　会同样多的排斥　挣扎并溶解于
　　这相当残忍与丑陋的现实
这也正是我们总要放飞的一般理由

但是
我们不得不走在同样的路上
不再是出于虚荣
而是更多地出于奇怪的开心
于一种虚无中　再觅得一份无望的恬静
这　我并没有把握
这算是一个不一般的理由

诚然
此刻　也无从知道

歌得这样唱才久远

脆弱藏不住眼泪。
孤独的人,偏偏又曾爱自大自私的灵魂,

紧闭着双眼拖延起错误
终于有一次真正的邂逅
才有了清浅叠合的记印。

多少回梦里向往　多少次抱着自己哭
待在苦痛的疤中　无法替另一个自己唱出
　　一个音
总在黎明混着迷雾时
总在黄昏默默暮色里

无奈曾坚持自愿自待在原地
把彼此锈成二个疤痕

就这样年年相误
等待着一次无扰的相会
好在有机会让你在我怀里　变得很小很小
这却要感谢那一个更小的意外
好在你让我住进你心里,成就为全体

好在都过去了
好在我们都已明白
不好的是　曾经的痛苦
都是因为追求着错误的东西
留下影子

十余年的路是伤感楚情的
心存清高　小命运惊惧疑异
指示着目标　忘却那歧路
前途何以牵连

现在可以问了
情愿有多少的奔波
来成就
或被允诺
刻这清丽的骨骼
画这灵秀的心髓
吟这不尽完美的引向夕阳的诗

万物都有预备好的归宿（组诗）

● 陈计会

春天的颂辞

春天已经开始，兰花张开嘴唇
橙红的歌声唤醒万物
山谷中跋涉的旅人，旧年的溪水
寒冷查封的鸟鸣，在阳光下
大地发出熠熠的祈祷
每一缕光线都是神的祝福
每一声呢喃都经历黑暗的锤炼
一切重新上路，命运在前
花香与荆棘都是春天的颂辞
谁的梦想，在蓝天下展开淬火的翅膀

学 习

我知道，什么是春天
最热烈的抒情：包括这细密的
花簇、鸟鸣、蜜蜂的寂静
南风来临，万物俯下谦卑的身子
春天在上，在爱的位置
芒果树捧出如此连绵的火焰
多么令人羡慕！那像我
拙于言辞，羞闭：内心的蚌

召 唤

什么时候，你不再在乎
桃花开不开，燕雀回未回
那被风吹皱的一湖春水
是否继续在荡漾

也不再在乎，东边日出西边雨
有晴还是无晴
独对远山寂寂，人世荒疏
守住内心的喜乐
一切，仿佛与你无关
但又血脉相连
走过的道路，不管上升或下沉
依然向你铺展远方
此刻，你不再在乎能走多远
也不再在乎两边的风景
那只在远方向你召唤的鸟
此刻已在你内心安营扎寨

万物都有预备好的归宿

从来没有特殊的存在，你与我一样
出生、成长、开花、结果
最后走向枯萎，一切井然有序
像一只蜻蜓飞过大海
在落日里捞起一把黄金
或水草，这都是一样的结果
我们无需欣喜或忧伤
迎着晚风伫立，群山静默
万物都有预备好的归宿
没有谁会比我们更好
一只豹子纵使跑得多快
它都会在尽头等我们到来

你如何说出

有多少人受人赞美，有多少人

遭人妒忌？站在高高的山上
你看得一清二楚，你也
不过是他们之中的一个
只是你选择内心逃离，也只有
离开，你才能更清楚黑暗
也更能融入他们之中
譬如花朵的开放
有的瓣上沾满露水
有的溅有牛粪
你用同样的阳光拥抱它们
没有人喜欢自己的污点
他们都陶醉进各自的花香
只是秋天来临之前，你如何说出
阴雨、疼痛、落叶
他们才拥有丰收的果实

抱 紧

尽情享受生活吧，明天是捉摸不定的。
——庞贝城格言

今晚重读庞贝古城
透过那近两千年仍未散尽的尘埃
我不禁抱紧了寒风中不断下坠的内心
但我无法抱紧身边这座城市，它的灯红
　　酒绿
与我有关或无关
一个人有多少能力抱紧身外之物
又有什么身外之物需要你抓住
一切都会随风飘逝，包括
你紧抱不放的内心。没有谁命令你
但你依然在风中保持这种姿态
并且让它接近钢铁

牛一①自述

拿不下的云，就不再拿了
扑无蒲也就扑无蒲②
你终于明白，光阴是用来虚度的

生生不息的野草，自得其乐
多少绳索自身带来，岁月带走
满掌烟雨，反手间，云淡风轻
留下大片空白，如此甚好！
无钱买纸疏疏写：一首诗
它照看你的来路和归途
有多少火焰海水，有多少笔底明珠
还有多少理不清的头绪和伏笔

注：①牛一，指生日。粤语"牛一"谐音"生日"，另外"牛一"两字相加便是"生"字。②蒲，粤语露出水面曰蒲，此处"扑无蒲"意为扑不上来。

风　筝

它不知风从何处吹来
也不知筝因何鸣响
它飘摇直上，寄身命运
越过屋宇、群山、大海，你的仰望
左右翻飞、辗转甚至俯冲
——仿佛与另一个自己搏斗
那永无胜利可言；它
不陷于天空有多深，也不陷于
线有多长，它陷于一只手的
抬举，以及你不肯低下的头

在光芒中现身

当火焰升起来，你看清了那一张张脸
那在黑暗中依然存在的脸
像一把把闪亮的刀子或斧头
有人抽刀断水，有人劈开岩石
但他们都默不作声，各行其道
在磨刀石上修复伤口
在伤口里种下玫瑰，你相信
那不被黑夜收藏的刀斧
总有机会在光芒中现身

秋天之后

其实不必争论,争论也是徒劳
天堂在那里,地狱也并非虚设
一切过往仿佛已成定局
每一束谷穗都应回报大地的恩宠
你爱过,也恨过

你从万物中脱颖而出
现在你不再爱,也不再恨
走过的道路也不再曲折
开过的花结不结果也无所谓了
你追赶一匹孤寂的兽,或被它所追赶
在时间结束之前,跃过
前面的山岗,然后继续奔跑

星河微澜

花满枝头，春光在前（组诗）

● 皖西周

巨大的快乐系在一束鲜花之上

秋风一吹，我的名声在外
秋风再吹，往事回到心中
秋风是梦，巨大的快乐是梦
在梦中，冬天乘飞车走来

我从梦中醒来
现实从雪花中飘来
所有的脚印都化作泥水
流到天上
从此，美丽的天堂堆满尘土

巨大的快乐系在一束鲜花之上
巨大的忧伤拴在一棵大树之上
忧伤和快乐的阴影
倒映在人的脸上
青春在时光中滚滚消失

我必须想起那个无法记清的下午
贫穷的山村只有桃花
桃花丛中，一只巨大的蝴蝶
爷爷放牛，父亲砍柴
我唱着山歌渴望幸福
渴望代代相传的快乐早日到来

蝴蝶是我的第一个女人
三代同时认识的第一个女人
天下所有的男子都认识的

第一个女人
望着蝴蝶站立的地方
我们成为三世同堂的浪子
美丽和梦的囚徒，在泥土中繁殖情种
等待开花，等待红血和黑血
在锣鼓声中倾腹而出

蝴蝶可以离开桃花
爷爷可以离开桃花
父亲进入老年，我离不开山村
山村却没有桃花
月亮在黑夜中躲来躲去
明亮的星星在天空穿梭

桃花丛中的蝴蝶还在
天下所有的男子还在
我们继续相识，永远相识
永远在日光的旋转下远离那个下午
那个记不清的下午
使我幸福而忧伤
从此走遍天涯都远离爱情

人间有多少女子就载动多少情感
幸福在其中选择
天下所有的男子在其中选择
不再是镰刀和纯朴的村庄
那是真正的缪司引我走进天堂
在她的引荐下，我一一拜过大师
大师在上，她微微低头
我也低头，让大师的光芒
在我们胸襟间缓缓流过

这是爱情,我低头沉思的爱情
这不是爱情,她不再抬头
明亮的秋波始终在视线之下
她的头顶,是空空的鸟儿
预报新来的季节

披发低眉的她还在
天下所有的男子还在
我们继续相识,永远相识
永远在日光的旋转下告别那群大师
那个不知道在何处的她
使我幸福而忧伤
从此走遍天涯都远离爱情

大河之水自雪山长流
天下所有的水,在地上长流
夕阳令我留恋
天边,红色和黑色光彩夺目
那是江水翻不尽的柔波
那是长街串不完的快乐
孔雀开屏,庭院深深
一把木梳把绵密的思绪理进心胸
人在窗外,情在昨天

不能离开的都纷纷离去
岁月总是从离别之日重新开始
告诉她,十八年的淑善
已放进梦中
我要到生活中去,面向未来

踏进同一条大河的她还在
天下所有的男子还在
我们继续相识,永远相识
永远在日光的旋转下
告别渡头

春天写诗,面对桃花
夏天写诗,仰望流云
秋天,我是诗人

十万朵雪花,掩盖往日的隐私

我与她们同在
天下所有的男子与她们同在
我们仍继续相识,永远相识
永远在日光的旋转下告别昨天
那些知道或不知道名字的她
使我幸福而忧伤
从此,走遍天涯都远离爱情

告别你,我将到星河去神游

向你告别的方式很多,很多
突而其来是我的精心挑选
如同每次送给你的礼物
和那枚独特的化石

告别了
告别了就真的要遥远
遥远的你自由自在
梦中的我是天外来客
醒来时不必怀疑
那是流星在陨落

我走了,走时只拔取几株衰草
这样,等野火吹来
会少一次蔓延
也会少几粒尘埃扬进你的眼波
月明夜,你最好不要凝望
因为,我正坐在月宫的门槛
待月华在故乡的门前消瘦
我将离开,走进灿烂的星河

群星拿美丽的光环送我
我取出几株衰草回赠
他们把它种在陌生的土壤里
片刻长出一地殷红的高粱

星河里鹊桥的故事时而发生
我羡慕得成了一杆疏竹

星河微澜

星河里没有秋风,没有秋雨绵扬
我也就没有秋的孤独
和秋的萧条
说话时,我就是一支竹笛
为他们鸣唱,为他们高歌
他们应和着节拍
星河更加灿烂

这里唯一能做的就是游戏
从不单调,一伸手就有另一番魔力
我吹气就是雪花
我真高兴,为了游鱼般的童年
我拼命地吹,吹得雪花飘扬
不知道会不会洒落在你的秀发
但又担忧它变成利刃
斜插在你的额头

这里,写字从不用笔
脚下移动的都是文字
开始我还不认识
总是拿没有遗忘的汉字翻译
他们笑我愚昧,告诉我
等到想要停步的时候
字体自然清晰
于是,我走完一段后停步
地上告诉我:不要回首

我没有思想,写字的时候
也从不用思想
吃饭也无需咀嚼
这里只有一种叫星河的甘露
掬上一口清清的星河
劳顿的肌肤顿时酥软

我可以忘记一切
因为我常饮这清清的星河
我可以选择一切
因为我已成为一支竹笛

把所有的日子还给花

我还活着,并且年轻
这一百年却快要结束
面对时间,我想起来世
来世还会春暖花开

寿命不分季节,只有花对我开放
铺天盖地
我又真心爱过几朵
不如蜜蜂,几十年过去
肝胆注定还会苦涩

开花的地方都有一滴血
我的前身也是一滴血
我相信明白的日子
都是从花里诞生
出于良心,我该把所有的日子
还给花
或者在残花的脚下
筑一道祭坛,让活着的血液
流进干枯的瓣蕊
也流进落叶和深秋

最先的花

最先的花,只有一朵
那是树的智慧
余下的花
是花的子孙

最先的花,多么不易
她悄悄地开放
小心翼翼地吐着芬芳
为了让更多的花摆开姿式
它只有一次落瓣的机会
一旦落下
就把春天交给了别人

惜春的人养花
爱花的人栽花
而观花的人,则喜欢采花
有谁知道,那是春天
高高飞过的身影

最初的春天
只要一朵花,最先的花
永远种不出

花下的枷锁

这一朵陡峭的白花
高高耸立在孤峰的半腰
它吐着馨人的清香
无比妖艳
她静静地开放,一瓣瓣
静静地挤满我的明天

这山中的野花,我想为她命名
又找不出新的名词
除了叫她花,还是花
她的四周,有一道沉重的枷锁

啊!披着枷锁的白花
月光照不到你的肌肤
阳光晒不干你的玉露
只有你,尽情地开放
尽情地,吞噬着我的明天

花满枝头,春光在前

这条路上,我行走得不是很远
阳光之下,万物通灵
他们高举起幽蓝的火把
结伴而行
花鸟走到春天
又一个春天,我行走得不是很远

广阔的生命奋然前行
碧绿的草叶走过荒丘
这遍地的生灵,遍地歌唱
我曾用心地爱过他们
如今,无限的珍爱被抛到一边

花满枝头,春光在前
脚下的土地被草叶吻遍
这洁静的空间,叫繁花洗练
我被草叶与繁花抛在路边
这路边,花边
无限遥远

大地之外还是大地
这千年万年的大地呵
我驻足的大地
千万种声音已经响起
还有万千种声音正在破土

泪如果可以把所有后悔带走，
剩下的就不需要选择（组诗）

● 康 泾

我将自己种下去

清晨醒来，已陷入太深
在烂泥碎石中用力，将身子拉直
绝不旁逸斜出。不伸懒腰，不开颓废的
　　花朵

只眷顾地球唯一的引力
世间万物我勒个去
哪怕少一杯烈性酒
少戴一回口罩，少一道骑墙的裂缝

我将自己种下去。只露出卑微的眼睛
等着风吹上凉飕飕的头颅，雨灌满通天的
　　鼻翼
等着推土机、挖掘机从微微震动
到震耳欲聋。我是高于别人的野草
用漫不经心的摇曳作别宽阔的道路

两只蚊子

两只蚊子突然打破我的专注，
它们不像信仰相同的人。
篡改我的发言，揣摩我的失败，
——多数人所说的脱胎换骨。
我并不想有谁侵入这样的宁静；
我想拍死它们，无论窗台的草花如何说情
（莫非它们早已偷情？
不然，草花每天打扮得如此灿烂，

比我打开门后第一声咳嗽都要清脆？）

如果只是假意欣赏墙上呆板的书法
或者书橱里渐渐腐朽的名著，可以另当
　　别论。
它们对所有的委屈守口如瓶。
但当我离开，黑暗中的直觉告诉我：
它们是潜伏的敌人，试图花整整一个晚上
讨论明天吸食的那部分鲜血。
而我，在它们看来，早已不是同类，
忘却了匍匐，整天模仿站立，飞翔。
一旦我也变成蚊子，
它们将立即改变活灵活现的口气。

选 秀

孤独的女孩，辫子上挂着与众不同的春天。
色彩区分同类，区分另外的三个季节。
选秀的导演站在风中，将成熟的叶子
吹落。甚至不经意擦过她张望的脸庞。

我站在表演厅一角，仿佛无情的木桩。
目光在生长，试图将春天收归己有。
享有无数温暖，对百灵鸟的歌声、
孔雀隐藏的美丽已视而不见。

泪如果可以把所有后悔带走，
剩下的就不需要选择。眼泪温润，
无法超越任何冰冷的玉石。
汁液的纯度，决定一棵树的魔鬼造型，

决定一棵树在森林中吸纳到最本质的
　　空气。

水

她听得到的水，是一个人的水。
是母亲盘桓于梯田之间
与尘土、碎石抗争后
热毛巾捂住的泪。
天从未晴朗过
正如她从未听到过
像父亲一样
山的回音。

偶尔，她也听到水反对水的声音
担心一早醒来，锅碗瓢盆里早餐的香气
结冰。这样的忧伤千万不要来临。
她宁愿放弃从熟悉的村子
流向陌生，放弃从这座山
跋涉到另一座山
也不愿意有人泡上等的茶
一饮而尽

她一辈子的梦想是
一滴慈祥的水
永远都不会远走高飞。

中国风

各种各样的中国风
除了纽扣，我看不出
历史的变迁。它们在寂静的夜晚
相互试穿，像彼此击破谎言

我要将并不合身的那件
退回去。我知道泼出去的水
有一天会认出我的背叛
尽管我像忠于年代一样
忠于每件服饰的尺寸
它们从不因为我的拒绝

放弃纽扣与纽扣相逢的机会

有谁知道我在瘦身？
哦不。过去那些日子，我
努力打扮自己，却无法吹出
清脆的哨音。我看到梦中的我
像脱缰的野马奔跑起来，衣袂飘飘
我已经叫不出当时的名字
连同胸口那朵灿烂的梅花
也无法代表整个冬天

赞 歌

我敬畏的人，轰然倒塌。
因为罡风。既不是规定动作，也不是意外。
我成为无人问津的花朵。

我坚定地在半夜前后盛开。
不用任何佐料，就是一盘
可口的饭菜。除了品尝苦涩，
我也品尝自己坚硬的白发
与瘦弱的胸怀。

偶然，我在人群中遇见自己的灵魂
并不高大，也没有描绘得那么明亮。
出于礼貌，我挥挥手，动动嘴角。

现在，他已消失在拐角。
有一阵子，他朗读着我的诗
却被阴暗潮湿里探出的身子捕获。
那些人貌似唱着赞歌。但一定不是民谣。

酒

友人说：多日不沾酒，虫子爬满身体。
莫非酒是导火线，引出燃烧的借口？
每次，把同一个人痛骂一遍，最后几句话
练成书法。

酒，嗟来之物！不如深奥的鱼。

眼睛区分正面与反面。当正面是一朵花,
反面就说出吉祥的数字。如果有短暂的
　失望,
我愿意向高空抛洒,将幸运拯救。

三日如隔三秋。闻不到熟悉的香味,
白发便要生长。我担心它们越来越坚强。
留长发已不可能,寄希望于下巴。
它支配线条,像长寿垂挂下来。

"我粉你。""我粉死你。"隔壁有人端起
　酒杯。
拿腔拿调。我猜想,这不是真理。
我只认识自己,连酒也是家酿,藏在私
　窖里。
明知这并不科学。所有的人离开,都沉默
　不语。

博物馆

即使稻谷,榫卯木结构

它们想说的都已经被人
写成文字;不想说的,已无法咀嚼
无法复制、粘贴

不能进入领地,连多张望一眼
都是奢侈。如果我的手可以伸进去
一定触摸到几千年前的温柔
有人因为烟熏
留下饥饿的眼泪

但那时的人,更懂得一粒米的
宽容。愿意用洁白的身躯
填补牙齿之间的空虚
说服他们:活着,就不要后悔

我真想叫一声乳名。那样的话
我便可以钻进幽深的隧道
把自己安放在凹槽里
谁来榫接我,我都愿意

丁香哀歌(组诗)

● 马永波

空 山

空山之空取决于你的孤独
取决于在你之前山里曾经有的人
取决于春天的白色气流从山谷的
哪一侧上升,秋天的黄色气流
从山谷的哪一侧下降
更取决于此时,你从哪个位置望气
甚至裹着苍苔的石头
坠入谷底所需要的时间

而时间的回声会把山谷突然推开
展示出山后的山,山外的山
展示出雨滴落在山前山后的透明的慢
水面平阔处一只大鸟起飞前的沉重的慢
和你的目光从深远向高远的起飞

至于晨昏的烟岚和桌案上的薰香
至于你画了一半的屏风,只有起首的信
山外平畴,交错的阡陌和远风
都可以暂时交给某种
想念一位朋友,而又不想谋面的心情

清 明

又一个亲人站到了大地对面
不说话,注视着我
她是我的陌生的姐姐,她变小了
她背后站着同样沉默的我们的父母

就像两眼中的黑暗永不相遇
他们微微向前倾斜着身体
看着我,没有任何可解的表情
没有提醒,警告,也没有召唤
他们只有耐心和沉默

我在他们的目光下
在空无一人的寂静的房间
继续敲击键盘
学习生活为时已晚
唯有继续相信词语之于事物的力量

于是我停顿片刻
倾听一下聚拢过来的寂静
然后听着自己僵硬的手指
在键盘上敲击出嗒嗒声
每一声都是一次点射:朝向死亡

最后的时间
——写在《海伦·文德勒诗学文集》译毕之日

一片书页沙沙作响,响了那么一会
仿佛沙漠中的一张脸犹豫了一下
然后融化
一个人踏上林中另一条小径

一次没有对象的谋杀是完美的
作为异乡人穿着本地服装
手里拿着钥匙或者是剑
踩碎的浆果糊在石头上

宇宙再次静了下来
仿佛在等待他的决定
是否还来得及选择消逝
在夏日山巅拖曳的白色气流中
再一次倾听无人的回声

旅行开始前的犹豫
——写在威廉·卡洛斯·威廉斯《佩特森》
开译前

你的躯体还在悬崖上犹豫
整个下午,你的灵魂都漂流在暗水上
躯体是阴郁的,俯视,沉思着
这灵魂学徒的欣快症

再没有比这个更艰难的手艺了
每一次都像是把人世彻底抛在身后
赤裸的手,不听规劝的大脑
便是所有的装备,没有同伴,没有地图

那无人去过的国土,奇迹或荒芜
你必须抵达,必须与这些词语共用一个
    身体
另一种语言,另一种节奏
阿波罗的九个女儿相继离开父亲的宝座
你不知该向哪一位谦卑地献上你的祈祷

你五十七岁的膝盖在颤抖
你年轻的灵魂却已在渴望冒险
他简单而纯净,他一无所知
超越了我们共同的复杂性

那就让我向你,威廉斯,发出这低语
所有的旅程都必定终结
既然你决定从细节出发,抵达抽象
那就让我,从这些词语出发
抵达你所经历的种种细节
并在我所不及的陡峭之处
伸出你同样赤裸的兄弟般的手

从混乱中,像无知的太阳
从尚未干透的泥版上升起
同时更新我们彼此,从正面和反面
从增加和减少,聚集和循环之中

丁香哀歌

花开时你总是在某棵树后面
伪装成孤儿,仿佛这样
就能得到原谅
四五月间,空置很久的
俄罗斯黄房子周围
细小的芳香如同蜂蜜里的花粉
凝固在空中
城里到处都奔走着疯了的情人
眼睛里闪动着水洼、云彩和格子裙
总是在这样的树下
在手风琴的抽咽中
你的手臂绕过柔软战栗的肩头
把那些因预感而苍白的面孔
转过来,避开树枝
吻上那已经失忆的眉毛和嘴唇
它们是谁的唇,谁的面孔
你早已忘记,只有那唇上的苦涩
像这北方的丁香一样久久留存

赞 美

一个高大的父亲脖子上驮着嘎嘎尖叫的
    儿子
走过很久,他们的笑声还像彩色泡沫
漂浮在黑暗的树顶是值得的

穿过雨大了起来的黄昏不带伞
把防水黑大衣的兜帽翻起来像个无名的革
    命者
走过浓密枝叶下干燥和潮湿交替的甬道
是值得的

年纪渐老且作为陌生人肆无忌惮地打量
孤单地站在各种明亮的店门口打扮漂亮

等待下班回家或无家可归的女子是值得的

在地铁口的猛风中像蛇一样灵活
像鸽子一样柔顺地避开汹涌错杂的人流
与这些面孔的幽灵相遇即永别
看着他们像纸片一般扭曲飘摇是值得的

雨水在红白蓝黑各种颜色的车顶上闪烁
但依然是白色的是值得的

学生和小贩用各自的方言讨价还价
小贩不时用手扶一下歪斜的绿色大洋伞
用烤红薯的大煤油筒烤黑大黄梨的底座
发出焦香味是值得的

缝纫女窝在人行道边废旧面包车改装的工
　作间
手指粗红面颊红润埋头苦干头发枯干
不思考为什么自己会在这里是值得的

一个中学生对伙伴们说他爸用圆规捆他
　的脸
顿时在昏冥中一只白色大胳膊划着圆弧
却没有相联的身体是值得的

活着是为了弄明白为啥活着是值得的
不认父者,必认贼作父,这个结论是值得的
我此刻活着,你们也活着,还有许多人无名
　地活着,是值得的

诗歌的日常化（组诗）

● 格　风

状　态

天空暗了一下
又潮水般阳光起来
一个拖延症患者开始服药，填词
一首诗的脚丫
正好踩到了
历史上的今天
防空警报的悲剧意味
完整呈现平常生活
颤栗的部分
阳光正好照在
我刚刚写下的句子上
和平安宁
多么美好的开始
我和你
一起聆听
刀子进入内心的声音

九　月

九月，在半人高
也许是更高处弥漫的气息
金桂飘香
但离秋高气爽
至少还有两三站距离
需要站稳扶好
我从二号线下来
先是桂花的香气让人昏沉
过后是灰尘的味道

带我到童卫路
你的怀抱
这短暂的眩晕
让我想起居家养老
蟑螂的尖叫
莫名恐慌
尽管我知道自己
并没有做错什么

诗歌的日常化

诗歌的日常化
就是一张瘦脸
无力反抗镜子里的陌生人
出现在我的刮胡刀下

有人急着要回到自己的面孔里
铁青色的下巴
开始塌陷
外面下着雨

许多日子的残余
随泡沫进入下水管道
如此荒谬的开始
你是我
厄运的一部分

写诗撸猫
比死水平静的生活

烈　酒

一针筒酒精
一针筒诗经提取的不明液体
注入无药可医的
诗歌的身体
我们做了个实验
要让诗酒产生化学反应
让摇摇晃晃的早餐
从纯阳洞潮湿的身体里走出来
释放一部分浓度
让原浆穿过阳光
回到黄昏后的高粱红
让语言回到
杜甫草堂的屋顶上
让飞鸟和游鱼
松开时间的绳索
在浣花溪边
聆听水滴石穿的声音
那年八月。茅屋为秋风所破
天下苍生，白雾茫茫
大雾升起自
沱江与长江交汇处
有人飞流直下
有人逆水而上
醉的和醒的擦肩而过
面目模糊，但杜甫
不可能是李白
也不会是今天的病诗人
我听见咔嚓一声
诗中一截骨头折断在泸州
七公里深处
窖藏的烈焰中

敌　人

老头走在我前面
身上的披挂，剑与刀枪
肯定是假的，但我听见血管爆裂的声音
是真的。在卫岗下马坊一带
有人大吼一声：下雨了
开始我以为是幻听
沉闷的，驶过江湾的
驳船的声音，空气中的暗河
突然炸裂，雨哗哗落下
无限接近荒谬的
我此刻的跟随
假如我跟拍的
不是十步一杀
会不会是自虐狂
我的想象力仅限于他的背影
他走在我前面
加缪说，不要走在我后面
也不要走在我前面
去年很冷的冬天
见过他光脚踩着雨雪、冰渣
青紫色的上半身裸露着
蹭蹭蹭的背影
不可能是加缪
教课书的节奏
因为凛冬如刀
壮士必须赶路
必须不停地大敌当前
他要去杀人
谁是他鄙视链上的敌人
除了时间，还会有谁
当他转过身来
会不会认出我
想起自己的一生

物联网小学

无锡梁鸿湿地丽笙度假酒店
房间里有几张白纸
一支铅笔
我犹豫了一下
随手写下物联网
万物相连
因为刚刚看过

星河微澜

物联网小学
那里的孩子们
已经不再用纸和笔了
他们用平板上课
学生，老师和家长
作业与多动症
无限链接
互为物联网的一部分
我为他们感动
并悄悄地忧伤了一会儿
直到放学
孩子们鸟儿一样
离开鸟巢
在细雨中奔跑

樱 花

关于樱花我说过
姑娘们都去鸡鸣寺了
我就不去了
我在自家阳台上
也可以领略
突如其来的怒放
一阵风
掀起春天
白色的短裙

樱花樱花
离我最近的春天
也最远
她们背光的一面是有记忆的
刚刚又有两个讲述者
离开了樱花大道
那些花粉
比花瓣更苍白的哀伤
稍纵即逝
打开了一座城市
或两座城市的飘窗
南京
也许是东京

尘土的颜色（组诗）

● 杨 子

你的脸是尘土的颜色

落在桌上的灰
有一种淡淡的怪味。
眼睛血红的公马去了哪里？

天空，树木，你的脸，
都是尘土的颜色。

沿着朽烂的大街，
你会再次碰见我．
我的脑袋在烟雾里，
你看不见。

刺鼻的烟钻进黑洞洞的窗户。
商店的门开着，没有人。
你沿着朽烂的大街往前走，
你的脸是尘土的颜色。

忧郁像荒草，
在我心中生长。

春

一
温热的泥泞。
刺痛的膝盖。
与我们一同活埋的
古老的节气。

二
坠向深渊的途中，
巨蛇向你游来——
什么滋味？

三
你像鬼魂一样来到书房，
把珍贵的书一页页撕烂，
塞进嘴里。

四
那些冬天出走的男儿去了哪里？
他们的腿缠着白云的绷带。

五
杀害已司空见惯，
妇女在树上产卵，
在冰窟里教育孩子。

六
所有的道路，
所有冰消雪融的道路。

七
你钻进下水道，
和巨鼠一起奔跑。
当你出现在陌生的街上，
天已大亮，
湿漉漉畜生的灵魂
潜入你的身体。

八

铺在天空的铁轨,
两头都是陨石坑,
我们在其间漫游,摩肩接踵,
到处是同类啊,甚至同名同姓。

九

你把自己搬到地下,
听见树根,地基和发霉的身体
被黑暗的地心一点点拖下去,
吃掉。

新 雪

在我朋友宋增科家里
我抱着一本《法兰克人史》
坐在椅子上睡着了
恍惚中听见屋里有人
不像入室毛贼
倒像天外来客
对什么都感兴趣
到冰箱里拿酒喝
打开电视
不停地换频道
进了一次卫生间
被水箱的轰响吓得尖叫
还站在那儿
看了我一会儿
几分钟后我醒来
看见空酒瓶站在桌上
我已经忘了
这瓶酒是不是我干掉的
电视开着
我已经忘了
现在的节目
是不是我刚才看过的
我在深夜走回去
路上疯狂的脚印
正被新雪覆盖

又一个春天

黑柳树绿茸茸的发辫
在死去的河边
耀眼的石头
大地眼窝里的泪水

我的精神涣散了
在死去的河边
我的形骸不见了
只剩一个大鼻子

不知疲倦的鞋
在死去的河边
像两只小海船
把我运往远方

梦 境

半夜我猛地惊醒
发现一面墙没了

有人背着口袋跑
马在山坡上嘶叫

风很硬
背口袋的人慢慢滑倒

再造一面墙已经没有力气
于是我头朝下

离开这个古怪的世界
看见背口袋的人

躺在荒草中——
他有一张心满意足的脸

绿眼睛

我们手挽手走过傻瓜的大街，
一双绿眼睛
一直在背后
盯着我。

我们冲出床的沼泽，爱的沼泽，
一双绿眼睛
一直在背后
恨着我。

你知道我不会总想着一个地方，
你知道我并不总和你想的一样，
否则我们应该是一个而不是两个。

我们是两个，
所以永远孤独，
所以不要想太多，
我们应该造一间屋子，
一间没有绿眼睛的屋子，
住进去。

春天的哈哈镜

春天，他们的钱袋瘪了，
他们的肚子鼓了，
池塘绿了，
低空滑过的乌鸦
吓住我们了。

春天，它的粉绿粉蓝的鹦鹉，
它的跟在兴奋的宠物狗后边娇喘的小妇
　人，
它的神出鬼没的保险公司和春药公司，
它的喷泉般从地下冒出的忙人和闲人，
它的青绿的影子和鹅黄的花粉。

一个又一个把脸埋进水中的孤单的男人，
大鸟般飞过天空的报纸，
看着榆钱雨水般落下的痴呆的孩子，
一个又一个旱獭般四处打洞的卑鄙的男
　人，
我在你们头顶梦游，
一枚金币将我击入黑绿的池塘。

立春·夏至

星河微澜

在阅读中抵达（组诗）

● 龚学明

从《诗经》走出

从谷底向上爬
穿紫衣的女子肤白如雪
秋风在指间滑过
柔软的闪电自行收缩

他们相约于寂寞的花园
愿意专注于声音的情绪
千屈菜是野生的
紫红的花色如此迷恋

水草要拔除了，河水方清澈
体温的热恰到好处
小兽出没，放弃幸福的攻击
新的芦花盼着尽快成熟

多厚重的《诗经》，男子
愿意生活轻一些；
两只外人不能认出的灵鸟
在天上无拘地飞远

皱 褶

一朵花打开皱褶
一群紫色的木槿花藏起喜悦
克制中的情绪有不安和忧伤
每一朵都是不同时期的
寻觅

一朵紫色的花今天在飞
在时空的迷茫中停住
一场雨润湿了方向感
犹豫中，姿势坚定，打开皱褶
在飞

潮湿的山坡。只有一盏灯等待
风像旧时的兵器收获
脖颈的弯道
潮湿的花打开皱褶
一条河的水声圣洁，畅通
无阻

太阳要出来了。从旧诗中
打开窗户，……活着偶有惊讶
值得留恋的事情不少
那些打开的情节正在收拢
秘密就要成为孩子的传说，
回忆

抵 达

清晨，我抵达一张静默的椅子
枣红色的沉重如我灰色的
躯体；光线不愿来临
我用读诗迎接偶遇

这唐时的玫瑰在神秘中招手
女子羽衣霓裳，皇上
富态，音乐和诗歌饱满
这是个美好的时代

李白代一千年间的诗人饮酒

"现在"是一个一变再变的词
我的寂寞源于眼睛里的
丰富;我的陌生感时有,一直
在生活中行走,需要
一本温暖的书在手中交流
像梦中的身体裸露,放心熟读

抵达,在一支箭上轻度摇晃
岸上有一个人的呼吸。耳语
汗中陌生的气息。从语无伦次
到沉默寡言;那张椅子
柔软,走动,放平
视物中的一粒药,意识
如愿兴奋

单数和复数

一只蝴蝶在孤独中飞过
反反复复,依旧是沉默的单数;
荷叶挺立而相望
宽大的伸展,际遇乐观

这是假设的场景
其真实性不可怀疑
下午,是唯一的。两个下午
在延时中对视而笑

单数走动,静默,独自完成

它想倾诉和释放,忘记尴尬;
复数端起酒杯,让酒和水相拥
它们发现了之间相似的逻辑

湖面浩大,风是神秘来客
荷叶小心翼翼,在惊疑中摇摆
选择在兴奋中迈出
而蝴蝶,是无法消失的犹豫

开阔地

诗歌盛开于唐
露珠密集,布满了爱
弦乐合奏出人世的欢乐
摇曳的草在描述不可描述的温柔

典集越翻越厚,这个过程
经历了试探,纸与纸的争执;
树与树对峙,在光线中
敌视,和解,相认

开阔地突然呈现
阴影曾以怀疑的心情存在
一马平川是如此简单
但好风景让人放心不下

盛唐的气象只在时间里停泊
那只船没有欢乐也无悲伤;
你和我在距离中近远
现在,我的乐观更多一点

故乡（组诗）

● 李成恩

味 道

说你说不上研究，你的味道
散发鸡蛋的腥味，混合着尘土
青草成长的味道
词根露出，脚趾生动
味觉敏锐的男人做了厨师
说迟钝的女人说不上研究
她坐在食品中间念书
不关心物价，不关心天气
空气中飘浮起鸡蛋清醒的味道
雨水骤然降临，光头洗头
长发妹发出一阵香气，那是她的
味道，混合青春的气味
青葱的味道，白面如同姑娘的脸
生活列出属于你的食谱
姑娘呀，味道复杂
气味变化莫测，一会儿是家禽
一会儿是青春，味道各异
但都是你的味道，貌似
白面里长大葱，嘎吱嘎吱的
味道，植物的味道
哲学一样干净的
词根一样坚硬的味道

跳 水

这不是水，是蓝色的玻璃微微晃动
如果你的身体真是你的身体
从跳板上倒栽下去的就是另一个人
如果你的尖叫唤起了你荡漾的恐惧
从跳板上跳下的肯定是别人的身体
蓝色水面向你打开一个通道
你在张望中踮起脚尖，这个时候
如果有人在后面推你一把
你还有退路么？没有了
因为你溶入了蓝色玻璃
你的头插到了玻璃里，水花溅起的是玻璃
破碎的声音，你知道你的肉体嵌入玻璃中间
你像一条鱼摆动你的四肢，张开你的嘴
你企图挣脱玻璃的囚禁
因为你意识到跳板上的怀疑是错误的
推你下来的那个人虽然是另一个自己
但你后悔了，你想浮出水面
你在玻璃里迷失了你的身体
夏天的炎热迷失在你身体里
你的身体只是一个漂亮的符号
在半空里翻滚，迷失，抱紧
然后跳下去，但跳下去的是另一个人
你此刻还僵持在跳板上哆嗦
蓝色玻璃啊你倒栽下去就变成水的一部分

枝头鸟

我抓住枯枝，折断枯枝
发呆的枝头鸟，它站在枝头差一点滑倒

我扶住枝头鸟，它的爪子像铁丝
它的头像坚硬的意象，差点滑倒

我看见冷空气扶住了它的翅膀
它颤抖着起飞,又害怕飞起来

它只要一飞起来,枯枝就会喀嚓一声折断
就像我的手一伸出去,它就大叫

天气寒冷,新年来到
枝头鸟在打盹,等待枯枝弹起的那一刻

故 乡

15岁离家求学时故乡的荒凉在身后
22岁回家省亲时故乡的荒凉在心里

我的成长是以故乡不变的容颜为代价
山峦固守故乡的本性,河流性情越来越温和

秋天的白头翁贴着汴河飞行
咦它们扮演故乡的老小孩,那么大年纪
还在故乡忙碌,看得出它们自得其乐

冬天的喜鹊略显沉默,但也恰到好处
我回家前她们向我的故乡报喜
说我喜泣而泪,带回了刻骨铭心的感激

真 俊

小时候,我坐在清晨的鸟鸣声里
妈妈对着我自言自语:你真俊

我的面容在汴河里浮现时
我一惊,真俊原来是这样的

小动物在汴河里嬉戏,溅起水花
芦花在汴河两岸飞舞,真俊

我的脸在故乡明媚的阳光里穿梭
小女孩的喜乐无限延长了皖北的傍晚

灯火点点,汴河慢慢静下来
我在故乡兴奋的脸明暗闪烁,真俊

池 塘

池塘浪费光阴
为了寂静,为了衰老
野草缠身的池塘已经衰老
厢房里的镜子也已衰老
老妈妈也已衰老
池塘荡起八月的秋水
游子默默流泪,照见我羞愧的面孔
池塘濯洗老妈妈碧绿的青菜
家鸭扑通下水
灶火映红老妈妈衰老的面容
炊烟升天,池塘安睡

香 水

一条虫子,玻璃的
蓝色的,闪闪发光的玻璃虫子
从我的青春开始,散发青草的气味
推翻艾叶,深秋的果实坠落
我如梦初醒,沐浴月亮的清辉

香水的脸是我的脸
淡淡的纹路,内心的逻辑
今天我披薄纱,双脚踩艾叶
背诵绝句:床前明月光真水无香

起床喂鸟,打翻香水
上下翻飞的思绪捕捉了纤细的力量
一不小心就中了毒,好像香水的力量
可以击中鸟的头颅,它叫起来
与一个女学生的晨读混淆

坐在竹林,我捕捉了竹林的香气
植物的爱情缠绕我,坐在月下
月的清香胜过我的薄纱,连耳环
都叮当作响,香水养育了青春

逃跑的路线早就在诗中画好
唐朝太远,明清还差不多
古老的椅子早就摆在厅堂
我略施香水,粉嫩的脖子是玻璃的
虫子,艾叶早就铺好

锁骨如雨

冷雨你这群饥饿的小兽扑过来
一个个抬起闪亮的下巴
这是十月的北京,深秋的深夜
锁骨深处的小兽
抬起闪亮的下巴
寒风的下巴咬着枯枝的嘴唇
说出结结巴巴的真话——
秋深了,锁骨深处暗藏的小兽
纷纷抬起头
望着我:成恩善良,但锁骨如雨
任雨打风吹去
在岁末年终清算旧帐
一场清算秋虫的斗争与一场随风潜入夜的
　雨
在锁骨上相遇
深秋的深夜
我掌灯夜读
冷雨扑面而来,像小兽
像失去头颅的马匹,丢弃了似是而非的头
获得了小兽的四个蹄子
踩着我的锁骨
成恩善良,但锁骨如雨

柔软的来客

柔软的河床,长脖子的白鹤
是我梦中来客
喂亲爱的梦中来客
你的身体倒映在十一月的天空
而阴影被河床拆散
分叉的脚掌,像被剪开的十一月
我身体的河床

迎接一场惊心美景
雪啊你这梦中来客
只短短的一日
就收走了惊心美景
我醒来后发现我的身体更加清朗
好像被雪锁住了长脖子
一只雪中白鹤
呆呆立于我十一月的门庭
发出嘎嘎嘎的
体内骨骼松动的叫声

春天的钉子

春天的手掌铜板一样
我要把这枚钉子
一枚柔软的钉子
一枚像冬眠的青蛇尖头的钉子
一枚有气无力的钉子
一枚口含巨毒的钉子
一枚沉默寡言的钉子
一枚教条主义的钉子
一枚生锈的钉子
一掌拍下去
就只一掌
用劲拍下去
钉子被钉进了春天的肌肤
钉进了青蛇的尖头
钉进了巨毒的天空
天空蓝得像假的
春风吹得像真的
而钉子
柔软的钉子
突然咬住了我的手掌
咬住了铜板
咬住了教条主义

苏醒的青蛇
苏醒的巨毒
此时都成了柔软的钉子
等待我一掌拍下去

一掌拍在春天的后尾
一掌击碎春天的骨骼

春天鸟在叫

自行车在叫,生锈的铃铛在叫
春天在叫,人类绿色的心脏在叫
枯萎的老牛转动发呆的脑袋,它弯曲的
牛角在叫,它乌黑的尾巴在叫
洞里的蛇在叫
像婴儿想念妈妈一样的叫
儿子在叫,衰老的父亲在叫
躺在墓地里的外公在叫,他坚硬的骨头在
　叫

石桥在叫
蹲在石桥上的鬼魂在叫
一到夜里满天的星光在叫
仿佛满天的鬼魂扑向春天
春天抱着散步的庄子在叫
庄子抱着一捆干柴在叫
陶渊明抱着南山在叫

我经过操场
邹静之的话剧在叫
操场在叫,学生奔跑
他们绿色的心脏在叫
整个校园都在叫——
小丑在叫,网络在叫
惟有天上的鸟静止不动
它不叫,但吐出一颗绿宝石的心脏
看啊!沉默的人低头默默经过操场
脚后跟在叫

明亮的脸上留下自行车跑过的线条
春天骑在自行车上
一边跑一边叫——
呵呵我要摔下来了呀

春夜静

春夜静,我伏在一株竹子上
听虫子一点点翻身发出婴儿吮吸的声响
世界静下来了,春天在长角
竹子在长脑
虫子断了触须,吐出绿色的胆汁

春夜静,我怀揣一把小刀
从电梯里出来,看高楼的影子一点点翻过
院墙。睡在喷泉里的月亮
吐出春夜的婴儿,婴儿蒙着一层夜色
露出小刀的眼睛

春夜静,我端着一盆水仙
与水仙久久体味静寂的美与真
没有人比得过春夜的成长
全是为了美与真的成长
我抚摸我的脸颊,水仙的模样更加静寂

春夜静,我推开寂静的铁门
叫出倦怠的猫、狗与其它宠物
向着虚无跪下来,代表我不屈的肉身
也代表寂静的世界
铁门锁住了生活,放出的是春夜的
林荫道。生长的林荫道与封闭的寂静
拉长了我的双脚,我寂静的夜的双脚

我不再写爱情诗了（组诗）

● 李德武

地中海日出

一顶被浴血战火烧红的头盔
战斗发生在海的深处，就在昨夜
黑暗编织了爱情，海伦挑起争端
这是一场没有对错的战斗，必然地
就如同日出，是的，战斗发生在爱琴海
发生在地中海，以及太平洋
自古至今从未停止过。不，不能停止
有深渊的地方都住着爱神和战神
他们最了解我们的心和饥渴
也说不准我们用塑造的神填补了匮乏
如今谁决定光明与黑暗已说不清
戏剧史只适于参照，作为失败的记忆
填补被现实隔断的空白
现在属于泛神时代，每一滴水都显灵
太阳是个路边演员或一个看客
这个曾经至高的主宰者已被边缘了
常常扮演悲惨的角色，或者小丑
人靠牙齿发光，于悲喜中上演悲喜剧
动人的情节胜过地中海的波浪
虚构的故事升起海景，在每个早晨
引人凝望，被震慑的你像一个战俘
向满天不平静的红光拱手称臣

你是有救的，因为还相信爱

基于破碎这一事实，我还写作
从上往下看，能数清身上每处漏洞
"你这个自以为是的家伙！"——
影子经不起解剖！却不可以忽略影子的
    背面
美是对幸福的许诺！美给幸福制造陷阱
谁占有美，谁就将被形式占有
就像你突然明白灵魂既然属于世界
又何必恋家？被世人称为必须的
都有一只深深插入泥土中的脚
世人依赖于束缚和受罪体会幸福
可我认准了不做这样的傻瓜
远离喧闹的中心，无需担心失聪
那只会让你的听力敏感千倍
如果谁咬文嚼字，他就是一个夜盲者
而我需要在夜里透视到蝉翼的厚度
就像熟悉自己脸皮的厚度
不需要镜子也能看清自己的嘴脸
甚至不需要太强的光，一个人的强大
取决于他承担的阴暗面足够大
那是用来储存人间缺憾的透明仓库
不要在底气充足时演讲，最好嗓子沙哑
一半说给别人，一半留给自己
沙哑的嗓子可以抑制说大话
当别人荣誉满身，我会庆幸自己一无所成

菠萝及其他

太甜了！这是她改不掉的错
削皮刀痕呈螺纹状交错，像一个手雷
但她没有力量爆炸，她太甜了
我不想吃她，或许该耐心咀嚼
多么熟悉的味道和口感
我目睹她的鲜过了保质期

变质如同走神。我想到阿波罗船
载着爱情和光,品尝禁果
上帝责怪蛇不该引诱人的欲望
而人们似乎更需要蛇说出未知的甜蜜
人分化成两派,一派是捕蛇者
一派是拜蛇者。捕蛇者利用饥荒
拉低人的欲求,拜蛇者则设计一张嘴
将以往不能入口的统统吃掉
借着酒力把最后底线突破
露出唯物主义的笑
这会儿菠萝又蔫了几分,有蚂蚁跑来
小东西也对甜味敏感,还不止
从谷雨到谷神,有人经营菠萝蜜园
在大地一角,那里适于隐居
或与心上人过世外生活
苦和甜,腐烂或再生都是自然事
我知道这种梦已不具有怀旧的价值
在网络上,有人推销菠萝蜜园一日游

歌德是个骗子

诸多门户有一扇被我关闭。着火的夜晚
远非意外或偶发事件,没错!
房间漆黑适于自我焚烧,皮肤满溢灼痛
神和童话都是一节长大的蜡烛
谁不曾自焚呢?恐惧的灯芯忐忑而甜蜜
像第一次上战场的小战士,子弹滚烫
子弹率先击穿自己然后才冲出枪膛

歌德这个骗子用烦恼迷惑我
害我七天七夜不眠,带着伤口写一封
不知该寄给谁的信,我迷恋上写作
寻找一个足以让我爱过即死的人
飞逝的面孔中唯一值得献身的就是月光
准备随时和反对我的人玩命!
一无所有,唯一爱的成本就是玩命
生命的自定义阶段,不知贵贱才有贵贱

歌德这个骗子!请允许我对他使用这个
　　爱称

他让我每天写一封情书,然后准备牺牲
似乎那不仅是维特一个人的绝望
而是世界上所有少年的绝望。烦恼成瘾
多少美妙时刻就这样搁置在日记里
年龄相仿的表哥都娶妻生子,我还在写
　　日记
表哥提醒我,找一个诚实的女孩结婚吧
我无奈地说:也想啊
只是没有一个符合歌德的标准

干吧!把恶干出了花

不再被歌德所困时我遇到波德莱尔
他比歌德要现实得多,他谁也不爱
却被很多女人追捧,在巴黎夜沙龙上
他故意西装革履,道貌岸然,住豪华酒店
他以吃喝嫖写为乐,他不制造歌德式的
　　假梦
他干!他把恶干出了花!他写!他用
　　干写!
他写出了恶之花!这个家伙满脑子鬼主意
既懂得戏弄贵妇,又懂得写不朽之作
他也写情诗,但情诗都写给了妓女
他最爱的是形销骨立的老妓女。波德莱尔
在法国成为伤风败俗的人,美国却把他
推为大师。美国人用牛仔的情感爱波德
　　莱尔
恶之花迅速盛开。死去的维特看到恶之花
后悔自己太幼稚,原来生命爱的方式有
　　多种
歌德也开始反思自己,他用一生的时间
反思让维特殉情错在哪里?结果他发现
自己从没听过魔鬼的语言。他写浮士德
告诉人们魔鬼也是有智慧的,但为时已晚
波德莱尔直接把魔鬼奉为诗神
我第一次本能地相信了波德莱尔
面对喜欢的女孩二话不说就抓住她的手
结果我被推开,她略带惊讶地对我说
"我没想到你这么坏!"这样的拒绝让我
　　犹豫

我该不该继续这么坏?
我送给她一本书《恶之花》,并强调
这是当代诗歌鼻祖之作
我要做一个波德莱尔式的诗人
她委婉地说:你生错了地方!
要是你生在法国就好了。她拒绝了我的
　礼物
为什么我视之瑰宝她却认为一文不名?
她,她们都是庸俗之辈!
狗与香水瓶强化了我的叛离。我又回到书
　写中
在文字中把恶酿成香水。这感觉真好
结婚成了一件可有可无的事,谁爱诗
我就爱谁。她不是一个人,是一群人

在现实中我爱上孤独

现实中,我想起那个女孩的警告
——你生错了地方!
很多人都意识到了这个问题
我无处可去,我理解了米兰·昆德拉的难处
出路要从内部找,此地也是别处
我厌恶抒情但喝酒
不相信浪漫但见美眼开
我开始喜欢唐·吉诃德,喜欢梵·高
我给他们写情诗。我最好的情诗是写给
　梵·高的
不期待回信和相约见面,我和我爱的人
神游天际。在现实中我爱上了孤独
独往独来,那时我常携刀而行
外出和回家一样不安。我不知该忠诚什么
除了诗——

合欢与界

在对称的法则中选择偏离
回避讨好与厮混,老套的得意
潜藏偷懒式的满足。总有别样

偶然的花蕾绽放,奇异又默契
这事不可说,譬如一张网
张口便是漏洞。被网住的
都是比漏洞还大的东西
我需要比漏洞小,做漏网之鱼
不能以树的名义诱惑
在规划的院子里制造绿茵
甚至复述民间神话,我已戒酒
姑且做月下一根冷枝
于开谢中解救出粉红的伴侣

花　招

未开前她就招引我。我感觉到了
我是一个敏感的人。花没有错
明香或暗香不存在本质区分,仅是趣味
　殊别
李商隐更喜欢暗香,不得已却也恰好
温庭筠躲在花丛诗香,以假乱真
弥漫的迷迭香或夜来香都有手工味道
他赶上了手工业发达的时代,能怪谁呢
唐以后有谁是不打自招的?苏轼算半个
范成大属于屈打成招派。其他人
花招迭出。花也起鬼点子,名曰花招
乱马迎花的花,我无力拒绝招引
不是太乱了,而是太烂了,灿烂的烂
各种释义和注解让你戴着眼罩分辨
——谁属于蔷薇科,谁属于啮齿类
植物和动物从没有真正分过家
我们把一种善于越界的花称为爬墙虎
植物也有虎胆,这一招几乎是逼出来的
花招中有一招就叫反逼招,借势而为
索性墙里开花墙外红。墙外红破了规矩
花也就更大胆,索性把果实也结在墙外
出墙的红杏没有权属,谁摘就属于谁
像米歇尔·福柯宣布作者之死
偷盗的定义一度被改写:如果红杏沉默
我们都该闭嘴

行走中（组诗）

● 董进奎

野 营

风总是在夜里走穴，带着磨盘
黄色的颗粒是西北养血的杂粮、主食
一堆堆细米裹着清醒的砾石、骆驼刺下咽
匆匆地生活，一场赶往下一场

七彩丹霞
——在张掖

贫瘠压抑不住渴望
彩虹被收拢，被堆积成山
遗落的补天的石头，补住了寡淡荒凉的心

生活的重量被缤纷释然
这些锦绣最似母亲熬夜织就的披肩
下拖部分，正好捂住易伤寒的肺

嘉峪关

背靠着一堵墙，脊梁挺直
黄土、砂石入髓，紧要的关口
我是她残缺的部分，堵住西北风堵住狼烟
额头刻下崛起的碑文

抑或我是那扇撞击、颠簸不破的门
抑或我是被围困、被淹没，被夕阳拦在怀里
一根脐带牵出的、需要啼鸣的路
城楼高处几抹弧线勾翘，挑起数瓦凹凸
　青霜

月牙泉

成熟的女人累了，想飞天

放下腰刀，几曲弧线卧姿丰腴妖娆
淡抹叶眉，隐于凡世一只摄魂的眼

警惕驼铃里的瓷器、丝锦
江湖上，做一次响沙中的贼

不能自拔是陷在澄澈里的人

藏经洞

刚走出石窟，哐当一声门上了栓
疑有枷锁盘在佛的脖颈
让佛思过？佛已看不到人间事

眼前的砂石淤积掩不住河床的伤，此处
是西去的关隘、是岸，曾经的盗贼也立地
　成佛
导游说：现在的佛都很平安

佛的安危关乎着他们的安危
想，那些被藏进经卷，被押解到远方
被返俗在博文馆的佛，找到了最需普渡
　的人

胡杨林

情势所迫饮尽风沙盐碱
扭曲身体，断臂、断腕、折掉虚枝
倒影在千年长河流逝的夹缝
渴望的眼睛干裂的唇
空洞的腹腔里蜗居着决绝的辉煌

把一棵棵树放在铣床上
经过风刀拧进大地，高擎千年
治愈堆积的沉疴，活成化石
在变态的命运里拿变态做赌注
一场浩劫蔑视手术，自己是自己的药

石头无序

石头无序地分裂飞向高海拔
脱离水、脱离人间，入定空旷
苍穹凝炼，修正着最后一道炼金术
赤臂袒胸，从粗糙的意念提纯

城堡几千年的积淀，修成孤本
傲视于无，骨骼导向迷途知返的人
兀鹫精简去冠顶装点的羽毛
把搏击的力量加持于飞天的翅膀

电音途径阿拉善，搬动大地
人群这些举足轻重的颗粒风暴席卷
素不相识地挽手共振，回到纯粮酿制的
　肉身
举头问天阙，都是好庄家

沙的尖峰柔软，素颜的诱惑
沦陷的皆是情有独钟的辙
压抑的尘埃抵达至巅，提着利器
时间沉默地装配，收获无限量的裂变

安塞腰鼓

常把细鼓挂在腰间
让正反两面的人生都踩在鼓点上
踏着万年的黄土爬坡
在干涸的日子里击出浪花
把风尘压制在皱纹里

也有捶破鼓的时候
牵出一张张皮里的牛羊抵住赶路的西北风
在迷途里拨出一条大道
千人的腰鼓队曾走过长安街
把窑洞的晨曦浓抹在天安门的黎明

高悬的灯笼承载着鼓乐的魂魄
招摇的天地又醉了一夜
按耐不住的转折调把一条河抬到了高处
每一位盛装舞者，腔子里的山河皆是红色
　的抖音

悬空寺

一

寻遍人间
终于在悬崖之上找到支点
自己把自己架空
风云通透，流水是一件俗事

让经文面壁，对石头诉说
让心现行
经文空洞也深邃

容一世年华，人比楼悬

二

以累卵之势攀旋
让峭壁皈依
没有翅膀的飞翔注定坠落
不得不要挟住经卷

层层堆砌

太湖石

我喜欢这些善于把自己掏空的石头
我喜欢这些善于把太湖石做风景的人

认它们为智者、为知者
从空洞里穿过七窍空灵,接近没有影子被
　捕捉

上阳宫阙

宫殿挂上了树梢,鱼虾着红装

垂柳上的暖巢骚动了一下午

展开翅膀,拉开空间地演奏
还有鹭和桥,铃铛寄托在飞檐

船驾云登高偏离了航道
在神都难解的淤泥里淘洗出几匹回响的
　夕阳

风插手,推波助澜连环的水漂
石头走在水路上,脚印呈投机状

一条河的大道,往往在黑暗中繁华
潜行的人纠缠于路网,破局于路网

每一滴水都遍体鳞伤（组诗）

● 孙启放

蓝

书上说，忧郁是蓝的。
那么，天空呢？复写纸、高山湖、蓝血人
包括被称之为"蓝色妖姬"的玫瑰；
或许

与高贵只一步之遥。
制造呼吸。蓝，顺手制造出
涟漪、感激的阳台、金字皮面书。
一动不动的蓝
远不像是死了的
它干净、透明，有稳定的心脏。

它确实配得上。某些经典的画面：
比如酒吧半明不暗
吉他、牛仔帽、留长发的老男人
缓慢坠地铺展横溢的蓝调。

我知我所欲。
因了蓝
我之胆汁温热、微苦；胆囊
恰如其分的半饱满。

某市赴约

可以唱《山坡羊》的地方
几间小屋
犹如大河源头几滴水
顺势而下，有白壁黑瓦

女墙骑于树梢
可赋新词《清凉引》
导航女生提醒
"路段限速40公里"
车如洪流，楼群扑面
90秒红灯等候
点燃一根烟
左手逼仄的一小块空地上
红色工程车像一个莽汉
它每一次转身，都让
这个城市的肛温又增高一度

四琴曲

七弦协力，拙劣模仿雁群
耳蜗，去它的细碎玻璃
只知道吴山贡鹅涨价了
专心养鹅的骆宾王
将鹅毛着色，编制成雁翎扇子
流水绕弯
溪边聚了些似动不动的枯叶蝶
下游了无诗兴
满江轮船转动巨大的桨叶
每一滴水都遍体鳞伤
潇湘水云苍茫
烟波里坐一个瘦子
一身肥膘被心思吃掉了
如果说穿
曲里拐弯的心思是作秀
有本事就让皇帝老儿高兴吧
嵇康是硬货，工尺谱铁铸的

也就聂政那厮配得上
如月球上的流星
省略穿越大气层的绚烂前戏
直截了当的粉身撞击

宿命论

玻璃的宿命是破碎
秋风是瓦解
真理是枯萎后的残枝。
西城酒吧敏感字句
注定敏感成惊恐
称为调酒师的"小二"
正用讥讽和媚笑
调制成一杯鸡尾酒；
城东某处
排污口高于人顶
赤条条的污水甩开泡沫
只用于控诉！

变奏

人群嘈杂。小孩骑在爸爸脖子上
他，趁乱扔出纸盒
踩出的牛奶像四溢的民主浆汁；

50公里外，几乎无人的乡村
一只黑鸦站在黑牛背上
它，不是黑牛的一部分。

不由分说

温习崖顶上的童话
知道朝天长嚎的
不是黑狼
夜晚的天光剪影出一头黑狼。而
狼能与人语
是不由分说的存在

我曾在一旁注视过朋友聊天

安静的风拂过
花香，窗帘微动
为何？
每一位朋友都有无数不同的侧影

我们与死者对立
只是所坐椅子的不同
古代，从没有大面积的玻璃幕墙
阳光从水面漫反射，虽然
也很刺目

小区绿色植物的秩序并非天生
楼的阳面，瞌睡的园丁裹在大衣里
他手中的利剪时时警醒
修整的能力
多么强悍
又，多么的不由分说

树干上的蚂蚁

一只蚂蚁停下来
一颗大雨点
刚刚砸了它一个趔趄

它敲了敲细长的前腿
停下来
高铁，不只是脑袋里的概念

是谁设计了重力？
让上山的石头不胜其烦
坚果落下来只上下不下
树干上蚂蚁上上下下

世间最短的会议是蚂蚁触须
相互点一下
一列蚂蚁
瞬间排成一列高铁

星河微澜

蚂蚁的远方,河流送水至低处的远海
树干的表皮层下
"木质部"正拼命将水输送至树梢

学而时习之

我爱象形的方块字
唯一操纵自如的工具;
我爱古隐者、逸者,爱升仙梦、蝴蝶梦
爱虚冷的祖宗玩厌世之美。

爱空山寒云、清风秋练
爱桃红李白;
亦爱坐枯禅的高僧
爱他身边侍奉的木讷肥和尚。
爱酒糟咸鱼、霉干菜、松花蛋
爱中国式胃囊。

我也爱一场新雨
爱地表冒出的笋尖、猫耳菜、马齿苋;
同时爱——

面色阴沉的一群人
匆忙而至
急速掩埋松湿泥土中长出的累累白骨。

乌夜啼

蓄意为谋?万人体育馆,鸟窝
流行粗嘎的声调
穿燕尾服的男角是一只
带剪刀尾的乌鸦

科学家实证乌鸦有一流的智商
乌啼,别有用心吗?
能够修剪别出心裁的发型?
被关注的乌鸦
大汗淋漓的乌鸦

记得古人的书上,乌啼只三两声

记得诗句里的公式
假设的我曾经听到过夜间乌啼
夜之黑袍上一小块黑色补丁

而舞台中央
提着一张铁嘴的乌鸦声嘶力竭:
"那就是我,那就是我
让我
自己干掉自身!"

颈椎病

头颅之重。头颅
之中有未知者手中传承之火

幽邃之火,焚膏腴之火
至燃眉
至燎原之势
至草木无穷万物皆可为所用之势

终将获刑
终将因所擎起的燃烧不熄之罪

眼 前（组诗）

● 包雨蕾

说起来

说起来，悬挂在天下的痛苦
与深扎在地下的灵魂
原是一体。一棵树
要熬成茶叶的颜色，必定得有点苦

世界的眼睛睁得那么大
我从不想与它对视
总想把眼睛轻轻闭上

风雪来时路

即便雪再用力一些
再狂野一些，雪白的肌肤
贴得大地再近一些
野马也不会迷失方向
所有的人都会找到回家的路

在西北，倔犟的不光是风
贫寒也偏执，苍茫也偏执
在这厚厚，厚厚的
被冻僵的黄土下
深埋的春天正努力往上

走在风雪的中心
与我同行的风
声音苍凉且坚硬
——

我愿意

一定还有一些美好被漏洞留下
我愿意交出风雪，枯藤和痛楚的寒鸦
我愿意捂住那些黑色的伤口
等待一只丰羽的太阳

我愿意——
撕碎过往。虽然知道
一定还有人在经年失修的命里
拖着那些陈年旧运

我愿意，相信披肩的执着
会永恒生长

眼 前

一只鸟在树枝偷窥我
阳光正用力穿透树叶
身后租住的屋子
沉重，缭乱且疲惫

眼前，我无法捕捉小鸟的眼神
而它，窥探到我内心的黑暗和贫穷
阳光那么耀眼

狗尾巴草

我喜欢风中飘摇的狗尾巴草
它可以入到我的画中

星河微澜

用细细碎碎的金色颜料
点缀它的阳光普照
用笔尖画它的样子
如柔软的羽毛,又如坚挺的麦芒
我喜欢它朴素的身影,在风中
轻轻摇曳

路

满天的星光引路,我该跟随哪一颗?
年轻时走丢的路,年龄大了
依然走丢
灯光那么假,星光也闪烁其辞
伪善的月光总是让人捉摸不透
要走的路还得走
明天一直都像个谎言

那些向灯而扑的飞蛾
多么欢喜。换我
是否还会奋不顾身?

碎　片

云朵为了活出精彩
它变成别人的模样
甚至佛祖的手掌
那又能怎么样
浮云总归是浮云

请不要试图改变
用那些微不足道的偏旁和部首
一切都会过去
也都还会回来

因　此

我被阳光折磨,被空白折磨
犹如瓷器上的一层白银

樟树有七条命,七个心眼

有七天七夜膨胀的影子
天地之间。一场雨水
山茶树哭着回来
有人摇头,有人藐视

哦!在光的波浪里
在空白的中心。有人
坠落,坠落……

活着总是天大的事

这一生,还是要赴一场红尘的盛宴
在岁月设下的局里,咽下
一杯光阴的毒。想活着

有人在心跳加速的地方收割
一排一行,至于结果
至于一场突入其来的变动
都微不足道。活着

总是天大的事

错　误

又一枚枯叶飞起
像一个错误接一个错误
纷纷扬扬

逼仄的秋天拥堵着太多错误
一阵风,又一阵风的撕扯

喜鹊叽叽喳喳,它嚷
无非和我一样
在不期而遇的错误中
想找一个正确的出口

你　说

你劝我喝下江南的月光
不醉不归,不醉不归

你说:来都来了

你带我去向竹林深处
有清泉从山上下来
你说:安心住下吧

如果今夜无风
我会中江南的毒
你说:有什么不好

各 种

肚子疼,是旧病复发
列车剩下我一人,像专列

喝药,喝良药,苦口
口苦了肚子依然疼
良药像个神圣的幌子
口含谎言,在西西里
在呼伦贝尔,在敦煌在杭州
在兰州……

赶在路上
这些躲在耳朵里的时光
痒痒的,挠一挠就都远去了

筒子楼

我住在陈旧的筒子楼里
抬起头就可以望见铅灰色的天空
雨季漫长
侧耳就可以听见我鞍前马后的风
哭得那么大声,那么悲恸

只是,我从不愿意往下看
我怕一不小心
坠落成真正的下层人民

秋的黄昏

来几个特写吧,就算
拼接残阳的碎片

乱了一地的草,终没
跑得过寒霜深露

说好的花好月圆
转眼间残枝败叶

鲁莽的野风
举起深秋的刀子

我只是路人
小心怀揣着我的命运

向残喘的虫子
向落满树叶的小路

秋 离

大雁远去
留下跑不动的这大好河山
也要冻结
我的一拖再拖的老毛病
像一片红叶终成了病

边塞已不是边塞
一条长河假装还如当初
喊疼的,都是不疼的
这黑风荒地的离天那么远
一远再远,已经远到黄河尽头
天苍苍,野茫茫
苍茫一世的西北大地
你已害我病得不轻
病了,还爱着
谁让你是我的故乡

半窗秋寒,半床棉被
我的诗歌病得不轻
竟然把人世间那些小事拉扯出来
把不起眼的破棉被看得太重

去河边走走,那些生老病死的
他们都去了哪里?
河水一定知道。它不说
我也就不好问了
只能看着这大面积的树木
黄一片红一片
牵扯出么多往事
数也数不清

送你走
我只能说这里秋寒已重

我从草原来

我不想和你无休止的争论流星的去向
你住在连星空都看不见的地方
有什么底气和我说天
这里的云朵,在天上跑着跑着就跑到草原
上
它们在草原上沾花惹草

牧人主管着这里的一切
野狼,鹿群,撒欢的马儿
哪怕青草细微的鼻息
爱情,亲情,以及仇恨和无奈

牧人的靴子比牧人更早来到大地
长鞭一挥的弧度,就是一颗流星的走向
衰败和复兴,羊群的起起落落

那么多爱恨分明的野花
一夜之间开遍了草原
似乎除了鲜艳的活着
一切都没那么重要

风像个赶脚的信使
快乐的,腾空一蹦
是牧人散落的套马杆
闷头吃草的黑牦牛
它有一个心事一个信仰
一个不为人知的秘密
其实,它有身边的野花头顶的白云
这就够了

请你给这些美丽的花儿起个名字吧
名字里最好有雨也有蕾
给这个微雨的清晨
给马匹,牛羊,野狗,秋天的草虫
都起个名字吧
就算,不枉此生

在人间

我与一只蝴蝶在秋天相逢
我惊讶它恍惚,落魄,狼狈无力的翅膀
近在眼前小草的高度
成了它无法逾越的伤痕

它斑驳的花纹
像一只住在心里的鬼
我承认它曾惊艳过岁月
那又怎样
如果命运错了
所有的对都是人间盛开的地狱之花

我们就这样活着，无以名状（组诗）

● 宁 乔

那么多的爱，挤在一起

从早上到中午
大红袍，西湖龙井，轮换着喝
杜鹃茶花还是没开
人一生总有这样的时候
怀念的事物更加怀念，或者
希望堆积越来越多

就像过了小雪，雪什么时候
落下来，你不知道
或许会在某个早晨
她从远方，突然
蹦蹦跳跳来到你面前
伏在你的肩上，粘在你手上
爬在你头上

那么多的爱，挤在一起

春日垂钓

平静的湖面，红白相间
的渔标
拖出那些去年甚至更遥远的事

而去年的今天
湖边一条长长小路
的尽头
一个背影
穿过落花而去

空气中飘浮鲜花和落叶的味道
提醒我
还坐在去年的湖边

坐在去年的湖边
有鱼游到今年的春天
夜晚。在太平山顶

风很轻，托着浮动的星星

维多利亚港所有的灯光亮了起来
像这风
——他们在芬梨径上刻名字
名字和风声一起
落满了山顶

只有我和夫人坐在石凳上
寂静在我们之间隔着一寸夜色的距离

我们如同面前梧桐树上紧紧挨着的
两只麻雀
不鸣叫，不飞翔

风继续吹

风绕过我的身体
我一动不动，久久地站着
听它们低语
我是说，我爱它们，在我
孤独的时候

风吹着吹着,只留下背影
我在等待,风在继续吹
把我心里的空吹空

我坚信风会吹出我的年轻
然后邂逅一段爱情
在远离城市的湖边
自己动手,搭一木屋,种一屋阳光
再种一坡笑声

苦楝树

屋门口有两颗苦楝树
像父母一样站着
一棵在左边,一棵在右边
枝桠向上静静伸展
它枝干弯曲

不管风雨
我穿梭其中
总有歌声,笑声,阳光从头顶
洒落

两颗树中间似乎架了一座秋千
不知不觉中
把我从童年一下子荡到了中年

片 刻

五月的清晨是美的,六月也是
从树林边经过,我听见树叶在交谈。它们
的呼吸
轻柔恬淡
如果是冬天,我会幻想那是它们身上飘落
　　白色的羽毛

远方,群山丰盈,溪水清冽
我知道那里一定有成片的水草,一池起伏
　　的蛙鸣

但我不知道这些景致要延续到哪里

蓝色的天空被鸟鸣,缓缓叫醒

此刻
没有什么会让我更加深爱

2019年最后一个下午

雨后树叶,显露苍青之色
和远处雪山形成对峙之美

有人在树下亲吻
有人在树下告别

这是2019年最后一个午后
寂静和灯火都在降临

只有落在脚下的几片树叶,偶然
让人感到一点伤感

山　中

黑夜伏在积雪的山岗
醒来的星星依稀可数
矿洞口过往的人,皆是提着命在走
十年,我这个与山结缘的人
并没得到众神的护佑
矿洞里的风,冷不丁冒出的水,洞壁上掉下
　　的泥土
一切都像是对我有所企图
我不曾回避,只是把它们
轻轻放进阳光里
看着它们,最后消失不见

庭　院

在楼梯第二格坐下
我抽身尘世
院子里,树木喧嚣

——这些听不见的声音长势磅礴

一只不知名的鸟儿声音落下来
连同这个清晨的宁静落下来的
还有海棠,茶梅花香
风的低语
这多么好

我都想送给你
还有满天的星辰,而那些也是
你给我的

阳光来到我身边
缓慢,又纯粹
一株夜来香正试着挤开我

坐在光阴里聆听松语

此时,一种寂静覆盖
另一种寂静。只有孤独接近完整

你只能听见自己心跳,在松针上
划出沙沙的声响。你只能听见
内心在低语

当你听见松林在交谈,说着
你童年的往事,已逝的青春
你就会感到
整个秋天都在摇晃
只有那些落在风中的星星
轻轻靠近你

寂　静

黄昏,散步在林荫小道,一阵风
穿过枝桠
黄叶飘飞,在虚无处

我站着一动不动,抬头静静望着

树林正被黑暗
一寸一寸吞没
落叶静寂

多年以后,我也会像它们一样
女儿,一定要推我到院子
在阳光里成为一种声响

芦花飘荡

一定要在秋天的一个早晨
写夫人,写她年轻的十八岁
满山的芦花,就飘了起来

写她舒缓的呼吸,吹向我
吹向过去,吹向未来

当我在她耳际,轻轻说出那个字
飘荡的芦花纷纷扬回头,屏住呼吸

最后一段,肯定要写女儿
她的声音如雪
她踮着脚,小手轻捻芦花的样子

石牛峰

沿着蜿蜒的山路向上
不见当年的仙翁骑着犀牛
有的是
树叶落下的声息

落日很快就要落在山顶
那时候,还有大片的雪也落在山顶
几块突起的石头,仿佛

就是为了坐在那里。在风中一言不发
这多像我们的一生,无以名状
又确实存在

星河微澜

茉莉花

那么多星星
开在父亲院子里,一颗,两颗,三颗……

见过很多事物。他人的歌唱。眼泪。
唯独没有听过花开的声音,今夜
我将用空空的怀抱拥抱她们

父亲的声音
穿过七月的风,清凉的月色
涌进我的耳鼓
犹如茉莉花的清香,层层
包围我

与你书

香樟树在落叶
你站在草地上,聆听
对面房子流出的琴声
昏暗的灯光拉出你年轻纤细的身影

那些落叶使劲摇晃你,穿过沉睡的梦
今夜,更凉
昨晚的雨依然
如约前来,咚咚地敲击玻窗
倔强,而忧伤

我静坐在窗前给远方的你写信
写一株兰花,正悄悄打开

无风的黄昏

野花落满山坡
夕光中,不发出一点声响

我看着她们,久久地看着
你有多爱她们,我就有多爱

那么多的花
安静地抱着枝干,紧紧地抱着

云也落在山坡上。为什么
不轻,也不重

一个人的时候

如果说一颗星星是一个故事
我不敢到草地上去
那么多的故事会被踩碎

我试着寻找它们的足迹
只有风落在树梢

今夜,漫天的星辰照亮辽阔的夜
星河下有在爱里放纵的人群
有花朵打开,凋谢

而我这个内心深陷的人,体会着夜黑的透
 彻和深情
这深情必是在远方闪耀的一颗星
燃烧着我周身的痛楚

地理诗：衡山之南（组诗）

● 甘建华

栗江谣

先是听到一声嘀嗒的水珠
经历了印支运动的艰难分娩
自红色页岩山体中渗出
继而百千条涓涓细流
汇合成一条扁担宽的小溪
再就是两条蜿蜒曲折的河汊
在猛虎跳涧和栗山嘴
完成各自惊险地一跃
人力与天穹相对应
制造一座游龙戏凤形状的
斗山桥水库

湖面雾岚弥漫且广袤深邃
始于半个世纪前的龙宫水族
任凭人类想象它们的巨细
枯水时节的落差
在五彩斑斓的帽沿之上
因钓叟们的一朵朵太阳伞
而更具山水殊胜的诗意
杉树、红枫、绿松和乌桕
以及迎风摇曳的修篁
与各种药材的开花结果
飞禽走兽的自由窜逐
共同刻画出偏远山区
完美的原生态风光长卷

风笛和埙偶尔在清夜响起
自此下行十几公里

是水库调节的栗江中游
数万亩良田深受其益
几千口池塘鸢飞鱼跃
踏歌的后生们英武有力
妹子的双颊天然酡红
屋后橘园和门前的香柚
堪称衡阳最佳出产地
烧饼、拎豆腐和黄皮草鱼
世代相传的美食三宝
在渔鼓、灯影戏和花鼓戏中
令远方的游子频频回首

一路上不断地有溪流的加入
不断地有石桥连接两岸
不断地有少女成为新娘
不断地有好汉上演传奇
栗江汤汤流过茅洞桥
流过泉水江、石滩和小新桥
各色鸟儿在水面上滑翔
也不拒绝牛蹄和每一朵浪花
洪汛期河水浑浊挟带树干
大多数时候却是清澈地
唱着心肺熨贴的悠扬山歌
向着大河湘江表白初心

栗江流经我的故乡八十公里
我是栗江哺育的一个儿子

在斗山桥水库大坝读心经

湘南大山深处的一道长城。斗山桥

两千万吨绿色的诗歌,风流蕴藉
春雨里,草木皆兵,南竹拔节有声
夏至里,轻鲦出水,垄亩生机盎然
秋风里,潜龙在渊,渔火温柔以待
冬天里,风雪载途,野菊灼灼盛开

手持一卷心经,从大坝这头到那头
喃喃念叨:空即是色,色即是空
面带微笑,看尽世间虚无,那些
垂钓者,荷锄者,挈妇将雏归乡者
都是生命中注定要遇到的人
都是菩萨,都是山中的草木与繁花

烟塘陈家

烟塘在衡南县城东乡
耒水流经它的身旁
离江口鸟洲不远的村落
仿若一颗明珠藏于深山
红色的土地十分肥沃
插根筷子都能长成大树
竹节芒比别的地方气势高壮
美人蕉黄的比红的娇艳
南瓜也有几种不同的形状
家家农舍实乃乡间别墅
城里的画家只好望洋兴叹
整修过的水泥塘坝
蓄养着金黄色的鲤鱼
欢跳上七月半的厨案
湘东陈家神龛前
在外打拼的子孙们
回乡列队默诵:
祖宗虽远,祭祀不可不诚
子孙虽愚,经书不可不读

车江垂钓记

车江的古音是掐光(qiā guāng)
曾为衡南县第一大镇
有名的渔米之乡
我少年时代向往的地方

那时并不知道神农氏于此布五谷
仙根书院藏书逾十万册
不知道古色古香的杨氏宗祠
大塘街上飞奔着李家昆仲

却知道湘江南来到此而有回旋
知道鱼类在河里潜泳
人在桑树上垂竿
高山流水之风悠然可期

八月烈日下应召而至车江渡
仿姜太公钓鱼愿者上钩
江水滔滔如心事绵绵
鱼,鱼,鱼,我之所欲也

无望而守望的坚持之后
慈悲的垂钓者成了小小的赢家
就地架灶柴火烹煮
晚风中飘过鱼的鲜味和哀愁

诗魔月饼

该怎么夸耀它的香呢?远远飘过来的天香
它的味道,非得亲口品尝才知晓的衡阳味道
它的诗意和乡愁,如诗魔洛夫的诗回味悠长

没有自动化的生产线,也没有化学添加剂
漂木文艺吧,云集镇雅园路上的歌手
以纯手工技艺,恢复了我们味蕾上的记忆

从外层香软的酥皮,到内心细腻的蛋黄馅儿
经过工匠的一双双巧手,搓啊,揉啊,擀啊
烤箱烘焙,十道工序,等候你疯狂打call

是一种物质的非遗,也是一种精神的奢享
八月中秋的桂花馥郁中,且在月下恭候
那个笑容可掬的诗翁,自丢了魂的天涯归来

岐山庵子

转过身来,猛然
在一堵山墙上邂逅
一个"艺术大师"的肖像
敢莫是眼前飘过了雾岚
——揉!
五秒钟后细瞅
似曾相识
却已赫然"当代国际"

在倾斜九十九度的高空
一只蜘蛛结网其上
晕黄的灯火中
令人震撼地微笑
倏尔一惊
故人隐居于斯
是否持帖拜谒
犹豫。犹豫。犹豫中
门外有客车经过
——去岐山庵子啰!

问路归园

再一次造访归园,依然几度迷路
秋天的蝉鸣,一声紧似一声
烈日下,焦躁的天气腾焰飞芒
沿七彩百日草逶迤,旷野之生机

山道已不复旧貌,潜伏台海的人
玉雪纷飞,覆盆下的铁血丹心
依靠灵魂的导航仪,狐死必首丘
家山,在天荒地老的大乐皁

噫!郎舅四兄弟,弟兄三将军
半世纪前的英烈,比影视更真实
唏嘘声中,金黄耀眼的七里香
之上,秋蝉的鸣叫益发高远

铁市桃花源

再不去看桃花,就要凋谢了
再不去看油菜花,就要结籽了
迫不及待,通往铁市的村道
自相映发的山川,应接不暇

被耽误的春天,没有耽误花开
连日阴晦,摊上难得的阳光
笑声在桃林间跳跃,乡音亲切
粉艳的花朵,洋溢几十里春风

少女少妇自拍自乐,娱驰们的
褶皱老脸,紧贴着娇柔桃花
嗟叹喜兴勃发,遽尔引动诗心
却不知诗从何来,年华不再

城里伢子,面对上下川流的
人群,放声大胆地祈祷:
桃花桃花你开吧! 桃花桃花
你开吧! 给我带来桃花运吧!

杨家坪

十牛峰后山,水口亭水库的深处
分明是一幅水墨画,秦人桃花源

泡桐树的花,一朵朵似鸽子欲飞
乍闻蛙鸣,丛林中隐隐腾跃虎气

柚树下的农家,美若仙境的村落
老妪好客,却不知同龄人的日记

探幽杨家坪,暮霭中归栏的羊群
一碗沁甜的井水,胜过淡薄世情

菩萨崖诗会

衡阳东极,衡南县与安仁县界山

宝盖菩萨崖，山水间的类丹霞地貌
高耸于陡峻之巅，吾侪偶然为峰
大地静谧，白鹃梅摇曳淡淡的馨香
拂绿辽阔的天宇。田野上空
飞过七八只白鹭，唳叫焦灼而嘹亮
从未听闻过的声音，正是求偶季节
羡煞尘世男女。手脚并用地攀爬
侧目镶嵌于崖中的小寺，僧侣
挂单远游，将山头拱手让给诗人
和爱诗的人间。音乐铮铮响起
且让某面向西方，两百里外湘西草堂
向王夫之献上后学敬意，借其一缕
不羁的才气，为此地接续上湖湘文脉
山的那边，晚清醇儒王先谦
夜读油灯仍燃。祈求世界无恙的成人
家教良好的孩童，各有飞翔之心
看云淡风轻，似见观世音挥动拂尘
多么美丽的辰光，铸就菩萨崖的吉祥

过耒水见蔷薇花开

聊得高兴时，驱车到了耒阳城
再回首，经衡南丰腴的东乡
前往宝盖，赴菩萨崖诗会
顺着耒水的流向，暮春时节
白鹭悄立水涯，交颈而眠
枇杷将熟，青涩桃李缀满枝头
各具姿态的新旧农舍，皆可入画
丽日明媚，攀附在草木上的
野蔷薇，倾尽一生的力气
兀自开在山风中，异彩纷呈的
花朵，密集待绽的蓓蕾
妆点多情的土地，妖娆招惹
路人的眼球，更多的时候
孤芳自赏，开出自家的气势
温柔的美丽，却有浑身的短刺
我是不是那只猛虎啊，立夏前来
嗅沿途的蔷薇，淡淡的花香

骆寒超诗选

西王母之歌

静静的唐古拉雪冈
有雄鹰啸声悠扬
它箭一样穿过峡谷
盘旋在青海湖上

这儿是圣灵的故乡
冰草花遍地开放
你又站在沙枣树下
望雄鹰把人怀想

——他定会再来的
和我穿行在河湟牧场
日落了,月圆了
牧帐是新房……

油菜花飘来浓香
驼铃把星星摇亮
日月山抖开嫩绿的草滩
经幡在流荡

却没有八骏扬起尘浪
牧笛吹不来幻象
倒淌河流远了
千古的苍茫……

夜步贵德城郊

会来的,还会再来的
当梨树结果的时候
一痕弯弯的新月
钩住了新秋

我会再在那杨林边
听夜鸟啁秋
星星离得那么近
想摘,就只要伸手

燕麦已割完,芦花开了
农舍的灯光初透
白墙里可梦着
风雪天嚼草的牦牛

呵,这可是天路上
一个美丽的垭口
给了我灵魂的安逸
但明天还得前走

还会再来的
再来黄河第一座桥头
望甩开衣袖的江南
在高原悠游

春 兴

急匆匆挟着书包
我走在曙光路上
我要去浙江图书馆
作一场知识探矿

终于找到了好书
心儿里无比欢畅
那就在智慧的圣殿
溜一会儿,消遣时光

穿过了绿竹幽径
来到了未名池旁
桃花已纷纷地谢了
残春散一地惆怅

其实春天过去了
随即是孟夏时光
大地会把成熟送来
桃枝会果实摇晃

人世也同样如此
只要肯扎根土壤
我也会结出果来吧
想及此就不再感伤

梦

这一切可全是一场梦吗——
香木在丹穴山上
已熊熊燃起
氤氲里,闪电飞掠着
大地开裂
珠穆朗玛正冰山雪崩
欧亚澳非都陆沉洋底
呵,海啸声中洪水滔滔日月炸裂
呵,腥风阵里血光闪闪岩浆四溢
天地间,我的方舟是
孤单单一叶
旋入进无底黑洞
再见了,往昔……
于是我惊醒,在晨钟声里
魂儿轻飘
扇一对羽翼
更生的帷幔徐徐拉开了
汗和泪,流一起

孟 夏

当蛱蝶
怀着热浪的激情
飞入野蔷薇的花心里
当鸣蝉
拨响金属的弦索
合奏在柳荫里
当炎阳
劈开乌云,蒸热溪风
把荷叶上盈盈水珠摇漾出星芒啊
当老牛
安闲地反刍在
池塘的芦苇丛里
那个倚着凉亭颓壁
蓬发的牧人
也正沉溺在《姆采里》的诗境里
呵,这是你
曾经拥有的
孟夏吗
忧郁而美丽
——青春行进在野风里……

露西亚之恋

请允我走回记忆的年代
呈上这一束迟到的玫瑰
呵,露西亚,曾有了暨阳少年
普希金赐给他花季的幻美

请允我抚摸芬芳的泥土
回顾那一段灵感的旅途
呵,露西亚,曾有个越地歌人
叶赛宁捎给他天蓝色的诱惑

请允我踏上丹枫的古桥
投影这一江天鹅的缥缈
呵,露西亚,曾有个瓯海游子
红帆船运给他希望的感召

请允我踏遍茫茫的大野
寻访那一座真理的摇篮
呵,露西亚,曾有个东方赤子
伊里奇撩开他认识的帷幔

请允我吻遍十月的红场
沐浴这一片历史的阳光
呵,露西亚,我听到滚滚黄河
正和伏尔加同声歌唱……

毋忘花

一

是你在寻找吗
毋忘花开在什么地方?

啊,一个沦落天涯的老人
再也回不到家乡
当他身倚着柴门
寂寞地怅望:
一条山路迢迢伸去了
四野暮色苍茫
这时,毋忘花会在他心头
悄悄开放……

诗人啊,别去摘这朵花吧
它有绝望的灰色
使心神颓唐

二

是你在寻找吗
毋忘花开在什么地方?

啊,一个被人遗弃的人儿
来到初爱的湖旁
当他身倚着残柳
含着泪怅望:
一对新欢挽着手去了
湖上木叶纷扬

这时毋忘花会在他心头
悄悄开放

诗人啊,别去摘这朵花吧
它有鞭伤的紫色
使情思忧伤

三

是你在寻找吗
毋忘花开在什么地方?

啊,一个败倒沙场的战士
血泊中挺起胸膛
当他紧捏着断剑
咬着牙怅望:
一队对手欢呼着去了
漫天雷电欲狂
这时,毋忘花竟在他心头
悄悄开放……

诗人啊,你就摘这朵花吧
它有不屈的猩红
使意志高扬

海燕的诞生

一座无名的荒岛上飞来过一只海燕
礁岩中产下蛋它又飞向风暴的远天

大海有日波夜涛,荒岛有花明柳暗
死寂的,只有那已被遗忘的海燕蛋

年华在悄悄流逝,万象在默默幻变
不变的只有永远无法飞翔的海燕蛋

远涉重洋的舟子,暗星夜可曾看见
在这空寥凄迷的海天间有一段哀怨

"催生的毁灭,快来把我的躯壳砸烂
母体的热孵,快让我变真正的海燕"

一座无名的荒岛上飘来了一条好汉
胸口插一把利剑,血洒在茫茫海滩

通身布满了伤痕,两眼却喷着火焰
在礁岩间挣扎后,他倒在海燕蛋边

对于生并无留恋,对于死更不胆寒
他哟,恨只恨壮志未酬,怨魂难散

远涉重洋的舟子,晨光中可曾看见
白浪滔天的海天之间,有一幕奇观——

大汉以喷血的心胸热孵着海燕的蛋
他死了,风暴中又飞过只矫健海燕

盲诗人

漂泊天涯的盲诗人,徘徊在白澄湖旁
心胸前斜挂着吉他,漫空是落叶纷扬
在他心儿里浮起了一片片迷乱的幻影
他的吉他上,漾出一颗颗紫色的音响——
呵,衰草连天涌,古庙里有个少尼夭亡——

哪来的一位蓝衣女郎和他邂逅在湖旁
把一滴叹息的晶泪滴进他虚空的眼眶
遗失了多年的世界终于被他找回来了
灵异的吉他也蹦出一颗颗绿色的音响——
呵,丹枫如火红,原野上一片十月阳光

十月的阳光下,消失了那个蓝衣女郎
十月的阳光下,诗人的默祷深沉悠长:
大爱的精灵啊,我那膜拜的精神偶像
只要能有你,我那天涯路再不会迷茫——
呵,庞贝城也会重现出生命的金碧辉煌

塔玛拉

塔玛拉,缥缈的洁光似幻
迢遥在我那心魂的长天

当世界沉落进黑色梦里
幽香有晶露朝霞的璀璨

可我的朝霞已付与逝川
如露的记忆秋叶上凋残
试回首,杨柳岸晓风残月
姑苏的钟声里一只飘船

乃阅遍人世间大漠孤烟
何处有生命不衰的美艳
宿命的寻求迷糊着我了
风晨,雨夕,密拉波桥堍……

这一天斜晖里过尽千帆
天蓝的心曲竟迎来伊甸——
真会是你吗,我的塔玛拉
凝眸歌吟在捷列克河边

于是有绿色复萌的灵感
大地也霓裳羽衣起欣欢
如果这时空只能是虚无
虚无也充盈着生之庄严……

幻 望

我的世纪行已获苇秋心
人生的行道是长亭短亭
蜃楼幻望里却出现你了
纯美的精灵,四月,河滨

爱弥尔梦过的普罗旺斯
有妮侬,野草莓,归程迟迟
我的塔玛拉却临波梳妆
飘逸成如梦令,一首新词

新词有海的女儿之梦吗
睫毛下凝眸是月笼星沙
可为何银烛秋光画屏里
你燃尽祷香,魂断天涯

良玉已生烟,蓝田日暖
沧海的鲛泪缀成了珠环
我乃成来自恒河的园丁
要以歌舔尽女王的哀怨

晚风,蕙香,春已满秋江
南国的大地无声地歌唱
当你把水晶帘悄悄撩开
山道上,我的马踏出脆响……

纯　美

啊,流荡你纯美的芬芳
像天鹅浮游于茵梦湖上
紫竹林以喁语为你道尽
遗世独处中飘逸的苍茫

你该是洞庭无眠的娥皇
斑泪晶耀着夜雨潇湘
抑或是巫山梦思的神女
云雾中灵视着如诗幻象

可我的落帆梦唤不来归航
浪客的足迹是山遥水长
心魂乃成了十月的荒郊
篝火以流烟摇淡了星芒……

胡马在渴求绿荫的南方
越鸟在向往霜天的北疆
这幽谷野岸间盈盈一水
莫非要宿命到地老天荒

大海有霓色的珊瑚回廊
海思者梦着透明的鱼翔
当生命升华于麦加朝圣
啊,流荡你纯美的芬芳

辽　远

在这静静的深夜,塔玛拉
我的思念有碧色的辽远
辽远处会是松荫、明月吗
尺八楼台,垂帘的幽怨?

纱窗外,夜雾乳色地蹒跚
我那心魂儿忽闪出梦幻
仿佛是一场激烈的战后
我倒在硝烟弥漫的前沿

胸口血喷成流星的光艳
我就要告别生命的嘶喊
紫色的丧钟响起来了
为我荡开又一幅画面——

莱蒙特湖边正灯火灿烂
朋友们在为胜利欢宴
可谁也没提起一个人儿
天际识归舟该何月何年

只有你离了席走出庭园
含两汪晶泪,遥望东天……
这时我就在微笑中瞑目
陨归于大地安谧的家山

幽　思

列车的奔驰有春的妖娆
飘泊的行程花容月貌
速度节奏出浩淼的洪波——
枫林的村舍,沟垅池沼

心乃有期待幻现的缥缈
千古星河梦,仙姬虹桥
呵,当你回眸于采莲南塘
竟使我悸动出月上柳梢

星河回廊

我曾是瓦楞草长的残堡
生之旅踏不尽斜阳古道
可而今人间重现了庞贝
世纪的噩梦后金碧辉耀

你来吧,我赠你一片芳郊
江滩的仲夏夜幽梦迢遥
秦砖的图书馆,汉瓦剧院
全为你展示着智慧音貌

可你总春花秋月无时了
青灯的光影里木鱼夜祷
呵,要是你真地幽芳自赏
我只能变山涧暮暮朝朝

缱绻

曾有过白下的春潮驿站
波光燕呢滩,朗月芳甸
柳堤的水村有如歌的作别
鹧鸪天旷远了历历晴川
可也有夏梦里风雪贝加尔
楠江西行客,野渡,荒烟
栈道的背纤人沉沉夜歌
红河谷摇曳着篝火野焰。

呵,请收下这份缱绻
探求者忠实于美的勘探

忘不了栖霞岭秋声征雁
霜天晓角路,鸡声茅店
重门深宵有朝云的幻象
蒲昌海又扬起红帆片片
可还有冬眠里春风诺丁河
鸠鸣红柳地,奔马,漠原
寒江的独钓者默默观照
生命树开不败艳丽时间

呵,请收下这份庄严
朝圣人虔诚于爱的膜拜

路亭

我是荒野中一座路亭
静候浪游人叹息的足音
当阳光瀑布冲淹了绿色
我给与心神悠悠的清荫
飘瓦的墨雨犹夷了征途
我献上期盼的云碧天净
可我的美丽呢?我的瑶溪
双桨的轻舟,素裙,倩影……

呵,檐角斑鸠的啼鸣
唤不来你那五月的回声

我是残堞边一片湖沼
映遍人字雁朔风的远道
当古城梆声流荡遍凄寂
我给与繁星闪闪的喧闹
跋涉的驼程干涩了驼铃
我献上滋润的水长山遥
可我的欢乐呢?我的燕滩
蜃楼的醒梦,明眸,廊桥……?

呵,水湄荻苇的絮飘
怎慰得你那无语的夜祷!

安谧

你该是我那生命的辉煌
秋水的相思有梦的芬芳——
南天的椰林雨,岛国少女
莺歌海月梦,青春的倘伴
可我的巴山竟夜雨泱泱
逝川流荡成宇宙的洪荒
残塔灵灵溪,迢遥的舟途
断桅风信旗,迷乱了方向……

呵,且听这歌儿的绝望:
忧伤的美丽更是忧伤

我该是你那灵魂的安谧
春潮的期待有雾的神秘
北地的白桦林雪域浪客
人迹板桥霜,生命的逆旅
而你的江南虽芳草萋萋
云霓掩映着伊甸的空寂
古堡星星峡,不尽的山道
飞船太阳风,遁逸了佳期……

呵,且听这歌儿的澄碧
美丽的忧伤更见美丽

季 候

我赞美千里莺啼的季候
春水在燕呢滩拍醒栖鸥
油菜田喷出欲望的火焰
烧旺了大地泛滥的渴求
池沼内,珠贝碧色地思念
远梦中,育珠人海市神游
当列车穿越灵魂的隧洞
前方,该有着笛韵小楼

呵,人纵有千载殷忧
也会消解于似水温柔

我寻觅水村山廓的流霞
春风在江南岸绿出新芽
雷峰塔坍下泥色的残梦
复萌出生命美丽的惊诧
艳阳下,征帆如歌地飘去
舻声里,浪游人笑向天涯
当列车穿越灵魂的隧洞
前方,该永别老树昏鸦

呵,人纵有百代怨嗟
也会挣扎出宿雨飘瓦

思 恋

你的远山是我的思恋
云向玫瑰谷虔诚地朝拜
映山红燃起春情的悬崖
扬眉的晴岚有歌的柔曼
可我又怎能重进南园
叩响望断云山的铜环
芒鞋的游子浴遍了风尘
如虹的立交桥杨花漫漫

呵,这一只失锚的船
经受着风涛,何处泊岸

我的逝水是你的叹息
雾对燕子矶无言的亲昵
扬帆梦迷离成秋的暮砧
凝眸的碧波有诗的寥寂
可你又何必守住西溪
掩上望穿秋水的竹篱
游子的芒鞋量尽了板桥
如霞的未明湖柳丝依依

呵,这一只失伴的鸟
拣尽了寒枝,无树可栖

告 别

是秋叶飘瓦时一声太息
秋雾漾幽谷,露泪数滴
这此岸彼岸相连的板桥
忽而断裂成宿命的告别

十二月,旷野,池沼已冻结
路亭怅对着山道的空寂
流霜中,稻垛瑟缩于江边
水东逝,流走杨花的往昔

小站荒芜了,再无车停歇

星河回廊

站牌破损了,谁还来顾及
孤雁的长唳无边地撒落
远山逶迤成死海的涟漪

岁暮怀远成丁香的郁结
何处有麦加城梦中圣地
养珠人候着待旦的欢乐
北极客却幻现天暗云低

无须说携手河梁的约期
浪客的季节是漫空飞雪
当列车穿进隧道,告诉我
前程可还有阳光的信息?

平安夜

告诉我:可是摇曳的烛火
使灵思飘忽
霜风里有铁马金戈
雁横天
白草古渡黄河
那你就八千里路云和月
去高歌求索——
平安夜,圣诞的零点
中国……
呵,我终于发现
你就是嚼烂沙砾的明驼
引我去踏尽
生之旅
从昨宵窄径到今日辽阔

寒鸦

你说你的生活不过是
驮尽绿色的寒鸦
蜡像的
山,冰砌的天涯
那你该去梦五月的伊甸吧
伊甸,夏娃
银河边白色的帐篷
天净处一片星沙……
可你还梦见过乌鞘岭下
那段哀怨的枕木吗
呵,荒谷游魂
生之重无法承受的逐客
逐客兰新路
你,列车喧哗里空掷年华

莫高窟

你可是死海里打捞出来的沉船
沉船
伽蓝梦犹在酣眠
中亚细亚古道的雅尔丹
贝叶树
青灯莲花座,有女飞天
霓色的曲线……
我乃有三世佛神秘的启迪
诀别了,昨天——
驼铃,世纪无边的苦涩
大漠的孤烟
呵,心也在遥唤长睡千年的灵感……
灵感似幻
精神的死海里打捞沉船……

沙沫

你竟也爱上黄河水里的沙沫?
沙沫——
望乡滩浪子魂魄
巴颜喀拉神秘的大峡谷
羊皮筏
飞越泥石流染黄的云路
飘走了牧歌……
我乃有世纪客迷乱的沉梦
欲朝拜圣土——
霜风,芦苇萧瑟的河湾
孤独的木屋
呵,这该是心头长栖的一团乡愁
乡愁如雾

迷蒙着浪客的朝朝暮暮

落　叶

你也在梦想着长安古道的落叶？
落叶
邮亭外雨声淅沥
伊洛瓦底荒岸的篝火里
背纤人
忆起家园绕宅的竹篱
飘香的木樨……？
我却有回雁峰宿命的夜祭
大地雾浮起
新月，红帆飘来的希望
廊桥又诀别……
呵，那就让大江日夜流流尽旷远
旷远无极
浪淘净梦中梦时间足迹

飘　风

那忽而乐游原浊酒长亭边
有一笛飘风
吹归了昭陵望远
云悠悠
千载浪迹关山
何处寻水碧沙明的浣纱滩
有斜晖脉脉
人依柳，萍草烟水间
红帆……
呵，这旷远之思
乃成了浪迹溟濛的太空船
鸟雀南飞里
绕天汉
枯藤又老树，何处泊岸

紫　结

云雾湘江有帝子的苦恋
丁香的紫结

系不住九歌的红帆
你乃寄情于
秦汉的关河隋时柳烟
二十四桥
人依柳，唐韵的珠帘
笛声哀远……
呵，纵有清辉昨宵的沉鱼落雁
虹霓般幻散
让漠漠平林
雾织成寒山碧色的伤感
伤感
何处看明月明年……

沧浪亭

茵梦湖未必是爱的圣地
泊舟烟柳岸
有古庙紫竹燕呢
净瓶水洒处
心屏上幻现出山涯水湄
鹣鹣比翼
长春藤乃悬进百叶梦窗
你的她的……
呵，智慧的勃朗峰已盖满白雪
可她在哪里
孤客沧浪亭
乌桕树下有绵绵的回忆
回忆
天目山北是苕溪

雪　笳
　　——呈陆游

虽已成越出天道的陨星
犹幻思雪笳连营
中箭的
马，残阳的血腥……
可鉴湖只给你柔曼的荇藻
荇藻，柳林
酒旗风飘回的沈园

钗头凤栖老月亭
于是有篷窗残漏到五更
山阴道孤鸿夜鸣
呵,剑南赤子
春波桥下水流不尽长恨
何处寄余生
诗:历史回眸时一滴泪晶

早醒者
——呈鲁迅

那一天肆虐的流沙终于
围困住黄龙古城
安魂的
歌,缠绵得狰狞
只有你敢于把末日顶住——
顶住闸门
放孩子们一条生路
冲出去别求新境……
历史乃迎来长夜的中国
早醒者哗笑的黎明
呵,浴血奋战
扬子江汇入顿河奔腾
奔腾中回眸
你,犹怒对沙包下蠢动的幽灵

山阴道

镜里家山,一支蓝色的江南谣
唱遍水田白鹭
荒亭野庙
情幻的映山红映红采桑女
篷舟水迢迢
你乃有骑驴觅句的逸兴
流觞曲水边
离离越草
鸠鸣中一曲如梦令
却勾起木叶秋云的寂寥
蒲菖骆驼客
怎能再豆蔻年华谢家桥

呵,山阴道
望乡滩头起春潮

惆怅溪

几多个世纪,灵感砌成卵石路
犹闻驿站马嘶
散入云雾
该有过少陵心里的斑竹铺
谪仙梦天姥
可我的丹枫总是照不见
涧水桃花坞
伊人何处
樵歌里漫漫古驿道
长患着迷离的相思痛苦
诗情却让我
拾到现代人美丽的返祖
呵,惆怅溪
望穿秋水的野渡……

剡　溪

你说你恋着那条唐韵的溪流
莺歌幻云春草
蓼花滩头
叶笛里杨柳斜牵着一岸风
越女荡行舟……
可我的残夜不要王子猷
波撼戴湾月
情寄沙鸥
闲梦中漫步丽句亭
枉写着人生的花月春秋
时代正唤我
去放歌鱼跃平湖的新沃洲
呵,剡溪水
灵雨飘洒的壮游

隋　梅

十四个世纪晨钟暮鼓

生命归何处
只有你仍疏影横斜
花如珠
暗香古刹山坞
犹记得杨广荡舟于运河
瓦岗起烽火
满江红,仰天的长啸
南渡……
呵,依一方净土
让诗也像你那样青春长驻
沉沦与超越
今与古
历史的记忆永不荒芜

金　秋

谁说金秋天准是高爽的
瞧江草凄迷
梆声滴落于古潭底
邮亭外
冷雨芭蕉孤寂
这可是红河谷五里十里
踏烟水回廊
诉衷情,月沉女嬃西
荒鸡……
呵,你无需诠释
六朝如梦鸟空啼有何新意
虚无的终极
雾似纱
休想去装饰新一世纪

荒江风雪

呵,无边的大江无声地流着……

而雪飘着
一只小船、孤单单
在荒江上飘着

你眼前一亮:一个路亭
出现了
泊船。矫健地
上岸
你把一粒红豆
种在亭边

想着他年的春天
会有个飘泊的
歌者,前来采一朵
毋忘花
赠给他那长睫毛的
少女吗
你,笑了

小船又扑进
风雪里

呵,无边的大江无声地流着

而你,也依旧孤单单
划着桨
头上已斑斑点点
积起雪花

又迎来一个路亭
又泊船
你从船舱里背出
一棵月桂树苗
沉着地,上岸
种在路亭边

想着他年的秋天
会有远行客在月桂树下
数星星
怀念家园吗
你,笑了

小船又扑进
风雪里

星河回廊

呵,无边的大江无声地流着

终于,那只小船
残破了
而划行在荒江风雪里的
你
头上已堆满雪了

当又一个路亭映入
眼中时
你,自语:"是时候了!"
你,把船沉入
江底,你
蹒跚地上岸

路旁边,你刨开
冻土,又剖开
自己的胸膛
捧出一颗热气腾腾的
心
埋在里面

他年,这里会长出棵
苦楝树
让候鸟飞倦时,来树上
栖息吧
你,笑着倒下了……

呵,无边的大江无声地流着!

黄纪云诗选

江畔吟

离开风,江水的表述是含混的——
含混成年代久远的人声,
返回。
洞穴早已在风中解体。
那么,你的黑暗是脑子的黑暗。
尽管你的眼睛如江上的渔火,
在无法穿透
的夜幕下,直盯着自己。

沿着草虫乱鸣的路
垂直向上——天上的窗子关着。
江树似的
高楼,灯火辉煌。再看我一眼,大地,
我渴了。
我的骆驼正跪在城外的井边。
尽管我知道,我们之间并没有盟誓的井。
也不存在肩头扛着水瓶的女人。

进入蜂窝式摇晃。不紧张。
"总开关"始终抓在真理的手里。
空气流动
也不成问题,只要汇率稳定。
不过,别忘了,
我是行尸走肉,并不需要清凉的空气。
我正向着
我的心——一块墓地似的乌云
飞行。江啊,

吞噬语言的语言之母。
你心比天高。而此刻,在我脚下静静流着。
无情地流吧,
只要不是血和泪……时间
从来证明不了什么。
至于"天之四时,王之四政",
如果把时间流光了,
不也就同你一样,成了脱皮的蛇?

立春·雨水

退守羊毫洇开的瞬间,
门缝被眼睛盯死。书法如政治。
千百年来……
无非听几个寡头强词夺理。

不过,季风,并没因民国的忸怩
而"丧事从简"。
一记耳光,只是让几个汉字,
发生了结构性位移

立春雨水。婆婆媳妇。
长兄三弟。侧勒努趯策掠啄磔……
什么"永字八法",
不就是世界上娶老婆特别便宜的八个
　国家?

墨水变血水。血水变墨水。
谁说"庞德只用半只耳朵聆听尼采的教
　导"?
人类凭什么老去?

肯定不是那些专供秉烛摹拓的碑文。

对于一个吃饱了就跪下的民族，
腐败，也很难说，就是从带外孙女巡视
　　开始。
语言的本质是游戏……
不仅有伟人的二手烟为证，还有"艺术"。

我在这里……

把这些都移开：屋顶、肩胛、树枝、悬崖。
我需要月光。因为我输掉了
飞往北京的翅膀。
"地球村"村长是赌徒。被纪委叫走——你
　　懂的。

我在这里。
正和数字罗网编织者讨论针法。它的手是
　　盛开的菊花。
耀眼——磷火比五百年前耀眼。
用不着怕上帝。
如果你把与祖宗见面时说话的语气想
　　明白。

父亲入殓时，
我曾抱着他树根似的脚。大哥痛哭不已。
不肯把棺材盖钉上。我在门外笑。
活着的最多不过冰山一角。大幕拉开，全
　　都是跑堂。

然而，此刻。我需要月光。
它欺骗爱情，但从不欺骗陌生的赶路人。
它是大千世界唯一的善种。
尽管我恨嫦娥——
恨这个偷我宝物的盗贼，打开潘多拉魔盒
　　的"殖民者"。

在太平洋西岸的一个海湾，海狮尖叫。鸥
　　鸟乱飞。
远处波浪间快艇游弋。白帆点点。

我正在默默地和这大洋套近乎
——我的家乡就在它东边的西门岛。

想起小时候，踩着船头刻着"下海为革
　　命"的
小泥船在油黑发亮的滩涂上疾奔，泪水就
　　溢出我的眼眶。
突然，后脖子粘乎乎的
——鸥鸟的一泡屎落在上面。
妻子立马跪在沙滩上。然后，拉着我返回
　　旅游巴士。

橡　树

认识这么久了，很少听见它说什么。
譬如，在中国常听见的
"萧萧""沙沙"之类，
它从没。我不知道
风是怎么从它身上带走情感的。
也不知道，它
与春夏秋冬有什么"盟约"。

它长在院子西头，像一把巨大的伞。
有无数枝丫。然而，
从树干到那么多大小不等的
枝条，却没一根是直的。
那模样，真可谓"虎踞龙盘"。
美国人把它当"财产"
卖给我，而我总认为我和我的家人
都是它的臣民与负债。

当然，它的臣民
还有松鼠、鹪鹩、昆虫和乌鸦。早晨，
站在石阶上，呼吸着它的呼吸。
阳光穿过枝叶落在脸上，
如聆听长者教诲。这时，
往往有成双成对的尾巴比身子还长的
松鼠，在树枝上玩耍。

这些小家伙，

即便你走到它们的跟前,也不怕。只是
尾巴蓬松的毛会警觉地竖起,
眼睛大而圆,睨视你。
然而,只要听到乌鸦叫,立即跑掉,
消失于母亲的怀抱。
好在这饱经风雨的母亲,虽皮肤粗糙
却郁郁葱葱,四季常青。

就这样,它总是静静掉着叶子、花
与果。园工每周都能
从它周围吹扫成堆的绿色垃圾。
我感叹它的生命力。
可有一天,当园工告诉我,
有一枝杈长得这么快,将触到瓦背,
必须锯掉。真不知咋办?

我无法忘记一种情绪

七月流火,路灯下
我们赤膊喝啤酒
那夜,没有风,但有月光,
你喝了很多的酒,你说,月光下喝酒,
有"红袖添香"的感觉。
你醉了。你说,醉后的你像大海,
波涛汹涌。但,你又骂大海无聊。
你对着自己发飙:大海啊——
你真的是"自由的元素"吗?
你又对着灯光下,不停扑腾的飞蛾
大笑:李太白"举杯邀明月",
我们举杯邀飞蛾吧!
你说,飞蛾的祖先,曾经飞进
鲁迅的《秋夜》,接受过先生的祭奠。
你大叫:火是火,光是火,酒也是火。
飞蛾,来吧!投火,投光,投酒吧!
突然,路灯熄灭。电厂打烊了。

传　说

那年正月二十四日后半夜
夜很黑。闹洞房的人刚刚散去
狂欢后的山村,如同一个泄了气的皮囊
洞房里,油灯如豆,旧报纸糊成的天花板上
老鼠们开始了闹腾。新郎酒醉如泥
新娘还在低声啜泣。突然,狗叫得厉害
接着,一声枪响,油灯熄灭了
新娘也不再有动静。第二天一大早
老支书就到公社报了案
那头跟着新娘嫁过来的狗被打死了
门缝里,那两只偷看的眼睛被打瞎了一只
新郎酒醒了,但新娘不见了
从此,一个关于新娘的传说
在这方圆不到五里地的山村
开始传开

帝　国

高度浓缩的冷漠,矗立
并向四面八方展开锋利的棱角

灰蓝色的天,一纸空文
任凭火焰在夜幕下
描画现代恐龙家族的优越

一只眼睛深处的火苗
沿着另一只眼睛的神经
引爆一个星球

航母启锚

沙尘暴

如大地起义,沙尘肆虐大半个中国
但我坚信人类的消化力
远胜过成吉思汗的铁蹄
从宇宙的角度看,时间就是一块抹布
它抹去一片草地
如同抹去一个王朝
或者一座城池
无声无息,新陈代谢的规律
但时间与人类的肠胃无关

星河回廊

时间不是食物
但我又敢肯定
历史是人类的另一种排泄

河姆渡

从一张纸币的背后,我看见,无数破碎的
陶罐,盛满七千年前的阳光
为黑暗作证

河流沿着风的方向迁徙,大地
只剩下河岸的位置

还有一束束金色的稻穗,在风中
讲述你用你的骨头磨制的
记忆

风中的辨认

从风中辨认沉默,海浪,向你聚集。
长满耳朵的岸石是聋子。它坐着,
你就不会塌陷。除非——
你喧嚣的形状"被黄蜂狭小的视力武装"。
向最后的王者致敬!哦,大海,
没有人不知道,你的权力大于罪恶的半径。
所有的眼,网眼最毒。
独角鲸出没于劣质空气裹着的自由。

选择秋风起。因为皱纹多。落日
如金色的色拉油凉拌"蝴蝶梦"。
当海蛎子登陆花岗岩基座,
披上开着高衩的"黄袍","杀个回马枪"。

吞噬自己。吞噬被文明枪杀的灵魂。
向列御寇学御风术。挂起"蒙昧
主义"云帆。落叶为你送行——
高天上,如昏鸦如沙砾如阴魂盘旋的落
 叶呵!

黄昏即景

黄昏向河面倾斜
河面向天空倾斜

小鸟的翅膀还在天边
但声音已被树林撕成碎片

一点一点的闪耀
一步一步的离开

破碎的图案
消失的背

月 夜

是秋虫蚕食我的灵魂
还是马嚼夜草的声音

夜繁殖着黑暗的子孙
掠夺每个陌生的阴影

在磨损的沙滩上搁浅
月亮圆睁期盼的眼睛

月夜(二)

我在静静地倾听
夜与月亮的磨损
这是马嚼夜草的声音
还是秋虫蚕食我的灵魂

夜的脊背长满荆棘
月亮的边缘鲜血淋淋
月亮滚落冰凉的巨石
但无法阻止夜的爬行

夜从太阳的逻辑里爬出
爬过旷野、森林

夜是一万个蜘蛛
爬进月亮的神经

夜繁殖着黑暗的子孙
疯狂掠夺每一个阴影
夜吐着黑暗的飞丝
把月亮缠成宇宙的幽灵

月亮搁浅在命运的沙滩上
圆睁着期盼的眼睛
但被罚在月宫斫桂的吴刚
应该早就知道夜的无情

大　寒

大雪封山
我没有了你的音信

鹰的翅膀
从山脊上升起
寻找什么

雪地里
只留下你消失的足迹

风把雪吹黑
风把夜吹白

记忆中的花朵

风吹雨打
有灰尘的声音
灯光昏黄
盯着一朵花的开放

无处躲藏的衰老
无法包装的凋零

而你的芳魂
是蝴蝶的梦

沿着细雨绵密的针脚
把无法缝合的痛苦
写在大地上

钱江潮

从时间的伤口射出
吴越国三千兵士的箭镞
穿越内心的恐惧

千军万马退去
天地归于寂静

山门在云雾中洞开
明月随着太阳踏浪而来
大海托起弄潮的部族

精　卫

大海是时空裂缝里的蛛网
它能吞噬日月星辰
但无法吞噬
西山的木石从你嘴里
滚落的巨响

你的影子追赶着我的脚步
但你是否知道
我的脚步，如邮戳
印在你的翅膀上

鱼

我很轻
我能游进大地结冰的眼睛

我看见
残阳如血
冷月无声

星河回廊

我无眠
大地也无眠
我是大地含在眼里的一滴泪

所以,我也很重
加上腥味
我比寒山寺的钟声还重

野 马

水草消失的空白升起,如明月
但野马还是在黎明到来之前受孕
风把每条道路都吹得很直
野马奋蹄,如流云

马蹄敲击明月的额头
但没有回音

冬 至

我把回家的心情
装在冬天的口袋里

风,你吹吧
把我的眼泪吹干吧

或者,把这午后的阳光
吹成薄薄的一层冰

让我的脚步
在这冰上
踩出春天的声音

迎着风,在旷野上
穿越古今

断 路

一条穿越太阳的路
断在月亮的额头

如无法包扎的伤口

天空躲在月亮的背后
沿着一个数字的神经
传递蓝色的阴谋

愤怒吧!或者沉沦
如鸽子,无法飞跃鸿沟
那就飞进死亡的食谱吧

但此时,大海
多么希望鹰的出现
箭一般,飞进太阳的胸膛
然后,穿透

小溪哗哗流进三月的月光

小溪哗哗流进三月的月光
这边是一个村庄
对面是一片树林
梦在远方

我们从远方的梦中走来
想穿过一片树林
走向村庄里
那扇亮着灯光的窗

树林投进我们的怀抱
搂着不放
因为我们的心跳
有花开的芬芳

涉过溪水
走进村庄
可我们已经找不到
那扇亮着灯光的窗

我们双目对视
有淡淡的惆怅
小溪哗哗流进三月的月光

梦在远方

骄傲的高楼

噢,骄傲的高楼,
你不必去理会那些小鸟的嘀咕。
它们最多只能在你俯首都看不见的脚边,
回忆森林的自信,
或者秦砖汉瓦的风度。
因为,你是现代的巨人,
你是从地下长出来的没有翅膀的鹰。
你能让蓝天白云面面相觑,
甚至惊慌失措;
你能让人类的欲望
有头有脸,风度翩翩。

噢,骄傲的高楼,
你也不必去理会你身旁那条江流。
江水的唠叨没有标点符号。
太陈旧,也太啰嗦。
那村寨里的忧伤,
怎么能划破你钢化的玻璃?
那田野上的夕照,
怎么能染红你进口的皮肤?
那荒原上的明月呵,
又怎么能穿越
夜幕下你满身灯光闪烁的冷漠?

噢,骄傲的高楼,
你更不必去理会那些蚂蚁,那些蜘蛛,
和那些破旧不堪的棚屋。
尽管你的骨头里还有蚂蚁的气味,
你的尊容是蜘蛛的手艺,
那破旧的棚屋呵,
它装满了泪水和汗臭,
也装满了梦想的蓝图。
因为,你很清楚——
你只要记住,你的主人是谁。
是吗?骄傲的高楼。

老别墅

那座老别墅在炫耀什么?
风骚的老妇,最后的贵族,
酒杯里摇晃着历史斑驳。
包装后的屈辱身价百倍,
是谁在追逐这扭曲的价值?
光杆的梧桐搂着保安沉默。

那个判过刑的梦恢复自由,
谜样的微笑,黑色的幽灵
画框里装着彩色的阴谋。
花园里舞动着谁家的标签?
落叶在路灯下翻阅城市插图。
奔驰宝马排泄出文化的占有。

城市啊!你的神经里装遍了探头,
不知道你都在盯着些什么?

给我的女儿

也许你的父亲早就梦想
再造一个灵魂
浓缩五千个春天作为资本
里边不需要什么支柱
他认为与其雕梁画栋
还不如除了荒凉,还是荒凉
或者再留下几个梦
但绝不要那生锈的古董
而如今,女儿
当你那属于二十一世纪的哭声,
落在你父亲的心头
他却觉得梦想
如零一般沉重

因为这个春天皱纹太多
阳光落在她的脸上
马上变成尘土
又是一个干瘪的中午

太阳在人们的瞳孔里打盹儿
苍蝇在嘴唇上议论性别
舌头，又从人们的额头伸出
在舔着男性的阴私
乳房是一把陈旧的酒壶

其实，天边早已雷声隆隆
可惜地平线上
走来走去始终是羊群
时间这张梯子
早已被客人踏得格格发响
可惜好客的主人
连注解都无法读懂
也不完全否定陈年老酒
只是酒缸里无法打捞的孑孓太多
连青蛙都不愿在那儿歌唱
星星当然不会在那儿逗留
真是太可怕了
为了祭奠祖先，祭奠神明
甚至还有人用溺死的女婴
阿弥陀佛

也许你的父亲太激动
也许你的父亲觉得责任太重
他恨不得手上立刻长出荆条
把所有的阴影
都打入历史的垃圾桶
为了你，为了二十一世纪，女儿呵
他低下忧虑的头颅
梦想的激情在旷野上飞舞
他恨不得扬子江突然倒流
像一条巨大的纤绳
千山万壑突然伸出粗壮的手
像无数魁伟的纤夫
拉着一轮崭新的太阳
走向地球的最高峰

现在，你睡得很深、很甜
摇篮边，你的父亲
像一块古老的木板

浮起在一个满足的平面
你是简单的结束
你是复杂的开始，女儿
贪婪地吮吸
那经过文明过滤的温柔吧
你的父亲坚信
等到你会走会说
他肯定会得到最初的收获

石门潭

你从远古的神话里流来，
日日夜夜，奔流不息，
终于在这幽深的石门里，
流成这神奇的一片。
仿佛一只苍鹰的眼睛，
被另一只苍鹰啄落
在一个女人的乳房间。
哦，石门潭！

多年前，一个月白风清的夜晚，
我曾驾一只小竹筏亲近过你，
想就一个哲学问题和你谈谈。
突然听到一个声音在叫喊：
一轮明月掉进了石门潭。
吓得我浑身哆嗦，直冒汗。
哦，石门潭！

你吞噬了多少春花秋月，
你吞噬了多少山泉溪流；
你让小星星提心吊胆
你让小鸟儿望而却步。
无论白天，还是夜晚，
你为什么都圆睁着双眼，
死盯着自由的天空？
哦，石门潭！

今天，带着所有盛夏的阳光，
带着所有热带的风暴，
我又来到你的面前。

我想用风暴揭开你的面纱，
我想用阳光透视你的心肺。
当我爬上这巨大的石门，
当我登上这高耸的乳峰。
哦，石门潭！

我豁然明白——
你原来是一个心灵的舞台，
时间和空间都在这儿表演。

大城市

大城市是大军团作战
大城市是老虎
是王者，是主宰
大城市吞噬小城市
大城市吞噬小村庄
大城市吞噬森林、河流、田野
吞噬成群的鸡鸭与牛羊
大城市吞噬蓝天白云
吞噬鹰的故乡
大城市燃烧着煤
燃烧着钢铁的意志
燃烧着太阳和月亮
燃烧着欲望与梦想
然后，生产出大量的电
大量的汽车、高楼和污染
还有数不清的大街和小巷

大城市是大军团作战
大城市盘踞在大地的心脏
大城市的血液直接流向大海
大城市的心跳有大海的声音
大城市的脉搏有大海的力量
大城市沿着大地的血管走
走出河流和峡谷
大城市沿着大地的胳膊走
走出丘陵和平原
大城市把成千上万的钢骨
扎进大地的胸脯

矗立起一座座雪山和冰川
大城市把所有的动物关起来
大城市把所有的草木圈起来
大城市让小偷和老鼠面面相觑
大城市让苍蝇和蚊子无家可归
大城市只允许蚂蚁
在它的身上筑巢，或者啃着骨头
大城市就是人造的大自然

大城市是大军团作战
大城市遮天蔽日，烽火连天
大城市的天就是大城市的脸
大城市吞进春夏秋冬所有的阳光
大城市吐出人类迷恋的尘灰
大城市的眼睛长在大城市的额头
大城市看不见小桥流水
大城市不相信眼泪
大城市听不见鸡鸣犬吠
大城市听不见心灵的呼唤
大城市没有弥勒佛的笑容
大城市对着玉皇大帝打哈欠
大城市的哈欠就是风雨雷电
大城市的脸就是大城市的地平线
所有的翅膀都别想逃出它的脸
只有记者用脚写成的文字
可以满天飞

大城市是大军团作战
大军团作战就是大蜘蛛作战
大蜘蛛吐出大蜘蛛的丝
结成大蜘蛛的网
网着大城市的空气不放
网着大城市的水不放
网着大城市的头发不放
网着大城市的神经不放
网着大城市的大脑不放
大蜘蛛就是大城市的大脑
大城市的大脑就是一架波音767
在大城市的花岗石的头颅里起飞或降落
但大城市被网在大蜘蛛的天罗地网

最后，大城市可能与大城市作战
大军团可能与大军团作战
或者，一起逃亡

春 风

昨夜，电闪雷鸣
当年参加过土改的春风
复活于一块死去的土地
带着残雪的好意
这嫩芽一般大小的春风
绕着鸡棚狗窝
闪耀，跳动
记忆的网眼上挂满泪珠

谁都不认识
这来自土地深处的精灵
但它认识所有的脸孔
改天换地的激情
沧海桑田的叹息
在土地里
按年轮的节奏不断下沉，下沉
五谷杂粮
暗藏着真理的基因

但必须惊醒
荒草一般疯长的城市
死缠着土地的神经
泥土的结构里没有贫富
只有坟墓的故事
春风是不死的记忆
别想逃过它的眼睛

无法拒绝

我的视线已被你无限拉长
拉向一个深渊
如同一束光，被一双眼睛
无限拉长
拉进一口井

你想让我的血
彻底变成水
然后，接受电的刺激
美丽的刺激
疯狂的刺激
忘记寂寞与痛苦的刺激

我知道
在你设定的一个局里
连最聪明的苍蝇
都无法识别
那一堆垃圾是有毒的
但，这似乎已经命定
无法拒绝

你也爱夜吗

你也爱夜吗？我的鸟儿
在先生的《夜颂》里
我能找到你的踪影吗

一个冬去春来的深夜
我突然听到你惊心的啼鸣
是如此清亮，如此殷勤

我急忙拉开厚厚的窗帘
天似乎一下子亮了
城市似乎一下子醒了

所有的生命，也似乎
都在走出梦的坚壳
等待太阳的检阅

而你，却反而沉默了
我的鸟儿，你是黎明的使者
还是夜的精灵

爱的执着

你没有侧面地
走进一双眼睛的深渊
没有乌鸦的傍晚
特别慌乱
这词语搭成的亭子
有酒的气味
你醉了
如一团烟

你没有怀疑
这与傍晚有关的欺骗
有蜂蜜的阴险
像刀子捅向你
月亮的伤口
淌着谁的血
那棵认识你的树
也转过去它的脸

没有乌鸦的悲惨
在整个季节蔓延
可你还要向前
你说,深渊里有一座宫殿
宫殿里
有个过了期的宫女
在傻笑,面对
一张发黄的婚纱照片

每天,我们的生活

无论用脚还是用手
我们每天都走向阳光下
丁丁当当的生活
脚步如此匆忙
如此铿锵
如此坚定
可早晨的街道
却是如此的不确定

汽车、自行车、三轮车、行人
这街道如同
需要消化太多食物的肠子
真不知下一分钟会不会拉肚子
而我们的目标
又是如此的确定
悬在半空
如中午的太阳一般确定

心　事

这几天,我总觉得
被无数的眼睛盯着
盯着我灵魂的某个角落
严厉而寂寞
莫名的惶恐
如蜘蛛燃烧
我打开自己的坟墓
除了白骨
还有三月的青草
只是心的溃疡
如月亮的伤口
不知如何治疗
还有狗的随便进出
是傍晚最大的问题
天总是发蓝
蓝得令人发慌
因为影子再也回不到身上
田野里传来的声音,如此熟悉
是生的啼哭,还是死的哀号
无法解读的夜
又要来临
被灰尘擦亮的刀子
躺在床上
白骨与青草的交响
证明季节的乱伦
只是春风如此殷勤
蓦然回首
一座老宅在虚无中摇晃
门缝里全是眼睛

骆 苡诗选

零关古道

那座山,藏着一个谜
正午,阳光火辣辣的手
拧干了云的水分
爬岭的车疲倦地喘着粗气
进入了漫游状态
车内的我和窗外彝族的鹰对话
穿过宇宙的虫孔

古道腐烂在线装本的记载里
马帮的身影却镌刻在了斑驳石壁上
驿站烟火,漫卷西风
古石桥、旧城门、摩崖石刻
一张记忆的单程票
仿佛述说着曾经跌碎的繁华

一不留神,辉煌也可以毁灭
正午的零关古道上似乎响着驼铃
弥散着古人的茶酒香味
在山坡上
突然,那么一闪
天就在手边,可触摸飞翔的灵魂

迪坡克尔

草甸子是一片容易滑倒的绿色
索玛花在风中半掩着唇
远处,天和地粘连成
一个混沌的宇宙

极目处,篝火点点如星海

我仿佛从身体里长出了翅膀
巡视在碧蓝的天际
踏着飘浮的云朵
这世界干净得只剩下羊群

原野滋养出爱的风暴
多想有一个伟岸的身影
察瓦尔鼓荡在身后如旗
熟悉与陌生之间
他采撷索玛花
苍茫中忘情于山歌
和我

注:彝语迪坡克尔,汉语七里坝。七里坝风景区,位于凉山自治州昭觉县。

山里的风

山里的风
吹在脸上
很柔和,不比外面
我疲惫的头颅
倚靠在玻璃车窗

暮色降临　大地昏黄
淡淡的月色　微微忧郁
季节已来　夜已寒冷
我蜷伏在座位中
这季节我喜欢

弯弯的山路我喜欢
还有远方的诗歌
给我许多美丽无比的幻想

山里的风　柔柔的
飘在脸上　心醉了

邂 逅

六月　遇见你
心事　就沿着墙边的常青藤
无限蔓延
眸光　掠过微笑
我听见　阳光流淌的声音

这个季节　适合怀想
开始写你的名字
在思绪的叶脉上
大片的向日葵
拼接着一个美梦

多么的幸运
我可以倾听　可以
将你的问候　折叠又打开
任不羁的心
狂乱跳动
犹如　这一季的芳香

那么　就让我
为了一个人再去那座城
和他并肩　漫步于蓝天白云
无论凝望或倾听
都是　生命中最美的风景

畏 惧

月下,微风
久远的温柔
从耳边轻轻掠过
疼痛如蚁,啃食善良

那么,就让记忆搁浅

其实,我一直是个迷路的孩子
渴望阳光、月亮和欢乐
多想,沿着一条叫做经年的路
听熟悉的过往
将梦中的你,轻唤

或者,思念与被思念
都是一个同样的故事
谎言,是沧海桑田后的罂粟
凋零,一季烟雨飘摇的誓言
你的谎言,洞穿四季

我终于,拾不起一缕微笑
而你的名字,却沿记忆的藤蔓疯长
那么,就让我立成一只候鸟吧
在季节的岸边
守候,支离破碎的爱情

诱 惑

今年的夏天
像是一团憋不住的火
闷在心里很久

我想把自己打开
挣脱拉链　抛弃裙子
还想打开所有的门窗
让风偷偷进来逗留

衣衫里的内容
裙摆下的风情
也许是爱情也许是罪恶

一旦毫无保留
由于风的勾引
难免负罪累累

夏天

星河回廊

像燃烧的火把
我举着它
像高举自己
这个夏天
我和火焰亲吻
然后慢慢地融合
此刻　突然明白
你　就是我的纵火者

迷　失

匆匆地
我在四季里穿行
路过夏天的时候
被它软禁着
一次次地接受
冲破禁锢的暗示

夏天
是三个季节的积累
一个季节的喷发
于是　许多藏不住的欲望
也趁机升级
一次次地在心底堆积
准备诉说的语言

我渴望在夏天迷失
忘却来时的风景
等待着　夏天
这个炙热的汉子
发出怎样迷惑的邀请

夏　夜

推开窗户,月光跌落
忽然
忘了想要对你说些什么
又记不起你的模样
隔壁穿墙而来的轻歌
一种熟悉,伏在温暖的肩头

这个夏夜
心情渐渐柔软,如融化的巧克力
我企图想表达些什么,忘了
本子孤独地躺在书桌上
上面洒满斑驳的月色
静静地等我落笔
勾起记忆

这个夏夜
我忘却了归路,忘却了曾经
忘却了忘却
如水月色,可饮
似水流年,可悟
那就任月光流泻在肌肤上
换回我的记忆
哦,顺便伸手拥抱这个夏夜

空　幻

总在等待
堆积所有的情感
任片片流星雨划过
你千里之外的天空

风来叩门
雨来驻足
我总在黑暗里不倦地
寻觅你宽厚的身影

把每天思念的心情
一点一滴地　对你诉说
多少次　我伸出双手
就像握紧千里之外的你
多少次　你划亮火柴
指引着此刻的方向

即使身处荒野
你也会给我那点
温暖和安全
我已习惯对着你的影子

倾诉每天的心情
面对虚无的你
只会自欺欺人

往后的日子　我总会想到
重逢时的欢欣温暖的怀抱
此刻　我将再度怀念
只有你　才懂我无言的悲伤
只有我　才能看清你黑暗中的面容

勿忘草

徘徊海滩
影子　我

海浪一排排
叨着
日光一块块
游来……游来……游来……

春情的夜潮吗
纷烦而闪亮的
篝火闪起
瞧，神秘的裸汉
皮肤透明出
血
奔涌！奔涌！奔涌！

谁来了呢
火红而炽热的
于是，当篝火以烟的太息
弥漫遍海空
纷烦而闪亮的
夜潮啊
朦胧了……

别

立在桥心　你挥手
使我想起

七夕　银河
　　　乱云飞逝

真想奔上去
吐几颗声音
　　　钉进栏杆
"这——不是鹊桥"

也真想
　　　投身入河
把映着你面影的水
一口吞进
摸摸心
"你——留在那里"

但七夕　银河
　　　乱云飞逝
无踪无影

我呵　只能是
　　　织女
把相思
织成一尺尺彩绸

明年　后年　再后年
七夕　银河　鹊桥边
搭一座彩棚
"我——等你归来"

平　衡

呵　阳关来的
几块赭色石
有过太戈壁的干渴
有着太干渴的记忆
养在池里
伴水仙
淡化荒凉——

呵　古镇来的

星河回廊

一场彩色梦
有着太小巷的甜蜜
有过太甜蜜的伤感
埋在心里
伴青春
浓化悲哀——

沈 园

叩开沈园门扉
有一种似曾相识的亲切
绿地上虽没留一丝痕迹
池塘里似乎还印着沉思的眼睛

塘边的竹丛,风中摇曳
依稀是当年陆游练武时的刀光剑影
雨打竹叶,索索作响
仿佛是唐琬悲怨思念的呜咽

如今,池塘的水依旧荡漾
历史的足印在此回荡
小石桥上,留下的串串脚印
是我遥寄的幸福漫步

记 忆

撕去的记忆
还留下你
于是
模糊的你
融入我的心中

多想再梦一次
你那深沉的感情
若能换来原谅
我不要艳丽的鲜花
可惜晚了
笑和哭都没了热情

初恋

我们依偎着晚风
漫步在田野上
和夜一呼一吸
还有热恋——

如今没想到
你还留在我心底
记忆的诗篇写完
但割不断你我情丝
偶然的一个梦
要使我对你纠缠不已

走吧
我劝着自己
可天黑了
我若有所失
只好再一次
请求你留下

希 望

晨
我走向阳台
拾起一首
遗忘的小诗

它
在我心里
孕育已久
我愿
深埋在心
让记忆陪伴着

今天
是明媚的阳光
触动我想起
那些遗忘的小诗
和清澈澄明的日子

也许

岁月已将记忆偷走
可我那遗忘的小诗
还在午夜案头闪烁

晨
我走向阳台
俯身拾起
一首小诗
有光影中的甜美

信　念

我们相对无言
只是默默地
在没有月光的路上
留下交织的脚印

肩与肩靠得很紧
心与心却无法平衡
只愿脚步踩得轻些
不要惊扰它
比黄叶还脆弱的心

假若爱情也意味着分离
我们又何须痛苦呢
把这一切忘却
在自己的路上
让白鸽
指引着走向黎明

看海的影子

他的影子从海上漂来
他一定是引来了更多的影子
更多的影子像海一样向他扑去
他被两个大海同时推动
这时候，他最需要的是什么
一条船、一个巨浪、一名水手
还是一位过海的女子，或者
是一次月光一样的眺望

栖息的选择

你不知道火焰在床榻上燃烧的章节
更不知道头发像黑森林一样在枕上舞蹈
你不知道夹在墙壁中间也是一种小憩
更不知道一群候鸟正在远处山上吐露心事
飞翔其实已不重要
只在乎你栖息在哪一种烧焦的枝头……

这个夜晚很忧伤

灯光慵懒在沉醉里
笑容在每个人脸上绽放
然后枯萎
舞曲节奏的打击声
不断被心灵的寂静弹回
我独自走向夜色
脚步像雪花般飘落
逃离喧闹的包围
但月光的影子泄露了我的孤单
这个夜晚变得很忧伤
忧伤得纯净而透明，玻璃一样
我想穿过去
把自己刺得遍体鳞伤

虚无的等待

我已经站在寂寞的海里
我不会游泳
也不会偷渡
所以
我只有等待退潮的来临

二　我

每个人的身体里都藏有两具灵魂
一具充满禅意之体
一具充满恶俗之体
在有限的相遇里

我们需要奉献无限的禅意
还是有限的恶俗？

我的小妹

你在键盘上，我的小妹
犹如忧郁的柴可夫斯基正好在夜间经过
我的小妹，卡通午剧在键盘上公演
然而我窗下经过的
是我们另外的小妹，没有名字，寂寞擦肩
穿着整齐，成叠而行的无数小妹
她们就像仙湖上的那些风
吹开了我们染白的胸膛
而你，我的小妹，却在我温暖的记忆里
你已经停止了想象中文字的舞蹈
那些被你转动的思绪，就要没了，我的小妹
而你亲手制作的音符，像你一样
正从舞蹈的结构里
为我们勾勒出无声的终止
小妹，我的小妹……

无名指

他是在什么时间什么夜里
使用了她身上什么样的一段皮肤与骨骼
他是在什么心情什么场域
为她的生活注入了一种什么样的丰盈
他是什么间隙什么缝里
埋上了一个女子什么样的情怀

是他要摘下她，还是她要摘下他
还是他们在无名的土地
在无名的屋内，无名的手指
悄悄装进无名的地窖

是谁让他们在别人的汗里逐渐复干
又在自己的汗里永无止境地四处漂流……

敷衍

每一次对我的问候
都像敷衍
除了落红满阶
你的目光会私藏别处的光影
掠过时，涣散飞矢

门外的桃花已经凋谢
和我的伤感链接
我久久未能吟出一行诗句
此时穿行在桃树下
花瓣悲哀成泥

当年轻轻地放开你的手
这不是认输
而是放开了缰绳
让你去驰骋、去放纵
呵，当你独自奔走在路上
是否还有很多的风景
让你——一一留恋

修正回忆

是不是由于冬天的来临
让我俩的爱情改变了解题方式
你总是绕开爱情的分分秒秒
谈一些关于足球、经济和……
却没有答案

有阳光的休息天
有落雨的休息天
你总是端坐书桌前含着空烟斗
翻看无聊的报纸
或者拿下烟斗，吹吹口哨

那些激情岁月，夹在背后的某一本书里
你是否还流露怀念之意
最初给我的书信上有最温柔的称呼

昨晚你悄悄把它蒙上
仿佛在修正
一段可笑而亲切的回忆

躲

我们面对面地端坐着
再也说不出一句关于爱的话题
像隔着一些山山水水
还有穿不透的雨帘
握不紧彼此双手
灵魂也相互躲避
孤独是你今生的宿命
沉默是我最好的表情
只有约在来生里了
至于那些痛楚
那些思念
都卷进了那条你送的手绢里

一直还在

客居的旅店特别寂寞
深夜十二点
我开始哼一首旧歌
翻看手机里的旧照片
回忆起那一张遗忘的脸
再来这里
已有一段距离
此刻,月光稀薄
映出路人漠然的脸
天气很热
可我很冷
门外的荷塘还在
堆积的心事,无处安放
伫立晚风中
原来快要风干的忧伤
一直还在

掉在梦境里

那时已经很遥远
阳光只有一点淡淡的温暖
离你很远了
斑驳的咖啡馆里
一本旧书,打开又合上
微微颤栗
字里行间,你旧日的气息
失魂落魄地迎面扑来
炙热的眼神
让我躲闪得毫不迟疑
可依然被你紧紧追逐
我舒展了僵硬
也许已是久久渴望这对视一刻
那么地淋漓
我的灵魂摆脱了身体,一路狂奔
让两岸风景后退
哦,诗一般的梦境
阳光淡淡的,只剩下少许暖意

虚 空

又一次合上你的诗集
黑暗中
期待着你的出现
给我一个等待已久的酣眠

为什么此时
你炯炯的双眼无所不在
我的呼吸
发出一种渴望的颤动

我早已是秋天般的女人
面对爱情
如同打湿的落叶,不再飞起
为什么今夜
月亮这面镜子,让我涨潮

我的床像是波光粼粼的大海
一阵阵动听的涛声
长满了翅膀
突然看见我的心,悬挂身体之上
在虚空中跳动

窗外的风

我在你对面的沙发一角流泪
想一些与你无关的事
窗口的风让我的长发舞起
像海藻的样子
你会心烦意乱
似乎吹乱的是你的坦白

没有你的时候
我总是抽着那支不存在的烟
细长的两根指头夹着寂寞
在丰润的嘴唇
虚拟的烟进进出出
烟圈浑圆而美丽,像圈套
其实,早已习惯
你的在与不在
就像窗外的那阵风
来与不来,只有天知道

春天该去散散步

整个下午
你都待在朝北的书房里
记得你冬天时说
春风一来
我们就一起出门散散步

去外面
看看湖边的杨柳
看看怒放的桃花
看看拥挤的人群
这样把自己从寒冷中捞起

可初春的风总是那么地凉
你或许忘了
当你抬头谈及死亡的时候
我知道你内心
没了春天

心 事

窗外的柳,在水面随风摇曳
美景在我眼里,却
柳叶如刀,刀刀锋利

伤痛的感觉早已习惯
就像习惯于
一次比一次更多的失去
执迷不悟的部分,如同淬火了一般
意外坚硬

记忆淡去了吗?
孤寂的心被谁偷走,没再回来
日子一天天从台历上撕落
痛还留在原地

看着书桌上的那只洞箫
不断地
在想一节节有孔的心事

暮

人到中年
开始心猿意马
设想有一次旅行
荒漠般
流过你中年的日子

那个美丽的女子
不知不觉就爱上了你
或是你,堕入了爱河
新月恍如旧月
只是尚未启程

你只想了一想便已厌倦了归程

暮色入目,过客般落入远山
诗意沁凉如风
你第一次意味深长地
长呼短叹
为了这个长夜谁来陪伴

今夜,你在聆听

夜潮拍至脚边
湖水像一只只小兽,一次接一次
咬着我的脚趾
漆黑的天空把玩着影子
分出你我,晃悠

隔岸的灯火在湖面蛇行
厄洛斯在捉弄
我抛开世俗,欲借凌波的绣鞋
轻舞在无边的水上
身影一色

黑夜是你的羽翼,让我不再恐惧
夜潮为我伴奏
我在舞蹈、在诉说
今夜,只有你一个人在聆听

独　白

步出办公室,走进夜色
把黑暗的乐章
翻到最后一页

我总是喜欢穿过那条羊肠小路
来到湖边
水面旧镜子般,我
开始想念,想念会长出很多翅膀
却会没了方向
写下的诗篇,荒腔走板

关注你,但不想让你知道
隔着屏幕的世界
我想吻你
让灵魂紧紧拥抱你

总有一段幻觉,时常显现
在下雨的夜晚
我总是惦记你那件湿透了的衬衫
是否干了?
领口上的唇印,还在吗?

在孤单的时候
只要一起风,还是会顺便想起你
躲进你的身体
像一条苍白的船,躲进了无风的港湾

香　囊
——沈宝山寻香

一瓣鲜亮的绿,一束热烈的红
鼓吹起来的那种绵软质感
有俗世的妩媚,端阳的风骨
让亲近顺理成章

阳光下,细细端详
那一针一线绣制的斑斓
透过千年的光阴
闪耀出尘土里的素朴与安闲

我在艾叶的香、苍术的味中
寻觅久远的记忆
这小小彩绸包蕴的传统与习俗
如一朵绝无仅有的洁白莲花
在水晶般的池塘里
悠然

丝绸之润
——喜得宝丝绸之府感怀

该用多少华丽的辞藻才能说尽你

你婉约的气度
你傲然的风骨与内核
你不经意间散发的柔软与坚韧

我与你在暮春的风中相遇
五月的海棠预谋了一场天女散花
懵懂的西湖
让越来越多的传说从尘土里抽身

这凝脂般顺滑的触感
这闪现着玉洁的光泽
这细密的机理与纹身
像无须掩饰的某一个瞬间
在不确定的光线里提炼出至纯至美

醇造时光
——微醺金山陵

越瓷酒盅盛放的透明酒汁
芬芳扑鼻　浓郁如蜜
这古朴的造型
传递着岁月的真与纯

一甲子似水流年
酿成的香醇
像发酵的心事
辛涩香辣回味里,有无尽的甘甜

酒意微醺里
吹熄相思的红烛

眼睛渐渐适应黑暗
可以分辨出远去的轮廓

时光那一端
有清淡月光投进来
如熟悉的旧识
那么美、那样好
跟记忆中的模样
贴合

桂花龙井
——杭州茶厂品茗

这一杯香茗
碧色叶芽簇簇,点缀的金黄色小花
俏皮曼妙
慢咽细品中似琼浆玉液
妥帖地润,窝心地暖

这雨前的龙井与秋起的早桂
把一地馥郁推向极致
让一场闲暇的休憩
有了可感的香甜

围炉夜话,我挑动炉火上的木炭
遥望夜色中目不可及的无尽茶园
那些不食人间烟火的小小精灵
如水中悠然的雨滴
演奏出一曲动与静的交响

怀 尘诗选

眼　睛

往日,你是两颗明亮的星星
嵌在我的笑颜里
于是,一个五彩缤纷的世界
在你的柔光里慢慢地舒展
许多花儿次第盛开
滋润着我的一个又一个日子

而今天,一切都变得光怪陆离
秋空虽然高远,却戴上了神秘的面纱
窗前的翠竹,也变成了害羞的新娘
似乎在躲藏着我的目光
模糊中,我甚至找不到
那条通向花园的小径

篱笆上的凌霄似开非开
天空的月亮似有非有
看不见炊烟袅袅升起
看不清茶叶在杯中袅娜
在这样的一片朦胧之中
我的岁月,就像长满青苔的井

站在秋日的晚风中
手心托着种种无奈
而夕阳却拉长了我的背影
想张开嘴巴向朦胧的世界呼救
嘴巴却和眼睛一起
被无情的暮色缝合

半个春天

是谁,扯起一块湿漉漉的黑布
遮住了那扇窗
是谁,无情地挥了挥手
就关掉了明亮的眸
我面前的世界
变得光怪陆离
一半是黑暗,一半是光明

鸟儿开始丈量天空
花儿再次委身蝴蝶
冬虫伸着懒腰醒来
柳芽儿也睁开了眼
可是,这喧闹的早春二月
对于我,却是一个
不小心跌破的伤口

一片黑色的大海
依旧横亘在我的眼前
朦胧的浪花翻滚
迟迟不肯退潮
黑,魔鬼一般的黑
正一滴一滴,浸润着我
剥夺了我的半个春天

我不知道,是否可以等来
那个退潮的日子
我更不知道,隔着黑纱的你
是否能够再次向我走来

我只希望,即使在黑暗中永久站立
我也要将自己的半个春天
洗得洁白如雪

夜色中,我与你平等

从那一刻起
我开始依恋夜色
那一片善解人意的黑纱
温柔地覆盖着我
同时,也笼罩了你
我的朋友,我的爱人

虽然,我看不见你
但是,你也看不见我
在这分不清彼此的夜里
我与你是平等的
我与世间的一切
是平等的

每当夜的黑幕被卷起
我知道,你的眼中
便会蓄满阳光
而我,仍旧被锁在黑洞里
一个人摸索着,将一首
绝望的诗不断拉长。

夜幕啊,请你驻足吧
或者在我的身边
慢慢地挪移
不要让我浑浊的泪
像没有归宿的孩子
在阳光下流淌

京城求医

背着沉重的心思
奔赴首都。扑向传说中的
顶级医院和知名专家
希望只是一缕掠过的清风

而忧伤却把我紧紧地缠绕

医院像一口沸腾的汤锅
每一扇门,每一扇窗前
都盘踞着一条逶迤的长蛇
专家的表情是凝固的霜雪
专家的言语却比刀锋还快

手里握着那点渺茫的希望
瞬间就变成了绝望的泪水
北京,无处安放我的病痛
那灰蒙蒙的天空
就是我空洞的眼睛

于是,一边离开,一边叹气
这个夏天,偌大的北京啊
我留给你一个自卑的名字
你留给我一个残缺的题目
彼此,都没有留下鲜活的诗意

二十八床

墙壁如雪白的纱帐
空气清新而苍白
穿白衣的天使们
在我的周围飘来飘去
画出许多乳白的弧线
她们有着猫一样的脚步
还有着像月牙的眼睛

在这相当漫长的日子里
我的名字是"二十八床"
床榻背后的落地大窗
成为我连接尘世的唯一通道
每天,我都极其小心地
用另一只疲惫的眼睛
贪婪地望着路上的人来人往

亲爱的路人啊
请你原谅我单眼凝视你

那不是轻视，不是傲慢
因为那颗明亮的星
已经悄悄地离我而去
如今，我的半个世界里
只有黑夜在流淌

亲爱的路人啊
请你不要对着这扇窗
向二十八床张望
这里已经熄灭了所有的灯
甚至没有了稀星和残月
只剩下苦酒似的梦魇
在苟延残喘

这一次，我叫二十一床

在北京，在著名的协和医院
我的名字叫二十一床
这里有同命相连的病友
她们用南腔北调相互怜悯
而那些可爱的白衣女孩
有着银铃般的标准京腔

不久前，我的名字是二十八床
这一次，我叫二十一床
名次前进了一截
阳光却离我越来越远
我就像一根将熄的火柴
没人可以帮我点亮这无边的黑暗

从此，我看不见色彩斑斓
也消失了灯火阑珊
那么，就让我归于寂静吧
折叠起曾经的奢求与渴望
就像天边的那抹烟雨
在黑暗中感受微风淡淡

梦　境

暴风突袭，温度骤降

五月的冷
竟然深入骨髓
这个属于诗歌的端午
此刻，和我一起
蜷缩在一个遥远的动词内

想吞一粒药丸
取暖。想拉一根话线
止疼。想举一杯红酒
畅饮。然而
电话线结满了老茧
药瓶里空空洞洞
一只脚的漂亮酒杯
也变成了一堆憔悴

季节乱了阵脚
海水提前引退
拥抱着我的柔软的沙滩
被抽打得鞭痕累累
海边的一块石头
棱角越发鲜明
而我看见，一颗裸露的人心
比石头更硬更冷

暖　冬

这个冬季，江南没有雪
断桥在静静地期待
期待那片属于自己的洁白
冷风只是轻轻地吹过
顺手便拎走了西湖的冬天

许多树叶还没有干枯
它们执拗地不肯轻易落下
湖边黄绿相间的草丛里
星罗棋布的小花踩着冬季
直接就跨入了春

在这样的暖冬里
我日复一日地

星河回廊

面对着半个朦胧的世界
或者用残缺的目光
捧读昔日的故事

日子在一天天地消瘦
和雪一样没有到来的
是你和关于你的消息
而我小心擦拭过的那个名字
偶尔会被冬雨淋湿

这个秋天

这个秋天
天空依旧高远
远山如此静默
蝴蝶微醉，秋虫欢歌
温润的秋雨
滴落了一行行金黄的诗句

这个秋天
季节的风，如约而至
它把昔日的故事吹起
一个个挂满了枝头
秋风里那些飘飞的叶子
一如我沧桑的脚印

在这个美好的秋天
我黄昏的日子
却变成了一罐又一罐草药
一杯又一杯苦涩的汤汁
尽管秋景如诗似画
而我却被秋风赶出了风景

但愿，走过这个秋天
我可以从朦胧中清晰
可以摘一朵菊花
可以捧一枚落叶
可以看一朵蒲公英的小伞
撒下崭新的种子

路 途

走过春风夏雨,走过秋霜冬雪
一步一步,我的路幽深漫长
途中,没有缤纷的玫瑰
没有斑斓的喝彩
只有一小片绿色的希冀

无数个跋涉的日子
折叠着辛酸也渗透了甘甜
山水缠绕,行程遥远
路上的芦花渐渐苍白
我的沉思,在途中走向成熟

今天,这个霓虹闪烁的夜里
只有我记得曾经的情节
那些深深浅浅的脚印
已经凝成白云朵朵
在晚秋的天际飘荡

一串串蘸了蜜的慰问
挂在冷风中叮咚作响
只有这被酒浸透的回忆
可以给我欣慰与陶醉
之后,一切都将回归如初

我 是

我是秋雨洗濯的一片红叶
是冬的使者那旋转的笑窝
我是枫树母亲十一月的女儿
用黄昏的血书写着亘古的沉默
沉默中我用如火的深情
亲吻着岁月铺开了传说
然后静静地等待着一场大雪
期盼着浪迹天涯的旅人
在我红色的叶脉里
缓缓地走过

我是秋风抚慰的一杆芦苇
如雪的荻花漂白了我清瘦的前额
天空那么高天边又那么远
脚下的小溪啊已经干涸
那么就请把我伐作一捆薪柴吧
让我燃成温暖路人的篝火
或者把我制成一支婉约的芦笛
让我的爱人把我放在心底
轻轻地吟歌

我是秋水浸润的一支残荷
夕阳叠翠中摇曳着寂寞
依旧是那张圆圆的脸庞
却萧条了丰满干枯了绿色
送走小荷才露尖尖角的春曲
挥手映日荷花别样红的夏歌
在这留得残荷听雨声的晚秋啊
就让我甜甜地睡去吧
睡进那幽深的远古
沉醉于千年的月色

聆听冬夜

一杯茶，暖暖的
一盏灯，淡淡的
我和我的影子依窗而坐
亲密地，听风听雨
听寂寞的冬夜

我听见那老树上
最后一片枯叶
在风中缓缓飘落
触地的那声叹息
如情至极处弹断的琴弦
使我的心怦然战栗
没有谁能让落叶
重上枝头枯心返绿
那就让我，沿着
那铺满寂寞的小径
和落叶一起

走进冬天

我听见凄冷的冬雨
敲打着我虚掩的心扉
让我想起
曾经在太阳雨下
遗失的爱情。尽管那支
遥远而熟悉的歌谣
已经在我的灵魂中沉淀成
温暖我黄昏的一抹晚霞
而两手空空的我呵
依然希望
千万朵年轻的爱情
如玫瑰般
在静谧中灿烂地绽放

我听见呼啸的北风
在我的血液里穿行
如锋利的剪刀
把我青春的娥眉
剪成一弯弦月
把我百转的柔肠
剪成一地落英
把我用一生憧憬的幸福
剪成一缕青烟袅袅上升
然而我仍旧很快乐
因为这寂静的冬夜呵
就如一根丝线
把我千疮百孔的回忆
连缀得如此充盈

我听见冬日轻轻的脚步
在挂钟上滴答走过
仿佛只是沉沉一睡
就睡到了生命的黄昏
在这温馨的冬夜
我轻轻地捧起走过的日子
深情地品读那长亭短亭
但愿在梦中的来世
有人也会这样深情地

星河回廊

把我品读

我和我的影子,一起
聆听冬夜
我们惋惜一份情缘
我们追忆一段故事
我们梳理纷繁的思绪
我们收拾昔日的遗物
……
我们把一切记忆
都编织成一幕恬静的帘子
如同远远山中的一道流泉
伴着我和我的影子
在这样的诗意中
度过寒冷的冬

又逢桂花香

又到了这个季节
江南的小城浸在了桂花香里
生活在江南的人
一颗心也被馨香滋润了
窗外的桂树摇曳多姿
秋雨悠悠地下着
让凋零的季节充满了诗意

而我,每逢桂香飘逸
都会想起遥远的故乡
想起老家庭院里那棵丁香树
她曾经和母亲一起
温暖地守护了我的童年
如今,她和母亲一样苍老
也和母亲相依着,一起向远方眺望

她紫色的小花,在春天里盛开
那花形和香气像极了桂花
我固执地断定
桂花与丁香本来就是亲爱的姐妹
她们一南一北,一春一秋
一个陪伴了我的早春
一个陪伴着我的暮秋

如今,我像一汪透明的泉水
滴成了一串串相思的泪
那载不动的乡愁
在桂花深情的香气里
醉了夜色,也醉了月亮
而每当桂香浓了一分
我对紫丁香的思念,便又深了一寸

袁丹丹诗选

灵　峰

我们坐在石坎上
山涧的泉水淙淙作响
水塘里长满青青的草

竹叶轻舞，鸟儿婉转歌唱
雾霭笼罩着山谷
寂静　仿佛听到了彼此的心跳

林间一座硕大的墓
青藤缠绕着墓碑

"他和她在一起吗？"
你这样问，眼睛闪动着
像清澈的小溪

我们的身后是断墙残壁
墙上长满了狗尾巴草
大脑袋在风中摇晃
那笨拙的模样把你逗乐了

太阳依偎在山头上
整个天空都红了
你的发梢沾满了露水
笑靥飘落在风中

小桥边有一棵婆娑的枫树

坐在湖边

坐在湖边
余晖落满群山
岸上的芦苇
如雪如涛

枫树火一样燃烧

湛蓝的湖平滑如镜
大雁缓缓飞过

就这样看着你
欢愉的眼睛溢满了泪水

记不得了
为何留下来陪伴你
日子就这样飞转

你的秀发长波飘逸
如林间无比温柔的风

如晚霞在天边
那么美

坐在湖边
夕阳如此悲壮
夜幕降临的时刻

星河回廊

即 景

水塘边那棵丹枫
瘦小而挺拔
每一朵叶片都很艳丽
充满了热情

白云优雅地
从深蓝色的湖底飘过

细细的风
犹如江南的女子
文静、胆怯、羞涩
赤着脚从树缝间悄声而去

这是一个
打着盹的晌午
飘着咖啡的浓香

有小鸟落下来
三三两两
欢快地在草坪上
觅食、嬉闹，一声唿哨
哗地又飞走了

骑上一匹马

骑上一匹马
纵情于心灵的狂野
马蹄如骤雨骑手如风

青春是一只
不羁的小鸟
打开樊笼
他扑拉翅膀
一下便没了踪影

万丈豪情
如湍急的河流
洋洋洒洒日泻千里

穿过繁华的街衢
绕过古老的村庄

有多少不眠之夜
被他点燃？
多少爱恨情仇
浸淫于他的激荡？

大幕低垂
多少光阴
被尽情挥霍一路抛撒？

为 了

当无数座绞架
挂满捐躯者带血的头颅
当无情的子弹和锁链
串联起恐怖和污辱

决然迈出家门，让身影
淹没在幽暗的眼睛里
并接受那枚冰冷的吻
和那一吻里所暗示的绝望

当官方的指控谎言般
充斥所有的报章和电台
当暴虐者挥舞起棍棒
判决无辜的肉体以罪恶

义无反顾奔向激愤的洪流
森林般高举坚毅的臂膀
放飞心中自由的鸽群
任额头的血喷射在十字街头

不，我从未如此勇敢
为了一个民族
为了一种信仰
甚至，仅仅为了一颗灵魂！

夏日的回忆

记得在一个雨后的夜晚
你诧异地问过我
为什么把诗写得如此凄美?

这是我们初次相逢
身旁有一群快乐的伙伴
我沉默着不知该怎么回答你

湿漉漉的地面
反射出橘红色的光芒
伙伴们的脚步轻松跃动

那时我们真年轻
美丽的街灯映照着脸庞
城市的道路宽阔而宁静

如今那些快乐的伙伴
鸟儿一样飞走了
没有人问我是否还写凄美的诗

暮霭中我伫立在河边
看夕阳红红地沉落

仿佛还是那条街
雨后,和你在一起

一棵树

如此孤单
站立在路边

身后一百米
就是枝繁叶茂的
森林

纤弱的躯干
在风中摇摆

叶面沾满了污泥

为什么
它要远离它的伙伴
那如此强大的群体?

乱云飞渡
它始终眺望着远方

它的身旁
不时有
绝尘而去的车

风抽打着天空

风抽打着天空
雨水从梧桐叶上掉下来
不断地掉下来

路上的过客竖起领子
行色匆匆,他们急于回家
站牌下等着许多人

夜色越来越浓,越来越浓
要是没有灯光
它把一切都抹掉了

湿漉漉的地面一下子
躺了那么多金黄的叶片
她们再也起不来了

要是天空不那么冷
没有雨,也不刮风
她们本会在枝头上跳舞

手 套

一双手套放在桌上
对着我,那样子
像一双手摊开着——

星河回廊

还从来没有谁
如此大胆地向我索取过

我真想把最心爱的东西
放在这双纤巧的手套上
让她尽情挥霍——

如果我有这种机会
如果我被充分地信任

告 别

注定要孤独夜行
走完这没有赞美的旅程
夕阳收住最后一抹笑容
暮色涂满了天空

末日钟声在天际回荡
磷火翻飞起迷人的舞蹈
秋叶金箔般落下
带着死亡固有的静美

埋葬的岁月死而复生
犹如须弥座上那神秘的启示
玫瑰凋谢在荒芜的院落
仿佛炙热的青春燃烧的灰烬

错乱的舞步演绎着永恒的悲剧
无尽的磨难将在何处谢幕？
既然野火无法让灵魂涅槃
我将不再回首任足音随寒风飘散

遗 落

这是一个冷酷的季节
雾霾雍塞了每一条道路
荒凉的城市
风卷走最后一丝温情
太阳沾满尘埃

广袤的夜空
散落着星光的碎片
整个宇宙再也拼不出
完整的图景

在过去与未来之间
在通往心灵的独木桥上
我丢失了那把钥匙

失之交臂
再难回眸

如 果

如果挽着你的腰
随意地在大街上溜达

一抹金色的阳光
几株绿树，风很柔和

你的长裙你乌黑的发丝
随风摆动
那样子很美！

如果
华灯初上的时侯

你挽着我穿过人群
在橱窗林立的大厦中
闲逛

兴趣盎然地
试穿着
各式各样的时装

转过身来
用目光
寻问我是否靓丽

那神态真的很美！

西部印象

雪晴的天空
残阳燃烧着

古道旁纷乱的马蹄
淹没在雪山深处

秦时的古城
有只鹰在上空盘旋

看不见狼烟滚滚
听不到箫声幽幽

驼铃就这样踽踽独行
跋涉于沙丘之上

穿越了多少岁月风尘
带走了多少故事沧桑

冰封的黄河边汉阙如故
寒风如刀明月如霜

月 台

我站在这儿
确切地说
是我守望在这儿

我不能确定
是否在等待
一次全新的出发

或期盼着
渴望已久的
到来

我这样站着

从清晨
直至午夜

一个人
在月台上
我这样孤单地
站着

致——

如期而来的鸽子
是一片温暖的阳光
我寂寞的天空
响起了少年的足音

那时我们常扮演
傲慢的角色
尽管彼此都渴望
坦诚地在一起

天真多情的年龄
我们播下了友谊
这友谊使我们的梦
变得温馨而妩媚

也许我们真地长大了
不用羞怯地掩饰
以往纯真而幼稚的情感
一切都已渐渐远去

只是在我心灵的桥边
还流淌着岁月的波痕
像童话,欢愉而惆怅……

如期而来的鸽子
是一阵平和的风
我记忆的天空
又响起那熟悉的足音

菡萏诗选

静 思

天亮了,从窗口透进的稀薄光线
摧折了我的沉梦
这雾蒙蒙、青茫茫的早晨
雨滴依旧述说着湿漉漉心事
把阴暗层层堆垒

刺骨风不时传递简洁信息
跟随想象往浩渺奔涌
银杏树的秃枝能否开成缤纷模样
包裹住纠结的小情绪
让腊梅自得于幽香盈袖

雨一直一直下,空寂的大街上
响起了久违竹笛声
眼波明灭间
仿佛有千朵万朵水花
枯竭处喷薄……

那些落叶

从低处集聚的厚
失却水分、光泽,从容的姿态
辗转中
发出的颤动余音
蓄积了流亡路上的最后一击

如同蜷缩在冷冬气流中的几声鸟鸣
它们的流光暗涌

它们闪着慧黠的锋芒
尘埃的光束里起伏
渺小到可以忽视

朔风掠过黑瓦青墙
送来不知谁人的琴音
那些落叶
被时间狂妄的车辙碾压,破落不堪

升

它们就在你衣服的褶皱里
靠着夕阳的余温取暖
当你发现
晨曦正通过微妙角度投进湖心
即使你用尽了力
也难以改变接下来的重与急速
以及漾开的白亮水花

时间不断插入
你陷进言语的追踪
落下来的影子
历经暴风雨盥洗
像宣纸一样单薄、轻飘

而黑暗已展开墨色天鹅绒
蒙昧中,你持续停顿
停顿里
为两个相反的词拉远距离

在年里，我看不到雪

先是缠绵不尽的冬雨
铺垫起一种浓郁的氛围
冷峻而沉重地
在团圆的饭桌上落下冗长话题

然后阴翳敛去
阳光普照
让人像冬日午后晒久了的棉被
懒洋洋,留恋太阳的温度

然而,这年里
我竟看不到向往已久的飘雪
站在斑驳树影下
忽然觉得自己好似光束中的一粒微尘
没有冷暖,也无悲喜

梦见水滴落下来

晶亮亮的水滴,奔流
从坦陈案头到幕合舞台
这水汪汪的润
仿佛里面有无比辽阔的天空

深入禁锢腹地
一具稻草人瘦弱的虚张声势
让鸟鸣开出了粉色花朵

你不发一声
把骨子里的执拗缝合起来
珍惜这短途的行旅,一心向前

而我多想说:停一停吧
等待洋洋洒洒的麦浪
一起起航

穿越

是一座城与另一座城的勾连
阳光追踪下
青绿色,一点点
显露,春天的某些痕迹

发生过的以及即将发生的事物
灾难面前
渺小得,没有负担

我开始把无数个白天想象成梦幻
把梦幻想象成黑夜里不羁的禁区
即使我会被一些不明物带上迷途

把悬念当成神明的旨意吧
我也应该为
下一刻的停顿留下伏笔

立 春

这一日,朝霞短暂
绚烂光在我的注视里节节消退
带状鱼鳞云
沉甸甸由西向东压来

这个提醒着万物苏醒的日子
烟火中埋藏的阴翳
不断扩大,它们与我隔窗相望
点燃了内心脆弱的部分

空荡荡马路上
一地纷扬的木叶
像一个个失宠的孩童
有无限的委顿与不知所措

演 变

目光如弓的日子,已经上弦

玄色案底上
这唯一的交点，如靶心
雪子砸下来时，坚定的语气词
催我惊觉
如果你曾给了我酝酿的机会
在开始的舒缓节奏里
选择落上琴键的跳动音符
如果所有的过渡都只是过渡
那么就把时间交给想象
交给冰与火的两端
纵有多累多艰辛
也会有融化了的极光
在我省略下来的虚拟情节里
兑现它的真与不朽

人间沧桑

下雨了，打开的苍白天色
低气压缠绕
一声鸟鸣是鲜活的孤独
焦虑布满宅居的家
这逼仄空间，窄小间距
像一张古老的网
网住了窗棂下湿漉漉的路
滴着水的空秃银杏树
以及不曾移动过的私家车
而对岸，灰扑扑的一座座高楼
被清洗中凝固的倒影
衬托出一种没有边际的静
这种静也是会传播的
它扩散着
似乎要陷进人间沧桑里

想念的时候

相比十五，十六的月儿更圆更亮
相比昨日，今天的日子更让我值得忆起
当凌晨五点的钟声敲响
梦里，全是离绪

清晓滴漏卷裹着尘土里的灰
笑看我一如当年
荒草丛生处无路可行
你们都去了，只余我独自在

如果天堂没有争端
你们会在哪里执手言和
像我一直一直希望的那样
说着我能听懂的方言

梦　见

梦见十里长亭
曲曲绕绕向上攀援
还是隆冬季
满目苍茫土黄色
交缠的枯树残枝
将一个个树洞隐藏得更深

从我的乡居到你的殿堂
参不透的距离
唯有
尘埃里的空寂把别情延伸
植入东去的河流

我泼出三盏淡酒，压住眼角水光
十三年了，这不易的日月
倏然而逝
此刻，我多想能一直这样梦下去
在梦里，耐心地看着你远去

守口如瓶

像是一种仪式，挣脱世俗束缚
我在无目的的旅途中
来到如同故乡一般的地方
行走着的家园，被放逐的我
熟悉的感觉不断扩容，却抓不住边际

艳丽色彩趁机扑过来

淡一点星星点点,浓一点照亮我
它们与我隔桥相望
不同空间轴上
替我沉默,又替我粉刷太平

我羞惭地低下头去
让流水清洗,落满灰尘的净瓶
直到日暮,直到旷无人烟
夕阳在纤细的瓶口流连
等待它最后的发声

昨 日

许多个的你,面目不一
如同一颗虫蛀青橄榄,根缘在心
有关这个话题,你总是回避
像一阵被寒流追截的春风
有无数的可能性
你不去考量所谓的使命
与我而言的意义
只是在一次次冷场中静候
说前路漫漫,转折在即
而我不过是一个用久了的连接词
在飞过沧海的那刻
作无谓的矫情

活 着

今晚,清淡月光照在老屋篱笆上
像一根细长线
串联起你的前生与今世

平庸的日子,一天又一天
只有你出生的五月,蔷薇花攀爬得热闹
遮掩了栅栏上的锈斑

但你注定不是被春天祝福的人
一夜风雨,摧折枝头花蕾
你的罪录刻在生途上

被厌弃的冷,是一个人的宿命
不小心犯错的投生
这样的活,仅仅是活着

春雨知时节

春雨它抢抓时机,果决地倾盆而下
蓄积了一冬的宏愿跌落凡尘
缀满树梢

门前那棵陪伴我多年的桃树
密匝匝里几朵绽开的花苞
不堪重击
泥泞污浊里挣扎
料峭风又加注一遍摧折

我收集起零落花瓣
碾作尘后的余香
寻求内在的凸显与升华
也许这样的献拜才对得起秋天的硕果

捻起花丛中那束耀眼的花蕊
我的心,宛如新生般
透亮

存在的意义

布谷的"咕咕"声浮现
我在春雨的缝隙里嗅到了成长的气息
是竹节窜动,小草探头
微小生灵的蓬勃意志与可贵品格
唤醒大地惺忪睡眼

隔绝的门,横亘不了我与它们的交流
这些不需要言语支持
心领神会的认同、安抚与习惯
把我从隐藏的万物间剥离
成为独立的个体,赋予新生机

此刻,紫玉兰纯洁美好

柳芽儿舞出三月的和煦、慈爱
我开始丰沛的内心
跳跃着爱、自由
以及质朴的乡土情怀

沿途的风景

阳光正好的午后,我坐在柳树荫里休憩
抬头遥望保俶塔
被脚手架包扎的臃肿身躯
山顶上展览笨拙
给不了我想要的距离美感

这时,成群结对的鸳鸯悠然欢游到我面前
它们旁若无人的模样
引得周边发烧摄友不停偷拍
或许它们天生就有平面模特的潜质
但我怀疑它们是故意的

还好,他们都保持着风度
没有打搅到我欣赏风景的心情
一些省略下来的内容
探究与被探究,追踪与反追踪
在接下来的时间里,作为游戏的一部分
完全愉悦了我

盼春归

行走的路上各有隐忧
比如马蹄踏过积水的洼地
溅起一朵朵污浊的浪花
比如乳白色空气里
雾霾笼罩,远处丛林拉起警戒线
比如夜幕降临时分
天边刮起狂风
扯起的漫天黑云似扑向羊群的恶狼
这些都不是我愿面对的
多么想三月的繁花掩盖了地平线
太阳激昂的光
穿透层叠积雨云

向春天,宣告他的主权与气势

下雨了

天下雨了,从淅沥到密集
这场雨与之前的雨有什么区别?
无非是水滴与水滴的相遇
无非是雨星子与混凝土的碰撞
无非是我从网络移开目光,惊喜于
春雨的金贵
这个忽冷忽热的日子
情绪的突变也像感冒一样会传染

早晨晾晒的衣衫还在雨中
如一个寻求庇佑的幼儿
有着天真的凄然
向我述说委屈,表情生动地摇摆
我不知道我能不能复原他的伤痕
恰好的蓝天白云,明晃晃的太阳光
转瞬间变了脸,没有过渡的迹象

这雨要下到何时呢?
夜幕落下来了
小区的路上灯光已起,音乐舒缓
一个日子又将画上句号
我在窗口探望
等待我想等的人儿归来

白堤风景

白堤上,细长柳丝像轻柔的丝带
飘扬,飘扬
那葱茏的绿,如同无数星星散发的光亮
使我沉醉,让我想象

这绚烂的生命之绿
它自得,悠然
令这个春日
把多舛的命运交给了微风
也交给身旁的桃红

我眼前仿佛打开了一扇新的大门
那里有无比辽阔的天穹
一朵朵恣意的白云
从各处向西湖上空慢慢聚拢
灵魂的碎片,也正一点一滴地集合

走过断桥

断桥边的桃红,系住了谁和谁的前生
如织的游人,嗟叹传说
清浅桥洞里流经落红、柳絮,一段孽缘
从唯美走向哀绝

这世上的爱情没有本质区别
只是一座桥,一条流芳的长堤
春天的风吹进暖融、开阔以及自恋
让他们不小心犯了错

这无边的风月,风月中的人生
让我停顿于此刻
水草、飘萍,莫测的遭际
和一个人内心,沉甸甸的优柔

郊外的油菜花

金灿灿的小花,挤挤攘攘
似不胜这三月暖风
掀开内心的潮湿
那些抑制的隐秘守护

默然合上的锦囊
结籽心事,等待渲染
一把火煽情下
便流成一地扑鼻浓香

迷失于这片层层铺设的花海
每一处的转角
都是荼蘼
在我率性的游走中

努力作着优雅的告别

金色的麦子

田野上,大片麦穗像浪花一样荡漾
沉甸甸的质感
制造和析出的养分
似不胜这份成熟的坠重

我坐在远处的高地上俯瞰
金黄中,火辣辣的麦芒针刺
像一根根长长细细的针
让我想起与伤害有关的事物
划开了内心深处的隐痛

这已经来过和未曾到达的
并没有必然联系
让我惶恐的,下沉的力与角逐
在芒种节气里
有不一般的追思与绮念

时光的落叶

一枚落叶,砸上我的肩头
正是五更时分,未亮天
静寂郊道上旷无人烟

西山头托住了即将沉堕的月亮
皎白光变成暗红色
将天空推向阴沉、高远

此刻,玉兰花幽香扑鼻
在没有倾轧的人世里游走
我是如此丰盈
比一片落叶稳重、专注而踏实

夜　渡

夜幕渐渐降临,气温骤降
湖面上笼罩着一层薄薄白雾

仿佛仙境似的

没有一片云的天上
一轮银色半圆月若隐若现
把一碧无际的春水照亮

我在远航的甲板上看流云、盼流星
在梦幻的夜色中
感受漂游的阔大
感受力的进击
乘风破浪中
感受性灵那一刻的出岫

冻米糖的爱情

需要用外力,把无数的你粘连
不管你愿不愿意
过多的糖分,把甜写进日常
展开整齐划一的步调

其实你喜欢简单
喜欢透过一定的距离去察看各种相处
可以没有负担地共处
而内心独立

这簇拥的姿势让你深感压抑
一张挣不脱的网,罩着
每个夜色降临时分
你渴望着彻底的解体,即使毁灭

虚 构

至夜。我搜寻到一轮半圆月
它放射出的皎洁光芒
在没有一丝云彩的天空中
仿佛一条小白船漂游于茫茫大海

这时。一片灰色雾气落下来
笼罩出梦幻般的色彩
安静的四周,只有细微呼吸声

保持着与世间的联系

然后。黎明前的刹那
无边的黑敞开它冷峻的怀抱
冲淡我对明亮的热爱
银河已是另一层面的新义

散射。随地球转动
我把自己想象成靠近地面的尘埃
透过稀薄空气回望
一不小心,我虚构了某些类似的情节

水车抽水

随水车旋转的,是我的分身
作为乡村景观的一分子
展览人事纷扬
用冷按住了内心里的飘动

一座座废弃的台门
指引我一步步深入
掩藏的风月,如一条被遗忘的溪流
深不可见的清洌,照见
骨骸里的倔与不驯

见证了水车抽水的人
终于落后我太久
我只能绕开这些积年的恩怨
徒步向前

孤 山

终于见证了你的清寂
那天气温骤降,雨势绵密
四月的西湖又退回料峭春寒中
桃红瓣瓣,似绝望中燃起的希望

雨中的柳丝更显嫩绿
唱响一曲袅袅的歌谣
伴着沿岸水草清澈的招摇

留住了偶遇依依的投注

成群结队的游鱼是欢畅的
它们来回穿梭,乐享自在
软泥、荇菜、青螺以及各色生态
让美,在湖底盛开

过　客

如同深秋里两片凋零的落叶
风里飘卷着
偶尔碰撞了下,再各自东西
不其然又注定的撞击
为之后的生命留下余音

这一次相见,也许绵长恒久
可以影响到一生
尽管当时并不知晓
起始,甚或最后的交集
却为庸常的日子打开了一扇门

这是一个感染人心的故事
可以把一颗干涸的心滋润着
也可以把一具冰冷的躯体温暖起来

孤山赏雨景

密集雨点敲打着里西湖湖面
像一根根金线银线穿梭
把搁置的信息一条条缝合起来
那些短的、长的记忆
如同湖底的水草,躲藏于隐秘角落

我可不可以将这些自说自话的产物
在这个春天与落英一起收容
生活中放不下的情节
披露凉薄、敷衍、推拒
一团又一团高过云朵的阴翳

无助的防御中

一群鸳鸯突然进入我的视域
它们看似散漫,却坚定的守护
被一寸寸放大
成为这雨地,振奋人心的力量

走过苏小小墓

一抔香冢,千多年守护
西湖的水可能解你情长缘浅
这小小一角
给了你慰安与庇佑
却总会触动低处的泪点

怀想那驾自爱的油壁车
呖呖走过湖畔山间的风情
已不是文字能够承载
又如何擦亮一颗蒙尘的星宿
脱颖于困顿泥淖

还是一个善有善报的传说
狭路处光明亲临
再不见催归的红尘里
遗恨也是成全
一个个性丰沛的女子,被后人惦念的一生

想　念

黄昏里争艳的蔷薇,红得妖娆
像青春,有盛极的蛊惑
初夏风,行进中带起的波涛
收容被放逐的我

激情在体内集聚,影子闪动
他们与我隔湖相望
站在道德的制高点上
替我陈述,替我厘清半世的喜乐

我在人世的轨道上跌跌冲冲
流着泪,涤着心
在不停的喧嚷中辨认责难

星河回廊

直到夜色深沉
直到所有的星光掩藏住踪迹

海　棠

春天来得慢条斯理
而你蓄积了一生的力量
等待一次欢畅的喷涌
在桥头的转角，回首处
淋漓姿容有睥睨一切的超然

从先秦飘洒而来
追逐阳光绸缎般的自燃
又无惧严寒突袭
看尽了世态沧桑，选择随遇

这小小的绵密的簇拥
自我守护中的防范
说出了人间听不懂的俚语
又柳絮似地落上水面
不争一言

蔷　薇

地心引力吸附的各色花瓣
在初夏集结
纵有万般手腕
也推不开一个善变的借口

黄昏，我站在路口
看满园攀爬的蔷薇慢慢走向委顿
来不及出口，落下的心事
比不见更残忍，比生离更窝心

时光催老的，除了容颜
还有苦难
还有伤春情怀
更有不断深入的不告而别

悠　游

垂柳筛下金色的光粒子
晃动湖面，带出尘世的温度
冒头的小荷
把水滴揉搓成晶莹的珍珠

长椅上休憩的我
忙着招呼远处的湖光山色
近处的鸳鸯家族、抢食小白条
让周遭，快乐的人儿
掀起阳光与水草的惊呼声

孤山经过春日的缤纷
由嫩黄转向深绿
这一路的悠游是柔美的
欢畅的歌声正在酸涩的青梅上飘扬

夏至之后

夏至之后，我以为
黑夜已走进时间的怪圈
刻板的钟摆为追赶一场艳遇
突袭指针的跳动
秒针欲摆脱苦海
制造一场处心积虑的伏击
而花事荼蘼，蓬勃的阔叶树抢占领地
向高处投递旨意

这一刻，北山路已成庇荫好去处
沿街别墅，晾晒的一个个故事
让我来到民国，甚或更久远的年代

历史是一张过滤风情的网
那些被网住的尘埃
浸泡在流水似的岁月里
成为传说，更成为传奇

北山路风情

那一天，我们分享过程
沿途的传奇，在冷静下来的时光里
显得沉重，如黑云般压下来
带来热浪和遥远的气息

这一路，还有什么秘密没能挖掘
经过春光塑形的梧桐
绿叶缀满枝头
迎面的风轻柔地，吹得蛛网打转

我们无声地走着，不再讨论结局
偶尔驶过的公交车上
戴口罩的人影晃动
不可预测地走向生命的广度

一个平常日的午休时光
两个各有所思的人
缓缓行进的节奏
泄露了抒情的深度

仰望保俶山

开始用仰望，探寻平衡的支点
我已经无法像多年前那样
随意行走于
你无规则的起伏中

对我来说，那是一个
青春年少时寄托梦想的处所
像树洞一样
收纳欢快与忧愁的心声
随后日子里学会的客套说辞
疏离了表达

一段生命中难忘的相伴
使我怯步
此刻，身后似有潮水呼啸而过

掩盖了我的心有戚戚

原 点

难得从六公园起步，溯流而上
最终目的地是一公园
一路上，我搜寻变化的愿望
像一位素朴匠人，有精准的需求

城市的变化让我震惊
记忆中步行街上随意的商铺、小店
有了新布局
街口转角处，竖起的标志性建筑物
照现出行人的渺小

当我踏进一座熟悉的家常馆子
从寻常菜谱里
挑拣东坡肉的肥瘦
唯有这习惯的口味，让我找到了原点

孤山的野花

这星星点点的粉色小花
以她的密度赢得了我的顾盼
细碎的成片绵延，低处的犀利眼神
软糯里掺杂着坚硬

我从这里走过
一不小心就跌进了你的埋伏
像渔网一般的缠绕
显影出遍地的宋时碎片
那些身躯里无法割裂的遗韵
点化着想象中的想象

带着莫名的情绪从花间起身
顺着你顾长的目光
回望，五月
就像回望这一生难尽的梦

南屏晚钟

千年稻谷喂育的磬鼓梵钟
从唐宋而来
洒落的时光碎片
蕴着农耕图景,朗朗诵经声
还有寺庙里绕梁而过的春翅秋翼

夕照之下,霞光之上
峭壁林立的南屏山
把我幻化成盘旋的一截石阶
或是麓慧日峰中写意的砖雕
和长鸣的钟声一起飘荡

我飘过白堤的垂柳,孤山的荷叶清香
梦一样的西湖
曲回多变的三潭印月
我随他们清守着一个个日子
怕稍不留神就跌落进重重柔波里

时光之剑

从三年追溯到二十三年
速度像箭矢
箭头向前,寒光凌厉
箭尾还在原地,怅惘兜转

远行中的停顿
目光,成了春天的奢侈品
我挥霍手中素笺
用秋天的彩线
描画一片经霜泛红的枫叶

空荡荡原野上已没有人烟
从麦田里跌出的时光
拂过树梢鸿雁
一个霜降日
我轻哼那首凋零的歌
起身离去,顺便带走这一路收藏

白堤之魂

梁上乳燕自由了,羽毛飘落湖面
断桥默然视之
终于有亮色,先桃花而至
垂柳摇摆,打着手语
保持中立姿态
他们身后的枯草地上
湿润顺着泥土扩充领地
冬天还未退尽,春风尚在路上
还需要拼尽全力搏击
寒意料峭时,我正走在临湖的堤边
遥想当年模样
身轻如月芽,在尘世的起伏间
时而随流,时而逐波
唯有初心不悔

早晨的太阳

海潮温柔的波动剥离地平线
太阳,这一刻腾跃而出
各色人儿沐浴在七彩光辉下
汇成河流,一心向前

你敲醒了生命的节律
撼动北极浮冰,让无昼夜的恐慌
躲避到帷幕后面
平静冰面,发出解冻的呼声

山川打开窗户,自由振翅翱翔
大地从窘迫中戒警
让枯藤,探出细微绿光
以星星与月光的名义起誓

影子里残留的记忆
那些坚持、热爱和期许
艳阳下渐渐更改
新的故事开始过渡缓慢的序曲

善 待

轻风善待着大地
将大江南北的葱茏吹醒
细雨善待着小草
淅淅沥沥滋润板结泥土
阳光善待着花朵
可以任性地一直开下去,直至荼蘼
你善待着每个身边人
收获人间物事里的有情有义
只是,不包括我

我努力善待每朵花,每棵树
每片叶子,每一颗不被祝福的稗子
善待每一个姹紫嫣红的春天
以及与热爱相关的一切
然而,这些都成为我
不被善待的理由

茁 壮

路边的河流开始融化
流水声和着风吹树枝声
几只小鸟清唱着
不知名的虫儿也唤上几声

枯黄干草里竟有了绿意
路边阳面山坡上生命力顽强的小灌木
冒了头,仔细看
一些树枝有了叶苞,脆生生亭立

这个孕育的季节
一切充满蓬勃的生机
即使是毫不起眼的弱小植物
它们努力地长出新叶,一片又一片
等待着可能的茁壮

别 后

梦里相见,才记起隔了有多遥远
空无一字的对话框
测不出维度
像一个能吞噬人的无底黑洞

很久之前得心应手的文字
忽然变得陌生
蹩脚措辞
受挫后没有章法的刺探
落进你眼里
成为了所有的不怀好意

别后的日子,心随意动的我
不会再用廉价的信任,包括热爱
去迎合这世间的秩序,以及
粉刷真相的献词

不 说

月华如洗,清风徐徐而来
墙根下草虫细碎的鸣叫
忽疾忽缓,忽轻忽重
一颗心也随之忽起忽落

风清月朗,院子里视线开阔
萤火虫闪亮荧光散发朝气
怒放夜来香,簇拥的素净花朵
传来阵阵扑鼻浓香

盛年里的光景
沿阶的绿苔也别有情姿
一路的山水,最好的呈显
他们所在的地方都是我的至爱
是我想要守护的家园

我在这里,一直一直
以这样的方式存在

偏执,甚或决绝

旅途中的停顿

就像左手与右手
能够掌控的距离,却抵不过人心
拥有时尽心、尽力
云般柔软,雪样地清白
他们的温言细语,摒弃了人间烟火气

纷纷扰扰的遇见
把俗事,堆垒成传奇
你这么说,他又那样言语恳切
承受的一切,又以破碎终结

注定会走到一个岔路口
岸边的千姿百态,让你臣服
而我,还有辽阔的天地
去驰骋,去救赎

我要这样不停地走下去,走下去
直至灰飞烟灭

拱宸桥上看流水

晴朗日子里,我总会沿着清幽的运河边
踏上拱宸桥,看夜色中的河面
黑沉沉,若凝滞
其实在流淌
睁眼间,似乎就是千年的跨越

路过的行人一批又一批
无从打捞的陌生面孔
给了我不被窥探的安心

想起来,该有二十年那么久
炎夏,云集的纳凉人
我们隔着厚厚人墙遥望
遥望,直到凉意涌动
那一眼,竟望尽了一生的喜乐

如今,我一天天思量
却不去抵挡射向胸口的一波波极光
任它穿透,疼痛中
自如面对人世的嘈杂与生命的泥淖

红石榴

它是被那阵风吹醒的
当体内的最后一颗籽红透
它找到了自身的方向
踏实脱落

这是一个明理的觉悟
伙伴们相亲相爱
无法间离的关系,让脾气包容
向同一个目标发力

雨后的早晨,薄雾渐收
空气里飘扬着甘露的甜香
我经过结满红石榴的石榴树
沉甸甸的果实让人不由得低下头去

成熟是一丛布满荆棘的栅栏
它延伸之静美、之广博、之迢遥
充满了灵异与智慧

相约西湖

与西湖有一个约定
阳光好的时候就去白堤上逛逛
把自己放进南宋,像电影回放镜头般
故事轮番上演:评话、说书、弹词、戏剧
那些生动情节总想把我指引向爱情
他们过于缠绵过于充满激情
让我惶恐、不安
我只有一次次按住取悦的心
坐在木质长椅上读一读不同的版本
品一品细节
这些被不停篡改的文字

带着墨香,昏沉间
恍若是突袭而来的鹧鹕
打捞着湖水里的一波波丰盛
震出鱼族的哀鸣
而我,不适合悲悯
如果为你写一首诗,我不会发送给你
你也看不懂,我的真意
我只想告诉你生活与梦想的距离
以及梦想远去时
一朵浪花曾经的卑微

风信子

被风催发的一滴清泪
同样的身姿,同样迷人的香
开出一致的步伐
从简洁的语调语词开始
她们展开饱满的花瓣
招呼低处的植物

她们说会爱上相同的事物
用七彩的冰凌装扮
盛开时
像充满书香的秀楼女子
沉稳得略行于色

平凡的一天

晨风席卷着窗外黄叶
空气里弥漫着消毒水的味道
一张铁床,如出鞘的刀刃
向侧躺的我,投射
寒光凌乱

长长管子沿腔壁游走
如在滑腻而冰冷的河水里疾游
一片白亮亮水花
散珠般,滚落出细密与尖厉

无尽的力将我向深处拖拽
一个个熟悉的名字好奇看着我
像看一只羔羊
在祭坛上聆听冗长的宣判

紫色蝴蝶花

暖阳下,紫色蝴蝶花扇动羽翼
那姿势总让我落入圈套
古典小花瓣
渗透着神秘,也包含忧愁
像佳人,在水那方
而我,无法参透她的心意
是流连光景,还是别有款曲

柔韧弧线掺和的点点亮色
斑斓里流溢的夺目
仿佛是草原上多彩的云片
分裂出来的光辉
足以把星星一颗一颗都吞没了

雨 说

把秋高气爽展现淋漓之后
她不过是一个被遗忘的装饰品
在天空的囚室里俯瞰苍生
也无法与运河水媲美

这么多年她总是自诩无所求
习惯收获赞誉
用虚拟的某些含量
为另一层面上的率真与随性
作极端预测

这个秋天还是太过执着
越来越多的尘土不甘寂寞
纷纷从地心深处涌出
成全了她作为雨的设定

一颗杏核

一颗杏核被敲开,跳出褐色果肉
与之的窄小天地,连同呼吸
密封在黑漆漆中的想象
有臃肿的包裹,炫目的金光
不知该向谁送去问候

如果与一个人脱离开太久
也会有思虑过竭的狂热与病态
有反向的力
和一种游说留下的惶恐

没有修成的正果
在哪里都一样无法安心
不若,就抬起高贵的头颅吧
面向星空,落下笔墨

古民居里的时光

秋阳柔软地穿过道光初年的天井
慵懒洒在青翠文竹上
空气中弥漫着蒸米裹的甜香
分明沧桑的木雕,屋檐下惊鸿
牛腿上的狮子、麒麟陡然生动逼真
仿佛还是两百年前的样子

信步出屋,凹凸有致的卵石路
曲曲折折小弄堂
敞开台门里,偶尔飘来一两声鸟鸣
抖掉了马头墙上的积尘
似乎仍是青砖小瓦的明清年华

纯真质朴的气息
宛若一坛窖藏十八春的女儿红
落定繁华,素朴如洗

折 断

在你力竭的哭诉声中
我看到了荒诞的剧情走势
往事渐渐收拢
像荼蘼的花
回归最初的羞涩与怯意

尘埃从泥土里抬起头来
把一片片枯叶
送还到凋落的岸边
一切仍如爱情尚未走远的样子

一枚野山楂在我的缄默中
跌进湖心
漾开涟漪上
托起太阳沉甸甸的光芒
我对他们可能的命运遭际
充满了敬意

想

我要踏过今夜的鹊桥
相会记忆中的你,不染尘埃的目光
让月色绯红
整个天宇星系,宛若附着物

那一年的你,不会轻言相思
我却在你的凝视里跨越了一个世纪
像画的一端,正在着墨
徐徐行进,永远不知道风光的另一面

身后,茂盛草原上
乌丝如云般浓郁,散发绮丽
你轻轻走过
把一曲绝唱按向无限循环

提到绍兴就是诗(组章)

● 黄亚洲

绍兴的夜生活

在晚霞慢慢结实了之后,就会有三样东西,并排摆了上去:盐煮笋、糟鸡、干菜蒸肉。当然,还有坛装加饭酒,酒是晚霞的金边。

绍兴人的幸福时刻开始了!

醉方腐乳是决计不摆上去的,那是早晨的下饭。绍兴最讲规矩,不然绍兴就不出师爷了。

这时候,会从最接近黑瓦的那一层晚霞里,传出"阿毛阿毛"的凄清万分的越调。仔细一听,就明白祥林嫂是赶去地平线的那头,寻她儿子了。

天慢慢的黑,绍兴纹丝不乱。黄酒三盅落肚之后,就准备上床"卧薪"。无论如何,绍兴人忘不了第二天的上阵拼搏。勾践传下这么锋利的越王剑,当然要直取GDP的咽喉。

绍兴人的生活,一向过得严肃。武有勾践,文有鲁迅。如果需要牺牲,可来轩亭口,取走秋侠客的颈血。

唯有夜色降临,绍兴才属于黄酒。西施分别以元红、加饭、善酿、花雕这样四种舞步走来,向会稽山与祖国,道个万福。

仓桥老街

从尘封的酒坛里,勾出浓浓密密的一勺,洒向你的酒盅。这一线细流,就叫仓桥老街。

约吗,今夜?

杏黄色的店招与杏黄色的笑容,都是酒的醇香。最大的招牌,还数白墙上那个"当"字。多少密不透风的历史,在这条街,典进典出。每粒算盘珠子,都是师爷来回的眼球。

北风起了,白墙黑瓦变成了白墙白瓦。迴香茶楼与八仙酒楼照样吆五喝六。你也能从那坛密不透风的陈酒里,勾出满满一勺子老话吗?关于轩亭口秋女士的血,关于蔡元培当年的失踪,关于阿Q的"柿油党",你都能说得兴高采烈吗?双颊上,都是"女儿红"的颜色吗?关于绍兴历史里的卧薪尝胆、密谋造反与血洒街口,你都敢约吗?

今夜,沿一条老街,敢于送入白墙上那个"當"字的,是你的人生,还是,你的谈兴?

柯岩:云骨岩

或许真的是,云层在千年的电闪雷鸣之后,掉落于凡间的一根骨刺?

一根细针,如此垂直刺入地面。或许,真是,上天对于中国的一次精心策划的针灸?

下面有针尖般的锐利,上面是很见力度的石柄,可见深刻之程度,这还能是玩笑?甚至,可以听见绍兴的呻吟——是不是,深层次的岩浆,正在被大量注入朝霞的颜色?

这一场面,在我想象中,应该是医生鲁迅刚刚松开针灸的手,翻他的医书去了,顺便坐在旁边,啜一口热茶。我越想越对,医生不是上天,不是云彩,是鲁迅!

鲁迅一直针灸着绍兴。绍兴与政治的北京不同,与经济的上海不同,绍兴是中国的文化穴位。鲁迅下手,一手一个准!

由于云骨,地心的岩浆与漫天的朝霞,连成了一个整体;也由于云骨,鲁迅的尖刻,与中国的未来,连成了一个整体。

这一点,我敢说,我也看得很准。准确度,不亚于针灸。

咸亨酒店

这里,连时间也盐渍过,就如狭长的萝卜干。一分分的,是煮毛豆;一秒秒的,是炒青豆。

走进这家店要穿过一个朝代,但这,十分必要。

所有的钟表都往回走,不要看门外太阳。太阳,肯定是在往东面落下。

三两碟茴香豆,七八只喜蛋,一会儿,神经就被渍咸。生活原来是这样的有滋有味,日子原来是历史。认清这一点,十分必要。

占领这里的条凳,就是占领历史。你可以,沿着一张木桌的裂缝,任意划你的乌篷船:某军阀与某军阀如何轧如何闹如何杀,苦的清末,咸的民初,奇异的师爷、义犬、八姨太。

该说的说十遍,不该说的说三遍。历史是一只孵不出的喜蛋,既有滋味,也有毛发。

你稳坐江山,不晓得太阳已砸破哪家梁檐,只晓得时间已搓成子弹,压进了王金发的弹匣。

酒保同志又走过来了,笑嘻嘻,把细嘴壶拎成一曲绍兴高调。岁月,再度斟满。

条凳很宽,宽如龙椅。所有的朝代都已臣伏于地,由你发落一切。现在你明白了,这里的每张条凳,都是中国的钥匙,没有齿缝,却能开启一切!

坐久了,你就是人类的师爷!

东湖游

绍兴东湖的百丈石壁,是倒着生长在水里的,这是我亲眼所见。

你猜对了,我这样形容,就是为了赞美湖水的那种清冽。

清冽的湖水,现在,正由一支木桨操控;木桨,则由一只灵巧的脚掌操控。你看看,戴乌毡帽的艄公只消用一只脚,便能把小巧的东湖,踢得滴溜溜打转。

东湖打转的时候,那道岩缝就渐渐宽了,从里面挣扎出了秋天与历史。那一株钻出绝壁的秋叶,半脸都是血迹,这是我亲眼所见。这让我想到任何的壮美,内心都是伤痕。

我还注意到石壁上的郭沫若题咏。他的诗总是那么不好,连湖底的水草都在摇头;而他的书法总是那么好,苍劲的笔画,有几笔,估计是用鹰的翅膀,直接书写。

直到艄公用脚玩完了东湖,喝一声"上岸吧",我才发现这百丈石壁,就是我家书桌上的那只茶杯;那棵血树,是我泡了三年的乌龙。

东湖,你比西湖小多了,但你的一些小小意境,一些小小内涵,可能,都将伴我终生。

上虞公园雕塑:舜耕

竟然驱动一群大象进行农耕,叫土地,直竖起来。

我抬脸仰望大舜。这个人从小就能把一场生产,变成一场战争。

大象让土地裂成一百条溪流。阳光鱼群般钻出,站立成庄稼。我的大舜你厉害啊,你以象鼻为鞭,令季节,瞬间翻身。

这场自小的战争,你打赢了。掀开坚硬的平原,如同掀开一床棉被。你惟一的俘虏是丰收,丰收是勇者惟一的女人,而你此时,已经开始发育。一个以德报怨的故事,日渐丰盛。

今天,我在上虞感受地震。我开始知道,一个人可以用象屁股,把群山坐成矮凳;一个人喝饱一壶水,能叫江河滚滚;一个人,只要狠心举起鞭子,所有的和平,都可以是绿色的战争!

一群大象轰隆隆走过四千两百年,土地皮开肉绽,竟然不吭一声。我的大舜,你没有抱怨一句后娘的偏狭。你往死里鞭打的,肯定是未来立国的德性,一个稻米民族的——灵魂!

春晖中学

我在这所校园里看到的一棵棵粗壮的树,都是有名有姓的。风吹动树叶的时候,树根就写出了他们的名字:李叔同、朱自清、丰子恺、夏丏尊、匡互生、朱光潜、刘质平、刘薰宇、叶天底、张孟闻。

当我写到匡互生这个名字的时候，忽然倍感亲切。我在我的长篇《红船》里提到过他，他就是那个在五四运动中冲进赵家楼曹宅放火的人！之后，他回到湖南，大胆聘请毛泽东当国文教员；之后，又跑到宁绍平原，继续划亮他思想的火柴，在这所中学，点火！

朱自清，更不用说了，他是这所中学，从来就不曾消失的《背影》！

丰子恺，也不用说，他的那些充满童趣的漫画，随便哪一幅，都可以作为校训的图腾！

有了这些大树的名字，校园遍地的绿草，甚至，漫天飞舞的花粉，我就都不提了。包括，那些如胡愈之、黄源、谢晋等等一大群学子的名字，我就都不提了。

你我都知道，"乱花渐欲迷人眼"，是个什么样的意境！

还有一个人的名字，我是必得提到的。他就是廖仲恺的亲家经亨颐。他，亲自清理了一块土地，移栽了那些大树。他的办学理念是："训育之第一要义，须将教师本位之原状，改为学生本位。"他脸容瘦削，气力却大，他为中国的教育，扯来了大把大把的春晖。

在中国，要找春天最好的样板，要找大树、花草、绿茵、花粉那种最生动自然的结构，我告诉你，浙江上虞的春晖中学，是个绝佳去处！你要像相信大地上的树与花一样，相信我。

施家岙古戏台

可以这样形容，越剧是一场季节，很快就蔓延了南中国，山山水水穿上嵊州的长袖，都很合体。连古道西风瘦马，都学会了"十八相送"。

可以把桃枝、梨枝、白玉兰树枝，统统看作月胡、柳琴、檀板、长笛，季节的速度很快。而我此刻，正在走向这场春天的核心。我看见了古戏台。1923年，中国女子越剧被剪断脐带的地方。

我看见一种艺术从厚实的戏台缝隙探出头来，头上，有天生的发髻。

这个千娇百媚的女子，最初只有土得掉渣的小名，叫作"的笃板"。但我看，这恰是春天的节奏，不急不徐。季节跑响了的笃板的马蹄声。中国的十六省市，都被"十八相送"征服。

此刻，"娘家戏班"的折子戏，又让我听清了那场季节最初的芽苞响动。那个上场的七岁小唐伯虎，你能看出吗，是鹅黄色的，是芽苞上最细的尖尖？

中国的十六省市，都是她占领的。

剡溪，唐诗之路最华彩的一段

李白，虽然你把剡溪，定义为人生风流的象征，但我仍然要打断你，你写的还是太少，细节的描摹更缺。

杏花、渔舟、烟树、流霞、山亭、樵歌，这些都要入你的诗。这里的山，全由花瓣堆积而成；这里的水，是浣纱女说不完的私情；你都要写，你不能太原则。

　　四百里浙东唐诗之路,剡溪是最华彩的一段。须吟唱更多,不能光顾着杏林下饮酒,或者,只顾着与沿途西施样的女子说笑去了。

　　先后跟你走这条路的诗家,有好几百。他们留下名篇一千五,比四明山、括苍山的云雀还唱得欢。他们,把一条路像新娘子一样打扮起来,而你,是领头的。我多么想看见这条路,被你整个儿穿在身上。

　　捧在我手里的《全唐诗》,有近两成的诗家唱到剡溪。嵊州,已经醉在中国的诗歌史里。李白,你要记住这一点。

　　我想叫醒李白赶路。我知道他一直在剡溪的渔舍里醉卧,有越地小女子打扇,但时隔千年,能否叫醒,我无把握。

　　李白,李白,在长安你可多喝酒,在剡溪你须多写诗。须知浙人勤快,你这位诗仙过于散漫,真的不好呢!

嵊州崇仁镇的老台门群

　　在中国江南,明朝与清朝动身之前,几乎带走了全部的台门。他们当然是破罐子破摔的,他们不拉下。

　　而在浙江嵊州的崇仁镇,那一百多座花窗紧闭的台门,显然,他们忘了。崇祯皇帝忘了,宣统皇帝也忘了。

　　都忘了,显然是崇仁镇过于偏远。清末,一个叫王金发的镇民,就是在这里扯旗造反的。历史的小角落,容易被忽略。

明朝与清朝,将这里的一百多座四合院,全部留给了民国,后来又全部留给了共和国。今天上午,则是留给了我,使我得以骑上健壮的马头墙,拨转马头,扬鞭追赶宣统,再追赶崇祯。

这是一家最普通的台门,我看见一只当代的鸡,啄着天井里当代的青苔。只有窗棂上的木雕,依旧穿明代的袍服与清朝的马褂。门上铜环一敲,听音色,就是嘉靖年间。

　　听着,明朝与清朝,现在,嵊州市人民政府与崇仁镇人民政府,联合邀请你们,来镇上,开设明清办事处。

　　现在讲究文化,不要讲究恩怨。你们不必在意,这个镇上,曾经出现过一位赫赫有名的造反将军。

星河组章

樱花醒(外八章)

● 爱斐儿

是的,去年的春天,我也曾在你十里樱花里伤感的坐过。

就像一个人陷于重重迷津。

作为一个在雪中取火,且铸火为雪的人,无论是昨日雪如花,还是今日花如雪,我庆幸于今日之晨,在洞然敞开的门窗前看你灿然走近;而我依然还是春风十里中,瞩目你茜雪照空,聆听你粉白欢声的那个人。

我抬眼,看见你手捧明镜,如微云捧出烟梦,过往风月皆从镜中一一走过,若有人醉于烈酒,就有人迷于花丛。

肯定还有人在严冬里翻来覆去想,是在终年不化的积雪中守口如瓶？还是把寂静的欣喜藏于樱中?

年年今日,时间总会走进柳暗花明。

而樱花树下,鬓影衣香依旧春风,有人琼枝在手,迷楼入画,金钗沽酒,也有人结跏而坐,拈花微笑,说与俊约仙朋听,这梦里繁华终究会有一首诗的功效和一树樱花斐然相应,无论入于心肺还是入于性灵,无非引你穿过如画的镜面,让你看见镜子的背面,那空无一物的寂静中,明明还有一字如"醒"。

巢 父

那时候,草木不是疯长于泛滥,就是渴死于五月干旱。

空阔的原野虎狼出没,走兽比人迹稠密。

许多人架网捕鸟,而爱屋及乌的人,一般也爱鸟及巢,终至于筑巢而居,即使不能轻到和鸟一样自由,至少可以离清风明月更近。

据说,尧以天下让之,不受,一心放牧心声和虚无。

而高于人间的地方,并不是说就能远离污泥与浊水;并不是说一个无为之人,看见有人在河边洗耳,就不能愤而质问"子若处高岸深谷,谁能见之?"

再高的风声,终不能修改悖谬的万物,也无法唤醒朝生暮死之人。

为了成全自己的清净,你只能牵牛走向河水上游。

高　僧

　　一场大梦,正在紧锣密鼓地彩排生死剧情,许多人泥醉深陷,把梦中发生的故事信以为真。
　　作为曾经深陷迷梦中的人,我有缘闻听你关于梦境的讲述,"有度人之心的人才能得度,空,才是你醒时所在。"
　　尔后,你跏趺而坐,自观自在,无需明镜,亦无需烛台,深信无一物能穿过时间。
　　生活充满禅机,和我们历经的人间苦难一样,无处不在。
　　"人间即炼狱",许多人被梦困住,因苦苦不得解脱而蒙面号哭。
　　白云苍犬,你已经走过九九八十一难,穿过生老病死,纵然万壑在胸,也都被莲花朵朵开遍。
　　此刻,你已弃了苦做的舟船,登上了寂静的彼岸。

弈棋图

　　一场杀伐可以是寂静的。
　　黑夜和白昼,落在时间的棋盘,也是寂静的。
　　每一个弈者,在棋逢对手的时刻,面对一副全新的迷阵,也可以是寂静的。
　　在这个被划定的界限里,无形的风雨掠过棋盘。
　　棋子们扛着无所适从的命运,在弈者的指下,一一体认人为的战争;与爱恨情仇互为因果,在悲欣交集中完成轮回。
　　在一盘棋局中,谁又躲得过命运的搬运?
　　谁又会是那个——
　　一面接受沧海桑田,一边品味游戏况味,能在不见硝烟的棋盘上,执迷而悟的破局者?

渡

　　一切都是心像。
　　世界被我们自己的心塑造出来。
　　正像你用深不见底的孤独,染黑你身处的时间之河。
　　彼岸仿佛并不遥远,只是一块嶙峋的怪石突兀出现,很像你不得不面对的许多意想不到的时刻。
　　好在有人同船共渡,一个人为另一个的需要而存在,单纯,无条件的爱,冒着一起沉沦的危险,面对飘零这唯一的归宿。
　　错误与美德必须结盟,才会被全心全意的爱意贯通?
　　谁又会为漂泊者注入勇气和能量涉过这黑暗的孤独?
　　慈悲的力量广大无边,如果命运是一条孤独的河流,谁会是谁灵魂的摆渡人?

如果我真的存在,也是因为你需要我。
为了再次拥有这份感受,值得冒永远沉沦的风险吗?
值得。也许人只有在颠沛流离之后,才能重新印证时间在内心留下的痕迹。
一个的孤独必须找到对应?
你必须面对,倾听,
只有非凡的勇气和坚定的信念才能照亮救赎之路,从而拯救人类的灵魂和生命。
那些被你忽略的时刻,也许正是你灵魂的摆渡人向你传授的获得救赎的密码。
爱还是不爱,还是孤独?
如这嶙峋的怪石;
没有谁会在意错误和美德,
也许已经多次遇见,它是茫茫人海,也是最深的尘世。

母与子

你曾经是光、是金木水火土、是万有之源……
你的母亲正等候在生命之畔,用全然的爱打造一艘船,并酿好乳汁、锻造好宝剑和盔甲。
为有一天能够带你来到尘世,也载你来到溪流岸边和绿洲之上。
并对你说:
你是自然之子。
你会面对困难、悲伤和疾病,也将面对快乐、幸福和安宁;
会伤害你的,也会把你祝福;你的黑暗将是照亮你的蜡烛;
你将在最深的尘世,完成成长和盛开。
那个你称为母亲的人,载你来是她的使命。
如果爱你需要一个理由,那就是:她会把你的缺陷也当做彰显荣耀的方式。
当你爱上溪水中的倒影、爱上绿洲中的梦境,跑向虚幻的海市蜃楼,忘记了自己的源头。
她会默默来到生命的尽头,用一场永恒的睡眠,把你从梦中唤醒。

蛮荒时代的爱情

那时,爱和情还是两个新鲜的词语,刚刚相遇在岁月的根部;受精、融合,有丝分裂,被绒毛膜温软的婚床密密包裹,形成最初的对称、平衡与完整。

世界混沌初开,除却饥饿与天灾,爱情的天敌不多。

数茎苇草指点日月,足以让简约的世界生机勃勃;一支花香扑倒南风,足以让两座肉体之城彼此沦陷。

——陷入生命的真相还不够,还要生出生必相依,死必相随的庞大根系,血脉缠绕。

关于蛮荒时代的爱情,其时可以与爱恨、对错、禁忌、情仇无关,不必管一往情深何解,又何故委曲求全。

至少,本能还主宰着爱情的命脉,道德的绞索还没对他们形成致命的合围。

如果故事恰好让未来之眼见证,爱情是否可以像一枚琥珀,被时光保留最初的形态?

如果爱情继续演义,他们是否会像一棵树木,结出果实,虽留有爱情当初毛茸茸的味道,却比爱情的祖先更加脆弱、孤独?

一个人的世界

躺下来,山高水低。

万物也随之躺倒一片交错的轮廓,沉静或者暗淡,灿烂或者隐晦。

是清晨,还是黄昏?如此不动声色。在万物的一面,剖开新鲜的光感;让光阴的气息,从容推开腐败与阴影。

这是一个人的世界,天空一片空白。

你涂完万千气象;或者不,只推倒江山,舍生取义,让一切重来。

更多的浮现,如凌乱堆积的油彩,寓意只有你自己所知。

比如,某天清晨,走进一片林子,一只唱歌的蘑菇,让你心驰得好远,在远离众生的地方,看到了生长茂盛的尘念。

一个人的世界,纵然有道路千条,无奈万般,你依旧化身自己,上天入地,或翻江倒海。

至于你登天时的梯子,它是别人无法看到的千难万险。

呐 喊

红尘弥漫,一条语言的鸿沟,深深地切开憧憬与呼唤。

时光的迷阵遍布两旁。

梦想的沙场,一路安营扎下荒唐的青春,糊涂的江山。

从陡峭的今天回首憧憬,岁月在燃烧之前,已埋下灰烬的伏笔。

哪一处绝代风华躲过了被一支秋风的铁笔越描越黑?

茌苒秋光,谁挡住过冷风沿十月之水逆流而来?

相对于笔墨走过纸面,一生跌宕展开,不过旌旗数面,烽烟数载。

你回首的位置,仅凭两袖风雷亦难退回春风拂面。

只见身后风景,浮世比风声更乱;时间的猎物,如那些过往的姿势,萧瑟得斑斓一片,虚空如无辜死去的亡魂。

星河组章

彩云南之南的呼唤(组章)

◉ 庄文勤

秋那桶

谁把油彩泼洒,写意秋那桶如诗画卷?
谁与众神相拥,让一群牛羊在山坡上押韵?
不敢踏进秋那桶半步,害怕我的脚步会显得多余。
不敢高声喧哗,怕搅了秋那桶的梦境。
天空被谁熨得一片湛蓝,碧罗雪山穿一袭素白裙裾,明眸里流动花季少女温婉的期待。
怒江的小蛮腰在山脚撞痛了谁的目光,渡上黄金的水波,是谁懵懂的眼神,与青山私语,向秋那桶抛洒媚眼。
心灵被木楞子房探访,阳光是王,禅坐头顶,把毛茸茸的光阴撒向村庄。屋顶尽是鱼鳞般的眼睛,那是上帝遗失的镜子,在阳光下泛着暗灰色的光芒。
伸向远方的小路,延伸着秋那桶的生命,有些石板去了远方,并且一去不返。有些石板与秋那桶相依为命,印记着生命的坚韧顽强。
独木梯子睡眼迷离,伸着懒腰斜靠在屋檐上,唯有流水与石碾,日日彻夜长谈。
青菜、萝卜,在园子里狂草绿油油的汉字。
辣椒、番茄,昭示着面红耳赤的爱情。
谁挥汗成雨,让金黄的青稞爬满山坡?
谁捧起青稞沉重的头颅,读懂金灿灿的哲理,总结丰收的佳句?
我不知道,为何朴素的农人,走近庄稼就成了一幅天然的画卷。
我不知道,一个小小的麦穗,蕴藏了农人多少光辉。一粒麦香,聚集了秋那桶多少阳光。
这是一个民族怎样真正挺起腰杆的秘密,茶马古道的硬朗、伸向云雀和天空的核桃树冠,是一面镜子,能丈量出村庄厚度。
我忽然明白,秋那桶宽广的深处,为什么会有一个无法透视的秘密。

那柯里

一

　　马帮已经远去,古道还在沉睡,唯有盛产《马帮情歌》的那柯里,生动成滇西茶马古道一枚生动的风铃,随着南来北往的岁月,慢悠悠地清唱。

　　古道千年,千年古道。在那柯里,我分明看见,多少赶马汉子,把日子放上马背,踏破万水千山,搓揉出沉甸甸的希望。

　　马帮扬鬃奋蹄,和一些人擦肩而过,和一些人失之交臂,和一些人促膝而谈,和一些人推杯换盏,和一些人同榻而眠,和一些人拥抱取暖。

　　多少冷漠的脸盘随风而逝?

　　多少温情的笑容永伫心间?

　　这是一条通向天堂的神圣之路,铿锵的马蹄,驮出一条马背上的丝绸之路,葳蕤的古茶,倾诉着昨日的旭日繁花。光滑的马蹄印,尽展马蹄踏出的道道文明。

　　此刻,我是一匹那柯里踯躅的马匹,我不知道,茶马古道能承载多少人的光荣与梦想,又能通向多少人的心灵与秘境?

二

　　小河弯弯,可是哈尼女子柔软的腰肢?勾谁的魂?夺谁的魄?

　　是谁,把66户人家撒播成星星,让乡愁飞翔天空,让记忆的碎片一一采撷。

　　一切都归于茶,

　　一切都归于马。

　　岁月空疏,茶香飘逸,那些缤纷的往事,拉着文字的衣襟,叨叨絮絮。

　　疲惫的马匹,常在那柯里驻足,咀嚼熟悉的草料,点燃明天赶路的激情。荣发老店容颜憔悴,让岁月的琴弦,高过仰望的目光。

三

　　谁的歌声穿过岁月的走廊,让我感觉家的距离?

　　马灯,饮马石,马蹄印,用岁月的尖刀镌刻重重叠叠的沧桑。

　　水碓,石磨,碾子房,诉说古道的苍茫。

　　总有人,在马蹄印上考证着马帮的历史。

　　总有人,在风雨桥上倾听人生。

　　多少脚板磨亮了那柯里?

　　多少赶马人的汗水汇成了小溪?

　　谁能告诉我,多少人在古道上撒播希望?

　　谁能告诉我,这被茶马摇曳的景致,不是风情万种?

　　茶香袭人,普洱茶轻轻一个眼神,把没有尽头的古道一一收藏,千年不变的姿态,在迎来送往中发酵往事。

谁能忘记,在2008年,习近平主席就站在那柯里,与我们一起探讨关于记住乡愁的话题,指点出那柯里沉甸甸的希冀。

四

牵一匹马,学历史的样子,驻足在风雨桥,回到历史的某个点,马自回首,人自思量,独享廊桥流水的静远。

无需换取的盐巴,无需换回的布匹,有些往事,我们终会忘记,有些岁月,终将交由时间的流水去细细打磨。我的视线探进普洱茶历史的褶皱,惊扰了两只正在谈情说爱的蜻蜓。

我呆呆地伫立,或许可以站成一个桥墩,或是一块无字的石碑,如同赶马汉子的命运,被时间签字画押。

我重叠着前人的脚印,欣赏风雨桥精巧成一阙气势恢宏的宋词,这历经百年沧桑的风雨桥,内心的半亩荒田,像驮儿一样舒张无限的展望。

此刻,我亦站在那柯里,在风雨桥上倾听风雨,在人生路上徒步人生。

锦绣茶王

在彩云之南,在滇西凤庆,锦绣茶王以王者的姿态,矗立在蓝天与大地之间,一个关于茶的故事,一讲就是3200年。

3200年时光,茶王挥舞翠绿不朽的旗帜,展演一种生活叫乐观,展示一种生命叫顽强,展露一种生存叫信念。

时光易老,茶王的身躯却坚硬如铁,枝条虬曲,满含坚韧的力量,统帅这整片整片的子子孙孙护卫着村庄,谦逊着向每个山民躬身迎迓。

你朴实,厚道,真诚。

多像我父老乡亲,谦逊地站立,和炊烟在一起,和村落在一起,和天地在一起,默默耕耘,无私奉献。

3200年岁月,秦皇汉武化为了尘埃,商纣大帝成了遥远传说,祖先百濮的繁华被岁月漂白,腾燃的硝烟被西风洗礼,飘忽在天边的赶马号子如泣如诉,唯有茶王把生命的火焰,燃烧成澜沧江畔一片绿荫,定格世界滇红之乡一种永远的风景。

年轮已经模糊,身躯已经板结,随风旋转的茶舞,把岁月舞得地老天荒。

每一叶都挣扎着倔强的个性。

每一枝都向天地发出庄重的宣言。

思想盘根错节,怎能轻易折断?

激情根根串联,那是生命力量的蔓延。

尘土拥抱在胸膛,根须握紧向前的欲望。

让顽强和不屈的意志,坚韧和抗争的精神,挺立成为一种永恒,让嫉妒的山雀,仓皇而逃。

脚踏浮土,手扶茶王,感觉一种生命的高傲与倔犟,那是一种铁的意志,那是一种钢的品质,那是一生不变的追求。狂风打不垮它,暴雨撼不动它,坚如磐石般的誓言,让我感到一种坚硬的力量,在我的思想里,在我的血脉里久久滚荡。

是谁,滋养出你如此灵秀的身段?

是谁,让你比艺术更高,比时间更长,比山更为博大,比流水更为飘逸?

潇潇的马帮已经远去。

震天的茶歌还在延续。

红茶在碗,芳香浮动。

你以生命的高度,树立生命的箴言:大味如茶,大道如茶,大隐如茶。

善洲林场

善洲林场很小,5.6万亩的面积,容不下绿荫,缚不住岁月,更关不住鸟鸣。

善洲林场很大,容得下白云,容得下河流,容得下所有敬畏的目光。

漫步林中,每一片绿叶,都是颤动的音符。每一朵野花,都是少女灿烂的笑靥。许多前来瞻仰的人们,都以敬仰的姿势,洗涤心灵的尘埃,畅快自由地呼吸。

肃立善洲墓地,我们都以一个叫做杨善洲的老人为镜,他以一面镜子的光芒,涵养了大亮山的青翠和灵性,用一曲忠诚党性的笛声,丰富了一座山的历史和内涵。

走进展室,心情注定要格外的凝重,否则,图片后面的故事,便会失去历史的差距。

这是一个记忆与梦想相互交织的场所,神圣,令人深思。

这是一个洗涤心灵的氧吧,蓑衣、竹叶帽、砍刀、简易的树桩床,向人们展现了一个老党员那些被封存的日子和一朵夏荷一样的心境。

不止是震撼,不止是敬仰,你用一个共产党员的初心和坚守,写下清廉的一生,你们用忠诚与信仰,在党旗上增添光彩。

用一双草鞋说道路,用一顶竹叶帽挡风雨,您的故事,常让我们热泪盈眶。

细灌木搭起的床板能睡觉吗?

龙须草是否可以防潮保暖?

总有人弓着身子仔细观察,阅读那些印满岁月痕迹的照片。

我只想用一首诗,镌刻善洲老人坚守初心与使命的承诺。

我知道,你是一束绿色火炬,点燃了大亮山绿水青山。你是一面旗帜,矗立起新时代的榜样。

至今还有许多人,走一走你走过的路,看一看你的"三件宝",用你曾经武装头脑的党性,像你一样,用忠诚续写梦想,用党性铸造丰碑。

星河组章

成长的思绪（外三章）

● 杨　敏

童年时，我是时间的富翁。我可以坐在门前看一早晨日出，可以追着卖麦芽糖的货郎走几个村庄，也可以顺着田埂飞跑追逐那只漂亮的蝴蝶，更可以把一双脚伸进小溪里，看看清清的溪水怎样洗涤我的童年。然而日子飞一般地向前跑，我慢慢地长大了。

在某个夜晚细细地翻阅着自己的心事。快乐的一页页忍不住要一读再读，咀嚼着往日的幸福，于是心海溢满了欢乐的泪花。很久以前，三毛就用纯朴的文字告诉我们：成长是一种蜕变，失去旧的是因为来了新的。想想的确如此，少了一份稚气，多了一份成熟；少了几份悠闲，多了几份忙碌。我们常常忙里偷闲哼上几句"让我们活得潇潇洒洒，轰轰烈烈把握青春年华"。我们为心中的理想努力奋斗，用勤奋的汗水浇灌青春。我们的生活也因为有了追求呈现出一种亮丽的色彩，我们的青春也有了另一种美丽……

时光不会倒流。那骑竹马跳皮筋的童年早已成为永恒的过去，我们都在长大。美妙的青春荡漾着欢笑像流水一样，在我们心底流出，我们走出了幼稚，寻觅那一方属于自己的晴空。未来的路是那样漫长，也许我们会走进低谷，走进等待和无奈，然而只要我们努力奋斗不停地追求，我们的未来不是梦！我们的明天灿烂无比！

山泉声

走过苍茫的大山，迎面有一堵石壁。石壁边清风阵阵、凉爽极了。席地而坐，闭目养神。耳边奔逐而来的是各种声音，悠悠的蝉鸣、婉转的鸟语，还有其他的各种声音，那声音是极宏大的，又是极细小的。忽然，耳边出现滔滔的声音，似呢喃细语，似低低诉说。睁眼静听，声音仍然盈耳。寻声而去，原来是一汪山泉。

在大山里聆听泉声，真让人心醉。那山泉声，不急不慢，不亢不卑，涌得自在，鸣得自如。不因游人聆听而高响，也不因游人聆听而掩语。山泉声，向着青天，向着高山，向着莽林，诉说自己的过去和现在；向着高山，向着自然，向着人间，捧出绿的故事，美的歌谣。

聆听山泉声，不仅需要一双聪灵的耳朵，更需要一颗宁静的心。心静，心无旁骛，人才会聚精会神，山泉声音才会声声入耳，声声入心。只有心静，心地纯洁，耳朵才会清静，对万籁之声才能敏感。山泉声是美的。这不仅是她声音美,更因为山泉为大地奉献出了乳汁,使万物都能欣欣向荣地生长,所以山泉声一出现就那样美。

山泉声是恬静圆润的。山泉声使多少志士仁人知天达命。古今中外,多少有志为国为民的人,对照山泉而自愧莫及,他们以山泉声为楷模,对人民的滴水之恩,以涌泉相报。他们听山泉声而知民间的疾苦声。他们以聆听山泉声中思索辨别,分清自己的心态,及时摈弃嘈杂声音的干扰,让自己心静如水,让自己真正听到心灵深处的鸣泉,心灵的泉声像山泉一样纯净,就自然发出如山泉声的声音。

古　巷

最喜欢那条铺满青石板的古巷。呈"s"形,曲折的长,一眼看不到尽头。巷子不宽,两边的房屋已经破旧了,墙斑剥,是典型的土木结构,深进,显得仄而高,便有了一些胶东的特色。走进古巷便如同走进一段古老的记忆。

巷子由青石板铺就,晴天里特别明净,了无尘埃,雨天也并不打滑。石板之间的缝隙露出青翠的小草来,这样的青草也是极为精致的,绿得娇小,嫩是不必说的了——在微风里颤,赭色调的巷便因这点点的绿活了起来,也年轻了许多。

巷子里住的多是老人。老人是守家的,没事的时候,偶尔也串串门,谈论巷头巷尾的新鲜事,外面的风吹进来,老人们便多了一些新鲜的话题。时常有穿戴艳丽的女孩进到巷子里照相,也不怕一闪一闪的镁光灯摄去了魂。孩子们最喜欢城里来的画家,他们往往是手拿一束画笔,在面前支起一小块亚麻布便可以坐上一个下午,孩子们便也围了一个下午。

最让人惊奇的是巷子里来了个摄影组,那是老人们一辈子都没见过的东西,便都坐在门口来看。摄影师把镜头对准了他们,他们便张开了没牙齿的嘴痴痴的笑。他们并不知道自己连同古巷子一起走进了外面的世界。他们不知道巷子本来就很美。

巷子很美,最妙的时候是下雨天。最好是三月,雨不能太大,只要近处的房子略显朦胧,远处的景色濡濡湿润,便恰到好处。这时候远山如黛,烟云聚幻,是毛笔醮饱了青墨在湿润宣纸上的一抹,水势氤氲,不见笔触的山水,古巷在这样的三月愈见含蓄清秀,成了娇装含羞的少女。

擎一把油纸伞,穿一条粉底白花连衣裙,踏一双精致的木屐,缓步走在青石阶上,便活脱脱的把巷子点缀成了一幅胶东的水彩画,哒哒的木屐声清脆而悠长,响彻了巷子,把巷里的人从古旧的记忆中唤醒,他们从未见过这么美妙的景致,陆陆续续从窗户中探出头来,偏又不敢同画中的少女相视,只偷看背影,而背影更是一种让人意欲探寻的美,他们便惊奇了:司空见惯的巷子,直到这时才给了他们新的感觉,是古巷衬出了擎伞女孩的美丽,古巷也因女孩变得别致和生动。少女便从朦胧湿润的三月缓缓的走进戴望舒的诗里去了。

古巷的日子就是在老人手里缝缝补补中走过来,从少女哒哒的足音里响出。

省 悟

那是一段忧郁、伤心的日子。身体很差,便常去她的诊所看病,于是认识了她。

每次去,总有不少的街坊、邻居在那里围坐,看病聊天。她也总是愉快地走来走去,忙碌不停。她那早已衰老的、不复美丽的面庞总洋溢着一种动人的、热情的笑容。这笑容感染着病者,也感动了我。

但有一天,我却听到了一个消息:她原来是一个患癌症已到晚期的病人,时日不长了!我难以置信,无法承认这个事实。终于,有一天我小心翼翼地提出了这个疑问。

她仍是那样恬静地微笑,淡淡的说:"是真的,活不过两年了。你问我为啥看上去还那么健康快乐。我觉得人的生命太短暂了,而想做的事还有很多,生活这么美好,病人这么需要我,我没有理由,也没有时间去考虑病痛。我只求多活些日子,多看好些病人,尽自己的能力使周围的人们快快乐乐地生活……"

这平淡无奇的话语,如一阵疾历的劲风吹过我郁闷脆弱的心灵之岗,深深地震撼着我。我们没有她那样一颗平凡、热情的爱心啊!我们总是在不经意间流逝我们最宝贵的财富——生命的分分秒秒,却不懂得珍惜和利用;我们往往追求一些虚无缥缈的目标,却不知道找一个平凡的位置,做一些真实的工作。我久久地、久久地凝视着她那安详、恬静的面庞,读懂了生命的美丽。

春天有点乱了套(外三章)

● 王 垄

东风是个急性子,一夜吹过,季节就再也不敢木讷了。

柳树儿谨小慎微,偷偷地发芽,却不愿泄漏春来的消息。

田野,以及渐湿的乡土,保持着高度的警惕,一群又一群蠢蠢欲动的家伙,在地底下秘密地聚集。

雨,总是有点超乎想象,一旦被"春"这个字修饰,残雪便乖乖地退却,河水便疯似地撒欢跳跃。

突然造访的一两只小燕子,像在为谁探路,她们与节气还算格格不入的穿着,和闪电般迅捷的身影,着实让故乡惊讶得不轻。

于是,在时光里,睡着的、躲着的、藏着的、悄悄勾搭着的……一切的一切,都开始不安分起来了。桃树有了早恋的迹象,红杏瞅准了机会,纷纷地出墙。油菜大面积群婚群育,野菜插足日常的生活,一天天担负起餐桌上的"补房"。

花、鸟、虫、鱼……都唯恐天下不乱,一个个好奇好胜,骚动不安。

春天这是怎么了啊?看不懂的风筝,摇头摆尾,发出幸灾乐祸的感叹。

动物有规不守,植物无命可从。

大自然仿佛是幕后的主使,一声声春雷,是逼着万物乱性、乱套的号令。

该开的开,该动的动,该长的长,该香的香吧——

循规蹈矩的,往往容易错过大好春光!

春光像一条河在流淌

绿的,是草木之水。红的,是鲜花如波。

三月的故乡,春光,像一条河,在大地上恣肆地流淌,万物都唱着一首动情的歌。

菜花泛滥,桃花乱性。

一切都像一夜暴富,一掷千金。

蜜蜂和蝴蝶,如同倾巢而出的园丁,又像是偷偷下凡的仙女。她们提着偌大的花园,让整个的人间,变成了花园。

踏春的脚印,被一棵荠菜花看见,被一地的荠菜花看见。漫山遍野的野菜,多么像柔软的小溪,幸福着,跳跃着,奔向季节的深处。

——田野里,是不是有春光的源头?是不是童年的回忆从这里起步?

我真想成为这绿的海洋里的一朵浪花,成为这红的波涛上的一团火焰。

风筝是春天的翅膀吧,携带着满目春光,在蓝天白云间飞扬,飞扬。

穿过料峭重重围堵的燕子,像不像小小的战士,挺立在青翠的潮头?

而亮丽的鸽哨,如同惊世骇俗的闪电,划破最后一丝寒意,在瞬间,令春光乍泄,山河倾斜,幸福的水位猛涨。

春雨哩,清新、通透,一滴滴,把春光包裹,又把春色传播。檐下的雨声,如妙不可言的鼓点,也像母亲的木鱼敲出的梵音。

我仿佛,刚刚经过了雨的滋润、水的洗礼、河的荡涤,体内体外都已春光无限,春意盎然,佛性深远,慈心饱满。

此刻的故乡,更像一位深谙持家过日子之道的尊长,把有限的春时合理地计算、分配,提醒我们好好利用、珍惜,别让大好春光白白地流失。

秋分之歌

抑或是草木的末日,抑或是丰收正高潮迭起。万物不懂得平分秋色,唯有汗水和希望,互不亏欠。

稻子在田野上喧嚣,纷落的叶片如同天空拍痛的手掌。野草尚不足有燃烧的成色,除非有人想象霜降过后,五谷丰登,幸福在大地之上熊熊燃烧的模样。

夕阳与夜色平起平坐,互为欣赏。最后的稻草人,凝望着落日,恋恋不舍这秋日的辉煌。一年仅此一天,我们总有理由,抱团取暖,欣喜若狂。

路边的小野菊正黄得耀眼,渐成颓势的蝉鸣,被故乡的灯火和月光依次敲打在耳边。此刻的风景似乎有点文不对题,或者蝈蝈的诉说言不由衷。绿色依然积重难返,仿佛眼前的秋分,早已旧貌换新颜。

狗尾巴草还在摇头晃脑,老家并未为暂行告退的那一小部分不安与激动。秋高气爽把秋分的"分",拔高成得分的"分"。风和日丽、天蓝水碧、鸟语花香的家园,的确值得打一个硕大无朋的赞。

湖面寂静得像一块玻璃镜子,点水的小蜻蜓竟忍心轻轻将它打碎。红蓼无须苦苦地挣扎,就能对薄凉和轻霜视而不见。芦苇戴了一头银发,就像在水一方的伊人,披了纱巾,比月亮还要楚楚动人。蒲棒儿紧了紧瘦削的身子,准备裹住越来越重的寒冷。

季节真的被秋风分开了吗?大螃蟹的爪子痒了,九月的酒,叫谁愿意寡欲清心?

请把我分到一条思亲的河流上去吧,人间的秋色可以饮尽,真情的浪花岂能枯竭?突然想起秋草下深埋的父亲,能否抓住太阳的最后一丝热度。而天空越发低垂,母亲日益衰老,真不希望有光的日子太短,美好的秋意不被时光拿走一分一毫。

这小小的秋分之歌就要结尾，剩下的感恩，引领我们向前，收获一些传世的永恒。

寒露之歌

寒露在寒露的时节，还没有半点冷的样子。大地的性格变了，节气的姓名无法更新。

重阳附近的生活，依然火热。金色的丰收已经在望，一如诗歌正将欣欣向荣。

秋风的确有诸多不合时宜的念头，一切的果实，却无视薄凉的扫兴，自顾自地黄，自顾自地大，自顾自地甜。

蝉鸣和蝈蝈的叫声，竟坚持不知疲倦，仿佛乡村的歌手，在吟唱着草根的秋天。蚊蝇已经一天天见少，每一声细雨，都能反衬秋高气爽的欢欣。

稻子的一生只向土壤低头，辽阔的沉默不是无语，而是把更丰腴的希望藏在心底。

此刻的蓝天，更像是腾空的粮仓，十月的乡村也有夏日的躁动。农民的身份越发金贵了，越来越叫人羡慕，越羡慕就越容易不寒而栗。

农历九月的月亮，不比中秋月更耐得住寂寞和冷清。草叶上晶莹剔透的露水，交待了岁月的心事，以及梦境的精妙。

霜，其实是个十分乡土的意象。古诗里的那个词，在渐黄的芦苇、渐白的芦花上，连识字不多的父老乡亲，竟也耳熟能详。

白发如霜，相思如霜。深夜的小寒气，常常激起冲天的火焰。

残荷在白露之下保持未减的激情，落叶如同一群背着行囊的游子，重新回到生我养我的故地。收获的荣耀惊世骇俗，而唯有团圆的幸福，才能抵御霜降之前的萧瑟与寂寥。

阳光折断了一泓秋水，关于爱的记忆仍鲜活在脑海。顺着黄历，我走进了母亲的秋天，不忍心让每一朵小花擅自枯萎。万物的退场请勿从寒露开始，大地裸露的内心，恰似我对故乡和母亲的祝愿。

寒露之歌，是我敬奉的一丝光热。我不愿亵渎冬天的到来，我庆幸在这个时节，还能抖落一身的尘埃，在有母亲生活的故土上，满眼含泪，诗兴大发。

记忆的碎片（外四章）

● 夏 天

　　岁月无情，历史沉淀。记忆的碎片散落在角角落落，分离，再分离；组合，再组合。
　　叶儿绿了又黄，黄了又绿，在时光中飘零；野草投闲置散，日复一日，年复一年，死亡，重生。
　　总想找一段过往，在某个碎片里，翻出陈年旧事，咀嚼美好时光。
　　清明的雨，夏至的火，立秋的风，冬至的雪，闪回，跳跃。碎片般呈现一幅幅画面。
　　有旧时光，也有新光景。田野、庄稼、老屋、老街，还有开往乡村的地铁，欢天喜地的老乡。
　　拾起珍珠般的碎片，串起多年的记忆，心间没有黯淡，只有不老的青春闪闪发光。

风过田垄

　　站在田垄之间，我陶醉于宁村飘来的炊烟里，思绪万千。
　　晚秋的村庄田野空旷，没有虫鸣，只有乡野的味道。
　　走在乡间的田埂之上，越过一道又一道田垄，思念之情油然而生。
　　播种，耕耘，收获；农具在乡亲们手中，舞动自如，指挥着风调雨顺。
　　葵花的黄，棉花的白；翻滚的麦浪，金色的稻谷……一幅又一幅变幻的田园美景。
　　风过田垄，飘散着淡淡的愁绪，带走了夏阁的雨，留下了巢湖的波浪。
　　夕阳下的宁村，似一本古老的经书——她珍藏万道霞光，也珍藏相思的泪珠……

多雨季节

　　花枝招展的伞在雨中匆匆穿行，横溪小镇被清洗得干净明亮，奔跑的孩童成了雨中快乐天使。
　　多雨季节，你们成群结队而来，又奔跑而去，横山雄壮了许多，激情了许多。
　　多愁善感的风随河水奔腾，稻谷飘香的田间，黄布伞不时还在晃动。

多雨季节,横溪河温顺依然,只会缓缓流淌,从不波涛汹涌。

七月荷塘断章取义,它会告诉你,炊烟尚存的村庄美景,还有闲赋多日的老水牛,多么自由自在。

多雨季节,蝉鸣依旧,蛙声依旧。

在星星点灯的小镇,我想起了诗人季川——因为,他和这个时节的雨一样浪漫……

时间之水

路途遥远蜿蜒,河水不急不徐,一直向南向南,时而波澜起伏。

横溪河流淌着时间之水,伴我出生、长大,直至满头白发。

时间之水永不停息,不知用什么叙述你的迷离,你的悠长,你的浪漫,还有带给田野不一样的呼吸。

时光短暂,时间在水中流过。

在横溪小镇,每个角落我都数次经过,停留再停留,亲密再亲密。

就在横溪河边,母亲总会借着月光,独自收割稻谷,收割小麦,也收获她年幼的儿女。

这条河流与母亲有关,这条河流与我生长有关;我们从这条河流出发,终会与这条河流分开,血脉相连也不例外。

时间之水,无法停留,只会奔腾不息。

夜静下来

当疲惫的我,举杯与明月窃窃私语时,夜早已安静下来。

乡间田野无法安静,田野间的伙伴也无法安静。

虫鸣的声音,庄稼交头接耳的声音,溪水奔跑的声音,汇成夜的交响乐曲。

孤独无助的野花杂草互诉衷肠,翩翩起舞的萤火虫煽风点火。

夜把心思交给了田野,泥土在黑夜里沉思,梳理过往。

风收起匆匆脚步,残枝败叶终于有了安身之处。

夜锁不住思念,成熟的麦子开始依依惜别。

夜静下来,田野却热闹起来,流动起来,繁华起来。

在横溪小镇,我用月光擦亮乡村的夜,生活在蛙声起伏的世界里,有声有色。

遇见西塘（组章）

● 张九龄

一

时间饱满，青石板上长出了青苔。

但西塘还叫做西塘，只是在词语里等我的那一个已换了容颜。

沿着柳荫随着流水缓步而行。水是春秋淌下来的眼泪，但柳丝呢，它的拂动又是哪一个朝代荡起的心事缠绵？

唯有粉墙黛瓦保持沉默，它们修炼千年，总该超凡脱俗了吧？淡看红尘烟云，做一个白衣卿相，几杯浓酒，便醉在了清风明月。

廊棚迤逦，有青衣云裳的背影，仿佛一阕宋词正落在三月的黄昏。那拐角之处，是谁唱出的吴歌越调，正让一颗心慢慢融化？而雨水正沿着瓦当坠下，滴在草丛之间，没有声息。

那么多的花都慢慢地开，在酒旗下，在客栈旁。

那么多的人都慢慢地走，在小巷中，在此起彼落的叫卖声里。

而我斜倚在如月的拱桥栏杆上，看一蓑烟雨，朦胧了西塘。

二

小桥流水，恍若画中。

乘乌篷船舒缓而行，桨橹咿呀，仿佛一只翻飞的蝴蝶唤醒了庄周的梦幻。

流水如吻，伸出手去，便能捞起一串湿漉漉的诗句。情诗总是用眼泪写到海誓山盟，那么西塘，是不是就是因为爱情，才让这一方山水，有着天涯咫尺的爱恋？

水声婀娜，像一曲婉约的小令。

而桥一定就是那琴弦了，不知是被谁的纤纤细指，弹出琵琶乱人心扉的迷茫。

清风荡漾，情人般的西塘。一定会有美丽的女子打眼前而过，或者也站在桥上，看这古镇，有着哀怨的目光。

流水有情，桥也多情。

只一城灯起，把夜的旖旎照亮。

而月光之下，那一座相思的石桥，会不会落满泪水？

三

这里有慢的时光。

将自己就慢在这西塘的一花一草、一水一桥之中,而不管日落月升。

天地之间,能够忘记的全都忘记。红尘扰攘,我只在这里静下自己的一颗心来。

高高的墙,长长的廊棚,浅浅的阳光跟着下来,雨水也下来,它们都是能够给我温暖,并能抚平心间深深的褶皱。

有人挑着担子从身边走过,叫卖声就亲切地递到耳边,像小时候走街串户的货郎。

每一处小吃,它们都有诱惑人的魔力。

脚下是青石板,在热闹的人流中,我手摇折扇,仿佛是戏台之上那一出越剧之中傅粉的主角。

唱词如珍珠般落在台上,落在栏杆上,也落进了风中。

风温柔,吹凉一盏茶刚好入唇舌的温度。听一曲筝音流动,只是不知弹琴的那一个女子,她是不是也有着如水雾般升腾的眼波?

黄酒的味道醇厚,从酒楼里溢出。也斟上几盅来,我和西塘对饮。

春光还在,杨柳依依。

月到中庭了,现在就走到桥上去,吹一曲箫笛,只等玉人前来,怀抱皎洁。

致艾青（外二首）

●木 汀

在你的故乡
在双尖山俯瞰
在静静的潜溪旁
由你和吴晗、施光南手拉手构筑的
神秘"金三角"上游
在大堰河思念着你的故居
在1937年3月
你和彭德怀、习仲勋的合影前
我不知道我为什么涌着泪水
还不忘向你叩问
1932年初春，为什么你从浪漫的法兰西
回到受难中的祖国

我想问你
为什么放弃绘画的天赋
竟然是在1932年7月
涛声不绝的黄浦江畔
你被关在只有一扇小窗的监牢
喊出了——"大堰河，今天我看到雪使我想
　起了你！"的那天早晨

从此
你一发不可收拾的澎湃
在广西《南方》这块阵地上
和戴望舒等一道用诗句吹响了抗战的冲
　锋号
我想不出
你为什么要离开美丽的桂林
我想不出
1941年2月
你和罗烽、严辰、张仃、逯斐五个文弱书生

由重庆出发
一路是怎样瞒天过海到的延安
在你面对家园和土地
从你深情的眼眸凝望中
我听到你铮铮铁骨发出的黎明通知
我终于悟出
你为什么要亲聆隆隆的枪炮声
是因为你必须举起笔
与战士一同瞄向敌人
你必须让全世界的眼睛
看到中国将士不屈的身影
在用自己的头颅向法西斯开火
你必须履行
诗歌的责任
担起人民诗人的历史重担

艾青
谁说你不是战士
你奔涌着和战士同样的血
因此
具有向太阳的赤诚和北方宽阔的胸襟
难以忘记的1980年6月的巴黎盛会
集体以中国抗战胜利的名义
向你致敬
而你
坚持要以中国抗战胜利的名义
向全世界和平致敬

艾青
我还要问你
你有几个故乡

北京说
这儿是你的故乡
因为自北京城解放那一天起
你已经是地道的北京人
北大荒说
这里开垦拓荒的酸甜苦辣
经历过的就是北大荒人
新疆的石河子和克拉玛依的人民
每时每刻
注视着你的雕塑
念你想你
吟诵着你的诗篇
这里不是你的故乡
又怎能处处是你的踪影
而你总是不停地微笑
告诉我
脚下的土地
是你爱得深沉的永久的故乡

致鲁迅

再让你选择
你还是选择
让百草园和三味书屋
随着你的脚步
留在你的文字里

那弥漫黄酒和茴香豆香味的文字
使全世界都拍案叫绝的文字
使全世界都神往
那把温酒的锡壶
以及你永不弯曲的古越魂魄

你还选择盘踞你心口的疼吗？
那忧国忧民的疼啊
疼了你一辈子
也疼了想你念你的鉴湖水
你还选择以笔
解剖沉睡的脉络
找寻打开精神的钥匙吗？

那一个个用你筋骨锻造的文字
一路鞭打着黑暗的牢笼
唤起了希望和自由的曙光

1936年10月19日的泪
流满了黄浦江
黄浦江从此点燃了思想的火炬
这火炬映红了蓝天
映红了大江南北
从此
彷徨也会呐喊
呐喊得地动山摇
呐喊得乌云落荒遁去

如果再让你选择
你还将选择金色的号角
为了遥望故乡
遥望故乡的会稽山之峰
为了站在长城的烽燧之上
集结所有的中华儿女
集结所有矗立着的文字

致施光南

那个春日
你把自己藏进竹楼间的丛丛绿雾里
还是悄悄钻入吐鲁番的葡萄架下
你那一处处
热爱着的根植于灵魂深处的中华土地
时时刻刻都在呼唤着你的名字

那一声声呼唤啊
像一片又一片洁白的羽毛
轻轻地不停地萦绕着
掸去你镜片上不易察觉的尘土
和轻拂那早该歇一歇的双眸

那天,你从爱着你的妻女的生命中
带走了紫藤花蕊
带走了玫瑰上的晨露

繁星满天

带走了那一抹夕阳的残痕
带走了漓江山水的静渺
唯留在这片希望的田野上的只有你生命中
对美好时代的讴歌
在旋律中遇见的甜美爱情
在歌声中邂逅劳动者的希冀
在异域风情的节奏中
爱着的我们的祖国母亲
爱上的铺满阳光的未来

你把时间定格在1990年4月18日
——那是与你的歌声一起成长的
共和国几代人的扼腕叹息
你把对家人的爱定格在1990年4月18日
——那是她们本该拥有一生的
你永远的失去
你把对故乡的思念定格在1990年4月18日
——那是金东乡亲顿失骄傲的儿子①
潸然泪下的痛惜

你定格的,是时间的一个顿号
你谱写的那些歌
会编织成律动的七彩丝带走进未来

就像你相信音乐的力量
会叩开每一扇窗扉飘进万户千家
你对妻女的爱
是你生命爱的长河的一泓春水
她们永远无法忘记
那天离家时你的温暖的笑容
在留下童年少年串串脚印的家乡
乡亲们在心里一遍遍唱着你的歌
一年年盼着你的归来

你的那架心爱的钢琴已经回到了家乡
它身上迸出的每一个音符都是你的心啊
是一个赤子写给家乡永远的歌
你复活在这片深情的多情的春天的土地上
施光南
你是时代的歌者
你是人民的音乐家
你更是金东的儿子
中国人民的儿子啊

注:①施光南祖籍浙江省金华市金东区叶村

七桅船（外三首）

● 龚 璇

太湖边，有一种悲情
七桅船舟体斑驳，落帆无声
风眼中，追溯历史的情景
一边水波粼粼，一边岸置石槛
想抵达水上花园
值守的村庄，渔翁步步退却

七桅船，唯一存在的方式
只为更具生命的形体
水的偶像，渗透鱼的眼睛
与浪花交合，衍生爱的誓言
船影、帆影，集结最美丽的图像
在古典的时光，撩动不绝的心

此刻，我只把脚步放轻
舟楫垂直的线条
都在思绪里。耸入云端的七桅
向着飞鸟致意，为什么
我，还是伤感不已？

过吴梅村墓地有感

山坡的一角，荒凉的墓冢
可以摧毁古梅的情绪
但，一个人的向往，没有人知道
我们几乎忘记了他——
天下第一大苦人，曾经来过
也从未走远。空地上
一块石碑，可以为之作证

他，是一个嗜睡的梦中人
酣然一觉，稳稳三百年
无论梅开，或梅落，只以静止的生活
表达与世界的关系。灵魂通晓的往事
穿梭草丛，野花和老枝
夜雾中，只与清风、苦雨作伴

关于亡者的悼词，已毫无意义
琴河边，琵琶黯哑失调
过锦树林，丁香一样的忧郁
耗损女人难眠的一生
谁，不愿说出那个字？
被时间清空的身体，还躲入一袭袈裟

我，因爱途经此地
触动记忆。墓前，梅林依旧
却不见爱梅的人，又复谁怨乎？
林中鸟，唧唧随形
爱的喉舌，难以追逐灵魂的词曲
我，看到的，或听到的
明知太近，谁说甚是遥远？

曾 经

曾经虚度光阴，没完没了的解读
耳茧如石。俚语与乡韵
也不知逃往哪里

我，不甘沉沦。灵魂最缺的东西
肆无忌惮，与迷幻的季节
使万物的知觉，尽失灵性
我，岂能假装无辜。此刻

繁星满天

必须听从内心,赢取全部的记忆
一切,不只是开始

万物,以根的方式
深扎泥土,发酵,抽芽,结果
因为一个世界,静默的光芒
在身体里躁热
我知道,破晓就在眼前

有些人,生来就不怕凿壁
偷光,更是一种愉悦
用沸腾的热血,用无畏的傲骨
透析生命的真相。千阳灿烂
何以会颠沛流离
那时,我的花园,一定有干净的天空

花 山

另一侧,风景独好。莲花峰的古道
一道翠屏,遮云蔽日,引导山谷的幽静
古栗树,摇摆多情的翅叶
围捕孤独,在充满野性的空间
只为青苔,夯实砖石的温柔

翠岩寺,邀月亭几不可察
花山鸟道,赐我弱溪的安静
小径已留痕,再没有一炷香
可以慰我记忆的源头。走往高处
千叶莲花,只为单薄的天空
擦亮尘世的倒影。天池有灵性
莲花瓣,嘱我隐身于水。我听见哇鸣
盖过人声。谁,又护着藏匿的蝉唱?

我想这样写道:支遁开山
花山的仆从何在? 铁佛,铜鼓,石门槛
残缺的身体,不会有绝望的叹息
礼佛亭前,我,打坐片刻
古树间的鸟鸣,清晰可听

镜 子（外三首）

● 张 典

墙上镜子拒绝我的问候,着魔似地
喷玻璃碴子,间杂沉闷的咳嗽。
因为你吗? 长久沉默之后,不耐烦
禁锢在平面里,要与我再次聚首?
多少次蓦然醒来,曙色(暧昧地)
嗅着我的被褥,胡乱叠放的衣物
像一堆肮脏的问题:答案无从选择。
为了不惊动你,我赤脚穿过客厅,
在镜子前练习表情、说话的节奏。
我推迟你的到来,或许你仍在墙里
写诗,招呼你的飞禽走兽? 啊不要
哭泣,不要朝自己的花园扔石头。

这个紧张的男人,从来是小丑;
这个小丑的脑袋里,挤兑着是非
和是非的互否,如同豆腐掺入胶水。
我刷牙、梳洗,揪下一二根白发;
我拉长脸(就像从前),就像你的
小错误(比如溺爱流浪狗)仍在
冒犯我,而你总是吃惊着讲和。
这是每天早晨的功课,无非为了
你来到镜中,说:会有这样的时候。
但你的话里有冰霜,镜面上布满
落英与薄刃(噢别叹气,脆弱胸腔
经不起凄风萧杀),和细碎的诅咒。

（难道你否认自己是好心的女巫？）
而今朝更甚，镜面上一寸厚的雾气
耽搁我的表演，宿醉的我，信口
吹谈命运的转折：堕落引领着风流。
我听见镜子深处的转身，以及
凌晨踱步的母狮（我曾与之嬉戏？）
的怒吼，我捂着碎脸，灰溜溜地……

听管平湖古琴曲《流水》

电脑里传出的音乐是化学的，
但通过执拗的耳朵，

流水回到流水。

我坐在老宅里，
让身体配合水的流动。

隆起、凹陷，折叠、展开
……我可以而且能够

奉献我的千姿百态。

诚然，那溅出的一滴，
我将无从塑形。

会有那一滴吗，以物理的执拗
固定在半空。

皋亭山

一

我来不是为了高出一座山，
是来等一个人。

我倒悬于山顶的亭子，
我顶着一座山。

那人来了，脚踩我的影子，

脸上环绕云彩。

我感到自己汁水淋漓，
那人吮吸着我。

他就是那个曾经羽化的仙人？
"天堂不过如此——"

他嘟囔，打嗝，
饱含着我走下山去。

二

沿着上塘河走了一支烟的功夫，
桃花谢满心头。

一支烟，一千年，
我像一只妖怪似的蹲在石头上。

民工与皇帝，
轮番在我身上挖掘。

面目的本来与未来，是与非，
谁来判断我？

站起身来的已不是我，
是流水不腐的美。

此刻我身上有被轰了一炮后的寂静，
我得想想是否要重新爱上世界。

惊　蛰
——纪念龚自珍

早醒的蛇，直立在我身内，
修理我的器官。
我飞。我咬。我驾驭老鼠和蛤蟆
和蚂蚁的队伍。

……其实我睡着。

什么也没变。白虎
仍在吞噬孩童。大人们呆望天空,
月亮益发破旧。

雷声如期而至?一个闷屁。

臭虫们捂住鼻孔。

我睡着。
一首诗,又一首,
蛇蜕下的皮,铺了一地。

异己者（外四首）

● 赵 俊

汽车载着微醺的我进入一个村庄,
在雨夜中我竟不认识这是故乡。
那被条幅覆盖的围墙一直在恨嫁,
我出生的小屋在黑暗中变成远房亲戚,
我闭着眼睛都能走通的夜路变成歧路。
那所有的异化都已然在冬天发生,
变幻的风物是村庄里狗的搭档,
盯梢着路上所有的过客。

翌日的阳光再一次款待了我,
在酒醒之后村庄又一次换装。
被砍掉的榆钱为绿化带让路,
那些低矮的灌木永远都不会长大,
再也无法为我的影子提供庇护所。
只有村妇的唠叨新鲜如初,
和故事被拉长的圆脸天然亲近,
越来越瘦弱的永远是辨认的技能。

后来我以异己者的身份道别,
黄昏黑白的斑点在说着晦暗的寓言。
对于未来它永远都秉持着开放的状态,
没有模型可以苑囿它的魔术设计方案。
这更接近于我在都市中的个人设定,
从来都在临界点才让自我显现。
这盲目的笃定曾是乡村的哲学,

只有卸掉大脑这层皮肤才会变得安全。

众虫喧哗

季节冒失的触须在空气中刺探,
寻找被气味素忽略的虫豸。
它们也会重复同样的动作么?
在幽深的生物链寻找答案。

沉默的护目镜仍在囚禁风景的胴体。
视线收起妖艳的烟熏妆,
当众虫喧哗时春天会怎样,
是会推翻法典里额定的生长么?

只有极少数人代替在花丛驻扎,
为我们带去真空包装的赞美诗。
如果雨滴的锋刃刺破它的皮囊,
那些美丽词语的双翼会破碎么?

在被隔离的日子里只有声音是可靠的。
可以穿过密封的建筑到达彼岸,
穴居将我们也变成了众虫。
当我们喧哗时日历还剩下几片树叶?

也许那时树叶下都是未开化的蛹,

将让我们重温寂静时分的胶片。
它也许会在暖阳下走火，
像走进意大利南部的天堂电影院。

外婆的种子

秋葵对她而言是一次补课，
是晚年时镶嵌进菜园的玛瑙。
它让一个人的餐桌闪耀新的光芒，
她像寡居的太后欣赏着番邦的珐琅器。

可她并不打算学会再次购买种子，
在秋霜中她会拾掇好干瘪的颗粒。
将它供奉于泥墙边的铝盒，
和早年乡间惯常的作物相伴。

她为自己建造了这座种子工厂。
也许是蚕种场的记忆在驱使着她：
她的祖辈从没有掌握幼虫的命运，
肥美的桑叶地有时会唱起空城计。

她执拗地留下种子是为了思维训练么？
在耄耋之年拒绝着阿尔茨海默症的拜访。
也许她只是相信会留种的植物，
"开枝散叶"是她知道的少数书面语之一。

在生命的这个时刻她更不会信任晚辈，
在春季的时刻会将种子交到她的手上。
她甚至不需要他们伸出翻地的手，
篱笆的影子在黄昏中覆盖她矮小的表达。

养蜂人

他们不是在经营甜蜜的事业么？
为什么我总是听到苦涩的消息。
那因为疫情而被困的蜂农走了，
蜜蜂肚子干瘪而死亡变得硕大。

他们一直流浪在花朵的驼峰路线，
为了转运必须绕过纬度设置的障碍。

如果一场雨水能够亲吻蓓蕾的腰肢，
这所有的迁徙都只是为了一场饕餮。

但雨水也会带来螨虫的蠕动，
蜂翅的煽动带来新的移动口粮。
这样的入侵就是奴役和受虐的简史，
这不正是人类和病毒的故事么？

浅土层准备了一块硕大的殓尸布，
将它们的尸体和花朵合葬。
风无意在地上书写墓志铭，
它只会将它们活过的痕迹清洗。

风也想吹干旱植株的最后一滴水，
让勤劳的部族面临一场粮食危机。
所有的工蜂都变成了养蜂人的蜂王，
在枯萎的干草前切割着白糖的肉块。

他们在切割着镍币坚实的表皮，
或者在信贷中透支着希望的花名册。
当成为陪葬者他们双目呆滞，
也许那无名者的血能变成鲜花的浴场。

这是特殊年份发酵的悲伤故事，
在蜂蜜的调节下变成稀缺的桥段。
当所有人都指向"孤例"的时候，
我不得不说出养蜂人悲伤的普适性。

比如我从不让"蜂农"这个词进入词库。
这游牧的部队隐藏在蜂箱的骑兵营中。
我听闻过一个灯箱砸在养蜂人的头上，
这是在沿海才会诞生的山海经或聊斋。

这个内地来客躲避养蜂人一般性的风险，
而命运依旧张开犬牙啃噬着他青春的
　　身体。
台风的眼睛窥视着蜂群黄黑的弧线，
那一瞬的耀眼让他的头颅向命运献祭。

剃刀的哲学

> 任何一把剃刀都有其哲学
> ——毛姆

在冬季,剃须后的面积在不断泅散。
下颌,那犁过的田上秸秆被定点清除。
现在,剃刀是一架修整中的无人机,
看着毛细血管在彰显血红的残忍。

可寒风仍不忘成为一把新的剃刀,
千万个刃口敞开着它行刑的绝学。
它包围住面孔所有光鲜的出口,
悲悯的说辞已被大气层永久遗弃。

如果在冬日的阳光下还有墨镜相随,
那教堂一定会释放出被豢养的群鸽。
和平,是理想主义疲软的集装箱,
黄昏的港口已不再让它停泊。

这样的装束,一定是在唱杀手的挽歌。
那被遮挡的微笑像冷漠一样幽深。
风衣的袖管隐藏着伯莱塔手枪,
这条笔直的蚯蚓将喷出钢珠的泡沫。

它变成剃须水涂抹着幸福的家庭,
让悲剧变成义眼安装在他者的余生。
剃刀永远不会放弃做深处的声音,
它用冷冽惊醒着暴力沉睡中的子叶。

退休帖(外四首)

● 田 斌

退休了,没事干了
我们怎么办
没什么,亲爱的
我带你回老家,到乡下去
那儿有爸妈留给我们的老屋
还有屋后面的一块菜园地……
老屋大着呢,有厨房,有堂屋,有卧室
屋外还有一个小院子
没事,我们就坐在屋里看电视
或坐在院子里晒太阳,乘凉都行
屋后的那块菜园地
你想种什么种什么
种萝卜,种白菜都依你
现在的乡村可好了
都处都是水泥路
到处都是惹人喜爱的庄稼
到处都绿树成荫

你要是愿意
我就陪你到小路上走走
要是在夜晚
我陪你看月亮,数星星
没准还能找回我们初恋的感觉
我们这样相伴终生
这就够了
如果我死了
你也不要流泪
你就挨着爸妈的坟墓
把我埋了
等到有一天
你也死了
我们就在土地里圆梦
你挨着我,我挨着你
我们一家人在一起
再也不分离

用心良苦

隆冬,儿子带乡下来的母亲
去商场买棉大衣
儿子问服务员
"这件大衣怎卖"
"二千八"
母亲拽拽儿子,"太贵"
换一处,儿子又问服务员
"这件怎卖","八百"
母亲又拽拽儿子,"太贵"
服务员说,便宜的那边有处理价
儿子问服务员,"这件怎卖"
"二百八"
母亲拽拽儿子,"还是贵"
"贵,那边有特价的"
儿子问,"这件特价怎卖"
"一百二,真想买一百"
母亲试着,满意地说"这件暖和"

他们走后,服务员叹服道
"这儿子真是用心良苦
那件大衣是全商场最贵的
——八千八"

我坐在了首席上

年收紧了手中的线
把漂泊在外的游子
放风筝似的,一一拉回家

年夜饭,我坐在了首席上
还没说话
泪水就模糊了双眼
嗓子已哽咽

"爸走了快一年了"
一家人都发出了感叹
"你今天有点像老爸"
妻子无不调侃地说
"万事都有交接"
我在内心暗自嘀咕

我们碰杯的声音依旧像往年
只是今年我代替了老爸
坐在了首席上

长蒿草的老屋

爸走了,妈走了,老屋就空了
上了锁的老屋
院子里就开始长草了

院子里不见老鸡带小鸡
也不见小黄狗摇尾巴
母亲在的时候
总有鸡鸭围着她

没人管的蒿草可放肆了
一个劲地往上长
有几株好事者
窃贼似的,眯缝着眼
爬在窗台往里瞧

空了的老屋,蹲在那
像个没人管的野孩子
不洗脸不洗澡
蓬头垢面
看了,就让人心痛

海,站了起来

海,站了起来
狂风把浪涛抛向天空
奏起了生命不羁的交响

海,站了起来
浪花勾着了星星,勾着了月亮
那是梦,在畅想

繁星满天

海,站了起来
那是浪的吼叫,在闪光
混沌了天,混沌了地
还原了大海最初的模样

海,站了起来
月亮引起了潮汐
爱,唤醒了思念

如果你此刻奔来(外二首)

● 吴 冬

一

老鹳河
这条在体内奔流半生的暗河
到了中年,缓慢下来。
是时候了,必须重返那个叫古木窑的村子。
必须在那里接受北风吹。进村之后大雪封山
必须在母亲的土炕上患一次重感冒
在高烧不止中喊你的名字。

二

回去。自己牵着自己,亦步亦趋。
只带回自己,带回在尘烟里熏坏的嗓子
在小学操场上,对着四面山脊
重唱一回兰花草,重吼一把信天游!
可是,那些活蹦乱跳的童音呢,风一样奔跑的红领巾呢?
这些年,村里人陆续外出
带走的何止书声朗朗,还有冰雪覆盖的河面

三

小时候,村里只有课堂,没有澡堂。
整个冬天,姐姐骑着自行车载着我
到三十里外的汤河温泉,洗露天浴
就着嗖嗖冷风,一个个美人鱼在腾腾热气里显现原形。
只有夏天来了,河水泛着湿漉漉的金光
一只只青蛙光着屁股从高高石台上跳进去
"啪"溅起涟漪。

四

如今,村子空荡荡的。
雪融化时,滴答声,比猫叫声更让人惊惧。
偶尔几声狗吠,反而让惯于失眠的人安心。
一个土生土长的人,忽然疑心自己是个外乡人。
……父亲的遗像近在咫尺
一个声音,自时间深处
捶打过来。

五

该以什么样的姿势重新回到你们中间呢?
我的,不再生机勃勃的村子!

我决定从一棵椿树开始进入。
小时候过年,天不亮姐姐便带我去摇椿树
有人说,这一天摇椿树能长高
我仍记得,当初摇动它时
它发出哗哗哗的掌声。
三十多年过去了
我已没有勇气再去请求一棵树给我福祉
但我庆幸它还在那里。
它龟裂的树干
像我缺水的中年。

……我还要从一堆木柴开始。
准确说,那是一棵棵曾经年轻的树。
它们看上去干透了
纹理清晰,结构密实,香气沉郁
多像远方那个人,安静,温暖。
我久久端详它们。
抱进灶房。舍不得烧掉。
最后,还是残忍地将它们一根根塞进灶膛,
任它们在火焰里翻腾,痛快地喊叫。
也有一两根至死不肯燃烧,翻起浓烟。
原来它们骨子里还有水分,还有韧性,
这让我想起,我闷头走过的青春。

六

有人告诉我,要学着写一首节奏缓慢的诗。
雪后大晴,天空澄澈
南山重新出现在地平线上
我忍住喜悦就像忍住泪水
决定不将这里的消息送出去,让它们消失
　得再慢一些
让它自生自灭。
对于一个体内常年冰火交加的人
在山里劈柴,种地,写诗
和一个长须老人在屋后晒太阳,听他口齿
　不清接近禅的话语
这无疑是恒定药方,世间万物,瞬间可有
　可无
——包括你。

七

"过不了这个冬天
村里又要减少两个人口"母亲望着对面
　山坳
那里一场积雪尚未融化
她头上的白雪来势正猛……
而这边,一棵小小草儿
在一道坍塌的矮墙上,破土而出。
春天来了呀!
我忽然忍不住想要告诉你,我现在就要停
　止慢行

快马加鞭去一片草叶上执勤。
"如果你此刻奔来,
请贴紧她,扶住她眼角的泪珠。"

回　家

这么多证据,使我相信
谁的一生都不能被充满,而是被时间反复
　耗尽。

老屋还在。老槐树还在
河对面的老哑巴居然也在!
他趴在一道矮墙上哇啦哇啦朝这边大声喊
　着什么。
村子里静极了。
天蓝得空旷得像一大块透明的幕布
一个回乡人,忽然间
泪流不止。

风斜着灌进村子,阳光斜着打进土墙
母亲的手,在车窗外
斜着举起来
……

鹳河进入丹江,
像一个人通向另一个人

一些事物值得一再注视。吟颂。
然后陷入温柔的沉默。
比如河流。比如爱。

当年爱的人都失散了
而河流仍逶迤在大地上
当年的鹳河一往无前,和爱一样鼓荡着
　身体。
"如今,或现在,这些词语,
像破碎的玻璃,会伤害你自己"。

他们都去哪了?
我从卢氏伏牛山开始追寻

在丹江,鹳河无声无息进入他的内部
自然,柔顺。像一个人通向另一个人

必须相信,这样的日子丰美,纯粹

这浩浩荡荡的蓝,澄澈
使人世逐渐缩小,想念无限具体起来……

具体到,我想和你成为这块岩石的一部分

车过西辽河(外六首)

● 阿 雅

水面宽阔,满足了我对故乡的怀念
柳林散漫,代替着我想要的生活

儿时,我与辽河水一起奔跑
那时河里有鱼虾,岸上有风雪
读书时,我在火车上远望
她日渐消瘦、浑浊
十二年前,我怀揣着她的一片波光远行
在重庆的山水里,不停地用她种下
文字和雨水

此刻,我打开双臂,我和她交互拥抱、抚摸
交换过往、天气、身体的曲线
并一起说出,我们
都是好流水

是谁呢

一堆器械翻检我的时候
我正离开自己,并旁观
发生的一切

那些冷静的探测
说出我的年龄、温度、破损
但它们说不出我的颜色、属性
说不出我的悲伤和热爱

那个使用我身体的是谁
空中大的小的灵魂是谁

多么近,多么远啊
被借用的肉体、牢笼
人间悲欢

突然想到桃花、山涧、折断的芦苇
陈年的酒酿和
江畔的风……
它们,都曾借用过我
可那时,我是谁
是谁呢?

独 酌

在我饮下的丛林里
交错着太多秘密的风、呼唤
以及他们卷起的千堆雪
他们把呼吸翻新
把语言抬高、压低
把无处安放的动荡补充完整
沿着高一脚低一脚的眩晕
进入生活以外的秩序
触手可及的都是序言,初始的美
沾满了露水的虫鸣、草木
是另一个我

击鼓而歌的我,长有翅膀的我
唯愿与尔同销万古愁的我

皆为逝水,皆为孤寂
皆为苦辣酸甜的刻度
每一滴每一丛的对抗、润泽,都有
拍岸的美
继续击鼓、飞翔,不停地发现、唱和
那不甘,举杯的姿势
以及饮下的停顿,长醉

仿若新生,仿若死去

信或者其他

弦断或绕树三匝都是悲凉之事
太多的信没有地址或夭折在路上

孩子的书包、生病的老人、越来越高的房价
越来越低的赞美……
这些起句里的问号、感叹号
被风吹着,滚来滚去
滚来滚去的还有大把的泪水、疼痛
疼痛之上之下深渊或稻草的犹疑

一封信里的悬崖和梯子正被雨水说出
而我们,只是排列其中的石头、木块
间或旁边的青草
被用来记录荒野的变迁、一页白纸里的
　　波涛
以及色彩

结局成迷。是的,每一封信,都有奇妙旅行
历史是最好的倾听者么?
被替代的词语还在奔跑,他无法停下
他要穿过悲凉,在漫天星光下把怯懦和
　　疲惫
一点点打扫干净

G弦上的咏叹调

风把瓦上的雪一遍遍吹薄
人间如水
每个生命都是水的孩子
有自己的流向,语言,枝桠
悬而未决的出口

我又一次看到了
你沾满露水的鞋子,空着的酒杯
长草的文字
她们伸展,向上,回旋
在无限的轮回里
万物寂静,唯有你满身的流水
不停地碎裂,重组

用一面微甜的镜子,倒映雪
以及这个微凉的世界

落雨的黄昏

雨水突袭,一些事物在相互挤压中扑面或
　　走远
隔着玻璃窗,以及雨水的敲打
她恍惚还在那片水域,在风荷的叶子上
　　摇荡
缓慢的堤岸,如诉的长椅
带着心慌的靠近和逃离
……

她低下头,继续,在绿的交谈里抱紧残章
并把好听的发音绕上指尖
此时,她是懒散的尤兰达,她是忧伤的尤
　　兰达

那些雨,带着盲目的急切
落进这个仍被信任的夏天
带着无花果的遐想,桃子的嘴唇,绿葡萄的
　　房子

她的嘴角翘起来,她的叹息落下来
空荡荡的黄昏,那些甜味的潮湿,像她
刚刚经历的下午

小 路

也是大地的伤口,和我
隐秘的快乐
太多的故事在这里发生
纷乱的,安静的
相同的朝向有着不同的表达

但始终是柔软的,靠近本性的
比青草和水更能打开我
是的,小路和光一样,都是给我支撑的事物
而大多时候,它是由我们自己搭建的

当然,小路也有盲目时,就像命运
过河的石头,没有未来
但又怎样呢?
水穷处,云起时,都是另一条路的诞生
有如无数个夜晚,我在月下
用力地敲门

会见朋友(外五首)

● 雪丰谷

上年纪后,应酬少了
羞于寒暄的毛病
依旧是顽疾
偶尔出门会见朋友
总喜欢念叨几句王维的诗
就像是给内心
刷一次牙
这么多年过去了
我早已习惯骑单车独行
不理睬钟表的节奏
我总是边走边看
遇见人性,就闭上眼
让灵魂去裸聊
记得上月,徒步栖霞寺
接下来一个礼拜
见谁都像是走亲戚
删繁就简的话
字字听鸟鸣,句句见路径

得云亭

山涧,水泠泠而自清

草尖卷着骇浪
恍若一个人在按捺惊涛

流水上方,云是一袭袈裟
半敞的袖口里
鸟鸣很短,虫声很长

树木长着绿指甲
个个都是弄弦的高手

我既不求雨,也不谱曲
只让一阵风领着
去幽篁里欢心一刻
顺道把光线,当成上上签

渡 口

光阴经过水的折射
悟出了柔性。渡轮好比剪刀
从一条抖动的绸缎里
找到了捷径
所谓缘,就是在分离的表面

藏起一丝边裁边缝的线
告别,是为了重逢
遥想当年,岁月的肺活量
让一群活蹦乱跳的骄子
一头扎进了口号里
离开石头城那天,阳光没现身
天象阴冷,长江深沉
绝不是掌心里能握的通贯线
一艘漏风的渡轮
边吃水,边读鸥翔鹭远
如读信笺里的一声声召唤
梅,你摇动的小红旗
似霞,里面的雨露
四十多年后再一次打湿我时
守望南岸的名字
早已长满青草,成了花边

清明前写给父亲

爸,桃林开口吐芳了
哺育之水在风中
纤细而柔软,宛若菩萨心肠
妈也找您去了
她老人家腿脚不大方便
我呢,点了盏孔明灯
替代北斗,祝福你们早日团圆

我还在南京,舍不得挪窝
把一天掰成两半过
如此精打细算
收支再紧巴,也能动态平衡
中南海的心我就不操了
省点儿力气
拿文字当蚕养,直到它们吐丝

说真的,爸,好几次入睡
都梦见到天堂探亲
嫦娥号火箭又要奔月了

票价贵得太离谱,没法搭便车
等我攒足了寸寸光阴
再去找你们
下辈子,还要做你们的儿子

三 月

三月,桃汛灼灼而含蓄
风吹万条水

吹皱我额纹的风
吹过风筝,也吹心尖上的疼

三月,雨水试着走斜线
河流迈开了大步
一脚深,一脚浅的

有人在黄昏的岔路口等我
就像油画里的木棉
挑着一弯新月

半个月亮

见到头陀岭上的半个月亮
脑一热,身后的石头城
有半扇窗户,是为我预留的

我不能马上指给你看
望月的人儿,还没有转身
酒在较劲,我还在还魂

前半生追风,后半生顾影
留半拉脑袋探出云外
我晓得,水里还藏着另一半

我晓得,头陀岭下方的凡尘
有半扇窗户,是风吹开的
半个月亮,恍若青灯

多雨季（外四首）

● 小 书

二月，整月的阴雨稀释我们身体里节日
　的糖
又让身体多水
到处是荫翳的人滴着雨
雨水在加紧驯化他们

在雨水间歇的时候
樱花开得有些意外，却也带来香气
这并不意味着冬天就此结束了
这里还不是一座多情的小城

多情是危险的，比如春天
你不能展示过多的美
雨水总是伺机模糊它们
尽管春天终究会来

愿黑暗把我们分离出来

"我们在存在之夜的顶点醒着"
在黑暗的顶点发烧
一种掠夺
试图呈现闪电的速度

一个疏离的神
正掌控手中的风暴
袭击着我们昨天隐秘的腐朽

黑暗是因为我们背着光
任由黑暗的统治
我们多是盲目的喜悦的
我们偶尔是清醒的痛苦的

愿风暴止息
愿黑暗把我们分离出来
也许除了祈祷
一切都是徒劳

蜗 居

听从善良的告诫
做一回现代的隐士
蜗居于一方斗室
缩紧自己的骨头
觉察不过是蜷缩于自己的甲壳
享受本来的孤独

小孩儿读"寒尽不知年"
我亦有同样的恍惚
友人祝福雨水来临
但安全感向来不会被给予
涌向你的只有未知的命数

"是的，凭借神
神在一只羔羊的外形下游荡"
他默许魔鬼的行径
毫无悲悯地完成一茬预设的收割
谁不是在人间炼狱里排队的人呢

春天在我体内放火

春天在我体内放火
升起我七情六欲的面孔如灰

春天在我的嘴唇上挖掘被给定的秉性
春天给女人们涂抹珍珠母贝光泽
春天,女人们亮出明目张胆的诱惑
春天,我们不谈宗教赦免
春天,我需要演习紧急灭火
没有人告诉我该如何迎接春天
我该向花朵还是柳枝妥协
那些新鲜幼小的美如此危险
它们加速榨取一切活意
又在雨水的掩护下伸出枝叶
春天,降下我们各自隐秘的病灶
春天,兀自明晰
春天,我们不谈宇宙循环
春天,我只需要你一时的温情
我将恢复如常并发出感谢

晨 雾

城市的轮廓在晨雾中消融
雾渐渐变得更加浓郁,更容易下沉
此时我同样被消解,融化并流淌
回归流体的本质
安静缓慢地被匿名

不必再持续流动地去爱
当众人都趋于涌向你
现实和雾之间展开柔软的破口
此时谁也无须抵抗,侵略也是温柔的
并不令人感到危险

消失的自我会被洁净塑形
又重新流淌出来
包括城市坚硬的部分

春到鸡笼山(外四首)

● 如山夫

沿着一条无人的小径下山。
脚下铺满橡实、枫杨以及栗树
叶片细碎的嗓音。
太阳的身体躲进了云层,
风的翅膀在林中微微扇动。

朴树的手臂伸进天空
仿佛在悄悄背诵一种誓言。
万物寂静,我更沉默。
一群娇小的山雀忽然飞来
在树干间欢快地跳跃。

我凝神屏息,不敢动弹,

木雕般呆坐在一块突出的岩石上。
——我沉入孤独。突然意识到:
如果走出自己的身体,我也能
安静地起飞。

跃 起

两头黑色的水牛甩动春天的尾巴。
垂柳睁开嫩绿的眼睛偷窥春风。
一只飞鸟用翅膀驮动蓝天。
太阳是最好的消毒剂。

车子如秋千,在山间道路上荡漾

繁星满天

从高处跃向低处。"一切都是过程"
他说,"人们只看重结果"。
——成败论英雄!

开采后的大山张开了口,胸膛里住着
一次次磨难。黑色的老树吐出新枝。
枯黄孕育绿色。新的生命。
——他又开始再一次跃起。

雨滴开始诵读自己的诗篇

雨并不回忆往事,也不
藉由风的翅膀落下。雨敲打事物
表面,留下心灵的回声。

……雨的思想,已由闪电记下;
雨浸润不到的地方
将由高处飞来的惊雷传达。

……清晨,大雨拍遍栏杆,
雨滴开始诵读自己的诗篇。

春之声

二月的手掌推开春天的门。
迎春花偷偷睁开第一只眼。

你用贴地的目光细细观察。
春风轰然而起。

——仿佛八月池塘的蛙鸣
鼓起了肚皮。

在陋室

多少年了,香樟树的臂膀紧紧抱住陋室。
雪松挺拔的身体,一直静静站立。
门前两只古老的石猴低首不语
侧耳聆听一颗颠沛的内心。

……孤独和寂寞是他的生命。
已经失去太多。为了那不再失去的
必须尊重,必须珍惜。
——我默然想着。在寒夜的寂静里。

一只蚂蚁谨慎地攀爬在杉树边缘。
第一粒雨悄悄来临,蹑手蹑脚。

东门大桥（外二首）

● 张 鹰

儿时小镇的版图很大
从南门到东门
象是远征
过桥也就出城

桥下的水浅浅深深
站在桥头
望远方
那时不知远方是哪
更不知远方还有谁

止步于东门大桥想象远方长大的模样
跋涉若皱纹一道道延伸
日子一天一天被胡子涮白

当岁月渐行渐远自己成为远方
东门大桥仍如童年的我
站在原地
想象远方是否会有另一个模样

库克雪山

库克站在我面前
因为美丽
我已无路可走
看着你高昂着头一身洁白无瑕
此时此刻卑微渺小成了我一件合身的外套
我已不再是我
只能想象自己是空气是白云是你背靠的一
　汪蓝天
如此可以自然地拥抱你
直至夜幕渐渐降临
星空映衬你娇羞的身影
静静的依偎在我的怀里
静静的与你和衣而眠

竹　酒

酒长在竹子里
陈酿的乡土味
渗透在泥土中一节一节拔高
一年二年或者三年四年
不露声色

那一把昌硕的梅花扇
飘着醉人的竹叶香
借竹筒酒的劲头
泼墨为大师手法

枫亭秋意的晚霞
映在脸上羞涩如酒
夜无声地摆上了一道月色
听竹林倩影细说

说竹林一生虚怀若谷
簑衣披在风雪的肩上
提一壶比酒酿造得更久的纯朴民风
心醉如泥

敞　开（外二首）

● 舒　航

大地长出了翅膀，它一路向北
将思想者带往天鹅的故乡
那里的森林，湖泊和山脉
预示着绿色，宁静和矿床
仿佛生命，一次次
向丰盈和美敞开

窄　门

走廊的尽头，一扇门开落
陈述着我鲜未人知的身世
红漆斑剥的框楣
像七月十二日的黄昏

旗帜肩章的叫嚷以及田头会议
盖过了我母亲的挣扎
一九六六年,这是何等的岁月
六月的菊花枯黄
八月的洪水高涨
运粮的木筏和精神的柏舟沉落
我诞生在贫困和不安中

春天的黄昏

诞生于远天的明亮渐渐沉落,消失
仿佛一个童话收敛了翅膀
飞向那更加晦暗和寥落的山后的平原
像这里一样,让更多的苦难者进入春天
鼓起力量,计点花蕾的多少

让雨水浸润的土地醒来
有许多亲切的话
必须在这个时刻交给更年轻的人
他们被鼓舞的力量中的激情
像高空的鹰俯视着村庄
那里的少女会在春天醒来
如水而起,如花而歌
从他们掩藏着的娇弱的身躯里
流溢出最初的喜悦与隐秘
只有一路的桃花和两岸的青菜护侍着她们
这是待耕的土地醒来
而我们必将
为那永不凋落的果实
交出沉甸甸的双手

夏天是漫长的一天（外一首）

● 游 金

油菜收割后,半米高的菜梗还留在地里
每年夏天,我们都要去拔菜梗
一根一根,一行一行,一片一片
田野似乎没有尽头。菜梗紧紧抓着泥土
使劲全身力气,双足蹬地,身体后仰
我们还太小,久久不能拔出一颗
太阳已经炙热,才上午9点
我问父亲:我们可以回家了吗?
"再坚持一会儿,就到中午了"
汗水顺着脸颊流下,头晕眼花
我觉得过去了一个世纪,才上午10点
"妈妈为什么还不叫我们回去吃饭"
还没到中午,再坚持一会儿。父亲答道
弟弟的脸憋得通红,我过去帮他
四只手合力拔掉了那颗大的
"什么时候不用再拔这个了?"弟弟问

再坚持一会儿。我对他说
夏天过去了,我们仍然还需要
再坚持一会儿。每年除夕早上
我都打电话给弟弟:你出发了吗
父亲从正月我们离开时就等待着我们
他已坚持了很久

菊花园

缪斯从不住在宫殿
她忙于用光线把花园切割
分赠于非洲菊、堆心菊和矢车天人菊
寻访的人移情菊科植物
从不同属种间获得他要的回应——
单凭自身,每一株菊花就提供了足够的启
  示

植物在无明中贡献它深奥的秩序
万物的定律皆在这小小的花盏之中
瑕疵则是更加伟大的创造
在花园,面对任何一株鲜怒的花朵
就想起桑那扎罗在纸上建造的阿卡狄亚

想起时代如何为难了陶渊明
花园是不容于时世的灵魂最后的庇护所
从不凋蔽,阳光永远普照
仁慈叫菊花作为象征永远盛开

春风辞(外六首)

● 程向阳

没有阳光。你的眼里仍有火焰
点燃我们一起活着的人世

众生续命。比如柴门半掩的农庄
台阶沾满泥土和脚印
比如咬一口即破的月亮
被惊吓的白兔,像极了你

卸下含铅的乌云和雨水
春风十里不及你回眸一笑
可以再素雅,如玉兰绽放
亦可再热烈,似木棉盛开
与一截枯木打开逢春的躯体

你来,落花一地
你不来,一地落花

最美的场景

席地而坐。我们喝茶聊天
给炉里添柴,火在身边
打闹、嬉戏,饱含温情

我看你是温暖的,你看
我的眼神也是。你妩媚、善良
吐气如兰,好得令百花绝望

你看。烟火的味道
阳光与清水的反光,都很率真
紫荆木棉在枝头抱团取暖
我站在树下,痴痴的等
你一起捡拾遍地星光和灯火

那是多年后最美的场景
一想到这里,所有的花都开了
是忍不住开的

月光梯子

繁星漫天　鲜活的人
常拽着两句诗歌　三两白银
几只萤火虫提着小小的
灯笼　在夜色中行走
星子细细打磨月亮
石头悄无声息地练习开花

我在粤东安身立命
蜜蜂抓住花朵和时间
野猫潜伏窗外嚎叫
如石子砸进水里
嘭咚嘭咚响了几声

在粤东　风从铁路吹过
即将抵达远山近水

繁星满天

喧嚣的一天就要过去
所有爱着的事物和人
正从月光的梯子走下来

凌晨两点半的海

光脚踩在沙滩上　一地细沙
不会喊痛
迎面灌着海风和啤酒　我们
不说话　看潮起潮落
看天边焰火忽明忽暗
如此多好　椰子树像一张琴
潮汐如海鸥　星辰在海面燃烧
一叶小舟停在岸边
与我们度过今晚　像多年前一样
触碰到海面的语言并没有破碎
天空迷失在大海　遮挡住所有月色
在月亮湾　一条街也是潮汐
人群一遍一遍淌来又退去
后来　我看到烧烤架上有条鱼复活了
在凌晨两点半的海里游泳

木棉花藏着细小的呐喊

木棉花藏着细小的呐喊
用心的人才能听到

跳下枝头。我顺势抱住一团火
憨红脸的春日，像你。

我看你的时候，你恰好偷偷瞄我
一下子将满眼的红色变成蔚蓝

天空在动。你我不动
看雨水汇入江河，人生如何转瞬百年

青铜蝴蝶

在路上，花落果熟。阳光暖暖的
也是缓慢的，像你迟疑的脚步
芭蕉一树又一树，头一直往下垂

蔚蓝天空飞过青铜色的蝴蝶
光线远远射来，拾荒人边走边唱
一曲小调能钩出
眼里漫过的小荒凉和大乡愁

临近岁末。蝴蝶飞翔或者降落
天空与枯草离得最近
有时飞到天上，放牧一片离群的云彩
有时淹没在尘世里，下落不明

百丈漈偶遇彩虹

飞鸟消隐，天空瓦蓝
在百丈漈，水流成吨的锻打阳光和雾气
孕育出彩虹。偶遇也是缘份
那些岩石草木容光焕发
那些音节轻盈而炽烈。震撼人心

初冬的文成，将飞鸟还给天空
当它们撞击瀑布和彩虹
我发出了欢快的尖叫
生活就是学习在危险中呐喊
每前进一步，含着姓氏的水
都是决绝。彩虹从我的翅膀抖落
明亮、飘逸一起消逝。像一堆焰火

此刻，适合落花与流水道别
适合遍地琐碎的事物
与鸟鸣声喧闹声道别
百丈漈留下美好，有声响
有念想。我的心
结满将熟待落的浆果

鸭子河（外七首）

● 刘 巧

川西平原上的鸭子河，那水清的
能倒映出少女脸上的一颗红痣
水草茂盛。牛羊贴着青草，与大地亲吻
河两岸的油菜花，白天金光闪闪
晚上，则闪烁着星星的光芒
那个躲在油菜花中间捉蜜蜂的孩子
正缓步走向河边
鸭子河，用平坦的河面，为他
铺开了一条水路
春风骑着一匹白马，在河面上
和他打了个照面
我看清他的容颜了，九岁那年
我和他一起去鸭子河采摘过枸杞芽
他被鸭子河里的鱼神接走了
母亲说，他定是被鱼神骑着白马接走的

春天藏着忧伤的秘密

春天藏着忧伤的秘密，它不想
让人窥见，比如——
春风摇落了花瓣，孤独唤醒了青蛙
鱼群躲在水草之下受孕
而农家小院，母牛临盆时
有着和女人一样的分娩痛苦
至于天是怎么蓝的
云是怎么白的
我坐在鸭子河边，从不去过问
只想听缓缓流动的河水
静静地传道，草芽儿露出
鹅黄的脑袋，有着新生的气息

沉 默

鹰的啼鸣，让我抬起头，声音里
藏着一个哀伤的破折号

石头正在被流水询问
谁是它，一生钟情的爱人

风在继续磨它的刀子
如果是在冬天，它能轻松割破
一个人的皮肤

这是三月。所有的心事，都
长满了青草
我选择沉默，去面对每一天
让心事在平淡中沉淀
让青草，覆盖上，薄薄的雪。

写一封家书

给漂泊一年的自己写一封家书
安慰奔忙、沧桑的脚印
安抚慌乱、伤痛的泪痕
正月初七出门，从四川飞向江浙沪
离家别女，把漂泊当药引
医治贫穷、守旧带来的一丝孤寂

以父亲或者母亲的名义
给自己写一封家书，报告故乡的讯息
信上，要罗列我爱吃的饭菜

繁星满天

要有火锅冒着热气，要有土地里
长出的新米，和一条河奔腾的哗哗声

也要用女儿稚嫩的画笔
画出淡蓝色的天空，画出想念的纸鹤
邮票就用村庄的落日
邮戳自然是那又大又圆的月亮
星星是计时器，计算着我的归期

那些令人感到悲伤的……

是一首情诗的结尾，他说出了
我想说，却不敢说的话
月光掏出了银色的钥匙，企图打开
困住爱情的枷锁

是童年的一次夜行
跟着母亲走夜路，乱坟岗上
那些冒着磷火的骨头
发出"吱吱"的声响

是时间涂抹上了苍老的颜色
比如母亲发间的灰白
构成了一种离别的寂静
让我攥紧时间的手后，又松开

草 命

雨水，让草籽能够在泥土中
畅所欲言

我看见了鹅黄的舌头
看见了春风中，那表达爱意的
一次抒情

我还看见，蒲公英、筋骨草
趁着夜色，一次又一次
亮出生死与想象

草有草命，丝毫不逊色
一个人庸常而忙碌的一生

我愿意

我愿意走进泥土里，和草籽
称兄道弟，黑暗中
我们辨认出明亮的眼睛，叫出对方的名字：
巴根草、野蒺藜、苍耳

我愿意保持一种向上的姿势
接受阳光的亲吻，也接受雨露的滋养
如果有闪电，从空中，劈向大地
我愿意，做一道光
去解读黑暗中那一次轻微的震颤

只要一阵风

只要一阵风，麦子就熟了，镰刀
被磨得越来越锋利，风吹在刀刃上
能听见欢乐的笑声

只要一阵风，野草就能疯长
就能高过庄稼
就能占领一切可以占领的地方

只要一阵风，就能推开那扇木质的门
故乡两个字，就会被解开
就像被扣死的纽扣，松动着黑色的线

树的远方，就是他自己（外七首）

●冯书辉

树的一生
一辈子都拥抱泥土
等待直立。弯曲的
是意外，绝不是树的本意

每一颗树的内心
都有一轮明月生长
即使在冬天，闭目养神
内心也总有一尊佛，在祈祷站立

树的远方，就是他自己
不像夜在夜里填空
水在水里卑微，妥协，沉沦
在黑暗中下落不明

父亲像一个痴情的稻草人

一生低头走路的父亲
亲吻大地的姿势，像一副扁担
一头挑着东边的日出，炊烟的轻
一头挑着西边的月影，汗水的重
夜晚的鼾声，诚恳，富足

一生低头走路的父亲
埋藏责任，坚守和家庭的意义
一头与枯萎和寒冷对峙
陪着夜一起厚重。一头望穿秋水
望穿厚实的冬，盘算，就能闻到春
在一株桃枝上醒来的清香

父亲，像一个痴情的稻草人
影子落在田间地头的诗句里
在风风雨雨里度过一生
以沉默，一个守望者的身份
回应闪烁漫天的星辰

从身体走向内心的辽阔

时间从地平线涌来
鸟在歌鸣，风在和弦
芬芳的草木在点头
安详的河水在游走
风景中，我如一粒尘埃
复杂的人心离我很远

我听见树叶一样清脆的诗歌
从头顶飘落，荡起皱纹里的光芒
我看见河岸边，针孔大的小花
它们在说话
开花是自己的事，不必张扬
只有一部分人，一只眼望尽江河
一只眼盛满浩荡的落日
从身体走向内心的辽阔

在溪流中忍痛

溪流中，风依旧
鸟鸣，在岸边滑行，上升，滴落
鱼群，穿越石身，也路经岸边的我们

水的刀锋，温柔，漫长的滑动
石头上，没有渗出，一滴血

他们已顺从,长久的撕磨
日积月累,他们改变了卧姿,站相
改变了河流的深处,岁月的沧桑

但他们看到,水鸟上下翻飞
打捞那些随波逐流的影子
一株水草,痛心地倒下
鱼群,摇晃而去的背影

石头的痛,也刺破了水的疼痛
这种对峙,没有终结
而我们的目光,也被无数的
牙齿,舌尖,撕裂

门和窗是身体柔软的部位

眼是窗,唇是门
门和窗都关了
谁也拔不开

有些门,遇到陌生人
担心打开,引来是非
宁愿紧锁,守住沉默
有些窗,遇到大风,大浪
担心推开,引来沙子,横祸

门和窗,是身体柔软的部位
同时打开,不一定都是光明
同时关闭,不一定都是黑暗

所有的背叛都与时间有关

深秋,叙述着枯萎
那些飘落的叶子,铺满经卷
骄傲的菊花,凋谢在霜降之后
低垂的头颅,等待死亡的救赎
一颗树,从黑暗中醒来
盘算剩下的时光
那些被掩埋的泥土
完成了自我的欺骗

许多的悲伤,飘浮在山顶之上
人人都是孤独的房子
真正的情人是时间
所有的背叛,都与时间有关

像一株菊,有自己的想象

大河大江的爱
不会漂浮在水面
善良,最容易让人掩耳盗铃
悲伤无人认领
没有深渊,在天空的纬度里
可以置换巨石的风暴

时间的草原,在秋天开出一朵花
心灵的海拔,决定生命的高度
不要试图拆开一首诗
像打破一幅画面,凌乱世人的脸

一只拒绝上岸的船,从卑微中来
带着体内仅存的火山
将灵魂扶到安全的彼岸
到慈悲中去,在自己的国土里长存
接纳万物背影的朝拜
像一株菊,有自己的想象

事物都成了时间的摆渡人

数不清的昨天
堆砌成一个个今天
一场雨,覆盖上一场雨
把词语的天空洗得透亮

几粒斜阳,几声鸟鸣
衬映一切废墟的明澈,像演义
一章接着一章

从冬天里醒来,所有的创造者
又陷进了春天,从不肯
背弃一张白纸

收留时间的谎言和背叛
但虚无中,事物都成了时间的摆渡人

无法计算出心与心的距离
像人和鸟

燃烧的水杉(外六首)

● 张燕翔

水杉举起火把。它们
排列、挺立、坚守秩序,又纵情
舞动火苗,夺目的红光
在湖岸耀动,惊醒
栖息于芒草的鸟群,惊动湖水
翻涌、滚烫的色彩,斑斓如琉璃
娴静的白云,也被惊散
碧蓝天空依旧如洗

远远望去,那一片彤红
更像是呼应,接踵而来的造访者
携带的热情与喧腾。冷寂山野
悄然排挤冷寂。谁不是
奔赴这浓烈邀约而来?
湖光、秋色、岁月恬静
所有具象的美好,无不在赠送
一丛丛诗意,一簇簇遐想

山风洗过的清晨

在金竹溪的清晨醒来
所有的思绪,一并挤进
那些醒来的事物中去

应和着溪涧的声响
喉咙成为新生的鸟鸣
在敞开的山野里捕捉
田麻的鹅黄、异药花的绛紫
并在一颗露水中收获最为纯净的晨曦

溪水逐渐宽厚,流淌
止住了急促。醒来的金竹溪
开始逐个打量,那些嬉笑着的
陌生的面孔,和他们
对它,初恋般的探寻

金竹溪的夜晚

风以它惯用的轻柔
探测这个夏日的夜晚,多少
余热未退,多少植物
趁势疯长?沿途,也暗自探测
客居金竹溪的人,与夜晚
新缔结的亲密关系

整夜醒着,不回避对时间的
贪图。日间的缤纷
已全部隐遁,黑色剪影
无疑是最贴合夜色的存在,连同
廊桥上,我们默片般的身影

随意蘸取一点月光的白
就能勾勒,村庄静寂的轮廓
渐熄的灯火,归巢的鸟禽
房前屋后的山脊围拢过来
重新修定,世界的边界

听 风

直到黄昏,才迎上远来的风
古树下的故事静默了一夏
藤蔓趁机翻越篱墙
捋一捋
急需托付给风的心事

月光准时亮了
蟋蟀们即兴表演,但
跳不出青草渴望的鸣唱
夜,恍惚如褶皱

在背光的墙角里倾听
这风,显然也
带着干渴,沿着
藤蔓和蟋蟀的路径,找寻
春与露珠的痕迹

清音寺

梵乐,从林木深处传来
落在最低处的尘土上
耳朵被清洗,节制的吟唱
不需要具体的语义
清音之意,即刻鲜明

通往寺庙的石阶,蜿蜒出,容易
攀爬的坡度。双脚无法直达
身子才折叠出,谦卑的姿势
肉眼才学着识别
脚边的草木独有的虔诚

芜杂的心不宜当做贡品
蒙尘的忏悔适合卸在门外
香火延续慈悲,参天的古樟
与神像相互膜拜。从簇拥的枝叶下
经过,内心的静谧,拥有了

更宽广的尺度

永济古桥

古桥在视野里,是静默的
它用静默诉说了全部

一百年的时光与一百年的流水
拥有相同的本质
只有逝去,无法逆行
暴躁的、絮叨的,甚至不动声色的
侵扰,一遍遍刻划它,印证它

桥身必须牢固,所有的财物
都毫无保留地变成坚硬的
石块,那个济世的诺言
在伫立时就带着些固执的色彩

青苔、藤萝、芒草,是历史的加封
让一座桥在废弃时还拥有完好的故事
让一个人伫立桥头时,仍能穿越斑驳岁月
看见它起初的样子

村中路

墙与墙之间的距离
便是路径。青苔覆盖往事
直走,转弯
脚步声,和路一起聚散

雨水,打磨日子的粗糙
光与影切割出各自的领地
匆匆走过的人
并不是,非要探寻什么

世界很大,生活却更像是
这样的狭路,相逢的人
一个转角,就
不见了

与春天有关，或其他(外五首)

● 蒋　波

自远方抵达
无语者，安于沉寂
鸟停落的那枚嫩叶
轻轻颤抖
身边的一切，都在攒动

无所顾忌一个血液凝固的人
被众人抬上山丘
进行着原始而现代的程序
预演着别具意义的冬去春来

登高望远，若隐若现
还有太多美景，沉降到
人间的最低处，目不可及

我只能描述过程的虚空
其实，过多的是一种凄凉
我只能看到一抹新绿
不得不说，这春天
与我有着相同的命运

踮脚的时光

早已放弃一些杂念
努力熟悉一些生僻的词汇
比如城市、乡村、田野、河流

贪婪的张开眼睛
陌生的街头，我无法确定
哪个角落，适合生存
哪些部位，适合叶片生长

不张口，总有一些气息，呈现眼前
或明或暗，或前或后，纷沓而至
娴熟地吹拂着泥土里的歌谣
不情绪，不抵御
甚至这些细节，忽略不计

春天开始不断陈述
雨滴，小心翼翼地收集着
沿途的假象。条理分明的道出原委
那个下午的故事
我不想说，你也无需开口

微光朦胧

明月，始终高挂
读夜的人，因此爱上黑暗
他用文字记录，想要挖出
更深层的忧郁和沉静——
这种压抑，微弱的发光体
不能看见

他沉浸于此，不能自拔
因而，获得了一种神秘的满足
但他深知，另一种永恒的缺憾
他期冀着弥补，又害怕弥补
他渴望着解药，又害怕解药

直到有一天
他的夜，想要和她的夜重逢

繁星满天

还不如

想要放下,仍需一个过程
窗外的风,来来去去
偶尔,也会弹落窗内的雨
梦外的阴谋,在梦里暴露出真相
并在一滴泪中,醒来

握紧拳头,然后放开
请流云明月端坐。喜欢那些美好的事物
从不试图据为己有

还不如,从体内
打开泉眼。先让清澈的小溪,缓缓流淌
再让一些花,自由自在地开
安静,喜悦,无处不在

幻　觉

远山,绿得看不见一棵树
蔚蓝,从布满云层的高空压下
我张口呐喊,却又听不见声音

昆虫衔着光影,四处逃散
黑夜来临之前,它们必须成双成对

雨,高过云
雷霆从高空垂下,抽动闪亮的鞭子
我左右逃窜,却又纹丝不动

一支笔,作出麻木的描述
锋利的笔尖,割开巨大的虚无
而纸上,落满了沙沙的雨

碎瓷片

它躺在路边,陷入进退两难的
命运里。光泽含混
修饰着现实的缺口

圆满的审美价值里,缺席的部分
总是最重要的

它为这个时代越来越精致的瓶颈
而窒息。不得不承受
整座炉窑诘问的火焰

它不是孤单的一片。它与周围的色彩
灰尘、声音和光影,融成了一个整体

它那僵硬的边缘,只是告诉我们——
人世间延伸着,意味深长的裂痕

春山空（外五首）

● 张诗青

在我怀念春天的时候
就会爬上老屋后那方山
坐在暖阳里,直到滚烫的阳光
灼痛我的眼睛

山雀站在坡地的枝丫上

它在看什么风物,听什么消息
我们感知的可否是同一个
时空的缺失片段

在我怀念一只鹰的时候
山中顷刻变得空荡荡

当一只鹰从视线中扶摇升空
我渴望那声犀利的啼叫

荠 菜

这么多年了,我才跑到春天的原野上
去与一株荠菜相认,看清这模样
记住这名字,在内心留出片永恒之地
待白色的小花,日渐饱满,遍撒籽粒

雨水滋养的土地,定有一阵风抚过
触动琴弦,奏响生命的乐章
一株荠菜伫立其中,舒展四肢
根须埋在大地,头顶穹庐蓝天

置身于光阴,我始终没有跑出那些春天
但心存感激,这些春天的荠菜
没有高贵气息,朴素洗净后依旧朴素
在一个白发母亲手里,散发着平淡的清香

早 春

栗树林长在早春的公路旁,鹊巢
还在空中随风轻晃,谁的手
试图揭开一段新鲜的时光,你我共享

不期而遇,让人觊觎小小的心惊
一只褐色的山鸡,带着尖叫
飞出干枯的草丛
它扑哧扑哧地,飞向栗树林深处

万丈光芒从真空倾泻而下,分解了
所有寒意的悲凉,我们抬头
一边走,一边承受这场特殊洗礼

锯木谣

阳光安好,电锯摆在空旷的地方
粗壮的黑线,勾连着
无形臂力,替代了生锈的刀斧

旁边一堆桃木,不断皴裂
抵过黑夜和雨水

已经没有多少气力,再次
举起那笨重的镐头,暴躁的性子
交给了逃跑的马匹,现在即便
面对一把轻便锋利的斧头
也失去了胜算的可能

当父亲拉下闸口,锋利的齿轮
随之开始剧烈地转动起来
诚然,对于血肉充盈之物而言
难免会产生抗拒之心
可对父亲,和眼下这堆桃木
平静的,一如往日

氤 氲

清晨拾起这支空濛濛的笔
向天空蘸取几许黛颜
写则潮湿的音讯,布告天下
细微的灯,擎在手中
涣散出乳白色目光
渠边的野菜,渐渐挤在了一起

风在雨中缝补碎裂的鸟鸣
干枯的落叶,等待腐烂的超度
村庄堆积起伏的草垛
俱寂中,忍受燃烧的欲望
窗明几净,缓缓滤过
山峦松林缭绕多日的氤氲

黄 昏

那天下午,一个小飞虫也按耐不住的下午
母亲去了小菜园
从黄昏的孤独一角
她带回来一筐新鲜的菠菜
放在水龙头下,低头一棵棵洗净
当摘掉衰老的叶片,去除根底粘附的泥沙

水流缓缓经过她僵硬的手背
就像穿越一段无声无息的山川峡谷

万籁俱寂,宛若这
眼前的落日和余晖,内心苍美

我在梦里写诗（外五首）

● 臧 恕

梦快醒的时候
我急哭了。
诗句很美,只苦于找不到笔。
赶紧开灯找一张白纸
把真情实感誊下来。
可它,三三两两
根本站不成队。
就像记忆中,那些走散的人
偶尔浮现,说忘就忘了。

平衡术

我发现一个秘密
事物终归事物,人还是那个人

人变事变,是一个最朴素的想法
你使劲拉长或缩短
最后都成了一个个弹簧

不要轻易咒骂倾斜
一头重,一头轻
谁都不是围着动静和声响生活呢

就算有勇气
爬最高的山峰,除了领略了洁白
也难以撬动亿万年的沉默

平衡术,最讲究轻重
前前后后,顾左及右

小心点,先下来
你看有多少人,背着大小不等的石块
向大海走去

原 因

当你心凉背寒时
谨记一条：
不一定是你的弱小
或是他无缺
而是因他,有足够的力量及理由
先傲慢了世俗

错 觉

年轻时,总感觉
爱情比天还大。
后来才知道,那毕竟是一阵风
把窗户打开又关上,
人最关心的是阳光和雨水。

重 生

不再呻吟了
能省则省
把纸张留给孩子
那些劲就使在,装卸和搬动上
留念和怨气,我样样不要

忙的时候,让汗水晒晒太阳
轻松时,再追风和猛兽

找快乐

快乐是控出来的
先把不相干的人和事请出去
关好门窗,然后让时间沉默片刻
我会突然喊叫一声
震动整个记忆,那时会发现
沉重的、不堪的、费解的
与轻松的、愉悦的、着燃的
便会自然分离,一多半落在地上
小部分飘在我的眼前

快乐也是挤出来的
前胸为阴,后背为阳
面对阳光背后就是昨天了
所以说,为了阴阳调和
我们只有两个动作
要么奔跑,要么退却
这一下挤兑,快乐就出来了

浮 云（外四首）

● 西 玉

虚无,淡静。而又随遇而安
早已跳出三界的影子
行走在化缘叩拜的路上
在俗气面前好像一切都是空的
只有满腹的经卷证明
一滴雨水有大慈大悲,有实实在在的
咒语
阵风打扫着超度的经幡
让一条火龙俯首称臣
有时候一声怒吼,也可以水漫金山
也可以在黄昏里披上佛祖的袈裟
所有的功德圆满后,所有的魂魄
都是羞色……

无 猜

燕子未来,没有人知道寂寞的心就要破壳
发芽
沉睡过后每一次醒来
都有穿过迷雾的痛。幸好一枝玉兰
从冰缝里伸出手
我们彼此怀春的心不再陷落
不再为一首清词乱了韵脚。亲
头上春光乍现,沿着暗香我们就可以
放飞彼此的心跳
你看看我,我看看你。没有人可以
阻断旧时的爱恋,玉兰的火花已点燃
了春的一角。复苏的情素
足可以容纳天和地,让爱醉在芬芳里
从此忘掉春夏,秋和冬……
从此以后只有你和我

钉 子

小时候母亲常常叮咛我
做人要扎扎实实
经受住敲打
这些年每当我想打退堂鼓的时候
就抬抬头挺挺腰板
这些年除了母亲的叮咛

繁星满天

还要经受日月的敲打
我知道我不能弯腰
一旦弯腰
我就成了母亲的废品

电线杆

上帝之手握有闪电
不怕风吹日晒
不怕孤单寂寞
一年一年,一月一月
一日一日
越过高山峡谷,越过
江河湖泊
只为揭开黑暗的一幕

托起天上的街市

烟 灰

在时间里活着一切都是被动的
在春花秋月里
不管多么挣扎都不能
成为让一瞬间停顿的主人
当香烟被点燃的一刻
我终于可以握住
属于自己的一颗流星
看看吐出的怪圈
一截烟灰告诉我月圆月缺消磨了
多少英雄梦
我许你江山你却还我骨灰

香椿树（外三首）

● 高 峰

初春又下了一场薄雪
它映出了乡村的建筑和琼枝
屋后有三棵香椿树
树下有三只喉中滴血的公鸡

母亲在厨房里炒盐
把盐炒烫、炒熟,闷倒缸里
骑在树枝上的儿孙
仿佛是凶猛的动物
那几年我忙着长骨头
用树皮磨去门牙上的污垢

东南风

油菜花都开在村子的西边
桃树像一顶发晕的草帽
几只蜜蜂在开小差

村东边是一片麦田,麦苗青青
父亲撑着低血压站在麦田里
像一只躬腰的公蜂

东南风刮得很小
他使劲压着背上的喷雾器
东南风刮得很小

我坐在门前的湿土堆上
看着父亲被一团雾慢慢裹住
敌敌畏的气味特别好闻

春 天

蓖蔴林那边,春色成汁
几头牛在山坡上吃草

春天正变得越来越可口

我坐在池塘边发呆
河水已长出了茸毛
几点鹅黄想飞,还没长出翅膀

春天在长高,绿色陡峭
油菜地里,黄花漫漫
我有时会躺在田坎里
让吃草的牛看不到我
让游泳的鹅也看不到我
我喜欢瞌睡一会儿,消失一会儿

淠史杭的春天

几条鱼从山涧里动身
不停敲打佛子岭水库的闸门

它们都饿着肚子
如果不被捉住
它们将会吃到下游的麦苗和桃花

坐在余集街头的铁塔上
从高看,村庄仿佛是斜的
水柳的绿比麦苗的绿要新些
放蜂人用一朵菜花捂住蜇肿的眼睑

含雾的远山藏住坡下的小寺
冒烟的屋顶薰去檐下的鱼腥
父亲在屋前挖着沟渠
不小心折断一条鲜艳的蚯蚓
河里行船,运的是陈年的稻谷
公路上跑着红色的大巴
挡风玻璃上粘满了新鲜的蜂蜜

炊烟里的渴望(外三首)

● 素 峰

抱进的麦秆,被稚嫩的手
填入灶膛。每次鼓起腮帮把火吹旺
小脸儿就红得
像村口压弯枝条的苹果

院内的桂树在风中模仿潮汐
赶跑焦虑的蝉鸣。天,渐渐地凉了
妈妈寄来的蓝裙子,依旧
是温暖二丫的海

她喜欢听秋叶摇动,仿佛
漆黑小屋从山区搬到了海岸。热气
由锅盖的缝隙急不可待地
探出窄窗,盼妈妈回家的脚步声

昨天雪来过

如果不是在橘色的灯光里,嗅到了
你的清香
就可以用十年的时间,把你从发丝上的
最后一点残留硬生生抹去

柔软的白色任风摆布,在空旷的背景中
不断演绎
你的眉眼、你的姿态,和你转身离开时
雪花在肩头的微微震颤

这震颤有马头琴的抽泣,与从未停止的

马蹄声混在其间,荡漾的弦音
在耳畔慢慢勾勒出达兰喀喇的轮廓
草海的涌动,马背上瘦弱的身形

暗 流

如果把脊梁硬成一段玄铁的强度,被
抖落烂掉的叶子,长成隐形的嘴
在阴暗处撕咬石头的影子

听不到的风声,沾满刮蹭牙痕的污浊
在苍黄间盘旋,让山北成片的荒草
俯身、弹起、摇摆……

一些挑着星月的赶路人,透过迷蒙的
夜,总有眸子里的淤泥裹住
满池的莲花

当你老了

抱起的身体,轻成一片
红过的枫叶。你
在小床里,眼神不停地随着我移动
看我把饭菜打成糊糊,倒入透明的杯中
再一次次用腕部测试温度

每当喂过早餐后,也都像你在我儿时
教我咿呀学语的样子
一遍遍重复着简单的字或是词

记 忆(外二首)

● 何军雄

记忆是陈年酝酿的美酒
那些冰冻的往事
在酒醉后实言吐出

记忆是游子梦中的呢喃
故乡的影子
在脑海时常闪现

记忆是儿时最甜美的童话
挂家乡的柳树上
在风中摇曳摆动

记忆是握在手心的暖
母亲把远方的儿子
时刻在心中期盼

徘 徊

低着头颅走过,一些事物
从我的梦里出逃,以奔跑的形式
把一些人从头到尾的忘记和遗失
不该从一棵树预知明天的天气
我看见一群蚂蚁的异常
于是我徘徊在那里
看蚂蚁的举动,一切正常
我才以一个第三者的身份远离
起初搬动石头的不是蚂蚁
而是一只蚂蚁的思想
那些美味的骨头被带入洞穴
让蚂蚁的后半生有了着落
当夕阳逐渐下沉,我还在徘徊

我想我会遗失在昨天的时光里

借一束花开放

借一束花开放
在春天的某个夜晚

我的灵魂绽放出
一个灿烂的季节来

所有的桃花争奇斗艳
让我的艳丽无处可逃

花朵是季节的灵性诗歌
在春天的港口无声地开放

我要引诱一只蜜蜂
或者一个动词

在春天
一些花朵丧失了记忆

在某部经卷里
我打开了另一个春天

一只鸟，停在落日中心（外五首）

● 蔡力平

树为背景。一只鸟
停在落日中心，催促群山快回家

天快要黑了，快要隐去
显而易见的白

隐去容易看到的错。悲——
从小兽的瘸腿
跑出来
骨痛从来不流血
不想说曾经受过内伤就选择忍
或者隐

群山选择离开。半簇光
必须留下，在鸟窝里睡落日
孵明日

枝叶横斜的天空，顾影自怜
最黑的时候
我们偶尔醒一醒，睁眼

看看天花板一声不吭

秋 瘦

阡陌的黄，压垮地平线
弯曲的天空
有树在原地坚持呼吸，坚持瘦到枯
瘦到贫瘠过后，给山留足本色

留下细长的褶皱和水。一只鸟
飞去，留下风
风吹云动。霜动雪

有棵草，坚持活着
活到现在，给越来越瘦的人间
留块活的处女地

不再记得本来面目

有风吹过来，抬手

繁星满天

碎在指尖。拿不动的想法
用一生去想

想起困顿。想起绝望之时
绝壁前撞出一条路
用来证明
头破血流的命,是我的

命中注定必须继续走路
注定会有许多想法
会想不起来
——不过问不要提起
抬手,指尖有苍天有分界线
有拿不动的风
吹破阴晴圆缺
吹皱绝壁。孤影摇曳

从此,无人提起我做过的
那点好事坏事
我不再记得我的本来面目
不再想身上的那点痛

站在年轮的转角处

声势浩大地走过。后面
跟着路、山和长长短短的影子
危耸的石头
一失足,成了危耸成为流言

年轮一转,树旧了
林子里的鸟旧了。风雨又老又瘦
怕见光

站在转角处,左边掏出
一个人的悠长。右侧更加空旷
可以跑,可以停
可以被野玫瑰再次刺伤。出血

倒春寒

冬季离开以后,天空过于寂辽
一场风,把三月吹向二月
甚至更早
屋子里,堆满新雪
堆放无所事事

檐角,有不合时宜的光芒
被鸟一遍一遍煽动
一遍一遍审视

像审视对错。我一生的错误和
不合时宜,总会在我
最不需要的时候
被你一次一次提起
一次比一次,放不下

墙缝,已经放不下那棵
重新活过来的草。我把打出去的
寒噤,一个一个找回来
放到你体内

你和我一样
需要在三月重新冷一次

梅雨江南

这个时候,适合太阳下听雨
品尝酸,带点涩的味道

也适合你读小令。读出宋词里的
欸乃声
就有小舟驶进
三亩荷池。出来就是唐朝

是唐诗写意的水墨六月
——画中人同你一道闷热。姑娘云里焦虑
等哥哥归来

抚琴
一抹羞红半开半阖，滑落窗口

被顽童捞起，装饰涟漪
漂洗干净的风铃
叮当叮当
除去几分潮湿，江南的声音也清脆
河，缠绕浣衣的手
银手镯，亮瞎偷看人

油布伞撑开三点阳光三朵雨花

纸扇上，白墙灰桥黑瓦
临水坐稳了
老人们坐稳古街，在天边吹来的古风里
爽快
得意忘形时，各自打开半壶酒

打开清浅的花月。有梅影旁逸
摇晃一树灯火
这个时候
趁醉搂紧鱼的小蛮腰
甩动水袖，甩掉被你捏出汗的一串串水珠

一辈子的草那么多（外六首）

● 红　朵

村庄是枕在河流上的一截浮木
飘啊荡啊，梦境里的青草
绿了一茬又一茬
蚂蚁们忙着搜寻米饭

一个人躺在野草横生的地里
放下锄头，听虫鸣鸟叫
不愿发出声音

墙皮也有足够的时间等待风雨剥落
大路边的几棵老树，用残存的树枝指路
哪里有亮着灯的窗，哪里有暗暗劳动的人

村庄是一本书，有人写了几句
有人写了一个符号
没有人写到结尾

那时，我们没有多余之物

月光是从高天弹出的银弦

蛙鸣合奏的乡村小夜曲里，我们没有多余
　的节目
仰头数星星，深信祖父的神话

那时，我们没有多余之物
一切皆循环
用麦穗碗盛饭，穿棉质衣裳
年迈的祖母迅疾夹起桌上的饭粒

河水清澈，母亲们漫步于棉花地里
把温暖的云朵一针一线缝进荷花被
稻草床垫把我们变成酣眠的稻穗

秋后，田野干净空旷
这个孕育已毕的妇人安静休憩
荒草燃起青烟，捧出三春滋养的骨头

江　流

江流到这一段

繁星满天

平稳,宽厚,波纹之下深不可测
历尽沧桑的隐忍

我见过它的少年时代
那样湍急,水花飞溅,小马驹一路追赶着

明天,"明天总会更好"
虚幻的青梅挂在远处的枝头

我从它的身旁缓缓而行
语言已失去意义,芦苇丛中的野鸭
偶尔代替我发出一两声

又被黑夜给压低
你看不见我血管里渐渐冷却的血

细碎的

像我们的爱,紫花地丁
一朵一朵地铺陈
朴素而细小的每一日
晨起的一杯蜂蜜水里有恰到好处的甜
夜雨敲在瓦楞上,我们闭眼倾听
燕子划开水面,我们的日子滑了出去
一滴,两滴,雨水从春天落到这个夏天
亲爱的,我不知道能陪你多久
陪你绵延出一朵一朵细小的紫花

消逝

那时,他是少年,容颜英俊
渡过对岸需要很多年

现在他已到达这里
回望,雾茫茫,熟悉的面孔都隐在迷雾中

他不说话,只是拄拐静坐
天空中有一朵朵的雪花
朝他飞扑下来

远处,有只鸟,在江面划了一道白
——所有的消逝来得那么猝不及防

留言

等钟声响起,我就起身了
石凳上还留有我的余温
道旁的花瓣上有我的鼻息

我走开了,会有人坐在这里
被鸟鸣声包围
那些鸟,都是我放飞的
从我的指掌间

每一个空格都有人填充
这尘世会永远繁华,有人替我爱着
树叶替我们起伏,跌宕
并发出轻轻的叹息

当黑暗来临,我又陷入惶恐

我抱着你的黄昏旋转,天空是个巨大的
　吸盘
这些人形挂钩,各就其位
一些不甘心的鱼儿游过来游过去
游不到一张纸的背面
那时,我们真年轻
对世界虎视眈眈,带着利齿
而最终我们只是它餐盘上的鱼肉
我反复写到,隐喻也好,象征也罢
无非只是"荒凉"一词
澎湃的潮水会退去
我们在炉火面前,除了往里添柴
什么也做不了
蜘蛛织网,有时候只是为了网住自己
一盏盏灯亮起来,明日即将吞噬此刻

等你来读（外六首）

● 周天红

一朵云，一颗星
一个夜晚的天空
等你来读
一扇窗，一盏灯
一本翻开的书
等你读到时间的初遇

抑或再次相逢
像一篇手稿
或是失手打碎的古董
你在哪，在某一条道上或街口
把霓虹或玻璃上的流光守候
把岁月交给远方

把蔚蓝赠予大地
春播秋种
耕耘过的土壤
总会回报一粒硕果
我把种子种进你心田半亩
让你把爱和汗读懂

风吹雨沸腾尘埃

一朵云堵在城市的路口
听见夜的钟声敲响
在时间的年后
你会在哪
白天和霓虹的交替
你给我最混乱的错觉

一棵树或一阵风

在每一米的台阶
在每一步的从前
细数着广告牌
以及指示灯的错过
楼上或窗台

一扇门或转身离开
无家的短信
拾不起的尘埃
沸腾的世界
只是自己记不清从何处来
飘落在天外

谢谢能陪我的你

一束花就要萎谢
想起能陪我的你
在街灯的背后
在时间的距离
就像一次梦的遇见

只是在那幅画被打开之前
有气泡沿着杯壁漫延
在灯光的阴暗面
在无法记录的昨天
那个卖花的小姑娘

已去了城市的另一边
一江之水
阻隔了从前
穿街过巷的人

一直守候无法归去的山尖

花漫天

飞花如雨
还是你留给我最后的礼祀
一场全世界的记忆
站在某一个角落
车来车往碾压着尘埃难于落定
长河西岸或是乡村的一瞬

闪烁在梦里的伴侣
无花无果
只是飘在天空鸟瞰大地
一缕炊烟
一次与花当空的别离
纤手凝视

牵着手或是奔跑在五十米的距离
无处相遇
在时间的河流
在无法回到的过去
只是一场花或雨的位移
想像风一样的归期

风是你给的最温暖记忆

无法记起一次相遇
在风的字里行间寻找你的讯息
也许温暖只在一瞬间消散
从汽笛到远方的距离
一滴雨含苞欲滴

风在南面的天空徘徊
像一条鱼游动在城市的小巷
或是矮矮的墙壁
一些散乱的光
一些爬不上的窗和风铃

酒旗摇动的巷末
也许会遇见那些抹不掉的痕迹
钟声空了,时间空了
我们都消失在风吹过的老墙影里
说着乡间的明月和夜

两个人的天空

爬上那片山顶
你却在远方
想那方天空和夜
应该有两个人的世界
钟摆在某一刻停歇
在流水的小溪
或是流动的云

你会在哪一棵树下停留
去遥望那两颗繁星
我就藏在那片流云背后
清点夜和过去
清点背囊里的脚印
再整理一些城市的烟尘
捧在手心

作为曾经来过的记忆
而你还会在二环路口
等候那盏迷惘的红灯
或是转身离去的人影
花与音乐都已散了
就在一支烟燃烧之前
看见西边破空的彩云照亮归程

尘　烟

尘烟抑或城市
在一杯酒倒满之前
利用最后的空隙想你
一瓣花随风飞舞
停在桌面
沿着酒杯冒动的气泡

也许招示着夜就要过去

十字口那边人来人往
有人站在灯下流泪
或数着自己的影子
归去,身带一缕烟尘
背囊里依然行色匆匆
或是把酒论着英雄
想像夜的天空有彩虹为谁舞上一曲

想去的远方或是去不了的城市
都在一页纸上逼问
夜就要熄灭
和一缕尘烟以一百八度旋转
只有一碗凉面依然温存
躺在一些回忆里
想把自己叫醒,厘清

中国像披上银色的盔甲(外一首)

● 王爱红

北京下雪了
北京好大的雪
北京像披上银色的盔甲

早晨远望
四下空无一人
我想到林冲
想到风雪山神庙
我还看到丈八蛇矛
长枪下的红缨
在白皑皑的雪中
点燃了天空

白衣天使如雪花一样圣洁
今天的英雄好汉就是他们
还有你和我,都有一颗晶莹的心
我们把中国披上了银色的盔甲

一个人站在露台上

一个人站在露台上
夜深人静的时候
我不时看到一个人站在露台上
不知道站了多久

一个人站在露台上
凝固了一个情景
只要我想着这个事情
他就一直站在那里

他一动不动地站着
就像一尊雕塑
标签上分明写着
这是一件上衣

袖口似乎下垂着一支燃着的香烟
一个滚圆的烟圈在领口的上方慢慢散开

安娜·布兰迪亚娜诗选

● 高 兴 译

安娜·布兰迪亚娜(Ana Blandiana),罗马尼亚著名女诗人,1942年3月25日出生于罗马尼亚西部名城蒂米什瓦拉。曾就读于克卢日大学语言文学系。大学毕业后,移居首都布加勒斯特。当过编辑和图书管理员。1977年3月4日,布加勒斯特发生大地震。布兰迪亚娜所住的公寓楼也在地震中坍塌。从此,女诗人更多时间在多瑙河畔的一个村子里生活和写作。

1964年,布兰迪亚娜尚在大学二年级时,便出版第一本诗集《复数第一人称》。之后,又先后出版了《脆弱的足跟》《第三种秘密》《十月、十一月、十二月》《睡眠中的睡眠》《蟋蟀的眼睛》等十几部诗集以及《目击者》《我写,你写,他和她写》《四季》《镜子走廊》《音节城市》等小说和散文集。她的作品不仅在罗马尼亚拥有广大读者,而且还被介绍到了中国、英国、美国、意大利、俄罗斯、西班牙、法国、德国、荷兰、波兰、巴西、日本、以色利等几十个国家。诗歌为她赢得的奖项和荣誉更是数不胜数。她也因此成为目前罗马尼亚最具国际影响力的诗人。

她选择的都是些永恒的主题,比如爱情、纯洁、堕落、生与死、人生与自然、时间的流逝、孤独等等。这都是些十分古老的主题了,因而更需要诗人具备非凡的艺术敏感以及独特的思想角度。布兰迪亚娜认为能够用最简单的意象来表达最细致的情感、最深刻的思想的诗人才是大诗人。她也一直朝这一方向努力。在她的诗歌中,我们看到的都是些最为普通的词汇:眼睛,树林,梦,睡眠,湖泊,山丘,雪,天空,光,等等。但在她的艺术组合下,这些文字立即产生了一种神奇的魅力,一种诗歌和思想的魅力。

"我开始梦想着写出简朴的、椭圆形的诗,这些诗应该具有儿童画作那样的魅力。在这些画作面前,你永远无法确定图象是否恰恰就等于本质。"女诗人如此说。这正是她的诗歌追求。

北　方

太阳之力
拒绝昼与夜的平衡,
不安的光
犹如纯粹的善构成威胁,
这证明人类
不仅将罪犯
也将圣者,
判处了死刑。

自我满足

我从来没有自我满足,
我总是像一枚带着枝丛的水果悬于风中,
像一支箭悬于绷紧的弓,
像一个词语悬于自己的词源。

我来到世间之前曾是的一切,
我久远梦想的意义,变成遗忘的希望

跳跃着穿过我，
将我化为一道延误的

秘密的见证和环节，
为了能以不同的样子生存，
将利息支付给同样的罪孽，

以后我会将那罪孽作为遗产留给你，
为了让你理解它，丰富它，
只留给你，未出生的读者，如同儿子一般
……

诗人船

诗人们认为这是一条船，
并纷纷登上船去。

请让我也登上诗人船
航行于时间的浪涛上，

不必摇动桡杆，
也无需移动船身
（因为时间正在
它周围越来越迅速地移动）。

诗人们等待着，拒绝睡眠，
拒绝死亡，
为了不错过那个
船岸分离的瞬间——

这条石船执着地
期待着某件
永不会发生之事，
这不是不朽，又是什么呢？

一匹年轻的马

我始终不清楚自己身处什么世界。
我骑上一匹年轻的马，它同我一样欢快。
奔驰中，我感觉到它的腿肚间

那颗热烈跳动的心。
我的心也在奔驰中热烈跳动，不知疲倦，
丝毫也没有注意到，不知不觉中
我的马鞍只支撑在
马的骨骼上，
急速中，那匹马早已解体，挥发，
而我继续骑着
一匹空气之马，
在一个并不属于我的世纪里。

抉　择

没有翅膀的
争先恐后，从衣帽间夺取翅膀，
拥有翅膀的
小心翼翼，为翅膀拉上拉链。
如此情形下
当地球
敞开，
为了做出
一个太迟而无用的
抉择时，
你很难知道
究竟谁能够
在恰当的时刻飞翔。

保护区

马和诗人，
被技术战胜的
世界之美，
时间留住的生物
囚禁于自身的
光环中

马和诗人，
越来越稀有，
越来越没有价值，
越来越难以出售。
黑，灰，白，

河外星系

越来越白，
白得透明，无影无踪
在一个没有它们
同样会无影无踪的
未来里。

依 赖

依赖太阳，依赖影子，依赖云，
依赖叶子和花朵，
依赖不时变卦的风
　　总是从不同的方向吹拂
　　在凶兆预报者挣扎的林子里，
依赖群群灰鹤飞临和离去；

依赖所有女人和男人，
依赖无数生者，依赖众多死者，
依赖我自己智慧的时光，愚蠢的时光，
　　尤其是过去的时光。
哦，上帝，放开我吧，放开我吧，
让我摆脱时间和地点，祖先和子孙，
摆脱所有男人和女人，
摆脱我自己，如果你能的话！

如此，我便可以欢笑，苦涩的叶不会摇动，
我便可以哭泣，大海不会掀起浪涛，
我便可以出发，不用拖拽着世界
就像拖拽着一块桌布
　　上面杯盘狼藉
支离破碎，掺杂着酒和食物。

让我最终自由，孤独，
仅仅面对我那有罪的纸页。

沙 漏

我望着沙漏，
里面，沙
悬在半空，
拒绝再流淌。

宛若在梦中：
一切都已静止。
我望着镜子：
一切皆未改变。
死亡之路上
中途停止之梦
同死亡相似。

关闭的教堂

关闭的教堂
犹如主人已经出走的房子，
没有说多长时间，
也没有留下地址。
在它们周围，城市
环视着有轨电车和自行车，
电喇叭，广告牌，
行色匆匆的居民
在出售，购买，出售，购买，
边走边吃着东西，
时不时地，由于疲惫
而停下脚步，在人行道上的
小桌旁喝一杯咖啡，
那幢二十一世纪的大教堂
近在咫尺，可他们对它视而不见，
因为他们正在打电话，
压根儿就没有发问
究竟是谁曾经居住在
那么大的房子里。

就像在一面镜子里

白昼将尽时，
太阳，愈加鲜红地降落，
而月亮依然鲜红地升起，
它们几乎一模一样。

被灼热烤得干裂的草木
和又密又硬的庄稼茬儿，
好似几天没刮的胡子，

难以区分
那些黑色的线头,当
它们面对面
出现在屏幕上时。

温柔的混淆,
犹如那特别的一刻:当你离去
又再一次回头时,
你看见自己,就像在一面镜子里
诞生。

动物星球

罪孽少些,但并非没有罪孽,
在这个宇宙中
自然法则本身决定
谁必须杀死谁,
杀戮最多者是国王;
狮子沉着、残忍地撕咬小鹿
人们拍摄这一镜头,兴致勃勃,
而我,闭上眼睛,关上电视,
感觉自己参与犯罪少了点,
虽然我明白在生命的油灯里
总得不断添加血液,
他人的血液。

罪孽少些,但并非没有罪孽,
我和猎手们坐在一起,
虽然我喜欢抚摸兔子长长的
丝一般的耳朵,那些兔子
被扔在绣花桌布上,就像被弃于灵柩台上。
我是有罪的,即便我没有扣动扳机,
即便在死亡噪音和凶手无耻的汗味中
我惊恐万分,捂上了耳朵。

罪孽少些,但并非没有罪孽,
不管怎样,罪孽肯定比你少些,
无情的尽善尽美的作者,
是你决定了一切,
然后又教我转过另一侧面颊。

驱 邪

当我赤足走过草丛时,
电流过我全身,
随后又流进土地,
就像钻入土地的
魔鬼不得不
松手放开那具
着了魔的身体,
在驱邪者的命令下。

青草将我从不安中拯救,
那不安就是我自己,
我臣服于青草
只让我裸露的脚跟留在露水,
通过露水,你登上我的内心
替代我。

蜂 窝

无人生出你,
你是自我出生的,
从瞬间到
瞬间,
并不企图
抵达彼处,当你正在此地
或者回到此地,当你走向彼处。
你是被拯救的危险物质,
从呼吸到呼吸,
否则,我将不会存在。
其实,我们也只是
残留物,被掏空的形状,
也只是蜂窝,永恒之蜜
已从中流尽。

悄悄地

我悄悄地前行
一直走到界限近旁,

河外星系

我想用裸露的脚尖
　　触碰界限，
就像夏天我触碰陆地
　　和大海间的边际。
但界限退缩
仿佛出于自卫而躲避我，
我继续前行
在被死神打湿的沙滩上
想到自己竟能推开边界，
或者稍稍越过边界，不知不觉，
心里顿时溢满了
　　骄傲和活力。

我之外

我的痛苦并不存在于我之外，
它被关在我的身体的界限之间，
我的身体磁铁般运转，将它从世界聚拢。
可以说，我私有化了痛苦，
而此刻，明媚的空白萦绕于我周围
犹如一道密封的光环，隔离开肿瘤，
至于那肿瘤，我只知道就是我自己。

然而，至于我，连我自己都不甚了解。

耳膜

那道边
是一片薄皮，
固定在两个世界之间，
好似耳膜
能够与最柔弱的挣扎，
最黯然的挥动
发生共振，
能够徒劳地
从一部分到另一部分
传播
虚无，
那难以变成字母的虚无。

惊奇

抵达的折磨，
出发的困惑，
那些惊奇覆盖一切的
漫长时刻。
惊奇，好似一只滑落大海的球
由波浪运载着，
在即将到岸的刹那
又飘回到了海里，
还没来得及给予它
起码的意义空隙。

游戏

多年以来，我都认为
人类最大的不幸
就是地球上人口太多。
然而，我却喜欢同孩子游戏，
怀着含糊的
近乎荒诞的乐趣，
那些照料幼狮或虎崽的人
就得怀有这样的乐趣，
仿佛他们在照料几只小猫，
全然忘了游戏必须停止的
那一刻总会来临，
可他们总在延迟着那一刻
犹如在俄罗斯轮盘赌中。

我同终将会长大成人的孩子游戏，
试图延迟他们将快乐地
撕咬我的那一刻，
长大成人，
越来越多的成人，
太多的成人，
而我却孤独地留在童年。

持续的失去

失去并不难,
兴许这本身反过来还是种乐趣,
尴尬于它所隐藏的
难以解释的欢喜,
某种发觉:你可以活着,
没有任何可以失去的事物。

即便事关一个生命,
痛苦包含着微小的
自由的碎屑,
微小得可以成为一粒种子
从中,泪水之外,
你还可以期待着有什么上升。

失去并不难,
事实上,上升无非就是
持续的失去,
坠落的事物和生命的压舱物
有助于你攀升,
将你推向洪荒,
那里孤独
成为原料,用于建造
梦寐已久
却无人居住的宫殿。

白上白

我用白写在白上,
虽然我知道谁也
无法阅读,
包括我,
在忘了写的什么之后。
善总是
难以理喻————
在天堂,你更容易
接受罪孽
而非人类心甘情愿的牺牲。

我坚持不懈地
用白写在白上,
虽然人们建议我
至少使用
荧光字母,
在我描画橄榄枝
或者令人厌倦的
好事的时候。

然而,
此时,此地,
我只有一种颜色,
一种包含
全部颜色的颜色,
而我还在徒劳地
用白写在白上。

写作间隙

巨大的写作间隙,
犹如古怪的寂静
时不时被
哭泣的野兽发出的
阵阵哀号打破,
一些含糊不清的声响,
我那只人类耳朵
怎么都难以
辨别出意义,
不明白它是否已经失聪
或者那位一贯的口授者
忽然拒绝再说话,
感觉荒野中的嚎叫
是唯一的表达方式,
我不知如何
听写的
表达方式。

河外星系

从镜子中

不要替换我,
不要在我的位置上安排
另一个人,
另一个你认为还是我的人,
另一个你徒劳地
让她穿戴我的词语的人。
如果你不怜悯我的话,
怜悯怜悯它们吧;
不要强迫我
在一个陌生人面前消失,
一个厚颜无耻
冒用我的名字的陌生人,
一个仿佛
从不认识我
却在模仿我的陌生人。
不要试图断言
我还是我,只是有所改变,
不要羞辱我,
将我从镜子中抹掉,
只让我留在照片里。

涨　潮

大海又一次与夜一同生长,
吞咽白昼被视作土地的泥沼,
不时地从它们中间掏出船身
和薄薄的桅影,
桅影摇荡,远至
松软的
原野,那里,
黎明时分,
当浪潮再一次消退时,
将会一条一条地
播种那些被判死刑的鱼。

在伤口里

我们生活在伤口里
并不知晓
那具受伤的身体属于谁
也不明白那具身体
为何受伤。
唯一确定的是
包围着我们的痛苦,
我们的存在试图去治愈
却反而被感染上的
痛苦。

不同的语言

他的孤独生出了我们,
他的孤独造就了世界,
为了将我们带到世上
带到他身边
好有人同他说说话。
我们知道我们被他造出
我们知道我们存在
都是为了回应他,
可我们并不知道
即便他,无所不知者
也没料到
我们竟说着不同的语言。

时　间

过去之前
是过去的过去,
过去的过去之前,
是另一个过去,
一个没有起始
却被用心活过的
过去。

未来之后

268

是未来的未来，
未来的未来之后，
是另一个未来，
一个出于恐惧
谁也不敢想象的未来，
一个仿佛谁也不相信
将会来临的未来。

唯有你身处的
此时此刻
在瞬间的侵蚀中，
同时紧急存在着
现在的现在，
在现在的现在的中央
隐藏着另一个现在的深渊，
今天的今天。

网

一切神秘至极。
天才的蜘蛛
为整个世界
编织好一张网，
随后开始窥视，
留意网的命运
和网的牺牲者——
没想到，它自己成了
一张更大的网的牺牲者，
陷落宇宙
那无止境的网里，
他悬挂在那里，
不知是谁编织了那张网。

没有沙的沙漏

一只没有沙的沙漏，
一种没有实质的形式，
佯装正在测量
某件并不存在之物，
时不时地

胡乱捣鼓一下
为了让虚无
从一头流向
另一头。

如此等等

我只梦见我自己。
虽然有不少人
惊恐万状，
但我知道，唯有我
随时准备着梦见自己。

即便我醒来
我知道，那也只是一个
有关醒来的梦
而我迫切地等待着梦见自己再度入睡
以便能够梦见自己正在做梦。

多么奇妙的自我游戏！
多么无穷无尽的游戏！
因为就连穷尽
也将由我梦见，
如此等等……

默 片

我听见
陌生的大海
拍动着翅膀。
我感觉到它们
随着冲击我耳膜的声音上升
在我和世界中间，拉扯起
他人看不见的
波浪的帷幔。

它们的鼓噪将我
和发生的一切隔离：
缺乏意义的动荡，

无声开闭的嘴巴，
争吵，眼泪，鬼脸，
沮丧和滑稽，
就像在一部默片里
你禁不住想笑
无缘无故。

我害怕

我害怕出生，
更有甚者：我还极尽所能地
阻挡不幸发生。
我知道我必须尖叫
为了证明我活着，
可我却顽固地坚持沉默。
那一刻，医生拎来
两只装满水的木桶，
一桶滚烫，一桶冰冷，
一次又一次地
将我轮番浸入两桶水中，
就像以存在
和非存在的名义
交替进行的一场洗礼，
旨在让我相信，

而我却在狂怒中高喊"不"，
完全忘了高喊便意味着生命。

大时钟

大时钟将钟点掏出，
就像人们掏出
动物的眼睛以防
它们看见那样。
此刻，12个数字
被宇宙的12个黑洞取代，
通过它们
你可以窥见机械结构
硕大的地狱，
工具
继续转动着
指针，
指针盲目地触摸钟面，
从一个洞到另一个洞，
但并不知道要指示什么。

并不知道它们指示的
时间叫从不。

当代摩洛哥法语诗九家

● 傅 浩 译

摩洛哥早期的居民是柏柏尔人。公元八世纪被阿拉伯人征服。大部分地区于1912年沦为法国的"保护国"。1956年3月赢得独立。1957年8月定名为"摩洛哥王国"。现在居民主要是柏柏尔人和阿拉伯人。阿拉伯语为国语。通用法语。当代接受过现代教育的摩洛哥诗人一般既用阿拉伯语,又用法语写作。以下诗作都是直接译自他们的法语创作。

无 题

拉希达·马达尼

太阳曾落入时间的
手心 在那里我有过一片天空
但我走向阴影
我的童年遂有了一方
搏击着瘟疫般的下午的
窗玻璃的清凉
从此后我依然是
　　　　写坏天气的诗人
　　　　　　和
　　　　坏诗人

拉希达·马达尼(Rachida Madani, 1951-),生于北部港市丹吉尔,出版有诗集《我是女人》(1981)。

舞 蹈

阿赫迈德·布拉法

都怪腿脚不够多,蹩脚的舞者如是想。
我们的一生即一场舞,我们不知其规则;
我们一旦摸索到节拍,就立即跳起来;
我们必须调整舞步才能接跳下一个舞……
更换生命才能在舞蹈之中活下去。

阿赫迈德·布拉法(Ahmed Boulahfa, 1948-),生于阿尔及利亚的莱希姆,1965年起旅居法国等地。出版有诗集《无国籍的人》(1972)和《模糊的粉笔》(1974)。

无题(一)

穆罕默德·罗阿基拉

正在钻海底隧道
向此岸驶来
却死在彼岸的汽车
是一种悲惨的命运

无题(二)

瞧,海滩上这些涂鸦
死于锯齿
宁静
深陷于大海深处

穆罕默德·罗阿基拉(Mohammed Loakira,1945—),生于马拉喀什。出版有诗集《天边是泥土》(1972)、《马拉喀什》(1975)、《重唱》(1977)、《有缺口的眼睛》(1980)、《时刻》(1981)等。

无题(一)

阿卜杜拉·布恩富尔

从我那高耸云端的山峰和拍翼的大海之上
除了渴望再生的祖先绝望的奔跑外我还看
　　见了什么?
时尚仍然距离我的想象很远。
你是我生命的永恒沙漠兼避难所中的珍
　　禽,
我的偷瞥一点一点把它掏出巢来,像一颗
　　星
眨眼间拖曳出无边的欲望。

无题(二)

曾萦绕我们的对于别的地方的记忆是什么
我们的悬空露台上的蝴蝶变成了什么
这是否一场淹没忘却了的新事物的洪水的
　　故事
在其中一个远古的神话执着地

说话,我们被告知我们的奇特欲望的
故事的那一天将会到来吗
我们对一个丰满的意愿的征服
在萦绕着交织的声音的荒漠之中

阿卜杜拉·布恩富尔(Abdallah Bounfour,1946—),拉巴特大学文学系图书馆主任;语言学和符号学杂志《迹》主编。出版有诗集《巨神》(1980)。

无题(选章)

阿卜德拉曼·本汉姆扎

二

在夜的最后的餐桌旁
为了必须在那里
我梦想如诗的女人
在鸟雀的字母表中
为了最后一次运气
当爱情已是一具干尸时

九

如鸟雀般酣睡的人们——
每一只都是夜的水晶——
是小小的花园
投入梦的湖水中
在那里人人疯狂

梦想硕大的月亮
把他们从内心里照亮
一望无际
而爱情是一条小径
铺满热吻
——和黎明

十三

当你打开文字的心的时候
树叶像岁月般飘零
一切由于万千鸟雀的迁徙的爱
带着你的眼睛
如你所梦的那般遥远
你的神的形象如此孤独
而鸟羽末梢上的夜色
不是恋人的时刻

十七

不要弄醒酣睡的孩子
那狂热是在树木的顶端
有着许多的悲剧

这个从果园来的女人
披着歌曲的光芒
带着一副如画的微笑
仿佛来自一个崇高的传奇
但这些四溢的黄金——
哦太幸运了——
而居住在梦幻中的人没有一片屋瓦

二十

我知道眼泪是一株葡萄树
不会使大地悲哀
多少汁液不包含
在庄稼的落叶里
我爱你如孤寂的风琴
一段曲调折磨着你的心
怀着一段褐色的美好记忆
你的嗓音属于一片草原
我爱你使我保存童年的一切
传说的馥郁
和新生的辉煌

二十二

当话语将带着它的簇簇灰烬
回到它的源头之时
我们在另一个国度醒来
激动得热泪盈眶
你我之间将不再有这阴影
但欲望因她的青春而不朽

歌

朝着沙漠商队的铃声
去吧,我的心-阿拉伯人,
越过乳房似的沙丘!
哦,这致我于死地的神秘的梦!

沙粒来自棕色僧袍,漫无边际;
深蓝的天穹里
几只纤巧的鸟雀漂流,
它们的飞翔装点了你的空间。

这支部落的笛歌高高飞扬,
它来自什么样的记忆,什么样的心?
它使我奋起,它将我重造。

在我看来彼此相似的城市道路上,
这不是我自愿的步履,
假如它们缠裹住你的无限。

阿卜德拉曼·本汉姆扎(Abderrahman Benhanmza,1952-),生于马拉喀什。现为法文教授和文学评论家。出版有诗集《小诗》(1975)和《脆弱的光和深沉的沙漠》(1977)以及若干小说。

无题(一)

塔哈尔·本·热隆

我是个不屑于天真的孩子
我是用斯芬克斯的乳汁喂大的
早就在肝脏里悄悄地怀孕着蜘蛛

我曾在屈辱的黑暗之时造就了城市
然后转向自己——
忠实于太阳的无头之蛇

我曾挑逗大师和伊玛目的猥亵的星座
在"圣迹区"内用鲜血将它玷污
那尘沙之星在清晨熄灭
而我被再次发现与那颠倒的圣书在一起

我乘坐火车,为了在古老沉睡的死水中煽起些微澜
我曾摇撼锁链
我曾在头颅坠落的场景之前看见蒙面的死神在微笑

我断残的嗓音停止在空缺的绝望运行的线路之中
默然无语

河外星系

无题（二）

我们的母亲背负着我们
经过田野
直到墓地时
我们在子女之中找到我们温顺的母亲

我们在孤寂中赤身裸体
我们在柏油马路上挖洞
直到有一天时间停落在我们觉醒的那一刻

无题（三）

城市关闭了大门
把孩子们
面包铺的小伙计
擦皮鞋的小工
关在它巨大的门外
车辆看守人
掩着灰胡须窃笑
充满由于忘却了渐起的风
而如醉如狂的鸟雀的
天空的伤口
散布着不幸
带走发掘热心的少女

我曾意欲
与我的壁垒一道在一片夏季的风帆
红色和白色的裹尸布中翻滚
为了不再遮蔽
诞生于
一次异国遇险的
瞎眼骆驼
为了使我忆起
我漂泊中的诞生

异乡人

异乡人

花点儿时间来喜爱树木吧
把你的臂肘支撑在大地上
一个骑马人给你带来水、面包
　　　　和苦涩的橄榄
这是大地的滋味和记忆的种子
这是乡土的表皮
这是传说的结尾
过路的男人们不拥有土地
枯萎的女人们
等待着她们的那一份水
异乡人
把手插进红色的大地吧
在这里
只有在石头里他才会孤寂。

塔哈尔·本·热隆（Tahar Ben Jellown，1944-），或译杰隆。生于费斯，1977年起定居法国巴黎。出版有诗集《太阳之疤》（1972）、《骆驼的话》（1974）、《扁桃树死于伤痛》（1976）和《不为记忆所知》（1980）等。

节　日

穆罕默德·卡伊尔－艾丁纳

明天，他们将把他们的城市变成屠宰场；
他们将醉饮牲畜的血，醉饮
充满炭火和霉臭味的肉汁。明天，

眼睛，所有的眼睛将坐在燃烧着
颤抖、呼喊、眼泪的
铁砧之上。

但没什么！什么
也不会照亮

蚁穴、泥洼、阴沟、粪坑；
被遗忘在街上的
鸡奸者、娈童们，你们

在黑暗中跳舞吧!

穆罕默德·卡伊尔-艾丁纳(Mohammed Khair-Eddine, 1941-),出版有诗集《野花之再生》(1981)。

邪 说

阿卜德拉蒂夫·拉阿比

假如你们知道
我最后的邪说
你们就不会相信我
而我
我歌唱幸福的爱情

阿卜德拉蒂夫·拉阿比(Abdellatif Laabi, 1942-),出版有诗集《堵塞之下的诗》(1981)。

我亲爱的黄昏

穆罕默德-阿齐兹·拉巴比

当你思想黎明之时,
太阳欢迎你的祈祷。
一旦你眼中充满了晨光,
你便使世界重获青春。
一旦你的手搅进日常事物之中
你就驱逐了黑夜的深渊。

在两个梦之间,我消耗觉醒;
在两个觉醒之间,我消耗梦。
在生与死之间,
我栖身于时间的缝线之中
等待惊醒之梦的结局。

寒冷乘着风,
大片地扫荡树叶,
分布水流、薄雾。
可是,在你的瞳仁里,我亲爱的黄昏,
我使我的目光重温,我的心平静。
如是,我在冬季结清她的账目,
目光迎着目光,
面孔对着面孔。

穆罕默德-阿齐兹·拉巴比(MMohammed-Aziz Lahbabi, 1923-),出版有诗集《阿蒂尔》(1884)。

乔奥瓦尼·多托利诗选

◉ 黄佳倩 译

乔奥瓦尼·多托利，1942年生于意大利沃尔图里诺。意大利巴里大学法语语言文学教授，索邦大学法国文化教授。曾获法国学术界棕榈叶司令勋章、法国荣誉军团军官勋章、法兰西文学院大奖。任芝加哥大学、巴黎高等师范学院、卡利亚里大学及阿图瓦大学（阿拉斯校区）客座教授，意大利国际作协成员，法国国际作协管理委员会成员，蒙马特共和国驻普利亚大使。他创办并主编了多种丛书和杂志，其中包括《欧洲诗歌研究》(Revue européenne de recherches sur la poésie)和《艺术文学丛刊》(Noria. Revue artistique et littéraire)。多托利为意法双语诗人，他在法国和意大利两国出版了五部诗集，包括法语诗集《我，生活(Je la Vie)》，意大利语诗集《玫瑰(La Rosa del Punto)》等。作品被译成多种语言。墨西拿大学、卡利亚里大学、什切青大学、莫城博须埃中学、"希望之风(Venti di speranza)"协会联合举办了一场关于多托利诗歌的国际研讨会。法国图尔大学正在筹备关于乔奥瓦尼·多托利著作的研讨会。

二十一世纪诗歌宣言

到处都是凄惨的嚎叫：诗歌已死！
在二十一世纪的初始！
诗歌再无一席之地！

让我们与这噩兆斗争！

诗存在，也将永远存在。
她将扮演关键角色。
她将承担无上责任。

我见她，手持玫瑰，闲游世间。
将献花奉与人类。
借诗词的火焰示意。

阴影不再。
光，只有光，被其热血与知觉燃烧，
照入人心。

何种知觉？
这是一种时刻随人事变迁而变化的知觉。
一种全新的诗歌风格，一种对真理的信仰，
一种广博的爱。

诗歌捧出一束宁静。

目光不流连往昔，
而追向全新天地，追向藏在明亮彩窗之后，
万千纷杂的科学之声，存在之声，以及呼吸
　声。

诗言说，也将永远言说，
言不言之语，现不现之物。
她是解放，是复生，是苏醒，是歌唱，是愤
　怒，是温柔。

诗歌涌出身体，游历世界。
秘密，怀疑，对科学的否认，墙壁上的涂

鸦，
全部蕴含着诗意。

世界是她的工坊。
她的预言将会应验。
不再有锁。
不再有墙。
不再有武器。
她唯一的热血是那飞扬的字眼。

散文？韵文？
口头的？书写的？网页的？说唱的？
谁在乎？
她是诗歌！

她的力量，世界永恒的美。
她建造。
她打破一切藩篱。

万事万物都将不再逝去。
诗歌焚烧捣毁，万物虚无，只为重建。

无尽不再是妄想。
无尽将依托于诗人，弓箭手，建筑师之手，
啊，理想的主人。

无限！
诗人的能力无可限量，
它的地平线与宇宙的边际重合。

在生命的链条上，时间陪伴着诗歌，
挽手相依，逐字逐句。

不再有言语的空隙，
就连沉默也在不停言语。
踪迹四现。
稍纵即逝亦是永恒。

谜语带来眩晕，
水滴漫无边际，
意识混乱，
上帝之路。

诗人是天空的主人，
言语不休，
字字句句，
诗丈量着不可丈量的时间。

诗人没有脆弱，诗歌也没有脆弱。
居所的裂缝，
事物的赤裸，
跳动的目光，
诗歌永远不会沉没。

她是科学的灵光启示。
奥秘会像杏仁一样开口。
太阳是她的朋友。

科学会变得"轻佻"？
使人欣然沉醉的醉舟。
它混沌的黑暗将成为耀耀天光。

渐渐地，世界将变。
诗歌将会成为它的守卫，它忠实的伴侣。

又一声嚎叫：怀疑与折磨终将结束！
诗歌通过她与非理性的统一，她与痛苦的
　　拥抱来作出回应。
她将是打开生活和语言的钥匙。

诗歌握有世间全部的答案。
我们的恐惧将在她的渊博中消解。
她亲近电脑与机器。
她迷惑压抑我们的空虚。
人类化身诗人，以感宽慰。

不！诗歌不只是见证！
诗歌是基石，是十字路口，是空间路标，是
　　本质的永恒。
她守护着未来的钥匙。

河外星系

她走得比科学更远。
她能提供出科学不能提供的东西。
超然之地就在我们身边,
它是我们餐桌上的守护天使。

诗歌将治愈我们的伤痛,赠与我们永恒的
　光芒,
以美好的姿态绽放,
超越光,
超越空间。

诗歌将被置于中心位置。
诗歌将成为中心。

现代人将被诗歌的千言万语所照亮。
他们将与自然,树木,岩石,水,星星,草,
月亮,雪和火对话。

诗歌将是科学的明灯。

永恒的灯,在源头的火光之上,
在每个人的心中。

再也不会有人谈论诗歌的用处。
再也不会有人问:
诗歌将走向何方?
再也不会有人思考:
谁是诗人?
什么是诗?

诗歌的活力将是生命的力量。

愿诗
我们永恒的拯救者
长存!

百年新诗经典及其焦虑

● 罗振亚

随着新诗百年诞辰脚步的临近,许多人蛰伏在心底的整数意识又开始隐隐作祟。五十而知天命,六十满一甲子,已有一个世纪历史积累的新诗究竟如何?它有没有从根本上彻底打败最初的"敌人"旧体诗,是否建立起一套独立成熟的审美规范,留下了几多正反两方面的经验,和读者的关系又呈现着怎样隔膜抑或融洽的关系形态?在这个问题上,建国后毛泽东、朱光潜等人以辉煌的古典诗歌作为参照系,对新诗所下的不成功、欠含蓄的批评明显是过于苛刻的。倒是像"在现代文学的各种文体中,到今天只有诗歌前面还带着一个'新'字,这说明它有一种自我确认的紧张感"①这种貌似模糊的叙述,实则更为准确而有分寸地道出了新诗所处的艰难前行的真实境遇。因为,毕竟新诗和古典诗歌分属于两种审美规范,不能硬性地去比较高下;即便是评价新诗自身的成就,也宜引入多维的思考路径。只要稍加留意就会发现:古今中外任何一个时代成功的诗歌历史,归根结底都要靠经典诗人、经典文本的连缀和支撑,甚至可以说没有经典就意味着方向感的缺失,经典的有无、多少,无论如何都是一个时代诗歌是否繁荣的重要标志;判断、估衡百年新诗的得失优劣,必须直面新诗创作和研究界日益浓重的"经典焦虑"背景,注重经典维度的省察。

一

1993年,在北京大学的一次演讲中,荷兰学者佛克马先生以中国文学的经典化作为话题的重心,从此"经典化"问题成了一个挥之不去的情结,一直在困扰着中国的创作和批评界。那么,何为经典,经典的生成又需要哪些条件,新诗中究竟有无经典?必须正视,古今中外关于经典概念的阐释堪称魏紫姚黄,五花八门,正如罗兰·巴特所说,历史叙述有时是想象力的产物,经典化作为历史建构的产物,自然和其置身的文化、艺术秩序互为表里,不可能从根本上抽离掉主观的成分。同时,它的形成与确立既有赖于种族、时代、环境乃至读者因素的共同参与,更需要一定的时间长度作为沉淀的保证。一般说来,经典虽然具备相对和流动的属性,但诗歌的发展轨迹有时并不是按照理论家们的预想和理论规约运动的,所以谈论经典时完全没有必要在经典的理论和定义上过度纠缠,把问题复杂化。我以为文学史上那些凡是能够介入时代良心,影响、干预了当时的写作风气,或者产生过轰动效应的作品,即可称为经典。

如果依据我们论定的经典标准检视,捕捉到的一个直接现实就是在中国新诗流经的百年历史中,每个阶段在诗人方面都拥有着独自的"天才代表"和"偶像时期",

确认了不少作品经典。而且，经典化的冲动和实践也没有完全在拉开必要的时空距离之后进行，相反有时却不断以选本编辑、教材收录或评奖、排榜的方式不时出现，从未中断，甚至形成了带有连续性的选本文化。早在新诗诞生不足三年的1920年，新诗社编的《新诗集》、许德邻编的《分类白话诗选》即分别由上海国光书局和上海崇文书局印刷、出版，前者收诗103首，后者收诗250余首。彼时新诗刚刚萌芽，挑拣空间非常有限，它们"选"的性质和痕迹均比较淡漠，影响几近于无。1932年沈从文编的《现代诗杰作选》在上海青年书店出版，1934年赵景深编的《现代诗选》由上海北新书局发行，两本诗集"选"的意识有所增强，只是编者的非诗人身份的隔膜，使他们眼光不够内行，诗选的辐射力与影响度自然有限。待到1935年，朱自清编的《中国新文学大系·诗集》(1917-1927，赵家璧主编《中国新文学大系》之一种)由上海良友图书公司出版，它原本只是系统总结新诗第一个十年创作的选本，却谁也未曾料到竟正式拉开了诗歌经典化尝试的序幕，随着时间的推移越来越彰显出强烈的品牌效应。②应该说，虽然主观性偏好、求稳型心态的渗透，尤其是新诗草创、尝试期方向即代表成就的特殊语境限制，使朱自清的筛选还嫌芜杂，个别一过性的诗人也侥幸入选；但他能够从与旧诗对垒的形式语言之"新"和审美表现维度出发，又在大体上保证了一定的专业、权威水准，推出的闻一多(《死水》等29首)、徐志摩(《这是一个懦怯的世界》等26首)、周作人(《小河》等9首)、郭沫若(《炉中煤》等25首)、李金发(《弃妇》等19首)、俞平伯(《孤山听雨》等17首)、冰心(一、二十一等18首)、刘大白(《邮吻》等14首)、汪静之(《伊的眼》等14首)、朱自清(《匆匆》等12首)、冯至(《我是一条小河》等11首)、朱湘(《采莲曲》等10首)、蓬子(《秋歌》等10首)、胡适(《一念》等9首)、刘半农(《叫我如何不想她》等8首)、戴望舒(《雨巷》等7首)，共59位诗人的400多首诗歌，其作品的经典性日后大部分得到了读者的认可，早期白话诗、文学研究会、创造社、湖畔诗派、新月诗派、象征诗派的名篇佳构差不多都被包揽在内；并且它在搭建早期新诗经典分布的格局、厘定文学史经典叙述的调子方面，起了绝对性的范式作用，开辟了新诗经典化的一个小小"传统"。

20世纪30、40世纪仍有新诗选类的图书出版，但真正可视为新诗经典化进程中第二块界碑的，还是臧克家编选、中国青年出版社1956年出版的《中国新诗选》(1919—1949)。按理，此时该诗选可供驰骋的视野范围延伸到30年，对象也已经沉淀得相对清晰稳定，遴选当更为科学精准。事实上，郭沫若(《立在地球边上放号》等9首)、康白情(《草儿在前》等4首)、冰心(《繁星》一、二、三等8首)、闻一多(《静夜》等5首)、刘大白(《卖布谣》等4首)、朱自清(《送韩伯画往俄国》等3首)、蒋光慈(《写给母亲》等4首)、冯至(《蚕马》等2首)、柯仲平(《延安与中国青年》等4首)、戴望舒(《狱中题壁》等2首)、殷夫(《别了，哥哥》等5首)、卞之琳(《给一位刺车的姑娘》等2首)、臧克家(《老马》等4首)、蒲风(《茫茫夜》等4首)、萧三(《瓦西庆乐》等3首)、田间(《给战斗者》等5首)、何其芳(《一个泥水匠的故事》等4首)、艾青(《大堰河——我的保姆》等7首)、袁水拍(《寄给顿河上的向日葵》等4首)、严辰(《早晨》等3首)、李季(《报信姑娘》等3首)、张志民(《死不着》1首)等26位诗人92首诗的共时性"出笼"，也的确完成了代序所规定的恢复"'五四'以来新诗发展的一个轮廓"的目标。该选本1957年发行2版，在原有的基础上增加了徐志摩的《再别康桥》等2首诗；1979年又出了3版，又增加了王统照的《这时代》等3首诗，同时将袁水拍与王希坚的诗歌全部删掉，所选诗歌降至82首。尽管几个版本之间的变化出入较大，从一个侧面透露出时代、政治因素对文学事业的渗入和作用之强劲；但是编选标准上遵循的"现实文学语境的革命、政治叙述框架"③，却始终如一，诗选坚守着人格与文格统一的原则，符合首要维度革命、政治条件的诗人作品多选，书写个人情怀或吟诵自然、爱情的则自然被边缘化乃至彻底屏蔽掉了。如果说朱自清着眼于新的品质，臧克家则崇尚契合政治时尚的革命话语，所以有些重要诗人都遗憾地被漏掉了，有些作品也非诗人的代表作，他是以政治化视角树立了一批"红色经典"，却也留下了再商榷和再估衡的空间。

因精品意识的自觉与强化，新诗经典化实践在新时期进入了最为活跃、成熟的黄金期，各种以主题、区域、断代分类的选本纷至沓来，令人眼花缭乱，目不暇接。尤其是1980年代末反思的时代氛围浸润，和"重写文学史"讨论的热潮冲击，给新诗编选镀上了一种"重估"的色彩。而在众多选本中，1994年海南出版社出版、王一川和张同道主编的《20世纪中国文学大师文库》，同1996年北京大学出版社出版、谢冕和钱理群主编的八卷本《百年中国文学经典》中诗歌编选的影响格外大，水准更专业。编选者们重新理解了主流、边缘的各自包孕内涵及其相互转换关系，遂不约而同地努力把心目中被颠倒的经典再颠倒过来；所以弱视、轻化曾经作为主流风行一时的"红色经典"，立足心灵与艺术的歌者逐渐获得首肯。海南选本后面会单独讨论，这里仅从北大选本目录就不难看到一种迹象：在总共210余首的新诗作品中，建国前入选的只有郭沫若（《凤凰涅槃》等3首）、闻一多（《死水》等3首）、徐志摩（《再别康桥》等2首）、冯至（《蛇》等4首）、戴望舒（《雨巷》等4首）、卞之琳（《断章》等3首）、艾青（《大堰河，我的保姆》等7首）、臧克家（《有的人》等2首）、李季（《王贵与李香香》等3首）、何其芳（《预言》等3首）、穆旦（《赞美》等5首）、郑敏（《金黄的稻束》等7首，包括建国后诗歌）、陈敬容（《划分》等4首，包括建国后诗歌），诗人不足20人，作品未满50首，它们明显遭遇了简约化的处理。而建国后那些坚守心灵和理想艺术尺度的诗人地位则大幅上扬，牛汉（《华南虎》等4首）、余光中（《乡愁》等6首）、邵燕祥（《到远方去》等3首）、郑愁予（《错误》等2首）、痖弦（《红玉米》等6首）、袁水拍（《西双版纳之夜》等3首）、闻捷（《苹果树下》等2首）、公刘（《哎，大森林！》等8首）、昌耀（《鹿的角枝》等2首）、黄翔（《独唱》等2首）、食指（《相信未来》等2首）、北岛（《回答》等6首）、舒婷（《致橡树》等4首）、翟永明（《独白》等4首）、唐亚平（《黑色裙裾》等3首）、崔健（《一无所有》等2首）、海子（《春天，十个海子》等5首）、戈麦（《劝诫》等3首）、西川（《致敬》等3首）……观念放开了，歌词理直气壮地被纳入诗歌视野。同时及稍后出版的洪子诚、程光炜等几本当代诗歌史著作，在经典的发掘视域和确认标准上走的大致也是这一路数。在经典焦虑越来越重的世纪末，这些选本的出现无疑在一定程度上缓解了诗坛的压力，为具有艺术探索和先锋精神的诗歌真正浮出历史地表起了助威之力。至于2010年人民文学出版社出版、谢冕主编的《中国新诗总系》，和2013年长江文艺出版社出版、洪子诚和程光炜主编的浩浩30卷的《中国新诗百年大典》等，也都堪称新诗经典化的重要工程，但客观说它们体现的只是"好诗主义"观念，其中很多作品已非标准意义上的经典二字所能解释得了的，毕竟好诗和经典看似只差一步之遥，有时却相隔千里。

百年中国新诗经典主体流脉的渐次隆起和数番起伏，推出了壮观连绵的"英雄谱"，令不同时代的读者都获得了必要的方向和标准，不断有经典的"山峰"可以仰望与皈依；当然它还无法和《诗经》、《楚辞》、唐诗、宋词组构的辉煌审美系统相抗衡，人们也不该对只有百年历史的文学种类和饱含几千年底蕴的成功体式硬性比较。并且它以诸多篇章的拼贴和呼应，从形到质地折射出了百年中国的心灵历史风云，构建了百年中国一份鲜活的精神档案；它在现实和艺术夹缝间一步步艰难的艺术摸索，一方面留下了富于启迪的曲折流程与个性风姿，成熟到足以和任何一种文类比肩，一方面又拥托出了风格纷呈、千秋并举的个人化的绚烂艺术奇观，这是新诗与读者的共同福份。

二

新诗经典建构的成绩看上去是骄人的，它有足够的理由令整个世界为之刮目和折服。但是，与肯定的意见相伴生，对它批评的声音却始终不绝于耳，在许多诗人和研究者心中，新诗的经典焦虑一直潜滋暗长，并且越来越严重。不少人贬斥新诗成就太低，称其难以找出服众的拳头诗人和经典佳作，还时常质疑其存在的合法性，可悲的是新诗圈里"人比诗长寿"的戏谑，又总是频频在一些诗人那里得到应验。新诗舞台上诗人们代代不已、作品纷纷迅速死去的滑稽的悖论景观，使百年新诗经典化的过程和结果都矛盾丛生，也令关心诗歌命运的人无法不进行细致、深入的反思。是读者对新诗经典文本的要求太高？是新诗经典自身及其产生的环节问题太多？是新诗经典与读者间没有达成理想的遇合？

的确，受经典的相对性和流动性特点规约，一个时代有一个时代的经典，它们在各自的生成语境中都在某些点上称得上意义独具，重要得别的诗人和作品难以替代，这种经典可称为"动态经典"；如果"动态经典"的内在品质再能够超越时空限制，不论在什么年代、什么区域都永不逊色，它就会进入高一层境地，上升为"恒态经典"，一个时代"恒态经典"越多才可以保证该时代的文学越繁荣。正因为经典内存动态与恒态之分，海外批评家才有对经典更高标准和条件的阐述，他们认为"经典作品只是在事后从历史的视角下才被看作是经典作品的"[④]"一项测试经典的古老方法屡试不爽：不能让人重读的作品算不上经典"[⑤]，甚至非常具体地判定，"有关正典地位的预言必须在一个作家去世之后，经过大约两个世代的验证"[⑥]。理论家们的言说不外乎表明，严格意义上的经典应该具有超越时空的永恒价值，并且其价值不会随着时空的转换而改变或消失，它的产生或确立必须经过一定时段的淘洗和沉淀，很难在短时期内"尘埃落定"。如此说来，那百年中国新诗经典化过程中数次打造出来的经典，究竟是处于动态经典还是恒态经典范畴呢？在这个问题上，一个最为愚笨却也十分有效的办法，就是看经典化过程中几个主要节点留下的版本之间经典文本的重合率，重合率程度的高低直接反映、关涉着文本经典程度的高低。

要是从版本间经典重合率指标的测试结果看，新诗略显匆忙"急切"的经典化过程及其推出的经典，恐怕就不甚理想的。从朱自清的唯"新"是举，到臧克家的政治话语至上，再到谢冕、钱理群的历史与审美标准兼顾更倾心于艺术性的不断变动，导致的结果必然是朱自清划定的经典被臧克家严重"瘦身"、大面积"颠倒"，而臧克家眼中的若干"红色经典"到了1990年代又被后来者重新"发现"、再次"颠倒"回去。建国前的社会动荡、建国后的运动频繁、诗歌自身内部的发展复杂，决定百年中国新诗在"五四"时期、抗战阶段、十七年、新时期乃至新世纪，均表现出不同的审美趣尚和经典标准，各个时段彼此之间不可通约，在此时段可圈可点的诗人诗作，到彼时段里经典的部分品质却立刻淡化或失效，反之亦然,或者说各个时段之间一直缺少、也不可能获得一套相对恒定稳健、被普遍认同的经典尺度和经典体系;所以前后颠来倒去的互相否定就成为一种常态,更多的时候只能生产流动的诗歌经典,为不同时代的读者一致首肯的经典数量变得非常有限。如果说百年跨度太大,不同时段的编选者出现纵向的严重殊异性还情有可原;可是即便面对相同的时空区域,20世纪末问世的程光炜编的《岁月的遗照》和杨克主编的《1998中国诗歌年鉴》,在新时期经典文本的筛选上却也出入大得惊人,反差极其强烈,最近出版的洪子诚、奚密等主编的《百年新诗选》,和由徐江主编的《1991年以来的中国诗歌》,在对最近三十年诗歌经典的甄别上仍是相异性远远大于相似性。

尤其耐人寻味而又颇具说服力的是,两部相对"经典"的经典化选本重合率也远不够理想。1994年海南出版社"为20世纪文学中大师级人物重排座次"出版了《20世纪中国文学大师文库·诗歌卷》,其主编张同道、戴定南的编法被人大骂"离经叛道",内里的原因其实很简单:一是他们在20世纪中国诗歌史中,只选择了12位诗人的389首诗作为经典,其中包括穆旦的《赞美》等30首、北岛的《回答》等52首、冯至的《蛇》等36首、徐志摩的《再别康桥》等33首、戴望舒的《雨巷》等29首、艾青的《大堰河——我的保姆》等27首、闻一多的《死水》等31首、郭沫若的《凤凰涅槃》等23首、纪弦的《你的名字》等45首、舒婷的《双桅船》《致橡树》等28首、海子的《春天,十个海子》等22首、何其芳的《预言》等33首;而无数的诗人诗作被他们"遗漏"了,特别是那些自视甚高者对之当然会恼羞成怒。一是他们居然把以往备受压抑的穆旦置于20世纪中国诗歌大师的第一位加以推举,更出人意料,其大胆的行为刺痛了不少人超稳定的传统文学神经。今天再回望这个"事件",人们不得不承认那是一次具有相当专业水准的有效遴选,它确实将重要的艺术"金子"从新诗海洋里打捞出来了,其公信力已经得到了广泛的印证。事隔近20年的2013年,诗坛又推出一册在圈内有较好口碑的经典化选本,子川主编的《新诗十九首》由江苏文艺出版社出版。它是30几位一线批评家和诗人历经两年,通过推荐备选文本、数次研讨、票决统计等环节,最终达成的"共识",入选者为北岛的《回答》、卞之琳的《断章》、戴望舒的《雨巷》、艾青的《我爱这土地》、洛夫的《边界望乡》、徐志摩的《再别康桥》、郑敏的《金黄的稻束》、王家新的《帕斯捷尔纳克》、曾卓的《悬崖边的树》、张枣的《镜中》、海子的《面朝大海,春暖花开》、余光中的《乡愁》、舒婷的《致橡树》、痖弦的《红玉米》、食指的《相信未来》、昌耀的《斯人》、闻一多的《死水》、多多的《阿姆斯特丹的河流》、芒克的《阳光中的向日葵》。坦率地说,这次"排行"并非绝对科学,也可谓批评家们相互博弈、靠拢、妥协的结果;但其遴选过程严谨,细节周密,甄别、决出的经典布局大体符合百年中国新诗的历史实际。按理,两个选本都以近百年的新诗为对象,又都表现出很高的眼光和水准,它们应该具有相当的一致点和重合度;遗憾的是二者在人和诗的选择上依然分歧重重。如《新诗十九首》在入选人数方面超出了"大师本",其作者和作品全面覆盖后者当在情理之中,但事实却是"大师本"中的12人竟然只有9人入"十九首",何其芳、纪弦、冯至等三人被残酷地淘汰了,而"十九首"里的三四首诗歌怎么也看不出一点儿"经典相",和真正的经典还存在着相当大的距离;重合入选"十九首"的诗人海子,也应该选《春天,十个海子》而不该是《面朝大海,春暖花开》,昌耀入选的诗也应该是《内陆高迥》而不是《斯人》。

大量选本差异的事实证明,充斥百年新诗历史的多属于历时性的"动态经典",

即"文学史经典",严重不足的是更高一层级、具有典范价值的"恒态经典",即"文学经典"。有些诗人和作品从"动态经典"视角看是经典的,可是一旦调整到"恒态经典"视角,就光彩顿失;当审视新诗的历史形象时,会对某些诗人作品如数家珍,可是转换成审美形象的端详后,则泛出了经典诗人诗作寥若晨星的苍白。而"动态经典"和"恒态经典"的重合率过低,"恒态经典"缺席,无疑是新诗真正经典匮乏和不够繁荣的显豁证据,这也是许多批评者攻击新诗的理由所在。经典焦虑的"情感综合症",暗合了陈思和的《中国当代文学教程》、洪子诚的《中国当代文学史》对当代文学缺少经典的共同指认,它既从一个侧面反证了新诗虽然已有百年的跋涉历练,但在永恒的时间和艺术面前还像一个有待成熟的"孩子",至今尚未彻底打倒、取代旧体诗,影响力更无法和旧体诗相匹敌,这无论如何都有一点儿让人尴尬的意味;同时也说明新诗经典的评判标准欠稳定,透出众多诗人、研究者经典认同焦虑背后诗歌危机的忧患意识。

三

将"恒态经典"和"动态经典"并置,绝非是对"动态经典"的漠然轻视和简单否定,而是对各个时段"动态经典"提出了更高的标准,如果各个时段的"动态经典"能够最大限度地和"恒态经典"谐和一致,经典焦虑即会悄然化解。其实,经过时间的淘洗,徐志摩的《再别康桥》、冯至的《蛇》、戴望舒的《雨巷》、卞之琳的《断章》、艾青的《雪落在中国的土地上》、穆旦的《春》、郑敏的《金黄的稻束》、余光中的《乡愁》、郑愁予的《错误》、北岛的《结局或开始》、韩东的《有关大雁塔》、海子的《春天,十个海子》、伊沙的《饿死诗人》等一批流动性的经典,已成为新诗恒态经典"启示场"中的重要组成部分。只是在新诗生产的总数中,其份额和比重还少得过于可怜,这也当是诗坛应该着力深入反思之所在。

客观地说,百年新诗中"恒态经典"的匮乏,在某种程度上和缺少相对稳定的经典标准可以遵循有一定的关系;百年新诗至今尚处于进行时的尘埃未定的流动状态,也不能为经典玉成提供必要而充足的审视距离;诗人们在积淀浅薄的新诗文体内探索,缺少以白话表现现代情感和生活的经验,技巧和语言都还欠成熟。将经典稀少归结到这些点上不无道理,但仍不足以让人彻底信服,新诗"恒态经典"的稀缺恐怕还得从新诗的生存语境、本体内部以及创作主体等方面找寻根源。

经典诗歌是意味和形式共时性的审美体现,它必须在协调好人生和艺术的关系后才会产生。现代中国的历史堪称"多事之秋",兵荒马乱的残酷生存环境,同中国知识分子以入世为正格的忧患意识结合,内在地规定着大量诗人更多倾向于贴近时代和现实题材做合乎时宜的抒情,使表现"此在"人生和现实关怀成为主流,而弱于人性、心灵、审美维度的经营,重质轻艺;这样的背景就导致了大部分诗歌在走进人生的同时却走出了艺术,它们和那些徘徊于时代主流之外、走进艺术的同时却走出了人生的诗人作品一样,都不能达成思想和艺术的平衡。像穆旦用相对陌生化手法传达现代战争心灵感受的《五月》那样,将人与诗的关系结合得煞是熨帖的诗人诗作并不多见。而新诗的历史和社会的发展进程是基本同步并互为作用的,现代中国内忧外患的条件制约,没有给精神生产提供出优越的条件保障,无数像殷夫、柯仲平、田间那样的"战士型诗人",只能一边忙于革命和生存,一边写诗,自然就无法去敛心静气地打磨作品的艺术,急就章和即时性成了一种常见现象,这些均不利于大诗人、诗歌经典的生成。建国后的环境的确获得了本质性的改善，但在很长一段时间内频繁的政治运动，也给诗人主体和诗歌艺术带来了许多不稳定因素，而至1980年代之后工业技术、学历教育尤其是商品经济大潮的激荡，合纵连横，使诗歌更被边缘化为摇摇欲坠的"风铃"，诗人浮躁悬浮的心态，诗歌淡化崇高的低俗游戏风气，和去经典化的解构潮流三位一体，钳制得新诗只能离经典之路越来越远。当然，贴近现实政治进行创作，是百年新诗的独特选择和传统，它非但说不上是缺陷，或许正是迥异于其他国家诗歌的个性标志，这里我们指出来只是表明历史、政治、社会学领域内的精神漫游，在一定范围内影响了新诗向哲学和艺术境地的升华。

诗歌本体观念的偏狭以及随之而来的艺术表现中情感和理性的失衡，也限制了许多诗作难以触摸到经典的边缘。百年新诗进入了一个误区，那就是诗人们大都以为诗只是生活的表现或情感的抒发抑或感觉的状写，而且在这几个向度上都有所建树，但殊不知诗有时更是一种主客契合的情绪哲学。虽然有些诗人凭借敏锐的直觉力，常常在诗歌中穿透事物的表层和芜杂，抵达了事物本质，充满想象力对理趣、知性的追逐，使诗成为人生经验的发现和提纯。像舒婷的《赠别》、杜运燮的《雾》就在意象思维中蛰伏着哲学思维，前者在情感的流淌中洞穿了人生的滋味和意义，后者经神与物游过程也转换成了社会现实的独到领悟，揭示黑暗之雾遮不住光明和向上的目光，只能欲盖弥彰。像卞之琳、冯至、北岛的作品更以"思"之品质的凸显，推送出一些深邃而富于穿透力的智性启迪的经典。可惜，这种诗情智化的倾向在新诗中只是未成气候的零星存在，大量诗作因为缺少哲学意识的烛照，喜欢在充满亮色的题材范畴内做一般性的精神滑翔，流于情思倾诉或沉闷"叙事"，而无法进入人类的实质精神、生命本体的形上思考层面，而诗歌肌体抽去哲学筋骨的支撑，自然也就失去了冲击力。与之相呼应，诗人们在写作呈象过程中就更多受情感牵引，而少受理性的驱遣和控制，特别到商品经济的冲击与功利诱惑兼具的新时期，那些对现代文明、人性本质的负价值缺乏批判立场的诗人，生产出来的"产品"充其量也就是娱性诗而已，只能与提供精神向度的精警、深刻、阔达的经典失之交臂了。

在"恒态经典"不足的问题上，创作主体精品意识淡漠和人格的某些弱点也难辞其咎。在无以胜数的诗人那里，表达和倾诉是写作的第一要义，他们根本无意于思想境界和技法语言的讲究，觉得那完全属于次要、附属、第二性的因素，更不愿反复修改、打磨自己的作品，有的也不是一点技巧没有，而是十八般兵器样样都会，却哪一项也难说精湛；于是乎提供给诗坛的作品从思想到技术含量都难说理想，甚至留下了一个又一个的教训。如大跃进时期，山西省竟然提出"村村要有李有才，社社要有王老九，县县要有郭沫若"这样有悖于诗歌创作规律的指标，更有甚者，"张家口专区竟出现一位'万首诗歌个人'或曰'万首诗歌标兵'。他一个人在一个月里就写出了一万首诗……写成就投进诗仓库———间空屋。后来听说这位诗人写诗太累，住医院了"⑦。全民写诗，不管是否粗制滥造，只追求产量，有的根本就不是诗；并且把本来属于个人化高度精神作业的写诗，演绎为乱哄哄的集体行为，这本身即背离了诗歌本身的含义，空留下一个笑话。再有2008年汶川地震后，诗歌创作短期内出现了多年来少见的白热化的"井喷"状态，同情、悼念、安慰等成为大家共同复印的情绪流行色，还有些人不道德地把"兴诗"的希望寄托于灾难之上，时过境迁，现在回过头看大量地震诗歌潮流中的热闹只是假象，除了朵渔的《今夜，写诗是轻浮的》等凤毛麟角的优秀之作外，大多数作品仅仅停浮于情绪震撼层面，没有情思的沉淀和艺术的精雕细刻，基本上尚处于半成品状态，个别的压根儿就没有任何技巧。这场地震诗歌热潮非但没将新诗引向"再生"，还出现王兆山的《江城子·废墟下的自述》似的不和谐之音，"天灾难避死何诉，/主席唤，总理呼，/党疼国爱，声声入废墟……只盼坟前有屏幕，/看奥运，同欢呼"，其虚情假意的"迎合"只能沦为被嘲笑、被唾骂的对象。

也许有人会说，如今早已进入文学的解构时代，去经典化成了一种势不可挡的潮流。在这样一个非经典化的语境中，还去认真地谈论新诗的经典问题，无异于悖时的愚蠢行为。但我仍要重申，不论每个民族，不论任何时代，都有无数的精神探索者需要自己的经典之"灯"的照耀，只要文学还在，诗歌的经典焦虑和焦虑对抗就不会划上终止符。什么时候经典诗人与诗作源源不断地涌出，中国新诗就真正走向繁荣了。

注释：

①洪子诚等：《世纪视野中的百年新诗》，《读书》2016年第3期。

②继《中国新文学大系》第一辑(1917-1927)之后，《中国新文学大系》第二辑(1927-1937)、第三辑(1937-1949)、第四辑(1949-1976)、第五辑(1976-2000)，由上海文艺出版社分别于1982年、1991年、1997年、2009年出版，其中诗歌卷的编选者依次为艾青、臧克家、邹荻帆、谢冕，这四个选本和朱自清选本相互呼应，构成了一个相对完整的诗歌历史谱系，虽然影响均远不及朱自清选本。

③袁洪权：《<中国新诗选>(1919-1949)的版本、编选与代序修订》，《现代中文学刊》2014年第5期。

④[英]T.S.艾略特：《什么是经典作品》，《艾略特诗学文集》，第190页，国际文化出版公司，1989年。

⑤⑥[美]哈罗德·布鲁姆：《西方正典》，第21页、412页，江宁康译，译林出版社，2005年。

⑦韦君宜：《思痛录》，第65页，北京十月文艺出版社，1998年。

（作者单位：南开大学文学院）

评徐志摩的诗创作

● 白　耶

一

徐志摩是1921年秋天还在英国留学时开始写新诗的。这一年的11月23日他写出了生平第一首新诗《草上的露珠》,到1931年11月19日去世,写了整整十年新诗,留下了至今能找到的近250首作品(不包括译诗),出版了四本诗集。前三本是由他自己编定,在他生前就出版了的,它们是《志摩的诗》(1925年8月出版)、《翡冷翠的一夜》(1927年9月出版)、《猛虎集》(1931年8月出版)。第四本《云游》则在他去世后由陈梦家编定于1932年7月出版。

在徐志摩因飞机失事而去世前三个月,他为即将出版的《猛虎集》写了篇序文。该文在回顾了自己的新诗创作后不禁感慨地说:"一眨眼十年已经过去,诗虽则连续地写,自信还是薄弱到极点。'写是这样写下了',我常自己说:'但难道这就能算是诗吗?'就经验说,从一点意思的晃动到一篇诗的完成,这中间几乎没有一次不经过唐僧取经似的苦难的。诗不仅是一种分娩,它并且往往是难产,这份甘苦是只有当事人自己知道。"从这段话中可以见出:徐志摩对自己的新诗创作,态度十分严肃,甚至可以说他的诗歌灵感是挣扎着走完这十年的。

十年创作,时间不能算长,但对喜欢变动的徐志摩来说,无论创作心境、主题思路或者艺术探求趋向,都在或强或弱不断发生着变化。因此,我们可以拿他四本诗集作为基础性标志,把他不长的写诗生涯分为四个阶段,即1921年11月至1925年3月的第一时期为《志摩的诗》阶段,1925年4月至1927年9月的第二时期为《翡冷翠的一夜》阶段,1927年10月至1931年6月的第三时期为《猛虎集》阶段,而这以后的诗(包括写于此前的几首佚诗)则为第四个时期——《云游》阶段。

现在就分头来对徐志摩这四个创作阶段作出创作心境、主题思路和艺术探求趋向的综合考察。

先来看徐志摩新诗创作的第一时期——《志摩的诗》阶段。

徐志摩突然热衷于写新诗,同他1921年与1922年之交所发生的一场恋情波折和由此引发的家庭婚变所受的刺激当然有重大关系,1921年10月林徽因随父返回祖国,和徐志摩不辞而别,加速徐志摩的家庭婚变,并于五个月后的1922年3月和张幼仪在柏林协议离婚,使异国他乡的他彻底成了孤苦伶仃的一个,能不感喟人生而有所吟咏。不过,那时的徐志摩毕竟还年轻,善感也易变,富于人生感喟的现实境遇倒也推开了徘徊在康河边的他性灵的门扉,唤醒了他天生敏锐的诗感,以致怀着单纯的信仰而对一草一木去寄以深情,这结果也就带引起他初试锋芒的抒情狂热。对这一情况,他在《猛虎集》的序文中说过一段话:

只有一个时期我的诗情真有些像是山洪暴发，不分方向的乱冲。那就是我最早写诗那半年，生命受了一种伟大力量的震撼，什么半成熟的未成熟的意念都在指顾间散作缤纷的花雨。我那时是绝无依傍，也不知顾虑，心头有什么郁结，就付托腕底胡乱给爬梳了去，救命似的迫切，那还顾得了什么美丑！我在短期内写了很多，但几乎全部都是见不得人的……

那半年间写的、后来被他自认为"见不得人"的初试之作，在他编《志摩的诗》时，的确只选入寥寥几篇，大都被删除了。其实今天冷静地去看待，也还是颇有些值得肯定之作的，如《草上的露珠》《青年杂咏》《春》《夏日田间即景》（近沙士顿）《威尼斯》《夜》等。初版线装直排本《志摩的诗》收55首，再版本增加《恋爱到底是什么一回事》一首，却删掉了15首，其中《沙扬娜拉》一首原十八章，删后只留最后一章。对自己的处女作如此苛求，却还是不满意。在《猛虎集》的序文中他还说："在这集子里初期的汹涌虽已消失，但大部分还是情感的无关栏的泛滥，什么诗的艺术或技巧都谈不到。"他这样看待自己的初试之作，不管是出于自谦或者真有这样的感觉，都反映着一点：从踏上诗坛的那一天起，他对自己的要求就很高，这也就决定了《志摩的诗》阶段的作品虽不能有让人感到一出手就不同凡响——如同郭沫若的《女神》那样，但从总体说，不仅质量还算上乘，抒情境界也远超《志摩的诗》以后的他的诗。

这里所谓的抒情境界，指的是我们把徐志摩这期间的诗局限在主题—题材所及的精神层面而言的。从这个意义上说，他的这些初期作品大有心灵向世界开放的青春之歌意味。正像春天里会有百花齐开的自然景观一样，徐志摩也让这期间自己的诗在青春岁月里有创造的花朵盛放，视野是开阔的，审美敏感也显得多姿多彩。在他写的第一首新诗《草上的露珠》中，他把自己比作了这颗露珠，缀在青草上，那样的纯净透明；比作了海鸥，"上穿云下没波自在优游"。他要求自己是"时代精神的先觉者""思想艺术的集成者"和"人天之际的创造者"，为此，在他的心胸里满怀着"河海风云"的气概，神往于"纵横四海不问今古春秋"，因此他向自己发出了这样的呼唤："诗人哟！可不是趁航时候，/还不准备你/歌吟的渔舟！""还不放开你/创造的喷泉"。并进而彻声高歌自我：

你是精神困穷的慈善翁，
你展览真善美的万丈虹，
你居住在真生命的最高峰。

他竟然说要生存在有"真善美"这道"万丈虹"悬挂着的"真生命的最高峰"上！这个"真"把他的生命意识通过真善美这个高标准充分地显示了出来。这种单纯的、积极向上的青春气概是值得称颂的，而尤其值得珍视的还在于：他对真善美视同"万丈虹"般神往是别有新意的。诗中说草上的露珠在青草上晶耀时，"新归来的燕儿/在旧巢里呢喃个不休"，这是对爱的神往。诗中说在春天来临时，大海的白浪里活跃着"金翅的海鱼里/白嫩的长鲵/虾须和蟛脐"快快去撒网放钩，以便给"父母妻儿亲戚朋友"得以享受"稀世的珍馐"，这是对美——一种人道精神的神往。诗中还说春天里人得"开放你创造的喷泉"，就得像"高高在上的云雀"在青空中自由展翅，"散布着稀世的音乐锦绣"，这是对率性自由的神往。正是这种新意的隐示，也就决定了徐志摩这一阶段新诗的主题思路的探求方向，也就是由真善美所派生出来的，对美、爱与自由作全面的歌吟。

的确，《志摩的诗》阶段的诗，比徐志摩后来几个新诗创作阶段更全面而又鲜明地体现出他的生命诗学的真髓，对美与爱的虔诚追求，对自由与神秘境界的不懈探索。

对美的抒唱是徐志摩这一阶段的新诗创作最是看重的主题思路。对此所作的追求，在《志摩的诗》和这期间的一批佚诗中，大致说是从两个方面展开的：

第一个方面是抒唱世俗生态的人性和谐。《威尼斯》一诗写的是主体在一个"甜熟的黄昏"时分，站在水城威尼斯一条桥上，倾听从远处飘来的一脉脉箫声琴音荡动着、荡动着，悄悄儿荡入进"波涟里"，使他感受到一种"澄蓝而凝匀"的境界。而就在这时，"歌声，游艇，/灯光的辉莹"也以"幻景"似的氤氲，前来笼住心魄，于是，"梦寐似生"了。"灵魂的琴音"在"惺忪"中也有了"无形的冲动""悄悄地吟弄"着应和起来。这是一场以闲适为标志的和谐生态美抒唱。《乡村里的音籁》则写乡村的和谐生态美：主体坐小船荡在乡村边的河上，欣赏着秋风吹起的河水"漪绒"，这时隐隐传来"乡村里的音籁"，那是"稚儿的呼唤""犬吠鸡鸣"，"我"顿然有记忆浮现，"与童年的情景默契"，有了淡淡的岁月流逝的惆怅，强烈地对田园的和谐生态神往起来：

　　回复我淳朴的、美丽的童心，
　　　　像山谷里的冷泉一勺，
　　　　像晓风里的白头乳鹊，
　　　　像池畔的草花，自然的鲜明。

这是一场以安逸为标志的和谐生态美。《难得》抒写人与人相濡以沫的温馨：一对"寂寞的灵魂"在生存世界的寒夜围炉而坐，默然相对，"没有虚骄，猜忌与嫌憎"，只一起"静静的默数远巷的更"。诗篇最后说："在这冰冷的冬夜，朋友，/人们方始珍重难得的炉薪；/在这冰冷的世界/方始凝结了少数同情的心。"这是出于真切体验的抒写，极难得的一首以深远意境来感兴人际和谐美之作。值得特别一提《她是睡着了》。这是一首静物写生诗，把一个熟眠中的少女的睡姿作了细致入微而又神态毕现的描绘。诗人用了大量丰盈的意象来对"她是睡着了"作出多角度多侧面的表现，使少女睡姿的匀和与意象表现的匀和浑成一体，从中凸显出她作为一个充满活力和梦想的青春生命，肉体与精神的高度相融，诗的最后一节这样写：

　　可爱的梨涡，
　　解释了处女的梦境的欢喜，
　　　像一颗露珠
　　颤动的，在荷盘中闪烁着晨曦。

这属于肉体的浅浅梨涡儿所展示出来的梦境幽秘的欢喜，和属于精神的葱茏青春气传神出来的、若露珠闪烁着晨曦，可真是形神兼备的大和谐抒写。

第二个方面是揭示违反天道的不公现象。生存不公是社会矛盾存在的反映。徐志摩对此种现象以诗来揭示，正是从反面去看待人性之必须和谐，或者就说这是另一意义上表达了他对生态和谐的期望。《志摩的诗》阶段，徐志摩这类诗写得不少，如《先生！先生！》《叫化活该》《太平景象》《一条金色的光痕》《灰色的人生》《盖上几张油纸》。他这类属于批判现实性质的诗，比起同一时期新月诗派的同仁来，恐怕是写得最真切最显特色的。在顾永棣编的《徐志摩诗全编》中，有一条附于《先生！先生！》一诗后面的注释这样说："1923年冬志摩居故乡硖石东山麓三不朽祠。临近东寺戏台脚下有乞丐一群，志摩曾送去冬衣，并与他们一起席地喝酒交谈。《先生！先生》《叫化活该》均写于此时。"这个传说如有一定的真实性，那足以证实他这类诗之所以有其真切感，是出于实际生活感受得来的。《叫化活该》采用"朱门酒肉臭，路有冻死骨"的对比手法写成。虽然这首诗的审美指归是以叫化的命运来喻示诗人自身的社会遭遇，但诗中表现"叫化活该"命运所显示的人世残酷性和揭露的深刻性，若没有主体的真实感受是办不到的。如下面一节："'可怜我快饿死，发财的爷！'/大门内有欢笑，有红炉，有玉杯；/'可怜我快冻死了，有福的爷！'/大门外西北风笑说，'叫化活该！'"这种戏剧性冲突场面的设置，就渗透着诗人对贫富不均、人道沦丧所激发出来的悲天悯人情绪，显得颇具实感。《先生！先生！》写的是乞儿一次次追逐人力车乞求布施而无着的人世惨景。诗篇推出了一个特写镜头：一辆辆车的轮子在小巷内飞奔，一声声求乞的哀声在北风中回荡，而求得的是什么呢？只是"飞奔，急转的双轮，紧追，小孩的呼声"——"先生……先生……"在这里，"橡的皮车轮不住的飞奔"作为一个象征意象被凸显了出来，象征着人道沦丧、贫富不均的人间悲剧在时间长流中的不断头、无穷尽，而综合这类批判现实的诗的抒情主题，确反映着徐志摩对人世和谐生态怀有强烈的期盼情绪。什么是美？美就是和谐，徐志摩面对人世不公造成的生态不和谐而期盼和谐，无疑也是一场在美的范畴中的抒情追求。

对爱的抒唱是《志摩的诗》阶段徐志摩抒情的重点。虽然艾青在《中国新诗六十年》一文中嘲讽过徐志摩："他在女性面前显得特别饶舌。"可他对爱的抒唱实在不是只对异性的，而是在追求着一种博大的爱。这一点在《志摩的诗》阶段尤其明显。大致说这阶段他对爱的抒唱可分为三类：泛爱自然、心恋往昔和钟情异性。下面就分别作一介绍。

先看泛爱自然。

徐志摩是一个倾心自然而泛爱众生万物的人。《志摩的诗》阶段还年轻，入世未深。悠游在康河边度着学子生涯，或邀友遨游于西子湖畔，对大自然一草一木寄以深情而赋之于诗章者尤为显著。诚如抒情长诗《康桥再会吧》中所说："康桥！山中有黄金，天上有明星，/人生至宝是情爱交感，即使/山中金尽，天上星散，同情还/永远是宇宙间不尽的黄金，/不昧的明星……"这种爱真是何其深沉。这首带有一定叙事成分的诗所写的事并不复杂："我"原是个生在自然世界的"自然的婴儿"，只记得"从来处的草青日丽""青草里满泛我活泼的童心，/好鸟常伴我在艳阳中游戏"，这使"我"也爱上"与初生的小鹿儿竞赛"和"聚砂砾仿造梦里的亭园""梦里常游安琪儿的仙府"——与万物为伍，与众生作伴，却"误落尘网间"而成了"孤独的灵魂"。欲进"慈悲"之宫而遭驱逐，欲入"快乐之门"而被驱逐。从此"我"只能祈求光明来引渡自己超脱尘境，返回自然。诗的结束处这样抒唱：

我是个自然的婴儿，光明知否，
但求回复自然的生活优游；

茂林中有餐不罄鲜柑野粟，
青草里有享不尽的意趣香柔……

由此看来，这是一曲浪漫派的长歌，抒发了诗人徐志摩欲求还我自然生态的爱恋之情。正是这一片泛爱之情蓄于胸臆，也使他写出了《花牛歌》《八月的太阳》等充分体现他对众生万物挚爱深情之作，而《我有一个恋爱》则是其中集大成的一个文本。这首诗说主体"有一个恋爱"，是在和"天上的明星"互爱。诗人告诉我们不论"严冬的黄昏"还是"灰色的清晨"，或者不论"在海上"还是在"风雨后的山顶"，"一颗万颗的明星"都存在着，这就使得它们作为意象有了隐意，隐示着"明星"就是"山涧边小草花的知心，/高楼上小孩童的欢心，/旅行人的灯笼与南针"——众生万物，他们以"一瞬瞬的殷勤"赐"我"以爱，而"我"则听着"脚下蟋蟀的秋吟"，也会"引起我的心伤"和"泪零"，向众生万物表达自己的爱。于是诗人"袒露"了自己的"胸襟"说：这种

"献爱"是永恒的：

>任凭人生是幻是真，
>地球存在或是消泯——
>　　太空中永远有不昧的明星！

徐志摩就这样超时空地宣告自己对自然世界"有一个恋爱"！

再看心恋往昔。

徐志摩是一个留恋光景惜朱颜的人，岁月流逝、青春不再已成了他心头一个情结。在《沪杭车中》一诗里，他写火车在秋野上奔驰，竟幻感到是大化在催促光阴之流的滚滚长逝，以致发出这样的感喟："催催催！是车轮还是光阴？/催老了秋容，催老了人生！"这正反映着他对青春生命的留恋，对往昔人生的心爱。值得指出：以青春不再、生命流逝的感喟具现的这种心爱往昔情结是很容易转向对世事沧桑的哀吟的。这里值得来谈一谈《荒凉的城子》一诗。这首诗写主体的"我"重返曾生活过的一座劫后小城的心情。让灵魂不断地寻找着曾和自己在此相爱而度过一段美好往昔日子的她，寻找"曾经对着我的眼含情的凝睇"的她那对"热情的眼"，寻找"我的手臂""曾像托着天体"般抱过的她；寻找她那"亲吻我的香唇"。可是"我"能找到的只是"眼前一片凄凉的街市""一片凄凉的城子"。明艳的晨光里雀鸟已苏醒，纷纷"呼唤着它们的恋情"，比翼飞去。而"我"呢？"走上空虚的街去，/在忧伤中放声的哀恸"……这样一首诗当然不是现实主义抒写，而只能是本体象征，拿人世沧桑来作了一场另一意义上的着迷于往昔的抒唱。但不能不看到：往昔是一段特定时间的结束，是死亡。所以人对往昔的追恋进入极端，也就会不自禁地走上对已死亡的实际作匪夷所思的追恋，徐志摩在《志摩的诗》阶段对心恋往昔就走上了病态的极端，写下了《问谁》这样的诗。这是一首体现高度病态心理的诗，抒情主人公竟然心念亡灵而拥新坟度着长夜。诗中这样写"我"在"星光下"泪依依地"怅望着不复返的时光"而"留恋着一个新坟"起来："我俯身，我伸手向她搂抱——/啊，这个潮润的新坟！""这黑夜，深沉的，环抱着大地；/笼罩着你与我——/你，静凄凄的安眠在墓底，/我，在迷醉里摩挲！"并且期盼着东天不可破晓，使"我"能"永远依偎着这墓旁，/在沉寂里消幻。"据此当可见出：这一场心念亡灵的抒写，确已病态到极点，无疑这样的抒写作为一种审美趣味实是颓废情绪的强度发泄，不足为训，却也反映着如下这一点：徐志摩对心恋往昔的泛爱心绪十分强烈。

当然，在《志摩的诗》阶段，徐志摩对爱的抒唱最真切而强烈的，还是钟情异性的那些诗。按实况他在这阶段真正说得上动真格的异性恋情，恐怕只有林徽因和陆小曼两个对象，特别是对林徽因的追求，不仅时间长，折磨多，且始终没有断念过，为此写下的情诗也特别多。《去吧》一诗是已有资料证实是写给林徽因的，说得上是一首疯狂的绝望之歌。这首诗的写作须和他的一封信联系起来。1924年5月20日那天，徐志摩陪泰戈尔去山西，在火车站和前去送行的林徽因即将分别时，他疾书一封准备给林的信，但还在写时车已启动，他欲冲下去把未写完的信交给林，却被泰戈尔的秘书恩厚之看在眼里，拦住了几近疯子的他，并把这封信收藏了起来。这样的冲动缘何而生呢？根据很多年以后恩厚之提供的原件，《徐志摩传》的作者韩石山这样说："从这封信上可以看出：大前天即5月17日晚上，他和林徽因是在一起的。林徽因向他摊了牌，说她不可能做他的妻子，他们必须'离别'。她已考上半官费生，下个月就要和梁思成一起赴美。分手后的痛苦一直没有得到发泄，三天后再次相见，纵然是当着那么多送行人的面，他还是忍不住写了这封直抒胸臆的信要亲自交给她。真是疯了。"这个说法是合情理的。而就在同一天——是在写信前还是之后,不好论证,徐志摩又写了《去吧》这首诗,疯狂地发泄了他对人生的绝望之情,不是给林徽因还会是给谁的呢?这首共16行的诗,竟用了16次"去吧"大有彻底诀别对人生一切期望的疯狂,如下面这一节:

去吧,青年,去吧!
与幽谷的香草同埋;
去吧,青年,去吧!
悲哀付于暮天的群鸦。

当然时过境迁,徐志摩实际上并没有彻底和人生追求道"去吧",在写下这首诗半年多以后他和陆小曼又狂恋起。对林徽因的痴恋也并没有"与幽谷的香草同埋"。待林徽因去了美国以后不久,他又写了《为要寻一个明星》。这首诗是值得品味的。这首诗写的是"我"为要"寻一个明星"而骑一匹既拐腿又瞎眼的马冲入黑夜,向荒野加鞭,等到累坏了牲口和马鞍上的身手,那"明星还不出现"。而当"天上透出了水晶似的光明"——"明星"就要出现了时,荒野上倒下了牲口,躺着了"一具尸首"。这样一首诗也显然是一场本体象征。由于它是紧接1924年6月继《去吧》在《晨报副刊》发表和林徽因谐梁思成赴美留学期间写成,所以我们有理由说《为要寻一个明星》是对徐、林之恋的象征性写照:"我"要寻的"一个明星"就是对林徽因的喻示,而"拐腿的瞎马"则是指盲目冲动的徐志摩自己。"我"明知这场寻找的前景是"黑绵绵的昏夜""黑茫茫的荒野",结局是"荒野里倒着一只牲口,/黑夜里躺着一具尸首"的绝望,可"我"也还是要"冲入",要"加鞭"。这里自有徐志摩对林徽因痴心难变的象征意味蕴含着。1925年初起,徐志摩又投入一场对陆小曼的热恋,使他也写了不少情诗。这里先要提一提《春的投生》《别拧我,疼》这两首算不得是纯粹意义上的情诗,据韩石山考证实系作于徐志摩与陆小曼首次幽会后的1925年初,而不是1931年,肉体冲动中写下的,它们只能算是性恋诗,真正出于情爱的是1925年3月徐志摩因和陆小曼的关系闹得满城风雨而远游欧洲以躲避风头的前夕所写的《那一点神明的火焰》,该诗写一个雾蒙着深山的夜里,踯躅于山径的"我"对为自己深爱的"她"思念着,说"她"的出现使自己的"灵魂的底里"有了"一星宝石似的火光"。这可是"一点神明的火焰",即使到了"时间要求我"化为"尘境""我的心停止了跳动"的那一天:

在时间浩瀚的尘埃里,却还存着
那一点——
那一点神明的火焰,跳动、光艳,
不变
不变!

可以见出徐志摩这场钟情是深沉而且虔诚的。唯其如此,才是他在《恋爱到底是什么一回事》一诗中表达出了自己对这一次的钟情要永远坚守的真心实意。诗中说自己曾经是一个连"恋爱到底是什么一回事""认不识半点愁"的人,但这一次真动了真格,恋爱了,自己也变了,像"一只没笼头的马/跑遍了荒凉的人生的旷野",若"一刀拉破我的心头肉",血淋淋的灵魂里可是"一掬"爱的"璞玉",并有了一个觉醒:把这一场"恋爱"守住,还说"这里面有真"。什么样的真呢?他这样唱:

我再不想成仙,蓬莱不是我的分,
我只要这地面,情愿安分的做人

这就是说他决心守住对陆小曼的爱情,安分地过完一生。这可是一个浪漫诗人的心声——在一个特定的情景中发出的灵魂的颤音,强烈得虔诚,使陆小曼也大受感动,终于两人勇敢地走在一起了。

据此,我们当可以说这阶段徐志摩对爱的抒唱体现在钟情异性上,确有其强烈度,但他又同样对大千世界的众生万物有真挚的爱心,也对人生长河中的过往有深深的追念怀恋。这种种足见他是一个以爱的情怀拥抱世界之人,一个博爱者,而未必是只对女性饶舌的。

据此,我们也可以说,这阶段徐志摩对美与爱的抒唱其实是统一在一起的,美是外在的和谐、内在的温馨,这也就和爱接上轨了。徐志摩这阶段颇写了一些出于人道主义而抒唱美的诗,如《叫化活该》《先生!先生!》等上已提及的诗,出于怜悯、同情心揭示了一幕幕人间惨境,从中既激化出对人间和谐温馨美的祈求,却也从中升华出博爱情怀。至于对异性美的欣赏而生爱恋,在这阶段徐志摩的诗中则时可见到。如《沙扬娜拉》的第十八章对一个日本女郎的抒写:"最是那一低头的温柔,/像一朵水莲花不胜凉风的娇羞,/道一声珍重,道一声珍重,/那一声珍重里有蜜甜的忧愁——/沙扬娜拉!"这日本女郎在道别时"像一朵水莲花不胜凉风的娇羞"的那种低头躬腰神态所展现出来的温婉、柔媚,的确是美艳的,却也可见出这位浪漫诗人已进入钟情心境而写起情诗来了。

二

但对于奉生命意识为至尊的徐志摩来说,在《志摩的诗》阶段他虽对美与爱的抒唱很重视,但更致力的还是抒唱自由和神秘的境界,一种超越地球相对时空而在宇宙绝对时空中驰骋灵思妙想的追求,几乎已成了这阶段的抒情常态。

先看他对自由境界的神往与抒唱。

在1922年2月徐志摩还在初试新诗时就写过《青年杂咏》一诗,提出作为一个青年人,"你的心是自由梦境心",并且还在诗里把人活得自由自在看成一件至高无上的事儿,甚至说:"为这大时代的无始终,/任凭大鲸吞噬,亦甘心!"这种追求自由的气势不可谓不盛。

这阶段徐志摩对自由的抒唱是分三个方面展开的。

首先一个方面是抒唱自然生态的自由。

曾收入初版本《志摩的诗》中的《自然与个人》一诗,写了一场这二者的对应关系。诗中先是大面积铺陈了自然世界突兀而来的狂风暴雨、闪电雷鸣,诗中对此作了提点:"狂风、暴雨,电闪、雷震,/烈情与人生。"意示着前者是后者的征象,诗中还写了动荡的暴风雨过后,自然世界又变为宁静的一碧天青,诗中对此又作了提点:"变幻的自然,变幻的人生,/瞬息的转变,暴烈与和平。"意示着前者的转化也是后者的征象。由此可见徐志摩是一个把自然现象看成是人生的客观对应物的人,爱在自然现象中感悟人生的真谛。唯其如此,才使他也爱惜自然生态来寄托自己对自由的渴望。值得一提《幻想》。这首诗表面看是借雨后惊现的一条长虹来喻示想象变幻的多姿多彩,其实它的审美指归是借长虹的幻变来捕捉既飞动又壮阔的自由境界。诗所凸显的"长虹"意象,一忽儿幻现成一条巨龙,"满吸了东亚的大水"昂首游走于东西南北,"吼一声"而向"苦旱的人间"洒下甘霖。诗人忍不住赞叹这一道自由自在的天象变化带来的奇观:"看呀,电闪里长鬣舞旋,/转惨酷为欢欣在俄顷之间!"一忽儿又幻成一条玉带,一端提昆仑,一端围绕喜马拉雅,且从中矗立一"伟男","披苍空普盖的青衫/束此神异光明之带,/举步在浩宇里徘徊",撒一天雪花于漫山遍野。诗人又忍不住发出了赞叹:

丈夫!这纯激无路的世界,

产生于一转之俄顷之间。

这里显示着自然生态极大的自由度，也是对自由最壮阔的颂唱。还值得提一提《雪花的快乐》，诗人把这些轻灵活泼而又纯白的"雪花"作了拟人化的表现。它们漫空飞舞，率性悠游，且能自定方向，寻求所爱的目标，让自身消融入美的境界。从中寻求生存的快乐，而这快乐之所以能获得，则来自于特定的生存条件，自由自在，无所羁绊。因此，诗篇开门见山就作了这样歌唱：

假如我是一朵雪花，
翩翩的在半空里潇洒
　我一定认清我的方向
　飞飏，飞飏，飞飏——
这地面上有我的方向。

诗人一再说自己把握住了方向，那么这方向指什么呢？要活得像"雪花"一样潇洒自在。所以归根到底这个文本也是借自然生态对自由作了颂唱。

其次一个方面是抒唱爱情生活的自由。

徐志摩在《志摩的诗》阶段对"恋爱"特别怀有一种宗教感，如同《听槐格纳（Wagner）乐剧》一诗中称呼它为"圣洁的恋爱"，在《月夜听琴》中还宣称"恋爱是人类的生机"，《哀曼殊斐儿》中甚至提出："爱是实现生命之唯一的途径。"这个说法可是把"恋爱"这事儿提到生命哲学的高度来看待的了。为此，他在《哀曼殊斐儿》中进一步发出了这样的感慨："我当年初临一个生命的消息，/梦觉似的骤感恋爱的庄严！"那末这种庄严感所促成的他那情感趋向又是怎样的呢？诚如《月夜听琴》中所唱的：当"恋潮淹没我的心滨"时，他会毫不犹豫地尊重自我意志，无畏地走上争自由之路，以殉自己的恋爱。这使他在对恋爱作抒情的过程中，致力于和自由关联起来，而《这是一个懦怯的世界》一诗，则成了他抒唱爱情生活的自由的代表性文本。这首诗凸显出一点：这个世界已容不得恋爱，是有着重重的禁锢的，因此主体要他的所爱者"跟着我走"，干什么呢？诗篇推出了"我"的一个决心："听凭荆棘把我们的脚心刺透/听凭冰雹劈破我们的头，/你跟着我走，/我拉着你的手/逃出了牢笼，恢复我们的自由！"这就是说，为了维护恋爱的庄严、圣洁以及实现生命的这一事业，就得发挥爱中勃发的生机，冲破一切阻力，以求得自由。那么这种自由又在哪儿呢？诗篇进一步推出一个意象："抛弃这个世界"！让人间"掉落在我们的后背"，走向"白茫茫的大海"。那里可有着"一座岛，岛上有青草，/鲜花，美丽的走兽与飞禽"，只有在那里，才能让"我与你与恋爱"得以容身。于是主体几近急切地呼喊道：

快上这轻快的小艇，
去到那理想的天庭——
　恋爱、欢欣，自由——辞别了人间，
永远！

这就是说恋爱只能存在于与人间社会相辞别的地方，那儿才会有自由，而爱情生活是离不开自由的——并且永远是这样。

再一个方面是抒唱时空超越的自由。

所谓时空超越，实指超越地球相对时空而转为宇宙绝对时空而言，只有这种超越和转化，才能获得真正自由的保证。因此，只有在宇宙绝对空间中，众生万物才能与我同一，物即是我，我即是物，以致物我两忘。同样，只有在宇宙绝对时间中，才不存在今生往世，而是万代同一时，以致古今两忘。这一来，咫尺天涯的隔阂泯灭，瞬间永恒的界限不存，生命随意转化，从而获得了最大限度的自由。有关这些方面，在徐志摩一生的第一首诗《草上的露珠》就已有了耐人寻味的抒写。他是这样表现作为生命体的诗人的:"你是高高在上的云雀天翏,/纵横四海不问今古春秋。"这前一行就是隐示咫尺、天涯的空间隔阂的泯灭,后一行就是瞬间、永恒的时间界限的不存。而这一来也才显出生命生态真正意义上的自由自在。值得一提《地中海中梦埃及魂入梦》一诗。该诗所抒写的"魂入梦",就是诗人对时空在作超越与转化。诗的第二节中,主体说自己要让梦境"在海上游行""听波涛终古的幽骚";第三节说要让自己鼓"梦掉"而"上溯时潮"去"访史乘的泉源";这些表现还是立在地球相对时空作超越的抒写。第四节就不同了,这样写:

（埃及,古埃及!）
在尘埃之外逍遥,
解脱了时空的锁链
　　自由地翱翔。

这里的"尘埃之外"作为一个清虚之境当然指绝对时空,所做的"逍遥"当然是指在宇宙中的逍遥,而"解脱了时空的锁链"中的"时空"则指地球相对时空。"解脱"之者,超越也。所以这一节就点明:超越地球相对时空而在宇宙绝对时空中逍遥,才有了"自由的翱翔"——生命生态真正意义上的自由自在。而这一场自由的获得也就使主体的诗人既"超轶了梦境的神秘",又"超轶了神秘的梦境",从而也就能站在宇宙生态的高度去看待地中海上的风云、古埃及的史乘,从而勘破了"一切人生之谜"。

在《志摩的诗》阶段,徐志摩对时空超越的自由抒唱得最具气势且有阔大境界的,是长诗《夜》。这是一首奇诗,奇就奇在超时空的自由想象在当年的诗坛语境中的不同反响。它在《晨报·文学旬刊》的1923年12月1日那天初次发表时,编者曾有这样的附言:"志摩这首长诗,确是另创一种新的格局与艺术,请读者注意。"这个出于感觉的说法是对的,特别说它是"另创"的"格局",真说到了点子上,可惜这位编者没有具体说明是什么样的格局,"另创"之处又在哪里? 今天我们可以来说:这首诗的"格局"之可珍视不是指它在结构、语言、体式上自具格调、自显局面,而是指它的运思,其可珍视在于这场运思是站在宇宙绝对时空而作非地球相对时空所能展开的超验想象而言的,这样的追求在当年的诗坛还很少有如此博大壮阔而悠远的艺术运思之作出现过——除了郭沫若,因此这首诗的格局也才称得上是"另创"了。诗写的是"我"在一个宁静的秋夜徘徊在康河边,听不出"青林的夜月""鸟翅的飞声"和"康河的梦呓",却宁静致远而听出了"宇宙进行的声息""无数的梦魂的匆忙踪迹"以及"自己的幻想"在"神秘的冲动"的感受中"飞出沉闷的巢居",去寻访"黑夜的奇观"了,并且还把"我"引到大海边。于是也就有了一个"伟大的黑影"身倚海岸边的岩石,像是在祈祷中脸上掉下了一滴眼泪。这泪,"唤醒了海,唤醒了天,唤醒了黑夜,唤醒了浪涛",也"扯开了满天的云雾",瞬间里,明月、大风、海浪的"神伟的音乐"响起来了,一座"二十世纪的不夜城"也显现了出来,在一片"恶俗文明"的辉煌中,一个个"无耻、淫猥、残杀、肮脏"的镜头掠过……"幻想"不忍观望,飞回到"一百多年前"的"清静境界",在英国的"湖畔诗侣"的故乡,在"乳鸽山庄","我的幻想"会了湖畔派的几位大诗人,大家围炉而坐,吟诵抒发"大自然的精神"和"旷达情怀"的诗篇。然后,又飞到几百年前的海岱尔堡,赶上那儿的音乐声响起、舞会开始的时候,众人回旋在舞池中,漫步在尼波河边,而一个侏儒的醉中丑态赢得满堂哄笑。在笑声中,"我的幻想"又"溜回了不知几十世纪的一个昏夜",巴南苏斯群山,四起的烽烟,"王中之王"的阿加孟农,夺回海

295

伦的凯旋而归,满城的欢声雷动。这欢声又将"我的幻想"的双翼吹回不知多少年前的一个"更古的黑夜",肌肤黝黑多毛的原人,熊熊的篝火,吱吱发响的流油的烤肉,野河上新月一钩……"我的幻想"乃进入"人类文明的摇篮时期",却也"飞出了时空的关塞"——超越地球相对时空而进入绝对时空,会见"宇宙的大现"了:"几百万个太阳,大的小的,红的黄的,放花灯似的在无极中激震旋转",而"人类的地球呢",眼前只见得"一海的星沙""哪儿去找"呢!"我的幻想"也就"归路迷了",真不知道"光明"又在哪里?这时一个神秘的声音出现了:"不要怕,前面有我!"这是谁?"我的幻想"惶惑了,但那声音又响起:"我是宇宙的枢纽,我是光明的泉源……在我的眼前,太阳、草木、星、月、贝壳、鸟兽,各类的人、虫豸,都是同胞;他们都是从我取得生命,都爱我的爱护。我是太阳的太阳,永生的火焰。"这声音、语气是如此的无可争辩,这是谁?从哪儿发出来的?"我的幻想"这个念头一出,神秘的声音又响了:"我不在这里,也不在那里,但只随便哪里都有我,若然用幻象都是空的幻的,我是终古不变的真理与实在。"这使"我的幻想"终于对这神秘的声音信赖了,并且随顺着那声音的指引,自由地穿行于蒙昧的太空,向静夜的康河边飘回去……那么这个具有"终古不变的真理与实在"性质的神秘声音究竟指什么呢?从《夜》这首奇诗的抒情逻辑中可以推出一个认识:是超越相对时空而立足于绝对时空,因而能囊括万类存在,操纵众生生态,从而获得思接千载、视通万里之能的宇宙法则。所以这个神秘的声音作为宇宙法则的体现,才会对"我的幻想"说"我是宇宙的枢纽""我是(自由的)诗魂的向导",才会说"跟我来不会错的"。这种种都表明:只有在时空超越与转化中才能获得真正的且是最大限度的自由。

而《夜》因此也就成为《志摩的诗》阶段他抒唱自由的集大成之作。

再看徐志摩对神秘境界的追求与抒唱。

探讨这一个方面不能不注意到如下这点:这位诗人气质上有一种追求神秘的偏好,这同他习惯于以性灵——一种非常态的体验去感应事物——也就是超验感应较强有决定性的关系,也同他深受西方神秘主义那种世纪末文学思潮的熏陶——特别是神秘派超越时空的思维方式深深地影响了他有关。在《志摩的诗》阶段,徐志摩还很难说已形成了抒情个性,所以这些气质上的和西方影响上的事儿,他还未曾作理性净化和选择,统纳入自己的诗创作中,具现为对超验之感、幽幻之魅和玄学之悟的追求。

超验之感指的是主体超越地球时空所能及的体验而进入宇宙时空所把握到的那一种客体感受。这方面显示得最典型的是那首散文诗《常州天宁寺闻礼忏声》。1923年10月3日徐志摩与几个友人同游常州天宁寺,适逢殿上众僧正在礼忏,一种"静定的境界"使他顿生异样的感应而作此诗,所以这是一场围绕"静定"而展开的超验感应抒唱。全诗使用了大剂量的意象组合体来兴发主体心头的这一片"静定的境界"。如说这境界静定得有如在一个远夜的沙漠,月光轻抚着热伤了的砂粒时分,由燥热的空气传来了驼铃声:"轻灵的,轻灵的,在远处响着,近了,近了,又远了……"可以见出他是采用了旷远而空灵的静定背景来宁静致远地把一片庄严而大和谐的境界衬映出来的,从而发生了"出位之思",把握住了一脉神秘的超验感应。诚如诗中所表现出来的:"这鼓一声,钟一声,磬一声,木鱼一声,佛号一声……乐音在大殿里,迂缓的、漫长的回荡着,无数冲突的波流谐合了,无数相反的色彩净化了,无数现世的高低消灭了……"这就是众生皆兄弟、万物大融和的大圆觉。也正是在超验感应而获得的大圆觉中,诗人如像进入梦境,在"礼忏"中"一瞥间的显示",使他惊喜地发出呓语:"青天,白水,绿草,慈母温软的胸怀,是故乡吗?是故乡吗?"——他找到了生命的故乡,在神秘的超验感应中。《默境》是继《常州天宁寺闻礼忏声》之后又一首抒唱超验感应的诗,写的也是诗人和友人同游一寺院所得的感兴。该诗在1923年4月20日的《时事新报·学灯》栏发表时,徐志摩写有这么几句"附识":"12月8日与KY及SP同游西山灵寺僧冢,时暮霭已苍,风籁噤寂,抚摩碑碣,仰看长松,彼此忽不期缄默,游神有顷,此中消息,非亲身经历者孰能领会,固作长句,以问我友焉。"这"附识"里所谓的"游神有顷"显然是指他经历了一场超验感应。诗是这样写的:一个暮色苍茫时分,在寥寂的灵寺掩埋僧骸的"墓庭"中,"我"与友人揭墓碑青苔以识埋骨年月,蹈古松针叶以数庭砖数目,蓦地默然相对而视,溟漠中已躬"同化了自然的宁静"——"游神有顷"的超验感应所得的"此中消息",确是"非亲身经历者"所能领会的,指的乃是因超验感应所把握到的一片神秘境界,身入此境而使"灵府顿开",且有"不分春秋,不辨古今/生命即寂灭,寂灭即生命"的"潜思"浮现,这种种也就意味着"我"已身临一场"周遭转换"而进入宇宙时空。"恍如昏夜行旅骤得了明灯""涌现了无量数理想的楼台",而与地球时空中的一切全告别了。可不是吗?

> ……更不进墓园
> 风色,再不闻衰冬吁喟,但
> 见玫瑰丛中,青春的舞蹈
> 与欢容,只闻歌诵青春的
> 谐乐与欢惊——
> 　　　　　轻捷的步履。

这一场"灵府的奥隐",也就比《常州天宁寺闻礼忏声》表现的超验感应所激发出来的神秘境界更其悠远与深邃了。

幽幻之魅指的是徐志摩在《志摩的诗》阶段被幽冥诞幻的神秘境界所迷惑,而在诗创作中追求怪异生态的美学趣味。这种美学趣味在1920年代中期的新文坛几乎是一种时尚,小说如郁达夫的《十三夜》、成仿吾的《深林的月夜》、孙梦雷的《死后二十日》;剧本如王统照的《死后的胜利》、高长虹的《一个神秘的悲剧》、向培良的《生的留恋与死的诱惑》;新诗如韦丛芜的《黑衣的人》、李金发的《弃妇》,特别是新月诗派的新诗,对此作追求的,可举出一大串,如闻一多的《也许》《夜歌》、朱湘的《葬我》《阴差阳错》、陈梦家的《葬歌》……特别是于赓虞专写散文诗,出版了《骷髅上的蔷薇》《魔鬼的舞蹈》《孤灵》等散文诗集,单从集名也可见出这种幽冥怪异生态追求的趣味是何等的浓重。而徐志摩,我们不说当年的整个新文坛,也不说整个新诗坛,至少就新月诗派而已,就是这种美学趣味的首要追求者。在他这期间的诗中,残秋、荒野、远夜、孤雁、暮钟、古寺、墓园、幽灵、地狱等成了专用意象词语。前面我们曾论及他的《问谁》一诗中,抒情主人公竟然拥抱着埋有他恋骸骨的坟墓而度过长夜,且不愿黎明的曙光来临。他另一首《冢中的岁月》真写尽了冢中人的生态特征:"白杨树上(是)一阵鸦啼"而"白杨树下有荒土一堆""土堆临近有青磷闪闪",在"点缀荒野的暮霭",冢中人的"白骨放射着赤色的火焰——却烧不尽生前的恋与怨"。阴森可怖,却被津津乐道。有一首《希望的埋葬》,按一般抒情惯例,重点是抒写"希望"的不再存在——被埋葬了的这件事儿,可徐志摩不同,他把重点置于被"埋葬"的象征性环境:"埋你在秋林之中,/幽涧之边",使被埋的"希望"能"朝夕泉乐的琤琮",并且"我"还"收拾一筐的红叶/露渲秋伤的枫叶,/铺盖在新坟之上",因为这里长眠着的"你"是"美丽的希望",可见他其实感兴的只是通过"希望的埋葬"这事儿来对坟墓生态环境作品赏。

使人颇难捉摸的是《破庙》一诗。这首诗大面积铺写了一场荒山野岭中突兀袭来的狂风暴雨和"我"在山坳"破庙"躲雨中出现的恐怖心境。结尾处则用了这么三行:"好容易雨收了,雷休了,/血红的太阳,满天朗照,/照出一个我,一座破庙!"这最后一句比较凸显,似乎有某种隐意。隐意些什么呢?该会是隐示诗人在社会生活中遭遇到一场突来的打击,最终虽雨过天晴超脱险境,剩下的却也只是"一个我,一座破庙"的狼狈不堪?但诞之于徐志摩写这首诗期间(1923年春夏间)的生活境遇,似乎不像,那期间他任北京东坡图书馆的闲职,兼北大教授,过着邀友游山玩水,受邀四处演讲,诗文不时见于报刊,名声开始远扬的顺心生活,未见有何人生挫折,更不见只剩"一个我,一座破庙"的狼狈局面。再从审美表现的角度看,隐意的审美功能并不属于理性硬指使的譬比,而是具象和主体之间形成了一种超常态性能关系激活特殊的想象—联想活动所导致的。正是这种特殊的想象—联想活动所生成的意象组合体所感兴象征出来的,才可称之谓是审美的隐意。但《破庙》的文本构成却让人感到这一场有点阴森怪异的事儿其实只是任其自然而然的天气变化——从狂风暴雨到雨过天晴这一过程的平平常常表现。这种过程本身的平常性也就激活不了多少想象—联想,因此难以获得带有象征意味的功能效应。一句话,这只是一场自然主义的有声有色的表现而已。细读文本,《破庙》里找不到微言大义却可以发现,徐志摩纯以自然主义的表现真实的目的,实是对怪异诞幻感受的趣味追求,或者说他的笔力全用在创造一种气氛上了。因此这个文本虽无多少言外之音,却有言外魔幻味。何以见得呢?不妨看他写到狂风暴雨将"我"赶入山坳,逼进昏沉沉的破庙后,这样表现暴风雨和破庙中的情状:

> 雷雨越发来得大了:
> 霍隆隆半天里霹雳,
> 豁喇喇林叶树根苗,
> 山谷山石,一齐怒号,
> 千万条的金剪金蛇,
> 飞入阴森森的破庙,
> 我浑身战抖,趁电光
> 估量这冷冰冰的破庙。

这是够把怪诞奇异的可怖情状表现得淋漓尽致了,但这还不过瘾似的,他又猛转入阴森骇人的魔幻表现:"我禁不住大声啼叫,/电光火把似的照耀,/照出我身旁神龛里,/一个青面狞笑的神道。"而当"电光去了,霹雳已到""硬雨石块倒泻"——一个顶一个的意象组接,给人一层深一层的魔幻感应。而更值得一提的是紧接着的第四节,又以"千年万年应该过了"犹在心儿里回荡着"骇人声怪叫"作了魔幻的推宕,而这又实在是让时间推向极其幻远,从而引来更其深邃的神秘感应。总之,所有这些高度夸饰的表现,都无实际意义,有的只是诗人受幽幻之魅诱引而展开的一种气氛的创造,以及接受者的魔幻气氛创造的品赏——品赏到的乃是强刺激而得的神秘境界。

超验之感与幽幻之魅对徐志摩这阶段新诗创作追求神秘境界具有感兴基础的意义。正是在这个基础上,他又对感兴作了升华,从而进一步在诗中显示出玄奥之悟。也就是说,他超越了超验而幽幻的感兴,而在一定程度上有了智性的把握。诗之所以会显出玄奥,在于意象符号系统所承载的思想,通过多转折的联想而达到的,往往以曲喻作为载体,故抽象的思想因了这样的载体显示而深邃,也就玄了,玄奥之悟也就趁机登上诗歌鉴赏的舞台。明乎此理,我们当可以说:徐志摩在《志摩的诗》阶段为了超越感兴而追求智慧,才重用了曲喻。一般说曲喻即远取譬,具有喻体层层叠加,几乎连环套的功能机制,不过徐志摩曲得还不是那么厉害,大多停留在一二层喻体的有机叠加上。上面我们曾分析过徐志摩的《夜》,他着目于想象的自由追求。其实这首长诗还有一个审美目标:让时空超越引向宇宙运行律智识的玄奥之悟上去,这里不妨补提一提。当这首长诗写到"我的幻想"终于信赖了那个没来由的神秘的声音,并顺随着这声音的导引而穿越黑夜,突然那神秘的声音更激越地响起来:"你要真静定,须向狂风暴雨的底里求去;你要真和谐,须向浑沌的底里求去;/你要真平安,须向大变乱、大革命的底里求去;/你要真幸福,须向真痛(苦)里尝去;/你要真实在,须向真空虚里悟去;/你要真生命,须向最危险的方向访去;/你要真天堂,须向地狱里守去,/这方向就是我。"然后这神秘的声音再也不出现了。这其实是主体站在绝对时空中对大宇宙法则的玄奥之悟:在绝对时空中,物即是我,我即是物,万类同一而不分彼此。因此,凡欲寻求之对象,可从其对立里去找就准能得到。可不是吗?"你"要真幸福吗?通过幸福去尝味,等于白尝,毫无意义,"须向真痛(苦)里尝去",才能真切地感受到幸福是怎么回事——在绝对时空中幸福和痛苦原是同一,可以互转的么。这就是一场玄奥之悟。而这个作为"悟"的载体的曲喻,喻体只叠加了两层,联想还算不得多转折,玄奥算不得深,悟得也还不难。《山中大雾看景》写山中雾景,第一节这样:"这一瞬息的展雾——/是山雾,/是合幕,/这一转瞬的沉闷/是云蒸,/是人生?"实景不足,实感不多,只是意象符号,为下一节的思想印证之用。下一节是这样:

那分明是山,水,田,庐,
又分明是悲,欢,喜,怒,
啊,在眼前刹那间开朗,

我仿佛感悟了造化的无常!

雾中山水,景观瞬息万变,人同此景,悲欢离合的境遇亦然。诗人向"山中大雾看景"而蓦地"感悟了造化的无常",有点玄幻奥妙,是一场三层次喻体叠加的曲喻作为思想载体所印证出来的玄奥之悟。

徐志摩有两首在本阶段写的诗——《谁知道》和《一家古怪的店铺》。在徐志摩诗歌研究中极少有人提及,究其原因,既有点貌似平常,又让人感到莫测高深,有点把握不准,其实它们大有奥妙,给人以玄奥之悟。这里就拿《谁知道》这首来作些分析。这首诗初初一看的确会给人莫名其妙的感觉,但细品则很快可以领会到其丰富的内涵,诗写的是"我"夜访友人后坐人力车回家,拉车的老头用踉跄的脚步把"我"拉过一条街,穿过一条巷,又沿河走暗沉沉拉没了路灯,一拐弯又进入旷野没见个人影儿,只见遍地是坟墓,道儿欲走离目的地的家越远越渺茫了,"我"问拉车的是不是走错了路,他的回答是:"谁知道,先生,谁知道走错了道儿没有?"——在回答得等于没有回答中:"一队不相识的褴褛他使着劲儿拉",而这时的"天上不明一颗星,/道上不见一只灯……"这可是由三个层次的喻体叠加形成的曲喻,把一场在盲目的命运支使下走向绝途的人生悲剧行旅作了玄奥之悟的本体象征表现。由于文本有相当成分的感兴意味蕴含,还容易对其玄奥有所领悟,并且神秘感还特强,值得称颂。

总之,在《志摩的诗》阶段,徐志摩对神秘境界的抒唱是特放异彩的,不过值得指出:作这方面抒唱较成功的典型文本,诗人自己似乎不够重视,在《志摩的诗》1925年初版本就收得不算多,到1928年修订再版平装本,收得更少,特别是塑造玄奥之悟的典型文本,除《谁知道》选进《志摩的诗》,其余的都是佚诗。这反映着一点:徐志摩的诗歌审美观从1920年代中期起已在发生变化,对生命意识似乎已在淡化,对生命诗学的抒情追求也已有削弱的倾向了。

徐志摩在《志摩的诗》阶段除了醉心于神秘境界的抒唱,还对胡适眼中他的三大人生信仰——美、爱与自由的境界作了齐头并进的抒情追求,以后的诗创作中再也没有这样全方位的景观。这阶段他抒情艺术上也是开放的,接纳八面来风,风格多样,格律体、自由体形式并重,自由中求规律,规律中显自由,也极可珍视,所以在徐志摩一生的诗创作中,这阶段显得最有生气,最可称道。

三

出版《志摩的诗》两年后的1927年9月,徐志摩又在上海新月书店出版了《翡冷翠的一夜》,构成了他诗创作的第二个时期,即《翡冷翠的一夜》阶段。对这位勤奋的诗人来说,这阶段他的诗创作可说是一下子转入了低谷,诚如充当《翡冷翠的一夜》序文的《致陆小曼的公开信》所说:"我如其曾经有过一星星诗的本能,这几年都市的生活早就把它压死,这一年间我只淘成了一首诗,前途更是渺茫。"又说即便是只有这不多的成,其诗境也"只一片粗确的不生产的砂田,在海天的荒原中自艾。"可见他不仅不满意自己诗创作数量的大幅度下降,还抱怨诗境的贫瘠。不过后来他在《〈猛虎集〉序文》还说过这么一句:"我的第二本诗集——《翡冷翠的一夜》——可以说是我的生活中的又一个较大的波折的留痕。"这句话足以证实《翡冷翠的一夜》阶段他的生活敏感区越来越狭窄,而导致诗境的越来越贫瘠,却也可以凭此而具有徐志摩现实人生的实录价值。

《翡冷翠的一夜》收诗42首,若排除七首译作,实存35首。按诗人自己的编排,它分为两辑,第一辑"翡冷翠的一夜",收诗18首,第二辑"再不见雷峰",收诗17首。这样分辑是有用意的:前一辑是纯个人爱情生活的心灵留痕,而后一辑则是现实世界的人生实录。

我们也将分头对这两辑诗作出考察。

从1925年初起,和陆小曼开始热恋到1926年10月两人冲破一切阻力成婚,再到1927年春夏之交新月书店开张,又受聘光华大学、东吴大学执教,使徐志摩移家南下,在上海立定脚跟——这两年中他对爱情与家庭生活的心灵感受,可是全留在《翡冷翠的一夜》这一辑诗里了。这一辑虽诗收得并不多,却强烈地体现着多情诗人的三类心迹:爱欲冲动的魂不守舍、是退是进的矛盾交战和反叛成功的狂喜自得。

徐志摩在这阶段所写"翡冷翠的一夜"一辑的诗中,抒唱爱欲冲动的魂不守舍是个热点。它们中特具代表性的是抒情长诗《翡冷翠的一夜》和短章《我来扬子江边买一把莲蓬》《半夜深巷琵琶》《三月十二深夜大沽口外》,同时我也同意韩石山在《徐志摩传》中的说法:"正如和林徽因的相恋,引发了徐志摩蓬勃的诗兴一样,和陆小曼的相恋,引来了志摩更其蓬勃的诗兴。这首诗名叫《春的投身》,是诗,也不妨把它当作某种纪实之作……此诗落款是'二月二十八',因为刊登在1929年12月10日的《新月》第二卷第十期上,编选者们都把它定为1929年的2月28日所作。错了,它只会是1925年2月28日,两人正处于热恋中写的。此外,像《起造一座墙》《决断》《鲤跳》《别拧我,疼》等也都是这一时期的诗作。当然这批诗中,《翡冷翠的一夜》最具代表性,它可以认为是越过男女之大防的"某种纪实之作"——虽然文本中虚托是"翡冷翠的一夜"的事儿,这倒是有证据的。在日后徐志摩离陆小曼北上的一封家信中,为了求得陆小曼能恢复当年两人的热情,曾说过这样的话:"你又何尝是没有表情的人?你不记得我们的'翡冷翠的一夜',在松树七号墙角里亲别的时候?"由此说来这首长诗不过是藉女抒情主人公和情人幽会后又得分离的种种万分无奈表现,来对诗人自己在性恋冲动中的激情大大作了一番发泄。鉴于文本本身只对性恋与情爱相交织的女性复杂心理状态作了相当细腻真切的表现,而这种表现又只停留在淋漓尽致的直接抒情表现上,所以总的说它的格调算不得高,也未能为徐志摩创作艺术探求提供更多新经验,不过也还是有一些做法可珍视,那就是使用口语,特别是大力采用口语的语调节奏为基础来形成体式,极有价值,我们将在第八节作评论。《春的投身》虽能对性恋的趣味追求转向生命之春复苏的情爱抒唱,但较多直露,反不及《翡冷翠的一夜》高雅。真正让人有高雅可品的,在徐志摩这方面的抒唱中,还是那些纯粹发抒情爱之作。我特别要把《我来扬子江边买一把莲蓬》和《半夜深巷琵琶》提出来。它们显示着:爱欲冲动中的诗人实在有点魂不守舍了。这是由纯粹的情爱导致的。《我来扬子江边买一把莲蓬》一诗通过热恋中的诗人主体买了一把莲蓬去品尝莲心的滋味,来比自己此时此刻的相思滋味,诗的第一节就说:"我来扬子江边买一把莲蓬;/手剥一层层莲衣,/看江鸥在眼前飞,/忍含着一眼悲泪——/我想着你,我想着你,啊小龙!"这里的"小龙"就是陆小曼的昵称,全节的情境就体现着相思的前景是一片无穷无尽的空茫。前景既渺茫而不足以慰其心魂,那就只得沉湎于过去:"我尝一尝莲瓤,回味曾经的温存":重帘掩护下"同心的欢恋"和"你的盟言",于是"我"发出了这样的长叹:

> 我尝一尝莲心,我的心比莲心苦;
> 我长夜里怔忡,
> 挣不开的恶梦,
> 谁知我的苦痛?
> 你害了我,爱,这日子叫我如何过?

这是打心儿里发出来的声音,有其真切,特别是"这日子叫我如何过",把恋爱中的诗人魂不守舍的情状逼真地表达出来了。这也足以证实徐志摩对陆小曼的爱恋不仅强烈,而且有相当诚恳的成分。《半夜深巷琵琶》在表达爱欲冲动中魂不守舍情状也颇真切,富有意境美,体式上环环相扣勾连而下,凸显情致的缠绵,可惜从第10行起到结束处出现一个头戴开花帽的"他"在光阴的道上跳,就有点油滑起来,至于说"她"在坟墓的那一边等待"你去亲吻",更是廉价的套话,这就使《半夜深巷琵琶》不及《我来扬子江边买一把莲蓬》情愫的纯净了。

"这日子叫我如何过"是一句有份量的话,梗在心口不能长久下去,要么吞下,要么吐掉,必须有个选择,徐志摩于是进一步有是退是进的矛盾交战抒唱。真的,这种魂不守舍的日子叫人如何过?算了吧!还是分手算了。对这一点的考虑徐志摩并不是没有,在他这阶段的诗里也并不是没有反映出来。在此我想重点来谈谈《偶然》一诗,而这又非得从他写另一首诗《三月十二深夜大沽口外》谈起不可。1926年3月初回乡过春节后乘通州轮返回北京的徐志摩,因军阀混战被阻在大沽口外一个星期,思念陆小曼心急如焚,写下《三月十二深夜大沽口外》,再次强烈地表达了因这场恋爱弄得魂不守舍的大焦躁,诗中甚至说:"谁敢说人生有自由?/今天的希望变作明天的怅惘!"对这样的爱情人生他似乎绝望了,于是退的念头上升,在受阻于大沽口外事件一个多月后,他写下了《偶然》,诗中先把自己比作"天空里的一片云",只是"偶尔投影在你的波心"的,劝"你"不必惊讶和欢喜,因为这只是"偶然"的事儿,"在转瞬间消灭了踪影"。但这种"偶然"还延展下去,在诗的第二节中,把"你"与"我"都比作海浪,然后这样说:

> 你我相逢在黑夜的海上，
> 你有你的，我有我的，方向；
> 你记得也好，
> 最好你忘掉，
> 在这交会时互放的光亮！

话说得相当高雅，但内中的决绝之意是相当明确的：就到此文文气气的分手吧！因为一切都是"偶然"而已。于是"翡冷翠的一夜"这一辑纯个人爱情生活的心灵留痕也就显出精神景观构成的复杂交叠：理性说这一切全属"偶然"，分手吧！感情说这一切绝非"偶然"，不能退！《叮当—清新》一诗就真实地表现出了这种"变与不变"。文本是半戏剧化的构成，有其构思的巧妙。第一节就是理性作出的决定：分手算了："檐前的秋雨在说什么？/它说摔了她，忧郁什么？/我手拿起案上的镜框，/在平地上摔一个叮当。"这一场"摔了她"可真干脆，但且慢说干脆，后头还有不干脆的。看下一节：

> 檐前的秋雨又在说什么？
> "还有你心里那个留着做什么？"
> 蓦地里又听见一声清新——
> 这回摔破的是我自己的心！

这一摔竟也摔破了"我自己的心"：感情通不过。那该怎么办？只有挺起身来反叛！于是，徐志摩写了《决断》一诗，它好像是鼓动陆小曼坚定意志反抗，其实更多成分是给自己打气。这首诗用大白话写，直白，无余味，有点土里土气，不过颇有点下决断反叛的镇定自若，如同闻一多在《什么梦》一诗中有句话那样，大有"决断的从容"的气概。诗中云："老实说/我不稀罕这活，/这皮囊——/哪处不是拘束。//要恋爱，/要自由，要解脱——/这小刀子/许是你我的天国！"看来徐志摩的这场"决断"大有以死作抗争的意味。这估计没有错，在《再休怪我的脸沉》中，他就发出了一串决不折服于恶势力的抗争之声："冰雪压不倒青春，/任凭海有时枯，石有时烂！"并吁求所爱者理解自己，信赖自己，为捍卫共同的"生命的精华"而"给我勇气"！并且还在《最后的那一天》中信心满怀地说："在一切标准推翻的那一天，/在一切价值重估的那时间"，在"最后审判的威灵中""你我的心"定会"像一朵雪白的并蒂莲"，享受爱的"唯一的荣光"——"在主的面前"。

于是也就有了反叛成功的狂喜自得。《望月》一诗抒写了这种狂喜。它以冲破乌云的月亮来比拟多情诗人钟情的人儿："像一个处女，怀抱着贞洁，/惊惶的，挣脱强暴的爪牙"了！这就有了第二节针对爱情获得自由的欢唱：

> 这使我想起你，我爱，当初，
> 也曾在恶运的利齿间捱！
> 但如今，正如蓝天里的明月，
> 你已升起在幸福的前峰，
> 洒光辉照亮地面的坎坷！

显然这是为陆小曼获得解脱而生的狂喜。随之是徐志摩自己，因获得了陆小曼的爱情而于狂喜之余，颇为自得，写下了《天神似的英雄》一诗。诗以月桂花影于一块粗丑的顽石而顿生"媚迹"起兴，自得地欢唱：

> 我是一团臃肿的凡庸
> 她是人间无比的仙容，
> 但当恋爱将她偎入我的怀中
> 就我也变成了天神似的英雄。

这种自我标榜无疑宣告反叛获得了彻底胜利。

这胜利一经宣告，也就结束了"翡冷翠的一夜"这一辑纯个人爱情生活的心灵留痕追求，于志得意满中让心灵向世界作了适度的开放,从而使徐志摩有心情去睁眼观看社会人生,开始了"再不见雷峰"这一辑的诗歌创作,具言之,摆脱了个人遭际纠缠的社会生态、人生境遇和性恋俗趣方面的抒唱。

有一种观点认为徐志摩具有纨绔公子的气质。如果说"纨绔公子"是指心无点墨、夸夸其谈,只爱花天酒地、无视民生疾苦那类有钱人家子弟而言的,那徐志摩虽是有钱人家子弟,却未必就属于这类人。如同前已论及的,徐志摩在诗创作初期就已写过同情劳苦人民之作,如《叫化活该》。到这阶段,当他超脱了个人的尴尬处境带来的哀怨而能喘过气来睁眼看现实社会时,也还是写下了一些反映黑暗现实之作,如两首写军阀混战惨景的"战歌":《大帅》和《人变兽》,以及反应北京铁狮子梧桐"三一八"惨案的《梅雪争春》。特别是《大帅》,是他有感于"见报载,前方战士,随死随掩,闻有未死者即被活埋"的惨事而作。诗中写两个士兵掩埋战死者时,发现有未死而流泪求情者,其中一个生怜悯之心:"总不能拿人活着埋!"另一个"三哥"却照埋不误,且说了这么一席话:

呀,老五,别言语,听大帅的话没有错,
见个儿就给铲,
见个儿就给铲,
躲开,瞧我的,欧,去你的,谁跟你啰嗦!"

从"三哥"的语气可以品出当兵的已异化,变成兽了。徐志摩显然不正面写战争的残酷,而从战争使人性彻底遭到扭曲的角度来写,从而直入军阀战争残酷的核心予以揭露,自有其现实抒写的深度:这是一种令人悲慨的社会生态抒写。

徐志摩这阶段的诗创作,还有一种悲壮的社会生态抒写,特可注意。代表作是《庐山石工歌》和《西伯利亚》。不妨且以前者来作些分析。《庐山石工歌》被一些论者说成摹拟声音、玩弄语言而内容空虚苍白之作。这是个大大的误解,其实它是情绪感受高昂悲壮,艺术表现新颖高超的佳作,不仅是诗集《翡冷翠的一夜》中的代表作,也是这位诗人一生诗歌创作中的代表作,更是百年新诗中的一首奇诗,极可珍视。这首诗写在1924年8月,徐志摩送走泰戈尔后,和张韵海一起上庐山休养了一个多月的期间。1925年3月他在欧游路经西伯利亚时在火车上给《晨报副刊》的编辑刘勉己写的一封信上,特地谈了谈准备想在该报发表的《庐山石工歌》一诗写作的情况,可见他自己对这首诗就特别重视。那末如何理解和品赏这首奇诗呢?三十多年前我在《新诗创作论》这部著作中对这首诗作过一番详细的解读,不妨摘引一些在下面:

……这首诗颇怪,基本上以"唉浩""浩唉"两个仿生词和"上山去"等几个极简单标意语组合而成,如:
唉浩,上山去!
浩唉,浩唉,浩唉!
浩唉,浩唉,浩唉!
浩唉,浩唉,浩唉!
浩唉,浩唉,浩唉!

也许有人会说这不像诗。的确,从意义表现上看这些诗行中的诗情几乎等于没有,不像是诗。但这是委屈了徐志摩。这位诗人在致刘勉己的信中曾说过:有一回,他在庐山小天池住了一个半月,每天从一早起就听到邻近山上传来石工开山运石的"邪许"声,一时缓、一时急,一时断、一时续,一时高、一时低,尤其是在浓雾凄迷的早晚,这悠扬的音调在谷里震荡着,格外使人感动,那是痛苦人间的呼号……这三段石工歌便是从那个经验里化成的。可见徐志摩创作时是进入抒情氛围圈了,因此极虔诚地对抒情对象所发出的声音做了一次真实的摹写。值得一提的是作为全诗基本语汇的"唉浩""浩唉"。生活经验提示人们："唉浩"是人使出全力把石块抬起来时发出的"邪许"声，是力的前奏，"扬"的声调；"浩唉"则是抬着石头一步步前进中配合脚步节奏发出的"邪许"，是力的承续，"抑"的声调。在上引的诗行中，第一行一声"唉浩"配合力的前奏和"上山去"的目标，显示了石工们昂扬而起的外在实况与内在情貌，后面四行则全是挺住重荷前进的一种声音配合，显示坚忍而前的外在艰辛与内在顽强，强烈地刺激读者的听觉联想，从何感受到石工们情绪的起伏。……

我引了这一大段文字表明：自己对这首诗并未改变当年的理解，只是当年我这样谈他是出于探讨内在节奏与语言艺术这个目的，没有深入去谈它的诗意境界。当然，在徐志摩致刘勉己的信中有句话我还是引了的，即石工们的邪许使诗人深感到"那是痛苦人间的呼号"，但把后面还有些话删了，其实从诗境呈示看，实在删不得。徐志摩坦诚："唉浩"与"浩唉"的邪许交替呈示的声音节奏使他想起那首"表现俄国民族伟大沉默的悲哀"的《伏尔加船夫曲》。而他写的《庐山石工歌》，正是"从那个经验里化成的"。可见徐志摩在潜意识里实在想藉石工们的邪许声诗化的语言节奏表现来传达我们民族"伟大沉默的悲哀"。因此当我们读到最后——也就是上面引述的那个从"唉浩，上山去"转入不断的"浩唉"声，就会感受到《庐山石工歌》表现社会生态诗意境界的悲壮性。

人生境遇是顺是逆，和时代社会有关系，但这并非必然性关系，从某种意义上说，命运悲剧和由性格导致的悲剧往往成了决定人生不幸境遇的决定因素。徐志摩这阶段颇写了一些抒唱人生不幸遭遇之作，性质是社会性的，动因却是莫测的命运和超常俗的性格的综合导致的。值得一提

《苏苏》。这首诗写一个"像一朵野蔷薇"般丰姿的女孩不幸的境遇。这境遇分两场表现。第一场是"来一阵暴风雨，摧残了她的身世"。这"暴风雨"指什么呢？从下面提到她是一个"痴心女"看来，这阵摧残实指情觞——一场由"痴"导致的性格悲剧，具言之是人死了，成了一座坟墓。第二场不幸的境遇表现是坟墓中抽出一朵"血染的蔷薇"，却又遭到"无情的手攀""攀尽了青条上的灿烂"——这可是莫测的命运悲剧了。看来徐志摩心目中悲剧性的人生境遇确实是性格悲剧和命运悲剧的综合导致的。但《苏苏》并没有写好，只是一场意念的图解。《海韵》实际上也是意念出发的，但写成功了，很有韵味。这首诗写的是一个单纯得天真的"女郎"，追求美到任性的地步，最终被海浪吞没的悲剧事件。文本采用戏剧化的表现：冥冥中一个声音向一个正徘徊在黄昏海边的人儿发出呼唤："女郎，回家吧，女郎！"可是她置若罔闻，畅怀海天，全身心承受海风的吹拂，彷徨海滩，自由地纵情高歌；海涛喧嚷着滚滚而来，她犹凌空起舞；恶风波席卷海岸，她竟还在学一只海鸥没海泥，一次次寻求冒险的美，美的刺激，最后，只剩下冥冥中那个声音在悲慨地寻觅："你在哪里？"而"沙滩上再不见女郎"！显然，诗中的"女郎"具有一种求美的刺激近于变态的性格，这种性格容易和大自然建立起一种不可捉摸的依存关系，且往往超越生存常态而显出神秘的奇美，诱人进入宿命的人生新征感应。试看诗的第四节：

"听呀，那大海的震怒，
　　女郎，回家吧，女郎！
看呀，那猛兽似的海波，
　　女郎，回家吧，女郎！"
"啊不，海波他不来吞我，
　　我爱这大海的颠簸！"
在潮声里，在波光里，

> "啊,一个慌张的少女在海沫里,
> 蹉跎,蹉跎。

这是性格悲剧与命运悲剧逻辑地结合的抒写,事件的造成难以理喻也无可避免。冥冥中那个绝望的呼声,用其戏剧化的神秘性而凸显出一脉凄艳的"海韵",其韵致超常的深长,似乎不止具有上述这两大悲剧性,还内涵着更多的人事象征,至少还象征着涉世未深、情怀单纯者在人世海洋中的整个儿殒没。这才是徐志摩在这阶段抒写人生境遇的深度。而也正是这首《海韵》,由于凄美得宿命的抒情氛围和随之而生的神秘幻美境界,使它获得了极高格的本格象征艺术品格。后经赵元任谱曲,使它长上了音乐的翅膀,流传甚广。因此,《海韵》和《庐山石工歌》一样,成了徐志摩诗歌创作中的代表作,百年新诗中的精品。

但徐志摩毕竟只是个民主个人主义的诗人,以时代为内核的生活典型化概括,不是他把握诗歌真实世界的根本旨趣,所以这阶段他略写了一些反映社会生态、人生境遇的诗以后,又求变了。也许,为爱情而反叛且取得了胜利使他志得意满、得意忘形,竟以诗品味起性恋的俗趣起来。其中《新催妆曲》《两地相思》和两首《罪与罚》是"再不见雷峰"这一辑诗中写得最无光采之作。所谓最无光采,具体指这些诗所写的全是供茶余饭后谈资的,有关性恋的俗事俗趣:不愿从婚的新娘一心想着情人而感受着催妆曲在催她走向死亡,两地相思是丈夫在想念她,而她在想念情郎;一个男人凭技巧而玩遍亲属中的年轻女人而后忏悔,等等,低俗的趣味、无聊的心态让人不堪卒读。

回顾徐志摩在《翡冷翠的一夜》阶段的诗,有四点值得来提一提:一、他的生命抒情的幅度在大大缩小,好像只有爱——特别是他和陆小曼婚恋那些事儿才是他值得写似的;二、爱的抒唱也现实人生化、肉性趣味化,低俗而缺乏光彩,以致写了《别拧我,疼》这样开下半身写作的先河之作;三、艺术技巧上总体看也平平,没有新进展,反而丧失了《志摩的诗》阶段那种意境营造、宽度象征的追求,而满足于直接抒情;四、却也有两首诗——《庐山石工歌》与《海韵》,无论诗情诗艺都极高格,它们出奇的成功,对走向低谷的徐志摩诗创作,有起死回生意义。

四

1931年10月,徐志摩又出版了诗集《猛虎集》,这离他第二本诗集《翡冷翠的一夜》出版又已四周年过去。于是这第三本诗集也就构成了徐志摩诗创作的《猛虎集》阶段。

《猛虎集》中的诗保持着徐志摩一贯的诗歌风格,大多有点"翩翩的在空际云游"般的洒脱:"自在,轻盈"和《猛虎集》那种粗豪、雄健、威猛完全不一致,用以作集名不对味儿。何况集中《猛虎》一诗是他的译作,译自英国18世纪的诗人布莱克,以此译作代表这本诗集,更有点不伦不类,不知徐志摩当年是怎么想的,不过,徐志摩这本诗集的艺术质量是要远超《翡冷翠的一夜》的,可以说:《猛虎集》阶段标志着徐志摩的诗创作已走出了低谷。在《猛虎集·序文》中,诗人也回忆到《翡冷翠的一夜》出版后这四年的生活和创作处境,曾这样说:这几年开始时"生活不仅是极平凡,简直是到了枯窘的深处,跟着诗的产量也尽'向瘦小里耗'",亏得在中大任教中认识了陈梦家、方玮德"两个年青的诗人""他们对于诗的热情在无形中又鼓励了我奄奄的诗心",加之又办起了《诗刊》,等等的事,"又在无意中摇活了我久蛰的性灵",以致"抬起头居然又见到天了""有声色和有情感的世界重复为我存在"了,于是他又开始不断写诗,随之,在《猛虎集·序文》中他虽不明言自己的诗创作已走出低谷,却以"在帷幕中隐藏着的"诗灵的"神通"又在自己的创作活动中"栩栩的生动"所显示的"它的博大与精微",表明了这一点。这种走出低谷的标志是他重新能怀着一份"有单纯信仰"之心对美、爱、自由做虔诚的抒唱。

徐志摩这阶段对美的抒唱依然是他的诗灵最感兴趣的。值得一提的是,他这阶段更致力于在平凡的生活中寻求审美敏感区,来作纯美的抒唱。也就是说,美在哪里? 在眼之所及、耳之所闻的周遭生活现象中。如果说浪漫派是在幻想里寻求美,现实派才会着目于平凡生活,那么徐志摩这种审美敏感区的进一步移位,似乎表明他的浪漫主义色彩也在进一步淡化。先来提一提一首坐火车时捕捉到生活美的诗。它叫《车上》,写的是一件发生在夜车中的事。长途行旅,身困心倦之际,突然从幽暗的一角传来一个孩子的歌声:"像是山泉,像是晓鸟,蜜甜,清越,/又像是荒漠里点起了通天的明燎",这是"欢欣摇开了她的歌喉"的小女孩在唱,"直唱得一车上满是音乐的幽妙",满车人都有了"光辉的惊喜",而诗人也深深地感受到"旅途上到处点上光亮"了,夜天上"层云里翻出玲珑的月和斗大的星"了,甚至出现了一片幻象:

花朵,灯彩似的,在枝头竞赛著新样,
那细弱的草根也在摇曳轻快的青莹!

这是来自真正平凡生活的美的获得和纯真的抒唱,让我们欣喜地感到诗人的心灵重又向世界开放了,这一开放也就使他敏悟到生活处处有美可求了。《车眺》一诗写主体坐在火车中眺望原野上一个个静景的掠过,诗的一开头就说:"我不能不赞美/这向晚的五月天;/怀抱着云和树/那些玲珑的水田。"文本中展开的一个个镜头都是静态和谐的,如写向晚的村野场景:"背着轻快的晚凉,/牛,放了工,呆着做梦;/孩童们在一边蹲,/想上牛背,美,逗英雄!"这可是静美得有生趣。可是还不够,他还从静美的感受中超验地体悟着更其博大的生命美来了,如第四节:

在绵密的树荫下,
有流水,有白石的桥,
桥洞下早来了黑夜,
流水里有星在闪耀。

这里的树荫、石桥、桥洞下的流水、流水中的星光等意象组合在一起,成了一个意象组合体,是有隐喻意味的,即由这个意象组合体为基础的静景,蕴藏着颇为丰富的生命意趣:"流水"是对时间的隐示——所谓"子在川上曰,逝者如斯夫"即是。其实这也是指生命之流。"桥洞"是对生命之流中的一个节点、一个站口,过桥洞的流水上星光闪耀,喻示着生命之流过了这个节点,是亮丽的。可以见出诗人徐志摩的心灵境界也美得光耀。不同于《车眺》的静态美追求,《车上》抒唱的是动态美。这首诗特写了一只沉醉于飞掠中的黄鹂鸟,它"一掠颜色"冲进浓密的树丛,而在树丛中顿然艳光四射。随之又化为一朵彩云冲破树丛的浓密而展翅不见。这一掠一展,入而复出,使黄鹂鸟敏捷的行动都显得"像是春光,/火焰,像是热情",美得极富有青春的矫健,生命的朝气。也可以见出诗人徐志摩的精神天地美得开朗。

对美的抒唱这阶段最成功的文本是《再别康桥》。一般谈徐志摩诗的,都把它看成是诗人最有代表性的诗篇。最有代表性未必,但说它是徐志摩的代表作,那是无疑的。何以见得,值得来分析一下。

读一首诗要想深入进去,获得真实贴切的理解的,莫过于对文本作艺术分析了。不过,要是只抓住艺术构成中的某一点作无限放大,而不立足整体、顾及前篇,结论往往会走偏。凭着这样的认识来看《再别康桥》，我们就得来搞清楚这个文本艺术过程中有哪几个要点，以及它们之间的关系如何。诗的抒情同意象有密切关系，而徐志摩这首诗又全是用意象来作抒情的，所以我们针对这个文本欲搞清楚的事儿全同意象有关，大致说是如下三个方面：一、弄明白这个文本选用了什么类型的意象，以及这类意象在艺术构成中发挥了何种功能？在我看来，《再别康桥》采用的全是一批感兴意象，它们的有机组合会是接受者如同身临其境，获得具体而又真切的体验，即所谓的意境，也就是说：徐志摩写下的这一串围绕康河康桥美艳风光选择和组合起来的一个个意象群，已成为具有兴发感动美艳意境的营造机制，而不是用来印证某种理念之用的借代符号。如诗的第二节前二行："那河畔的金柳，/是夕阳中的新娘。"这里采用"夕阳中的新娘"来譬比式烘染"金柳"的做法，能给人超常美艳的意境感兴，也就是说这样的写法，是"新娘"为了"金柳"，而不是"金柳"为了"新娘"，结果也就如同有些人那样，凭理念的先入之见想当然地把"夕阳中的新娘"说是新婚不久的林徽因了。如果说"夕阳中的新娘"般的"金柳"真的是印证新娘林徽因，那何以这以后不按艺术想象逻辑再对"金柳"的意象延伸，而是让"金柳—新娘"的意象用了一次即丢弃了呢？这些表明：徐志摩在这首诗中选用和组合起来的意象为的只是感兴康河康桥一片自然风光，富有亮丽色彩的意境美。二、弄明白这个文本的意象组合显示为怎样一道轨迹，以及其性能如何？在我看来，《再别康桥》不仅采用的意象全属康河康桥的自然景色，而且连各景色存在的方位也完全合乎实际。文本意象组合的格局是这样，文本一开头就以"轻轻的我走了，/正如我轻轻的来"的惜别语气把"再别"的伤感情调置于篇首，然后在依依难舍的回忆语气展现出文本意象组合的整体格局：黄昏时分，康河中游王家学院外的康桥一边近景先展现出来——如同他1925年初写的散文《我所知道的康桥》中描述过的："桥的两端有斜倚的垂柳与槲荫护住，水是沏底的清澄，深不足四尺，匀匀的长着长条的水草。"——此处提及的"垂柳""水是沏底的清澄""长条的水草"后来就写入诗的第二、三节（也足以证实上面提及那株"夕阳中的新娘"般的"金柳"是实存的景色）。近景写了后，就向康河的上下游放眼。在《我所知道的康桥》中，提及"康河上游是有名的拜伦潭""当年拜伦常在那里玩的"，下游是"春夏间竞舟的场所""可以买船去玩""站直在船艄上用长篙撑着走"——这些写进了诗的第四、五节。全诗写到此算把这个文本的意象组合按康桥康河的实存景观及其方位形成一个有机的格局了，然后顺势撑篙"寻梦"而又转入梦醒后作"再别"的抒唱。由于意象组合是由康桥边美景如画的感受向康河上下游作延展，心灵的感受脉络也就自上游向下游移，这就凸显出了意象组合的轨迹：从兴奋转为了伤感，从情绪节奏的"扬"转向了"抑"。这一条由意象组合的轨迹所体现出来的内在情绪节奏运行线也就以不胜感怀的人生沉思为生命节奏特性，而这也就和全诗最后两节那种"悄悄是别离的笙箫""悄悄的我走了"的伤感语调完全合拍了。所以这表现出文本构造的审美指归的定位，是一场诗人抒发旧地重游、青春流逝的怅然心情。

三、弄明白这个文本的中心意象是什么，以及其审美导向与价值又是如何？在我看来，《再别康桥》的中心意象是"云彩"，这首诗开头一节说"我轻轻的招手，/作别西天的云彩。"结束一节说"我挥一挥衣袖，/不带走一片云彩。"都涉及"云彩"，"再别康桥"却没有道一声和康河康桥的告别，而是和"云彩"告别，这反映着"云彩"可作为康河康桥的美景这一点，很可注意，让人感到诗人对云彩特别爱好。这倒是真的。在《我所知道的康桥》一文中，他就说到康桥边的大草坪是他的爱宠,"常去这天然的织锦上坐着,有时读书,有时看水,有时仰卧着看天空的行云"。徐志摩还特爱西天的云彩,这在《我所知道的康桥》中也写到,说他在王家学院时"一晚又一晚,只见我出神似的倚在桥栏上向西天凝望",这其实是指特爱晚霞,爱晚霞光中康河的黄昏。《我所知道的康桥》中也说过:"在康河边上过一个黄昏,是一股灵魂的补剂。"为什么这样说呢?不难理解:黄昏的康河边有一个静谧、优雅、脱俗的、和他的性灵更相适应的生存境界,并且在他的心目中这个境界也就成了康河康桥整体美的表证,可见他之所以要悄悄地再来探望,也不得不依依不舍地再别,就为得是在走上人生之路后深受尘俗的折腾,尤其是和陆小曼的家庭生活弄得他焦头烂额,精神生活蒙尘而病着,不得不为灵魂取得一股能脱却凡尘的"补剂"。可他也十分明白:这个拥有青春年代曾赐予他多梦幻思的康河晚霞境界,是无法带回到——即便只是精神上带回到上海那个生态环境中的,于是也就有文本最后"我挥一挥衣袖,/不带走一片云彩。"那两行。所以这首节与末节近似重复的呼应,所写到的西天的云彩作为中心意象,其审美导向乃是以寻求青春脱俗年华来化解人世羁勒的痛苦,其价值则是真实地反映出了徐志摩对自己已深深陷入进生活的凡庸泥淖而引发的无可奈何的绝望。综上所述,我们当可以这样说:《再别康桥》决不是爱情的伤悼之作,而是对超然尘俗的青春梦境一场美的追怀。

值得指出:《再别康桥》的主题思路是单纯的,仅凭感兴意象的抒情,艺术上也是浅层次的,从诗学的高规格要求看,还未能进入生命意识更深层次的奥秘之境。不过,它的意象抒情兴发感动的功能极强,氛围意境浓郁,结构布局和谐匀整,节奏体式流畅宛转,韵和意雅,文本也营造得精微玲珑。所以它虽不能说是徐志摩最有代表性的文本,却是美的抒唱中最成功之作。

再来看这阶段爱的抒唱。

徐志摩在《翡冷翠的一夜》阶段对爱的抒唱,曾一度转向性恋趣味化,即使是抒发情爱也相当现实,但到《猛虎集》阶段就有所收敛了,能回归到博爱的抒写,甚至提高到博爱的精神层面来展开,所以这一场回归是成功的。《在不知名的道旁》一诗是徐志摩游历印度时写的,写了一个印度妇女带着孩子在路上流浪的悲苦情景:"在这昏夜,在这不知名的道旁,/任凭过往人停步,讶异的看你,/你只是不作声,黑绵绵的坐地?"作为一个异国诗人的他,面对此场面,忍不住发出了人道主义之声:"妇人,你与你的儿女,/伴着你的孤单,只昏夜的阴沉,/与黑暗里的萤光,飞来你的身旁,/来照亮那小黑眼闪荡的星芒!"笔势沉重地显示着诗人的一份爱心。但这只止于同情,却还没有提到更高的审美层次。不过,《拜献》一诗却能提到精神层面来抒唱了。

《拜献》是一首充满激情又写得颇为精微的诗,一开始就提出自己对山的壮美"不赞美",海的壮阔"不歌咏",风波的无边"不颂扬",只对天地间所有弱小者——"在雪地里挣扎的小草花""路旁冥盲中无告的孤寡""烧死在沙漠里想归去的雏燕"等等寄以深情:

给他们,给宇宙间一切无名的不幸,
我拜献,拜献我胸胁间的热,
管中的血,灵性里的光明;

这里所谓"灵性里的光明",就是以他的诗所表达的博爱之情,在诗的后面就这样写:"我的诗歌——在歌声嘹亮的一俄顷,/天外的云彩为你们织造快乐,起一座虹桥,/指点着永恒的逍遥。"藉此以期能减轻这些弱小者"无穷的苦厄"。当然,这有点像是秀才人情,是无济于事的,但这一份情还是值得珍视的。陈梦家在《纪念志摩》一文中就说过这样的话:"他对于一切弱小的可怜的爱心,真的,他有的是那博大的怜悯,怜悯那些穷苦的,不幸的。他一生就为同情别人而忘了自己的痛苦。"此话最后一句似乎有点夸张,但徐志摩抒发这种博爱之情倒确实是呕心沥血,相当真诚的,这在《杜鹃》一诗中可以见出。这首诗中称杜鹃是"多情的鸟""他心头满是爱",值得称颂。首先,这份爱是博大的,甚至博大到关心到土地的耕耘者按时劳动:"终宵唱着'割麦插禾'",呼唤"农夫们在天放晓时惊起"。其次,这份爱是真诚的,"他唱,口滴着鲜血,斑斑的,/染红露盈盈的草尖……"这不仅是真诚,也是热烈到忘情的地步。正因为徐志摩对爱的抒唱是如此博大,如此热烈而虔诚,才使我们有理由说《拜献》一诗对众生万物——特别是对所有弱小者怀着博爱之心的"拜献",是可信的,这份爱心的结晶——他的这类抒情之作,有特殊的美学价值。

这阶段徐志摩对爱的抒唱最成功的文本是《我等候你》。陈梦家在《纪念志摩》一文中还有更高的评价:"《我等候你》(又名《我看见你》)是他一生中最好的一首抒情诗。"我认为并没有夸大。

《我等候你》表现的是主体等候所爱者到来而始终不见到来的不安心情。这种不安甚至变焦躁甚至焦躁到失控的地步,大致说全作对此分四个方面展开抒写。首先一个方面是绝望的预感。也就是说:主体从一开始"等候你"起,就认定"你"不会来,是等不到"你"的,所以文本开门见山地说:"我等候你。/我望着户外的昏黄/如同望着将来……"甚至说"希望"即便"在每一秒钟上"都在"开放",也还是会"在每一秒钟上枯死"——一切全在绝望的预感中。第二个方面是绝望的现实。文本以较多诗行表现了"你"并没有来,"我"只是在空等:"喔,我迫切的想望/你的来临,想望/那一朵神奇的优昙/开上时间的顶尖!/你为

什么不来,忍心的!/你明知道,我知道你知道,/你这不来于我是致命的一击,/打死我生命中午放的阳春,/……把我,囚犯似的,交付给/妒与愁苦,生的羞惭/与绝望的惨酷。"第三个方面是绝望的甘愿。也就是说文本在"痴"一点上大做文章,这样说:"我不能回头,运命驱策着我!/我也知道这多半是走向/毁灭的路,但/为了你,为了你,/我什么都甘愿;/……即使/我粉身的消息传给/一块顽石,她把我看作/一只地穴里的鼠,一条虫,/我还是甘愿!"这可是痴到家了。以上三方面可说是为"我等候你"的绝望感打下了极其坚实的基础,于是也就顺势推出了第四方面:绝望的绝望。的确,"你的不来是不容否认的实在",的确,"任何的痴想与祈祷/不能缩短一小寸/你我间的距离"了,"我"也就不能不承壁上的时钟声如同在作着关于爱的庄严的宣判:

每一次到点的打动,我听来是
我自己的心的
活埋的丧钟。

这场以"我等候你"展开的爱的抒唱,到此也就得出了一个结论:任凭你爱得多么强烈,多么真诚,多么富有耐心,甚至把爱视作无比神圣,最终都是一场空,一场以"活埋的丧钟"宣告谢幕。所以这首诗虽然抒尽了诗人徐志摩期待神圣的爱情来临的全部不安、焦躁,最大限度的忍耐,绝望的绝望,终于醒悟到这场对真爱的等待是等不到的,真爱只存在于绝望的期待中。所以这首抒情长诗好像只是对人间情爱及由此导致的焦躁心境的抒写,其实在这种心境的最深处埋着一脉哲理感受:爱不过是爱,要在爱恋中寻求绝对的圣洁与永恒是不现实也不真实的。所以这个文本之所以被人誉为"最好"的一首抒情诗,除了它传达情感的真挚贴切,采用高度联想化的诗性语

言,以及流利宛转的自由体形式,还在于它能采用广义的本体象征,从而使这场爱的抒情富有令人久久遐思的生命哲理意蕴。

徐志摩对自由的神往在这阶段的诗创作中显出了新质。

和《志摩的诗》阶段相比,徐志摩这阶段求自由之心已不再如同"为赋新诗强说愁"般出于有意为之的事儿,而是生活迫使他挣扎着在寻求的一种渴望。由于同陆小曼婚后移家上海,家庭生活陷入庸俗无聊的泥淖,使他烦躁不安得几乎喘不过气来,所以与之相应,他写下了《生活》这样的诗,该诗一开头就这样痛苦地说:"阴沉,黑暗,毒蛇似的蜿蜒,/生活逼成了一条甬道。"并且预感到自己"一度陷入,你只可向前,/手扪索着冷壁的粘潮。"因此,他几近绝望地唱道:

在妖魔的脏腑内挣扎,
头顶不见一线的天光
这魂魄,在恐怖的压迫下,
除了消灭更有什么愿望?

这使他感到心灵世界遭受到了极大的压迫,强烈地渴求起自由来,《阔的海》一诗就抒发了这种渴望。诗中说他"不需要"(其实是并不奢求)"阔的海空的天""也不想放一只巨大的纸鹞"——这可是过分的要求了,"我"的要求是卑微的:

像一个小孩爬伏
在一间暗室的窗前
望着西天边不死的一条
缝,一点,
光,一分
钟。

这的确是极卑微的一丁点儿自由的渴求,去望望"西天边不死的一条缝"外面那一片天光。也就是说他要在大自然中获得自由。于是他写了《泰山》。在他的心目中这"造化钟灵秀"的地方乃是和谐飘逸结穴点,"你的阔大的巉岩,/像是绝海的惊涛,/忽地飞来,/凌空,/不动,/在沉默的承受/日月与云霞拥戴的光豪,/更有万千星叶/错落/在你的胸怀……"从而使这一片超然了大宇宙的凝固了的、飞动的情景使泰山俨然成了自由神的象征。徐志摩又写了《秋月》一诗,这样表现皎洁的月光在晴空万里中,辽阔江天下放纵的飞动:"它展开在道路上,/它飘闪在水面上,/它沉浸在水草盘结得如同忧愁般的/水底;/他瞑眼在古城的雉堞上,/万千的城砖在它的清亮中/呼吸……"于是在这一片飞动的辽阔境界中,他

银色的缠绵的诗情,
如同水面的星群
在露盈盈的空中飞舞。

这就是说诗情也获得自由了。感受到"永恒的卑微的谐和,/悲哀揉和着欢畅,/怨愁与恩爱,/晦冥交抱着火电……"这么一场二元对立的统一,使自我与宇宙间的众生万物融成一体,有了"'解化'的伟大"以及"随解化"而来的最大的自由,从而使灵魂也"展开了婴儿的微笑"。

这阶段徐志摩神往自由的抒唱,由于超越了人世——在人世间得不到性灵的自由而不得不转向,神往于自然世界寻求,《秋月》《泰山》固然是成功的文本,但写得最好的还是《猛虎集》中的《献词》。这首诗表现的是主体对自由的神往之情。诗中的"你"是自由的化身,"他"则指主体的诗人自身,"你"是一朵"自在轻盈"地"在空际云游"的云,所以按本性而言"你的愉快"乃是"无阻拦的逍遥"——这是这个文本展开的前提。随之文本展开了一场精巧的构思活动:"你不经意"地在空际飘然而行时,影子投在了地上的"一流涧水"中,

"你的明艳"也就点染了"他的空灵",这使"他惊醒"而"将你的倩影抱紧",但"美"是"不能在风光中静止"的,"你"为了"去更阔大的湖海投射影子",又"飞渡万重的山头"了,"他"是留不住"你"的。于是

> 他在为你消瘦,那一流涧水,
> 在无望的盼望,盼望你飞回!

我们把这个文本作了这样阐释性的述说后,当可以明白:这是一首象征的诗,象征着诗人对自由自在的生存境界的神往,以及被自由意识唤醒心灵,却在现实中得不到自由的怅然愁怀。诗中以"云游"来表现自由生态之可贵,写得极具有意境美,也反映着徐志摩对自由的神往之情的强烈与深沉。

但不能不指出:徐志摩在这阶段对美、爱与自由的抒唱有点强作欢颜的味儿。诚如同我们在前面已说过的,这些诗是他在阴沉黑暗的生活甬道里挤出来,藉以安慰自己寂寞的心灵的一些幻想,而埋在心灵最底层的还是一些无法排遣的悲郁。所以这阶段他还近于本能地写了一些抒发人生绝望之作。《残破》一诗有向人世作宣告的意味,宣告自己的心灵事业已"残破"到彻底颓唐。诗共四节,每节都从"深深的在深夜里坐着"起始,在"闭上眼回望到过去的云烟",幻感到"左右是一些丑怪的鬼影"中展开这种"残破"的抒唱,说"一种残破的残破的音调,/为要抒写我的残破的思潮",还说"要在残破的意识里/重兴起一个残破的天地",因为"残破是我的思想"。层层推进到最后说:

> 我有的只是些残破的呼吸,
> 如同封锁在壁橼间的群鼠
> 追逐着,追求着黑暗与虚无!

的确这些诗的虚无主义成分相当浓郁。《活该》里以"你"拟喻理想,以"我"拟喻诗人自己。诗一开头就说:"活该你早不来!/热情已变死灰。"这"活该"的口吻大有彻底绝望的意味。于是"我"坐定在人生舞台上扮演平庸的角色,也就发出与"理想"彻底分手之誓:"将来?——各走各的道,/长庚管不着'黄昏晓'。"为什么有这份决绝之心呢?是主体终于看透了人生的把戏:"不论你梦有多圆,/周围是黑暗没有边。"所以还不如"趁早掩埋你的旧忆"。

抒唱人生绝望心境之作中最可注意的是《我不知道风是在哪一个方向吹》。这首诗四行一节,共六节,但只有每节的第四行有内容变化,其余三行无论句式和主旨都一样,所以它是一首不断在作复沓回环之作。由于每一节的第一、二行"我不知道风/是在哪一个方向吹——"的意象喻示的是"我"处在梦的生涯中,所以各节复沓的那三行合在一起,示意的是"我"在梦的生涯中不知道命运的趋向,而这也就成了主旨。从这三行的复沓回环所强调的,是在梦的生涯中"我"把不住命运。再说由于每一节的第四行抒述对象都有些变化,使第三行"我是在梦中"也无形中增添了一些实际内容。所以全作不断复沓回环的是:"我"在梦中甜美而迷醉也好,梦中"她"负心而"我"心碎也好,都是对命运的趋向作强调。值得进一步指出:全作的第二、三节抒写的是甜美的梦中把不住命运,第四、五节抒写的是心碎的梦中也把不住命运,它们是对应关系,顺势而下的组合是从甜美之梦转向心碎之梦。再说第一节与第六节的关系:第一节说是在"清波依洄"的梦中把不住命运——这"清波依洄"可是美妙的;第六节说是在光辉黯淡的梦中把不住命运——这光辉黯淡可是阴郁的,它们是呼应关系。在一前一后显示为从美妙转向阴郁。如此说来六节诗的前三节是一个节奏单元,美妙而甜美,属扬的节奏;后三节是一个节奏单元,心碎而阴郁,属抑的节

奏。这就使这首诗体现出先扬而后抑的生命节奏进程，也是命运由高昂而低抑的趋向。这可是诗人徐志摩始料不及的，所以他要悲叹"我不知道风是在哪个方向吹"，把握不住命运的趋向了。如此说来，《我不知道风是在哪一个方向吹》比《残破》《活该》等更细致地反映着徐志摩灵魂深处的人生绝望感，也显出他这方面抒情的深沉。有鉴于此，我们才认为茅盾在《徐志摩论》中把这首诗看成只有"很少很少一点儿"内容，"只有那么一点微波似的轻烟似的情绪"，未必确切。

《猛虎集》是继《志摩的诗》阶段后写得较成功的作品，它所展示的抒情天地及不上《志摩的诗》阶段开阔，但要超过《翡冷翠的一夜》阶段。至于艺术技巧，则比它们都要圆熟。因此，他这阶段虽然也写了一些思想意识上错误，艺术表现上也粗制滥造之作，如《西窗》《秋虫》，但为数寥寥，精品之作却不少，如《我等候你》《再别康桥》《献词》《拜献》《秋月》《我不知道风是在哪一个方向吹》等，这些都表明徐志摩的诗创作已进入了复苏期。可惜他这期间的精神越来越颓唐，诚如《我不知道风是在哪个方向吹》的结尾所说："我是在梦中，/黯淡是梦里的光辉！"他的性灵也已阴暗得近于绝望的境界了。

五

1931年11月19日徐志摩因飞机失事而"云游"远去，陈梦家收集到他写于1930年至1931年间而未入集的几首诗，编成他一生最后一本诗集《云游》，于1932年出版。所以徐志摩《云游》阶段的时间极短，诗也极少，只有9首，不包括已收入《猛虎集》的那首《云游》，却收入了长达403行的叙事长诗《爱的灵感》，所以篇幅并不算太单薄。

这阶段徐志摩的诗使人感到有一个中心意象：远行。诗总是处在走向遥远地方去的语境中——无论是回忆、是幻觉，或者是联想、是实感，都同这个语境分不开。我们可以举出诗例：《在病中》《雁儿们》是如此，而《你去》《火车擒住轨》更是如此。《在病中》抒写的是主体偃卧在病床上"看窗外云天，听木叶在风中"时浮上心头的"一瞬瞬的回忆"，是些什么样的回忆呢？如同云一朵朵飘向遥远，炊烟袅袅地渐渐不见，还感到：

又如暮天里不成字的寒雁，
飞远，更远，化入远山，化作烟！
又如在暑夜看飞星，一道光
碧银银的抹过，更不许端详。

这些回忆就这样在幻觉中远去了。《雁儿们》是看着雁群"在云空里飞"引起联想，联想到"她们少不少旅伴？/她们有没有家乡？"想得那么细，正是远行的感受强烈而深沉的反映。于是也就有了这样的喟叹："雁儿们在云空里彷徨，/天地就快昏黑！/天地就快昏黑！/前途再没有天光，/孩子们往哪儿飞？"可见诗人徐志摩的这场远行的感受，是有生命的大茫然打底的。

如果说《在病中》和《雁儿们》所抒唱的还只是远行这事儿的虚幻感受，那么《你去》《火车擒住轨》则已涉及更多远行的内涵，并且是从实感出发的本体象征了。所以这两个文本也就有更值得作挖掘的东西。首先，这场远行是必然得宿命的。《火车擒住轨》极典型地体现了这一点。在这首诗里徐志摩把坐在只有自己一个旅客（诗中这样说："过冰清的小站，上下没有客。"）的火车上奔驰看成是走在无穷无尽的路上的事儿："过山，过水，过陈死人的坟""过荒野，过门户破烂的庙"，又"过嗓口的村庄，不见一粒火"，这可真是一场远行。并且"长虫似的一条"的它竟然还"一死儿往暗里闯，不顾危险"。这就表明谁也阻挡不了这辆"呼吸是火焰"而显得气势十足的"火车"拉着只有一个旅客的诗人自己远行，而主体的他也"什么事都看分明"的，也就是：这场远行是宿命的，"自己又何尝能支使运命"！其次，这场远行是通向黑暗荒野的。有关这一点，在《火车擒住轨》中开宗明义就这样说："火车擒住轨，在黑夜里奔：/过山，过水，过陈死人的坟"！《你去》中，写主体"我"与"你"在黑暗时分分手，在"目送你归去"而开始"我"自己的远行前，心有成竹地把远行的途径告诉"你"：

> 我进这条小巷，你看那棵树，
> 高抵著天，我走到那边转弯，
> 再过去是一片荒野的凌乱：
> 在深潭，有浅洼，半亮著止水，
> 在夜芒中像是纷披的眼泪；
> 有石块，有钩刺胫踝的蔓草，
> 在期待过路人疏神时绊倒！

这种言说可见出徐志摩在潜意识里似乎感受到这场"远行"的前景只能是黑夜、荒野，生机寂灭之境。第三，这场远行是坦然前往的。令人惊异的是徐志摩在这两首诗中抒写"远行"虽说是必然得宿命的事儿，却并无悲哀，也无怨言，而表现为无所迟疑的坦然：《火车擒住轨》中写到疾驰的"火车"在"一死儿"拉着自己"往暗里闯"而"不顾危险"后，"我"却坦然说这火车"不论爬的是高山还是低洼"，自己可是"把命全盘交给了它"，无所顾虑地"放平了心安睡"起来，甚至"不问深林里有怪鸟在诅咒，/天象的辉煌全对着毁灭走"也无所谓，"只图眼前过得，裂大嘴打呼"！这真是坦然到家了。《你去》中这种坦然更是彻底，说自己"有的是胆""凶险的途程不能使我心寒"，"我"可是"大步向前"地远行的：

> 这荒野有的是夜露的清鲜；
> 也不愁愁云深裏，但须风动，
> 云海里便波涌星斗的流泺；

在诗人的心儿里这一场远行可的确是坦然而没点儿犹疑的。

这四首抒唱"远行"之作占了徐志摩《远行》阶段诗创作几乎一半的份量（仅只四行的《一九三〇年春》没写完，算不上是一首诗；《别拧我，疼》如前已述写于1925年春，不属这阶段之作，当然不值得人特别加以注意。这似乎表明一点：在这一年来时间，萦绕在徐志摩心儿里的似乎是一些说不清道不明的远行感受。那么这神秘兮兮的远行究竟指什么呢？当然不会是现实生活中某一场长途旅游，而是对生命的远行一场象征抒写。我之所以这样说是有理由的。徐志摩的生命意识里，是把生命看成流动的存在的。《在病中》里"我"远望窗外迢迢回忆的轨迹，喻示的是生命之流；《雁儿们》里冰天寒云的茫茫途程喻示的是生命之流；《你去》里"我"穿过"小巷"走向荒野；《火车擒住轨》里那列只有"我"一个乘客的火车"过山，过水"的奔驰更是对生命之流的喻示。值得指出：在逐步的时间里这条生命之流的流动自有其具体目的，那是在地球相对空间中的现实呈示，它的途程如去旅游一场，如去欧洲、去印度够远了，却也总会有止境，不稀奇。但在无穷尽的时间里，这生命之流的流动就不存在具体的目的，但是生命在宇宙绝对空间中的命运摆弄，它的途程就只能是不停顿的"过山，过水"，越走越是黑茫茫的荒野——这才是真正的远行，通向宇宙生命的永恒途径的远行，同时也是在地球相对时空中终于寂灭了的一场远行。这才是这场神秘兮兮的生命的远行真正的涵义。总之，这里写的一些迢遥的往事回忆也好，雁飞苍空也好，"我"穿行黑地也好，"火车"过山过水奔向无边的黑夜荒野也好，都是本体象征，象征着诗人徐志摩的心儿里萌生的这个生命的远行意识。

值得提一提的是,徐志摩为什么在1931年11月以前等等几个月里集中地写了这几首诗?为什么一首接一首总是写黑夜荒野里的路?黑得没有尽头的路?有生灵茫茫然奔向远方去的路?这里有没有一种生命即将走向永寂的预感?

回答只能是:诗人徐志摩以这几首诗为我们留下了不幸而言中的谶语:1931年11月19日他的生命终于远行了……

但对《云游》阶段来说,上述四首诗还只表明了一个方面:诗人徐志摩在向世人宣告:他的生命即将远行。其实这阶段他还对自己的生命意识以诗的形式在作总结性的思考:不仅从生命即将远行出发全面地回顾了他所信奉的生命意识,且在艺术表现上达到相当圆熟的层次,写成一首400余行的叙事长诗《爱的灵感》,成了《云游》阶段的代表作,也成了徐志摩一生诗创作中的精品。具体地说:徐志摩用了一个有故事情节的叙事诗形式,再次表现了他自己一生的"单纯的信仰"——对美、爱与自由的虔诚追求,特别是还把自由的追求和生命超越地球相对时空的远行接上了轨,在这样的运思活动中,徐志摩终于完成了一首规模相当大的、带有生命诗学追求总结意味的大抒情之作《爱的灵感》。

《爱的灵感》有一个单纯得颇为离奇的情节,写的是一个少女在偶然的场合碰上了一个青年:"我只是人丛中的一点,/一撮沙土,但一望到你,/我就感到异样的震动""一道神异的/光亮我的眼前扫过"。但与此同时,还使得"我想哭,/纷乱占据了我的灵府"——就这样竟然"陷入了爱"。从此,"我的一瓣瓣的/思想都染着你,在醒时,/在梦里,想躲也躲不去"。但"爱你"却"不是自私",不仅"从不要享受你",还定下决心:"永不能接近你","我"有的只是一颗"痴"的,痴到在人前"到死不露一句",这使得精神的折磨紧紧缠住"我"了。

为了减轻近在咫尺的相思之苦,"我"背离亲人,朋友,告别了家乡,"投到那寂寞的荒城,/在老农中间学做老农"。在那儿整整三年"我"和灾民、和大自然在一起,建立起了博爱:"是愉快,是爱,再不畏虑/孤寂的侵凌"。但是,这也拖垮了身体:"风雨的毒浸入了纤微,/酿成了猖狂的热。我哥/将我从昏盲中带回家",算活过来了。后来在家人的胁逼下,"我做了新娘"也从此成了"木偶","一堆任凭摆布的泥土"。但病的一再回复"销蚀了/我的躯壳",而自己也"早准备死,/怀抱一个美丽的秘密,/将永恒的光明交付给/无涯的幽冥。"就在这命悬一线时,"天叫我不遂理想的心愿"竟在"热谵中"被自己"漏泄"出来,于是才有"你"的来到身边,"血肉的你与血肉的我/竟能在我临去的俄顷/陶然的相偎倚"。于是在"这人生的聚散"临到最后时刻,诗篇这样结束:

啊苦痛,但苦痛是短的,
是暂时的;快乐是长的,
爱是不死的:
我,我要睡……

这就是《爱的灵感》告诉我们的整个故事。这一类故事是浪漫派惯于采用的——为了用人性的离奇来刺激接受者,激化他们伤感的情绪。但徐志摩却另有目的,即以这样一个故事来寄寓他对爱、美与自由的体验,以及它们之间的关系的思考。

顾名思义,《爱的灵感》这一段哀艳的情节全是由一场爱恋引发出来的,爱是文本构成的逻辑起点,且贯串了全作的,所以很可珍视。该诗所涉及的是女主人公"我"因偶遇男青年"你"而一见钟情,为排遣近在咫尺的相思之苦而背井离乡投奔荒城,与灾民共度艰难,重建家园。诗篇动人地抒发了"我"的一场情恋竟到痴的地步。但就在这个关节点上,徐志摩有意识地把这

场情恋作了提升。诗中有一段写到"我"与灾民天天一起下地劳动完工后,竟这样度着寂寞的长夜:

> 到晚上我点上一支蜡,
> 在红焰的摇曳中照出
> 板壁上唯一的画像,
> 独立在旷野里的耶稣,
> (因为我没有你的除了
> 悬在我心里的那一幅),
> 到夜深静定时我下跪,
> 望着画像做我的祈祷,

这种的抒写无疑隐示着"我"已把男青年"你"当作耶稣的存在一般了,而"望着画像做我的祈祷"也就进而使一段情恋上升到宗教的层次。正是这种庄严的提升,也就使"我"的这场爱从单纯的情恋扩展为博爱了,突变在"我"的感受中和行动中同时出现了:"我把每一个老年灾民/不问他是老人是老妇,/当作生身父母一样看/每一个儿女当作自身/骨血,即使不能给他们/救度,至少也要吹几口/同情的热气到他们的/脸上,叫他们从我的手/感到一个完全在爱的/纯净中生活着的同类?"甚至"我"还"甘愿哺啜/在平时乞丐都不屑的/饮食,吞咽腐朽与肮脏/如同可口的膏粱;甘愿/在尸体的恶臭能醉倒/人的村落里工作如同/发现了什么珍异?为了/什么"呢?"我"斩钉截铁地回答:

> 因为照亮我的途径有
> 爱,那盏神灵的灯……

是的,正是这博爱的"驱使",使"我获得生命的意识",而凭着这"意识沉潜的引渡","我"也终于有了"灵界的莹澈"!

于是在遥远的"荒城","我"找到了全新的生存境界。诗篇写到"我"在边地"一个夜的看守"时幻感到的情境,这样说:那儿的夜虽是同别处"一样的天,一样的星空",但"我独自有旷野里或在,/桥梁边或在剩有几簇/残花的藤蔓的村篱边/仰望",情境整个儿起变化了:

> ……那时天际每一个
> 光亮都为我生着意义,
> 我饮咽它们的美如同
> 音乐,奇妙的韵味通流
> 到内脏与百骸,坦然的
> 我承受这天赐不觉得
> 虚怯与羞惭……

这是美,人生的美,这种美因何而生呢?女抒情主人公有这样一个说法:"因我知道/不为己的劳作虽不免/疲乏体肤",但它却能"拂拭我们的灵窍",拂拭得"如同琉璃"般透明,于是"天光"也就能"无碍的通行",从而把一切的美艳都照显出来了。于是在一天又一天艰辛的劳动结束而"漫步的归去"时,"我"会幻感到"冥茫中/有飞虫在交哄,在天上/有星,我心中亦有光明"——"我"又一次找到了美。于是,随着"一年又一年"过去,"我认识了季候,星月与/黑夜的神秘,太阳的威,/我认识了地土,它能把/一颗子培成美的神奇,我也认识一切的生存,爬虫,飞鸟,河边的小草,/再有乡人们的生趣……"——这可是再一次"我"找到了美。这种美显然来自于众生万物相通的生命感应认识。

正是这种出于宗教感的博爱精神,以及众生万物感应相通的美的遐想,使女抒情主人公进一步在艰辛的荒城生涯中又把握到一种物我可以互转的觉识,幻感着自己能神秘地"化成仁慈的风雨,/化成指点希望的长虹,/化成石上的苔藓,葱翠/淹没它们的冥顽;化成/黑暗中翅膀的舞,化成/农时的鸟歌;化成水面/锦绣的文章;化成波涛,/永远宣扬宇宙的灵通;/化成月的惨绿在每个/睡孩的梦上添深颜色;/化成系星间的妙乐……"这样的互转使"我"感到是一场"光明与自由的诞生""灿烂的星做我的眼睛,/我的发丝,那般的晶莹,/是纷披在天外的云霞,/博大的风在我的腋下/胸前眉宇间盘旋,波涛/冲洗我的胫踝,每一个/激荡涌出光艳的神明!/再有电火做我的思想/天边掣起蛇龙的交舞,/雷震我的声音,蓦地里/叫醒了春,叫醒了生命。"这的确是获得"光明与自由"的了。但要能达到这样,女抒情主人公是为自己设立了一个前提的,那就是"轻视我的躯体,/更不计较今世的浮荣",以及"企望着更绵延的/时间来收容我的呼吸",说明确点就是肉性生命的死亡。于是,诗篇就这样地表现了在死亡线上挣扎的女抒情主人公从昏迷后醒过来时的一段幻觉:

　　唉,我真不希罕再回来,
　　人说解脱,那许就是吧!
　　我就象是一朵云,一朵
　　纯白的,纯白的云,一点
　　不见分量,阳光抱着我
　　我就是光,轻灵的一球,
　　往远处飞,往更远的飞;
　　什么累赘,一切的烦愁,
　　恩情,痛苦,缘,全都远了,

这就是说,在走向死亡的路上,女抒情主人公"我"已感受到自由了。随之是她又清醒过来,在回光返照中向"你"讲完自己全部痴恋的秘密后,又进入幻感了:

　　……我飞,飞,飞去太空,
　　　散成沙,散成光,散成风,

这就是说,女抒情主人公"我"已完全感受到自由了,在接近死亡的前一刻。

这个文本采取女抒情主人公"我"在临终前对她的痴恋对象"你"倾诉全部恋情来展开故事,使人读后颇有哀艳之感。值得指出:以这样的人物关系及由此形成的情节事件来为文本作出哀艳的定位并非徐志摩本意,他是拿这个离奇事件作为隐喻来用的。女抒情主人公"我"的结局从其审美指归的角度来看,无疑是另一形态的生命远行。诗中的"我"哀艳的陈述,正是诗人徐志摩对自己毕生行事及精神世界的一场隐喻。所以《爱的灵感》与《云游》阶段徐志摩致力于抒唱生命的远行,是完全接轨的——这一点自不待言。在我看来更重要的一点还在于由隐喻关系引发出来的一个判断:《爱的灵感》确是徐志摩对自己的"单纯的信仰"——追求爱、美与自由作了总结性的感受与思考。他心目中的爱,已超越了情恋层次而进入了博爱层次;他心目中的美,已超越了人道平等、生态和谐而进入物我同一的宇宙大同;他心目中的自由,则已超越人性的制约而进入灵魂的解脱。不过也不能不说,所谓的灵魂的解脱,指的实系生命的远行——走向死亡。因此这个文本可以说是走向没落者的一曲绝望的哀歌。

李岂林和他的诗

● 骆寒超

　　把诗视为自己生命的人毕竟不多,李岂林算得上是一个了。

　　我和岂林相识在半个多世纪前,那是"文革"前夜——1966年暮春三月间的事。记不得哪一天了,我家忽然来了个二十出头、留个平顶头的陌生客人。他不高的个子,宽边眼镜后面滚圆的一对乌珠定定地注视着我,搓着两只手掌自我介绍说:"我叫李岂林,拜访拜访你。"这个场面一直深印在我的脑海里,几十年来没有淡忘。就这样,我们交往了起来。那时,岂林已在报上发表过不少民歌体新诗,甚至有一首还被《诗刊》转载过,所以也就成了我所栖居的永强小镇上一位名人了。有过这场拜访后,我也就有幸读到岂林一些初试之作。它们是政治图解的产物,价值不高,时过境迁,留给我的印象不深。不过,也有个别作品,如《运粮船》,还能显示民歌的韵味,音节的把握也较好,至今也还记得。

　　使我真正注意起岂林的诗歌创作来的,还是"文革"中期以后。那时,抄家游斗的急风暴雨略显减弱,形势转为山头林立、派系争斗。岂林是贫农家庭出生,自己是个油漆工,又从不参加任何一派,也就无事。至于我这个异类公民,一贯自觉靠边,不问世事,也就做起了逍遥派,所以相聚机会倒是多了起来。我们常常拉上同我一样是另类公民的董楚平,在我家的小阁楼上苦中作乐,喝几盅番薯烧,谈一通新旧诗。记得有一次岂林念了首从未示人过的诗歌旧作《网》。以渔夫撒网于大海而只网到一片"破碎的月光"来喻示自己生存在莫测的人世海洋,只落得希望成空,命运悲苦,令我和楚平大受感动。我还曾当场说过:"你真正的诗歌创作开始了。"这以后一个初夏的晚上,我们在止马桥边的老榕树下再次闲聊,岂林念了一首新作——副题为"寄春天"的《怀念》。显然这是首伤悼青春在流逝远去的哀歌。全诗是"我从懂事的那天起/我就爱上您"开头的,大力渲染了一通"春天"的离去:"我知道您不能久留我的身边/岁月之轮催了一次又一次;/它挥舞着锋利无比的闪电,/要斩断缠人膏肓的情丝!"然后一层层深入到对已逝年华的悼念:"您能否听到我在把您呼唤,/能否知道我日重一日的相思——/我问流云,流云无声地飘走了;/我问溪水,溪水发出声声的叹息!""到哪里去寻找失去的温暖,/一切都是迷茫,一切都是孤寂!"当时我和楚平的心都被他紧紧地揪住了。说真的,在那些大夜弥天的日子里,我们都是渴望时代的春天回来的哟!这一场中西诗艺结合、本体象征十分圆熟的抒情,使当年的我就认定岂林的存在会是我们诗歌的一个奇迹。可不是吗?他的文化程度并不那么高,没有受过系统的文学培训,中外古今的诗也未读过很多,诗竟能写得那样典雅,有韵味,技巧又能显得如此老练到家,怎能说不是个奇迹!"总有一天他会有一番诗歌事业的。"我想。同时我也感到在他身上"农民的忧郁"的因袭气质也实在太浓重了。

遗憾的是我们这样洒脱地交流心曲的日子并不能延续很久。三个患难朋友各自背负着生活的犁轭奔走在荆棘地上，都有点喘不过气来，喝番薯烧谈诗的劲儿也消退了。只记得有一年"四害"扫除不久，岂林还雄心勃勃地写起了一首长篇叙事诗《白龙瀑之歌》，歌颂永强的白水电站建设，我读过一些章节，深感有闻捷的叙事长诗《复仇的火焰》那种气势。可惜后来也没有下文，想必流产了。而我，为了恢复为人的尊严和重新开拓事业，顺着三中全会的东风而离开温州，在南京、上海、杭州过起了半流浪的生活，鲜有回永强的机会，对岂林写诗的事也就关注不多，只零星地读到过一些他发表在报刊上的诗，虽觉得他在艺术技巧上又圆熟了不少，却总有一个印象：在突破传统的抒情路子上，他似乎有点力不从心，和朦胧诗潮流若即若离，和第三代诗人的诗风又格格不入。1990年初他致信于我，希望能为他即将出版的诗集《幸存者之恋》写篇序，我才有机会集中地读到了他写于1980年代的一些诗，除了惊异于他那抒情境界的大为拓展，以及内中洋溢着一片新时期的时代阳光，却也总感到诗艺格局有点混乱，所以那篇序中曾说过"这中间难免有夹生饭的现象存在"的话。但这次通读了他的全部作品后，我方悟及《幸存者之恋》所选的并不全面，因此感到有必要再来谈谈我对他的诗读后的新认识。

首先，从这批诗里我看到了岂林对扎根生活、追求文学事业怀有超常的虔诚，真可说视诗如命，创作热情高涨。在三中全会前后的一段时间里，岂林有过一段短期的创作迷茫：1980年写的一批谴责宗法制农村陋习之作，反映着他在主题探求和题材拓展上还把握不住。可随后就起大变化了。从1981年起他开始为调整自己的探求方向努力起来。不过，他没有像朦胧诗诗人那样站在政治制高点上作"我——不——相——信"式的口号高呼，也没有对第二次思想解放作抽象赞美，而是认定一点：扎根生活，探求人性抒情。为了说明问题，我们可以拿他1981至1985年间的创作实况作个简略回顾。1981年他写了两部大型组诗：《青春恋歌》和《献给乡村的歌》，都是探求人性之作，审美目标直指向真、善、美的灵魂重塑。这里的所谓大型，可也真叫大：一组《青春恋歌》一写就是61首十四行诗，出单行本也是个不薄的诗集了。1982年他一连写了两首叙述长诗：《湖》和《铸剑音》；1983年写了大型组诗《乡村风情画》；1984年写了大型组诗《海滩上捡回的涛音》；1985年写了大型组诗《采石场记事》。这些其实都是超大型的，如《采石场记事》，就有20首。除此以外，这些年他还写了一大批散篇抒情诗，它们足足可以编成五六本诗集，并且这些作品统统来自凡人世界的实际生活，是一尊尊真善美的灵魂塑像。根据这些回顾当可显示：岂林单就这五年间的诗创作而言，其数量之多和质量之高都是令人吃惊的。还值得提一提的是：它们可全是岂林在与人合伙负债办企业过程中屡遭暗算和逼债的恶劣环境下写成的。诚如《青春恋歌》后记中所说，他常常是在"满含悲愤"的状况下"打开我的稿纸，走进充满着温馨的爱的天地"，才开始抒情追求的。他为此而这样感慨地说："这一切无法阻挡我对美的追求，对真的向往。"对了！岂林就是这样一个人：诗成了他的忘忧剂。因此，他几乎就成了个无日不诗的人了。

其次，这批诗还显示出岂林对新时期祖国迎来的改革开放时代由衷的赞美。岂林是一位热爱生活、借诗放歌时代的虔诚诗人。出生于贫苦农民家庭的他纵使气质上染有"农民的忧郁"，但始终怀有这样一个本能意识：自己纵然处世艰难，但比之于父辈还是要幸福得多的。在为

1982年的诗所写的题辞中,他就说自己不是个对人世绝望的人,而是个"希望的追求者""黎明的吹号者",并宣告:"我将为我的祖国,祖国的绿水青山献出一生的热情,流尽我的血与汗……"这种心愿显然来自于他对自己与祖国与改革开放的新时期那种密不可分的真切体验。在《一份补充的履历表》中他对此作了这样的抒唱:"属于祖国的每一缕阳光——/也都是照耀着我的心灵/属于祖国的每一朵鲜花——/也都给我送来芳馨!"唯其如此,也才使他如此强烈地热爱自己的工作——一个油漆工的平凡劳动。在《我歌唱我的生活》中,他自豪地说自己"拥有一个色彩丰富的王国",随之高唱:"一年四季穿着沾满油漆的衣服/流着汗为祖国浓涂淡抹/当人们住进色彩明朗的房间/当人们走向色彩庄重的亭阁/当人们摆设用色彩柔和的家具/当人们跨进用色彩新鲜的店铺/我这个很不起眼的油漆工/心里就会涌来一串没有音符的歌。"为此,他发出"我歌唱我的生活"的高昂之声;岂林还把自己的追求和新时期祖国的伟大建设事业结合起来,哲理审美地展示了他作为普通劳动者的价值。在"我劳动,我拼命地劳动"中,他这样高唱:

> 我是蚯蚓,为丰收不断疏松土壤
> 我是蜜蜂,为生活辛勤酿造芳醇
> 我是蜘蛛,整天编织希望的网
> 我是紫燕,终年营造理想的梦
> 让成串的汗珠铺一道闪光的路
> 通向祖国富庶与繁荣

这些诗句见证着岂林已找到为人为诗的方向了。

第三,我特别要称道岂林从1986年7月起开始的那场诗艺风格的大调整,这可是难能可贵的自我超越。我们这一代包括岂林在内的人,在诗歌写作中,大都习惯于以情为本、借景抒情,亦即走的是一条具体而如实地描叙景象、物象、事象,从中兴发感动出情思意绪来的抒情路子,只求情韵氛围而不求智识意境,这是千百年来代代相传的中国诗艺传统。当然,这有好的一面,有情味,易感人,也方便传颂。但往往不能进入景象、物象、事象的更深层次,给人以哲理的远思。朦胧诗潮的出现以致波及整个中国诗坛,其作用不仅在于把握诗歌真实世界的内容——以自我价值尊严为核心的人本抒情境界得到大大的拓展,还在于改变了"诗缘情"的路子而偏向于"诗言志"的主智追求。具体的做法是为思想寻找客观对应物。于是也就冷落了感兴意象,而印证意象得到了大力起用。这也有好的一面:抒情走向纵深,超越单纯的情韵而进入哲理顿悟。但把这一项追求极端化,也就会使诗成为理念的印证,意象的拼贴。这种极端化追求在1986年现代诗歌群体大展后涌现的第三代诗人中显得特别明显。岂林虽也从1986年起对自己的诗艺风格作了调整,但他没有盲从,跟着起哄。他既接受了朦胧诗派的影响,却又发展了该派的艺术风尚,尤其是扬弃朦胧诗后某些反艺术规律的嬉皮士习气。具言之也就是从1986年起岂林的抒情追求开始走向艺术的抽象,在预设的陈述或判断句型的所指框架中展开能指活动时,大力起用印证意象,并相应地把它们虚拟地结合成一个具有戏剧化意味的拟喻意象组合体,这个组合体由于戏剧化而具有了能指的感兴功能,而在所指句型的关键成分处,他又按反语法遵修辞规范或遵语法反修辞规范的语言策略所构成的意象语言来作超常限的修饰、补充,凸显其既非本体象征又非主观象征而是具有能指活动中的感兴印证功能。这一来岂林1986年以后写的一批富有特色的诗,也就发展了朦胧诗派又远超了第三代诗人的诗艺风尚,使他的抒情追求具有智性印证又具有情性感发而融成一体的特征。这可是在新时期诗坛独树一帜、为岂林所开拓出来的一条诗艺新路。我们无须怪他在诗艺风格调整中有些文本确因火候不到家而显示出了某种夹生饭现象。探求之路总是崎岖的,但崎岖一旦超越,也就是康庄大道了。可不是吗?只要有耐心去读岂林从1986年7月以后写成的一些诗,如《秋天》《你已经远去》《夜别》《永远的起点》《弹琴少女的雕像》《你兴起的手臂》《叮咛》《宇宙的中心》《寻找者》《你是女人》《致一位老人》《那株树》《看到山鹰》《古寺》《采石工》《雨夜》《雪夜兼程》《凌霄花》《离我而去的是谁》《鸟声》《大龙湫》……不就能发现这里有百年新诗的一些精品存在吗?

可憾岂林未能及时出版更多的诗集;
可憾岂林未能尽其诗人的才华!
斯人已逝,多年了,能不伤怀!
但无论怎么说,把诗视为自己生命的岂林,并没有空空地来世上一趟,而是留下了一串美的创造脚印的,纵使它们或深或浅。这使他不仅属于温州,属于浙江,也是属于中国新诗坛的。

附：

诗集《幸存者之恋》选编

● 李岂林

怀 念
——寄春天

一

我从懂事的那天起，
我就爱上您。

记不得雁儿去了多少回，
记不得花儿开了多少次；
想见欲语难开口，
倾不完满腹忧郁与相思！

每当霜雪还盖着垅亩，
我就盼望着您的讯息；
每当霄月照耀着阡陌，
我就想起了您的芳姿……

二

……
每年，您迈着轻盈的步履，
悄悄地跨过河沼、山野；
撒一路红的花绿的草，
带给我一片绿色的希冀。

每年，与您共同相处的晨昏，
天国、人间全从我心里消失；
听不厌您微风般的絮语，
看不倦您天生的丽质——
忘不了荷塘畔初晨的漫步，
那雾一般的岁月使人痴迷：
您轻抚我无限忧悒的胸怀，
像摇晃的竹影拂着小溪。

忘不了日月亭傍晚的依偎，
那花一般的芬芳使人神驰：
我投入您那无限温煦的怀抱，
像暴风中的渔人驶进避风港里。

我知道您不能久留我的身边，
岁月之轮催了一次又一次；
它挥舞着锋利无比的闪电，
要斩断缠入膏肓的情丝！

您也知道我心里烧着熊熊的情焰，
青春在熬煎中一天天消蚀；
雷声好像是在大声咆哮，
对我们作着最后的威逼！

无可奈何的相思与爱情，
无可奈何的眼泪与叹息；
面对着风雨零落的残花，
您多少次瞒着我暗暗啜泣！

就在那凄风苦雨的夜半，
您拽起红瘦绿肥的裙裾，悄悄远逝；
冒着淫雨，洒一路珠泪。
把深深的爱情葬埋在心底！

你为什么不唤我一声，
就这样拭着泪，眷眷而离。
……

我知道您不忍看我憔悴的面孔，
我知道您不让我看您消瘦的肤体；

因为,叙别只能增加我的惆怅,
无声的相对只能加添您的忧戚!

三

您去得这样地不留一点踪迹,
哪一个地方才能把您寻觅;
高山、林莽、海隅、天涯,
哪一处才有您娴娜的芳姿?

您能否听到我在把您呼唤,
能否知道我日重一日的相思——
我问流云,流云无声地飘走了;
我问溪水,溪水发出声声的叹息!

只有清溪边的柳树还记得,
您最后一次曾披散着发丝;
夕光衬托着您苗条的姿影,
脉脉地顾盼,默默地伫立。
只有向阳的山坡,还记得
您最后一次曾坐在那里歇息;
收起雨湿的绣满山茶的裙裾,
匆匆地装束,冉冉地飘逝。

一个人也不知道您的去向,
一条路也没有您的踪迹;
到哪里去寻找失去的温暖,
一切都是迷茫,一切都是孤寂!

再也找不回失去的年华,
再也找不回青春的活力;
只有清溪如怨如诉地向前奔去,
只有带血的杜鹃催我:归去!归去!

网

我是一个孤苦的渔人,
守着一张破烂的绳网;
风风雨雨,朝朝暮暮,
辛勤劳作在迷茫的大海上。

多少个满怀期待的早晨,
多少个无限焦急的黄昏;
我掐着指头算汛期
这一汛也许会带来几天欢喜。

多少次我耐着内心的饥渴,
多少次我燃起收获的希望;
赶着桃花春汛,乘着月色,
撒下了一网又一网……

我没有什么过苛的要求,
只要那么一网两网,
我家就会升起袅袅炊烟,
穷渔人也许能过上温暖的时光!

第一网是波光月影,
第二网是月影波光;
我鼓起勇气再一次抖开网索,
老天哟!怎么还是破碎的月光?!

深邃莫测的海洋哟,
你像少女的脾气变化无常;
难道说,我对你还不够虔诚,
难道说,穷人的遭遇就该这样!

我是一个孤苦的渔人,
日夜修补着破烂的绳网;
多少次我想大声把海洋诅咒,
唉!孤苦的渔人怎离得开海洋!

老 泪

从你眼角垂下的
那一滴
泪
是岁月树上结下的
一个果实

当远方的路把我
从你的身边拽开
我感谢你真诚的馈赠
使我匮乏的行囊显得丰富

我将背负着它
就像背负一轮古老的太阳
穿越人生所有的坡地
与一切新鲜的诱惑

日子也许会一个个死去
而泪光照耀的道路
将永远成为
生命的弓弦

侧影之思（之二）

你叩开了那扇门，成串的日子
　　　就溜了出来
那些日子接受过命运的裁判
是不可饶恕的苦役犯
你留下的处女的提示成为路标
长期被禁锢之魂骚动起来
在你题签的笔记本里
　　　纷纷筑巢

锈锁被无意砸开了
理智失职，徘徊在一旁
那些饱尝离愁别恨的情感
挣脱死亡之深渊，欢呼着
再一次晴朗，如花的诱惑
鼓动血液的潮汐，暴涨

过去在诗的旷野上奔跑着
寻找着河床干涸后固执的走向
当所有复活的水流
被你的沉默堵着
那些日子渐渐醒悟，这是一次
　　　不幸的释放

于是它们在你的稿纸上
　　　站成纵队
听从命运再一次的宣判
在创伤上长出翅膀

又各自痛苦地折断

梦乡之路

孤鹜飞来之时
疏影迭成清溪畔寂寞之花
你临溪而潇洒
任旷野之风读你的季节
当游鱼衔去你唾弃之时日
一种遐思生于山口之落霞

你沿梦乡之径款款而行
自感美德再难挺直为竹
那条干涸的生命之弦索
因你而重新动听
诞生浔阳江边之情韵

归去，巢里又贮鸦歌
信步走去，道路
又被草莽与丛林遮没
走遍诗经三百篇
终不闻弄笛之少年
水一方，成为相思
有雁群迭成一种远古就有的忧郁
你与古人一样
为一种解不开的情绪
潸然泪下，成为霜成为雪
成为历史之空白

无字碑

不留下一个字，你就走了
清风一样，只在旷野
挥了挥手
弄出一点古诗韵般的音响
走了，不留下一点踪迹

我希望你留下的那个字
你没有留下
只留下一个浅浅的笑
却使人感到深深地

如一个潭

那个字还是不留下好
一留下洪水就要泛滥
桥,不过得不造
造好的桥也未必
能通过岁月之水流
不留下一个字就不留下一个字吧
就让我们成为
　　一首无字的诗
任谁也读不懂
任历史与注家也束手无策
就像无字碑
让世人去评说
活着与死去的一切情缘

黄昏情绪(之二)

那盏灯又点燃黄昏
叶片上的霞光渐渐暗淡
路又蠕动起来。一朵云飘来
遮住了梢头的月
我的心如无桅的港湾
只有微语式的呻吟
如海潮低声地嘱托海岸

伊人不归,水天苍茫
何处是鸥鸟之巢
我担心翅膀载着一天的倦怠
使失重的心坠落归途
不归也好不归也好
就让微蹙的前额凝固成海滩
留着波浪的吻阔也留着
袒露嶙峋前景的苦难
归去归去,天鹅星座
已被指画在天上
牛郎徒然伫立,织女的泪水
使王母银簪划出的河
潮涨岸宽

我欲归去,去意难留

我欲不归,心又彷徨
无奈黄昏之巨翼
遮断了一些相思,让我
如汲水女郎,捏着长长的井绳
汲取星光般粼粼的不安

山　魂

当我从苦难的草丛里挺身而起
听到了来自内心的神秘呼唤
溪水在我的血管里澎湃起来
连绵的群山所无法负载的痛苦
便在我的心里
耸成一座旷古未见的峰峦

于是,日月的金榔头便一锤锤
一凿凿地
在我宽阔的前额,镂刻
一种古老的向往

我站在一个断裂的边缘
无法退入群山退入永恒的蜗居
继续载负繁衍的历史
(一瞬间的犹豫
就可以耗尽一千年的机缘)
我跨出布满苔藓的脚步

汗毛孔里长出的青苍林木
诞生了一种葱绿的观念
使冷寂的群山又勃起
再难抑制的欲望

致母亲

当我在你含泪的血潮中诞生
你的经卷就成了我生命的底座
于是,我成了古塔成为你
耸向天空的信仰
你以世代的苦难作为图案
显示你的智慧,用渐渐加深的皱纹
镂刻着一种生存的空间

我身上刻着画着的,都带着你的
笑容与阴影,并以檐角风铃的姿态
摇响一种母性的期待与呼唤

我站在情感的江流边,俯视
过去与未来,领略了世界的奥秘
我多么想分担你额角皱纹的深刻
以及白发日夜生长着的重量
作为你梦的载体,我为无法震慑住
向你蔓延的苦难而痉挛
你渐渐佝偻而我的脊骨也渐渐倾斜
倾斜度使你感知了这世界的坡度

你一再地用经卷校正人生的视角
以创造一个能重新垂直的平面
你相信一种母性的神慈的力量

孤　岛

在一次悲壮的死亡中你骤然诞生
记忆像你的历史呈现一片空白
风的爱抚与絮叨使你领悟

一种血光,一种胎育的
　　神秘的痉挛
母性最后的一瞥以闪电的方式
贯注你的全身

于是,你无视
海鸟古老的劝诫,以人性骄傲
抗衡台风愚昧的运动以及
　　日月带着黑点的启迪
你蔑视这世界上一切的不幸

于是,你抑制荒凉而注重生长
抵制任何诱惑以完善希望
不辜负母体不屈的陷落不辜负自己
血光中的崛起以及至今无法甩脱的
　　时序的枷锁

海平线无法穿越而你执着
让高高隆起的颧额突出
一幅尚未成形历史的璀璨的图案

诗性的相对论
——孙晓世诗集《请让我安静地焦虑》序

●朱寿桐

孙晓世在我的印象中是一个以诗晓世,也以诗晓于世的诗人,他坚持写诗三十年,而且新体旧体双管齐下,浪漫现代色色齐备,写实与后现代俱有涉历,堪称是一个全维度的诗人。现今的文道,写诗的比读诗的多,但能够全维度地进行诗歌创作的诗人还真不多见,由此可见孙晓世作为诗人体现出了非同一般的才情与诗性气质。

对于诗人来说,写诗的灵感与冲动可能来自于特定情境的感悟与感动,也可能来自于一定人物关系和生存关系的动心与动情,还可能来自于深彻到生命记忆和心灵创伤的情结和情绪。一般来说,来自于生命记忆和心灵创伤的情结性的诗性往往最为深刻,最具有感动力,在诗人的创作生命中也会表现得最为持久。孙晓世的诗之所以有非同一般的韵味,之所以给人以深彻的体悟与感动,是因为他的诗性歌吟中沉淀着个体生命中非常沉重的情结。他通过自己喜欢的诗句将这样的情结反复呈现,向读者言说自己难以明言的痛苦与寂寞,创伤与感受,当然,有时候也包括欢愉与庆幸,甚至包括沁入骨髓的无聊与茫然。

诗人应该是在十七八岁上失去了他挚爱的父亲,这是他这部诗集经常传达出来的信息。作为一个诗人他虽然有些恃才傲物而玩世不恭,但作为一个男人,他常常将自己最深痛的歌哭献给父亲的离去。一个父亲在自己儿子敏感于诗兴而且偷偷写诗的年代弃于他,留下的阴影和创伤无疑

会成为诗人的一种情意结。晓世的诗明显带有这样的情意结,这种情意结让他的诗较多地涉及死亡主题。《死是很苦的一件事》,这题目看起来近乎于废话,尽管是带点残忍的废话:死亡当然是非常痛苦的。但诗人写出这个题目的意思就在于向自己、向生命、向人世间所有的感兴与哲思宣示死的痛苦,从而抵达对死亡的否定:死的过程很苦,苦的时间很长,几乎与宇宙的过程一样漫长。这与其说是对死亡的感知,不如说是对死亡的哲理性思考,富有时间相对论的思考,从而从反面表达对于生命及其快慰的肯定。这样的诗思是哲理性的,同时也是乐天的、向上的。一百年前的一位哲人就曾这样理解死与生命的关系:"生命不怕死,在死的面前笑着跳着,跨过了灭亡的人们向前进……人类总不会寂寞,因为生命是进步的,是乐天的。"[1]正是对生命秉持乐天精神的人才有勇气言说死亡,思考死亡,用诗歌吟死亡。于是,在孙晓世的诗歌中,读者可能经常邂逅死亡歌吟的诗篇,这是诗人在他成长的关键年龄段失去父亲的一种情结性的诗兴投射;虽然,他诗歌中的死亡歌吟从来与黑暗的颓废和绝望的惨苦不发生必然的联系。

当然有无奈,面对这样一种残酷的题材,所有的人之子,所有附着于血肉之躯的灵魂都会有无奈与痛苦。他的《概念的海洋》连缀着家乡的和他游历的海洋,在这些概念的海洋中他仍然想到了:

高丘下掩埋着父亲
掩埋着蓝色的泪水

当然还有家乡的小屋前缅怀着的"昔日的友人"，这些都是概念的海洋中翻卷的浪花和飞溅的白沫。

面对父亲的死亡，不甘沉落于黑暗的颓废和绝望的惨苦之中的孙晓世有时候体现出一种洒脱与通达，他告诉人们必须学会"接受"："学会接受亲人的离去，学会不流泪/学会接受一切，生病、衰老、没有可以爱的人/学会接受你爱的村庄只在诗里"（《接受》）。亲人的离去是他忘记不了排解不了甚至冲淡不了的内心创伤，但残酷的自然规律带给人们的经常是这种无可奈何，在徒叹奈何的情境下只能用村居松风或山居秋暝来疗治自己受伤的心灵，这本身就是一种诗意的生存状态。

早已告别了感伤诗风的孙晓世这一辈诗人，当然不会满足于用自然之美的欣赏弭平心灵的创伤，围绕着挥之不去的死亡意象，诗人不仅进行诗性歌吟，而且在诗的歌吟中融入了富有现代感的哲思，这样的哲思通向对死亡的超越，并且在这种超越中寻觅到一种诗情的慰安。他的《往生》告诉人们：

宇宙是无限多重的，生命也应该是一样
没有人可以真正死去。

我们只要一回忆起我们的亲人
他们就永远在那里，不灭

这是一个多美好的境地！这是一个多富有诗意的想象！然而诗人言之凿凿，他根据量子理论做了这样复杂而充满人性温馨的论证，这样的论证使得其中包含的所有科学原理都因为人性的温馨而焕发出诗性的光泽。量子理论用以解释我们的人生现实具有相当的难度，迄今为止它仍是对科学可能性的一种描述，但作为生命存在的一种阐释，它无疑具有冷峻而热烈的诗性。传统的诗性让人们可以诗意地栖居于大地之上，量子理论带来的相对论意义上的科学诗性则可以让人们诗意地永生于相对世界。在平凡的世俗世界科学让我们早就拥有了"物质不灭"的基本定律，而在相对论的量子世界诗人让我们拥有了"灵魂不灭"的诗性想象。

诗人的哲思安上了科学的翅膀，就有理由在不为人所熟知的诗性空间自由地飞翔。他常常宣告"我在这里沉思"，即使是在恋爱的季节，他还会邀请心爱的可人儿一起沉思：

从背后走来
轻轻搂着你
吻一吻，然后
坐在你的身边
和你一起沉思
——《我坐在这里沉思》

在这里，沉思是在与宇宙与人生与科学与知道的和不知道的一切进行默默的对话，这样的对话可能并无实在的意义，但对于喜欢寂寞的诗人来说，那就是一种可以享受的诗意。这同样是诗学的相对论在起作用，这样的作用奇大无比，它告诉读者，告诉诗人，尤其是告诉读惯了文学概论的评论家们，沉思或者哲思，那种纯粹理性的东西，如何转而成为诗性的奥秘。走出了类似于死亡与时间，量子与永生等深奥的相对论，孙晓世在沉思与诗性，在理性与情感，在世俗的存在与哲思的优雅之间，在孜孜不倦地求索诗学相对论的关系，并且由此构成了他诗歌的构思特性和表现特性。

作为诗人去沉思科学，在沉思中寻找相对的诗性，这是非常辛苦的一件事。但为了写诗的快慰,痛苦也要坚持,也要寻觅。孙晓世善于在时间上运用诗性的相对论,于是他关于死亡歌吟的诗篇都是在这种时间的相对诗性方面展开。他经常能从深奥的相对论思维中塑造和描写人们习惯的诗性,读到这样的诗,自然会有一种畅快的心仪感。他有一种诗性的自恋倾向,这种自恋通过敝帚自珍式的《我的鞋子》在相对意义上进行表现,他能从不舍得抛弃的鞋子联想到"跟宇宙一样长"的时间,时间的永恒与破旧的鞋子构成了情感的相对论意念,这样的意念无疑具有后现代式的诗性。

孙晓世的后现代感兴同样与诗性的相对论联系在一起。他的《话题》应该是最典型的后现代诗篇,但很容易从中读到诗性相对论的调侃与体悟:

我们是老熟人,
碰到一起
总是觉得尴尬
并非无话可说
可以谈谈天气

那么,可以在无聊的尴尬与美好的联想之间蹉跎或者应付一个下午或者一个晚上,然而这会是诗吗?

人生有许多事情
令我不可思议
这是最近的感觉
与这首诗无关

对,这不是诗。但在相对论的意义上它拥有诗意,于是它可以被写成诗。于是就有了这首《话题》。

不过在诗性的相对意义上,孙晓世有足够的诗才写出令人感动的现代诗篇。他完全可以不必假手于后现代感兴就能够在相对的诗性中写出令人难忘的现代情志:

突然站起的人打开南窗
穿过回廊
是第二个年景的慵懒
在长久地观看
下午细雨的永恒片刻
——《等待》

"第二个年景的慵懒"值得"长久地观看",下雨的"片刻"意味着诗性的永恒,一切都在诗性的相对论中默默地前行。的确,这是一首特别精雅的诗,诗性的相对沉思唤回了相当传统的诗意的记忆。有意思的是,这首诗还包含着空间意义上的诗性相对论的感应。诗人让一个人打开了"南窗",然后"等待",等待的对象中应该包含"衣冠齐备的女子/看南山黄叶"。南,在孙晓世的诗歌中具有永远的梦想和温馨的意义,南方,南风,南山,南海,南粤,南,都构成了他诗中的"期颐空间"[2],那是一种寄寓着美好感性并且梦寐以求地试图抵达的方位和空间。孙晓世从他少年时代就有南游的梦想,于是他毅然从家乡的黄海之滨南下到长江之边的南京,进而又由南京一路南游到珠海。他戏称自己所经历的可能是《没有北的一生》:

所有的爱情,都是向南……
美好的秋天也打消不了我的疑虑

没有北,并不是找不着北,他知道南方是他的归属,他为了爱情,为了人生,为了梦想,为了一切,一路向南,对了,他写过《一直往南》:那当然是"南京之南",而且也是广州之南,是中国大陆之南:

去海边,去椰子树下的傍晚
我知道,一千年前的传说
跟1993年一样
在那里等我

是的，我记得他决定放弃在母校南京大学读研究生，憧憬着传言中的港珠澳大桥，然后不顾一切奔向梦一般的南方的时间，就是在1993年。

他为了这南方付出了全部的人生激情和美好的向往，当然也包括他有时候温文尔雅有时候又歇斯底里的歌唱。但三十年来，吝啬的南方并没有给他回报以同样的激情和美好。不知道晓世是否由此感到沮丧？不过至少在诗中没有，至少不那么明显，因为诗人知道诗性是相对的，空间上的希望和梦想的失落在时间和诗情上可以得到补偿。这样的想法即使没有明确体现出来也同样会产生诗意的感动。

诗性的相对论，始终在寻求绝对的诗性。这种相对论的处理有一个巨大的优势，就是将一切非诗性的颖悟都可以转化为诗性，于是诗性的存在就可能是绝对的了。我们看看诗人特别看重的那首诗——《请让我安静地焦虑》："又怎能没有一点焦虑……不想让楼下的摄像头知道/请让我安静地独自焦虑"。摄像头即便是善意的，也还是非诗性的物件，但在诗性相对论的审视中，被转换为与"安静"相对，又与"焦虑"吻合的对象，于是它也被诗人所想表现的诗意收编了。

不过"绝对的诗性"是我要说的某种意思，它还不具备概念的实力。绝对的诗性甚至很难接近，它始终还是处在相对论的一个认知点。诗人孙晓世从来没提出这个命题。他如果承认诗性的相对论，就不会提出这一艰难的命题。

注：

① 鲁迅：《生命的路》，《鲁迅全集》（1），第386页，人民文学出版社，2005年。

② "期颐空间"的概念，参见朱寿桐：《论现代都市文学的期诣指数与识名现象——兼论上海作为都市空域的文学意义》，《社会科学辑刊》2009年第3期。

附：

诗集《请让我安静地焦虑》选编

● 孙晓世

请让我安静地焦虑

这是个没有年份的日子
露台的雨棚挡住了大部分的雨水
我静静地看着雨中的村庄
说不清为什么焦虑

自以为看懂历史的我
不应该为历史焦虑
今天的日子是明天的历史
历史其实已不存在
它常常被后代嘲笑
大家都装聋作哑，我操何心

我不应该为季节焦虑
北方虽已秋浓
广东尚无秋意
我自诩不是一个肤浅的悲秋的人
我不应该为秋天焦虑

我不应该为生活焦虑
前天跟孩子说，现在的生活
已经比我的童年，好了很多
殊途同归，人生的结果，都是一样的
不值得为之焦虑

我总有一丝焦虑
也许从很早很早以前就有了
是从小我的老师，总让我们
找不足、找差距引起的心理问题吗？

我不认为这是我老师的错
我只能设法让自己对生活满意

身处一个大国的历史之中
又怎能没有一点焦虑
我的焦虑，不想让孩子知道
也不想让你知道
更不想让楼下的摄像头知道
不要问我为什么焦虑
请让我安静地独自焦虑

死是很苦的一件事

死的结果很美好
但是过程很苦
苦的过程，对死者来说
很长，跟宇宙一样长
时间本没有长短，它只是相对的过程
或者，其实本没有时间
时间只是有机体的自我感受
死的过程很苦，苦的时间很长
跟宇宙一样长，无法回头，无法衡量
它阻止人们，追求死亡
阻止人们追求死亡的美好结果
旁观者看来短短的死亡时间
其实跟宇宙一样长
因为他们处在完全不同的世界
对于光速旅行者来说
时间是不存在的
或者说，漫长到了永恒
世界只有一个

但是感受者不计其数
每一个人的世界,都是真实的
同样,也是不真实的,虚幻的,毫无意义的

往 生

通往另一个宇宙的道路每天都有人走
没有人自己愿意去未知的地方
都觉得还是地球最好,这一世的家最好

但是时间到了,每个人都不得不去
没法商量,没有办法改变
人的力量在宇宙面前显得太小
宇宙是无限多重的,生命也应该是一样
没有人可以真正死去

与地球的缘份尽了之后
会去到过于遥远的地方
这暂时超过了人类的理解力
宇宙达到现有宽度需要的时间超过了它的
　年龄
所以宇宙是以远超过光速扩张的
它的目的只有一个
让我们凭现有的技术
永远无法再见到逝去的亲人
但是根据量子理论
我们只要一回忆起我们的亲人
他们就永远在那里,不灭

接 受

学会接受
你爱的人不再爱你
她选择了跟别人睡,并习惯起来

学会接受生活的改变
你以为不变的事都变了
政府也换了新的一届

你们的交谈失去意义

她说的,还是很久以前
对你的不满,对不存在的臆测记忆犹新

学会接受亲人的离去,学会不流泪
学会接受一切,生病、衰老、没有可以爱
　的人
学会接受你爱的村庄只在诗里

没有北的一生

狂风暴雨说来就来
像女人突然变坏的情绪
永远长不大的花朵
是绿叶的幸运还是不幸

所有的爱情,都是向南
你看得到的,大部分跟你毫无关系
我们生活的世界,叫地球
这是一个没有北的人生

这是现实,不想感谢但已经出生
非常……也要活下去
并且骄傲,作为一个……人
秋雨不停地下
写作经常要用省略号
美好的秋天也打消不了我的疑虑
这是一个没有北的一生

一直往南

我要去南山,南京之南
一直往南,有个美丽的姑娘
像千年之前的传说
落花还没有尽的春天
她在窗下,听着墙外有没有马车的声音
有没有从远方寄来的信

如果在北方,我要一直往南
追随春天的声音
越过黄河,跨过长江

到达春天的南京

如果在南方,我也要一直往南
去海边,去椰子树下的傍晚
我知道,一千年前的传说
跟1993年一样
在那里等我

南山,城市之南
一直往南,春天的傍晚
她在等我,她那么抽象
不像一个实体的姑娘

蜜蜂觉得花是很傻的

蜜蜂觉得花是很傻的
一年只有那么几天开花
等着春天来,等着蜜蜂来
有风吹过才能跳舞

哪像自己,随时酩酊,阅尽繁华
每天任性戏蝶,接受绿叶的崇拜
甜蜜的事业更成了课堂上
童音的诵读

忙忙碌碌,话特别多的蜜蜂
哪里知道花的快乐
花,安静,悠闲,从容
一生都是春天
它能分辨最轻微的风
想说什么
时间没有长和短
再长的时间,也是一瞬
一瞬,也可以是永恒

我坐在这里沉思

我坐在这里独自沉思
太阳真好
晌午的风也真好
不紧不慢地送来
各种植物的刮动声
和正在盖房的敲打声
生活也不错
它带给了我欢乐
也送给了我痛苦
让我独自不语

生活由许多人、许多事
构成
它们繁琐不堪
要这样
还要那样
真令人头疼
远不如眼前这片田野
那样简单可爱
抽袋烟
听听鸡叫
幻想有一位
喜欢简单生活的娇妻
忙完了她的活
从背后走来
轻轻搂住你
吻一吻,然后
坐在你的身边
和你一起沉思

等　待

突然站起的人打开南窗
穿越回廊
是第二个年景的慵懒
在长久地观看
下午细雨的永恒片刻

衣冠齐备的女子
看南山黄叶
飞越傍晚的院墙
同样的空白从荷塘
和山水的每个角落传来

洁净的季节
如同她们洗涤一新的皮肤
越过南窗等待
一辆深秋的马车

概念的海洋

童年在海洋里
新鲜的花朵也在海洋里

银灰色的晨风
像一阵甜蜜的雨点

从指缝流走的舰队
一片概念的海洋
化开陌生人的美丽

坐在家乡的小屋前
缅怀昔日的友人和概念的海洋
善良的诗歌
说出了概念中的秋天
金黄色的概念
静坐中的秋天
十八岁发出的声音

高丘下掩埋着父亲
掩埋着蓝色的泪水
透过睡眠中的思维
一转眼来到农业社会

话 题

我们是老熟人

碰到一起
总是觉得尴尬
并非无话可说
可以谈谈天气

今年冬天寒冷
这才刚刚开始
树木越发干枯
家乡的景色
一定不错
我们以此展开话题
小时候
一天早晨有霜
我就若有所思
坐在太阳下面
傍晚起风了
许多人穿过冷风跑回家去
抖动的歌声
穿过开阔地带

你说这时候
如果田野里有麦苗
会显得更像苏北大平原的样子
这观点我无法赞同
我四面看看
就不再说什么

人生有许多事情
令我不可思议
这是最近的感觉
与这首诗无关

星河评论

论郑敏的《诗集1942-1947》

● 曹新怡[①] 徐建华

郑敏1940年代的诗歌创作灵感主要源自两个方面：一是前辈诗人在现代诗艺上的成功所造就的影响；二是西南联大特定的学院背景所形成的现代艺术氛围。早在"西南联大诗人群"兴起之初，中国新诗就经历了向西方现代派学习的艰辛的过程，闻一多、徐志摩、李金发、戴望舒等人基于不同的历史机缘，或局部、或完整地对西方现代诗学诗艺进行借鉴。到1940年代，西方现代派诗艺已经在中国占据了一席之地。这种全新的现代诗歌的艺术格局警醒了过去只读传统诗歌的年青人，前辈们的成功也带给了年青人极大的信心，诱使更多的后来者参与到西方现代诗艺的实验与引进之中。前人的成功实验和动荡的战争环境催生了"九叶诗派"——一个现代主义的产生，可以说，九叶派诗人的抉择并不是偶然、孤立的，而是在新的历史条件下对新诗的传统继承与发展。

西南联大，一个处于抗战烽火下的、大师云集的中国大学，成为了孕育现代主义思潮的摇篮。首先，提倡现代主义诗歌的几个重要的诗人，如闻一多、冯至、卞之琳等人都成为了联大的教师，他们通过讲授课程，将现代主义思潮引入校园；其次，世界现代主义思潮中的一些重要人物瑞恰慈、燕卜逊、奥登等进入了穆旦、郑敏等西南联大学生的视野，成为他们直接或间接的接触的对象。战火中的西南联大，有着全民族共同抗战的特有的文化氛围，这在一定程度上屏蔽了意识形态的作用，使得不同的思想和文化可以同时存在，联大诗人的创作中或多或少会带有现代主义的色彩。

郑敏1940年代诗歌的创作，正是在前人的探索与经验，以及西南联大特定的历史文化语境中发展起来的。1949年，上海文化生活出版社出版了郑敏的《诗集1942—1947》，这本诗集奠定了郑敏在四十年代现代主义诗歌史上地位，体现了她积极参与现代主义诗艺的建构历程。诗集共收入62首诗，分三辑，第一辑收入《金黄的稻束》《黎明的到来》等11首诗；第二辑收入《时代与死》《雕刻者之歌》等41首诗；第三辑收入《西南联大颂》《静夜》等10首诗。本文以郑敏的《诗集1942-1947》为对象，从诗歌的意象、格律及其诗化哲学三个方面，探索郑敏1940年代诗歌创作所呈现出的对现代诗艺的热切追求，同时挖掘郑敏1940年代诗歌中的社会价值与历史意义。

一、追求意象的雕塑美

西南联大诗人群的诗歌创作，其中一个显著特征是：意象的独特运用。意象技巧的纯熟表征着这一诗派的现代主义特质。郑敏尤其钟爱雕塑性和绘画性的意象，并且喜欢用过隐喻、象征等表现手法。中西方文论中都有大量关于"意象"的论述。"意象"一词最早出现在《周易》："子曰：圣人立象以尽意。"刘勰的《文心雕龙·

神思》论及"意象"这一诗学概念："独照之匠，窥意象而运千斤。"之后，晚唐的司空图、明朝的何景明等人也对意象的诗学内涵和审美价值进行了进一步的阐释。中国古代对"意象"的理解倾向于一种大而化之的混沌。"意"，内在之"心"；"象"，客观外物之"形"，两者的应和即为"意象"。西方现代派等对"意象"定义则较为具体而明晰，英美意象派诗人庞德认为，意象是"在瞬息间呈现的一个理性和感情的复合体"。

中国传统的意象大多取自日常生活中的场景以及周围的事物。因而天空、阳光、河水、植物、风和云都进入诗人郑敏的眼中，成为她创作的灵感。在描写这些自然物象时，郑敏一般采用象征的表现手法。象征性的表达意在传通过意象含蓄地传达情感。读者需要通过自己的联想或猜想来理解诗歌所包含的真正意图。中国历代诗人也喜欢运用这种手法，来表现自然物象，传统诗歌意象表达其象征意义流动而纷纭，郑敏则将情感凝结在客观的物象之中，使得意象具有了凝定的雕塑之美，这也是其诗歌意象区别于古典意象的标志之一。作为中国诗人，郑敏继承了中国诗歌的传统，喜爱选用一些古典的意象入诗，却又具有反叛传统意象的现代性。郑敏对意象的理解融合了中西方之所长，她所追求的意象并不是完全的主观的感受、情思，也不是纯粹的客观事物，而是两者的相融，即经由主观情感的客观对应物，意义的传达方式由直接表达转变为客观凝聚。主客观二者的结合产生的"意象"，含蓄而客观，而这正是联大诗人们所追求的。

《诗集1942—1947》中的《荷花（观张大千氏画）》，是用象征性手法勾勒意象的代表作。传统的"荷花"意象都是高洁无瑕精神品格的表征。北宋的周敦颐就曾赞它"出淤泥而不染，濯清涟而不妖"，他用莲花来象征高贵的君子。他说，莲花是从泥里长出来的，但没有被泥污染，被清水冲洗后，却不显得妖媚，而是用直直的茎将香气远播，越远越清幽，周敦颐用荷花的美烘托出君子"不与世俗同流合污"的高洁品质。但是，君子毕竟是少数，稀少意味着珍贵也意味着脆弱，在充斥着淤泥的环境中，稍有不慎就会被拖入黑暗的深渊，所以说古典的荷花是柔美的，也是很容易凋谢的。郑敏的诗歌则不同，她在《荷花（观张大千氏画）》的开头写道："这一朵，用它仿佛永不凋零/的杯，盛满了开花的快乐才立/在那里像耸直的山峰/载着人们忘言的永恒。"这里的荷花不再是夏天过去就凋谢的形象，它变得立体而且静止，是"永不凋零"的，这预示着它不会随着时间的流逝而干枯，而是跃出了流淌的时间的长河，它是立体伟岸的，"像耸直的山峰"一样定定的立在那里，不惧怕任何的风吹雨打，女诗人准确而有力的意象把握，使得荷花拥有了一种雕塑般的质感，静谧使人们忘记了时间的流逝，优雅抵挡着时间的侵蚀，"荷花"渐渐成为一种永恒的象征，但是这种永恒的前提是"盛满开花的快乐"，即荷花只有充实了自我，才能不惧生命的自然流逝。由是，诗人开始思索生命本真的意义，如果说，荷花在开花的刹那凝结成生命最美丽的样子，那么人的生命也是如此，在不断充实自我、获得不可言说的快乐的过程中，生命的意义与价值由此体现，生命也在刹那间达到永恒。

此外，四季也是诗人创作的灵感。郑敏特别喜欢"秋"，在《诗集1942—1947》中有许多关于秋的诗歌，如《怅怅》《金黄的稻束》《无题》等，其中有"秋风""秋日""秋田""秋窗""秋林"等意象。自古以来，"秋"这一时节受到许多作家的青睐，但他们大多哀叹衰败颓废，时光飞逝。宋代诗人陆游看到秋天湖边的满地落叶，感叹"西风吹叶满湖边，初换秋衣独慨然"（《秋思·西风吹叶满湖边》），诗人从自然景物想到岌岌可危的南宋王朝统治下的黎明百姓，正在饱受着颠沛流离的痛苦,不由得发出忧国忧民的感慨,他借"秋风"这一意象,侧面反映出国家将亡、民不聊生的悲惨景象。郑敏《诗集1942-1947》中的"秋"却有所不同。"秋"更多地表达了秋收的喜悦和对母亲的深深敬佩。秋天代表着丰硕的成果、辛勤的劳动和历史的变迁。秋的颜色是金色的,秋使人们喜悦。郑敏通过"秋"地丰富意象将自己地情感表达出来,诗歌呈现出一种深厚的雕塑美。《金黄的稻束》描绘了一幅蕴含深刻人生思考的自然和谐的画面。当诗人看到金灿灿的稻穗矗立在秋天的田野中时,他想起了疲惫的母亲。郑敏说,金灿灿的稻捆,披着美丽的脸庞,扛着巨大的疲惫,站在秋田里沉思。母亲和稻束的的共同点可能是:稻束的长成是为了人们的生存,而母亲们的辛勤付出同样也是为了繁衍后代。诗中的"母亲"这一意象是一种形而上的存在的表征,但她将这一存在具象化为"母亲",并将其与广袤的土地上默默伫立的"稻束"联系起来,两者具有生命的同质性。这种存在——爱,深深地埋藏在大地上,表面平静而凝重,但它却像地下的岩浆一样强烈,随时都会喷发。后来,诗人将对生命的赞美上升到了超越历史的哲学与美的高度:"历史不过是/脚下一条流去的小河/而你们,站在那里/将成为人类的一个思想。"这首诗就像一幅画卷,在诗人慢慢展开的过程中,思想也越发深沉。在这一过程中,田野呈现出一种宁静而深邃的氛围,有着深厚的诗意和深邃的诗意,客观形象与抽象概念、情感和哲学实现了的高度融合和统一。

古典诗歌的意象往往具有流动感与抽象性,意象往往是某种精神或者品质的象征,郑敏的创造性在于赋予古典意象以现代性。郑敏追求的意象是凝定与具象的,因为她认为意象的凝聚是情感的凝聚和物化。这些意象的塑造过程是诗人主体情感的结晶过程。诗中没有"情"字,但"情"和"思"已化为无痕的对象深入诗歌中。

郑敏的创作灵感一部分来自于对中国的古典意象的耳濡目染,另外一部分则来自于对现代西方意象的沉浸深入。郑敏钟爱西方的音乐、绘画和雕塑。里尔克是奥地利诗人,对郑敏的影响很大。在郑敏的《诗集1942-1947》中,出现了许多雕塑、绘画题材的作品,如《荷花(观张大千画)》《濯足》《马》《垂死的高卢人》等。在这些诗歌中,郑敏"使音乐的变为雕刻的,流动的变为结晶的,从浩无涯际的海洋转向凝重的山岳"[2],像一个熟练的画家、雕刻家和音乐家一样,巧妙地融合了这些技巧。里尔克受罗丹的影响和教导,开始学习罗丹雕塑般精准、细致的刻画,并意识到艺术家的任务就是把外在的现实成为艺术的"物",使其拥有静默之美。郑敏深心喜爱里尔克"静观"的品格,和他用敏感的眼光冷静的观察事物的诗学眼光。

里尔克的名诗《豹》没有情绪宣泄。诗人的主观情感被转移到"物"上,也就是说,豹变客观的了。最后,他的"自我"和他观察的"对象"是统一的。这种寻找"客观对应物"的艺术手法,在很大程度上启发了郑敏,她也试图通过客观物像将心底流淌的音乐或思想对象化出去,主观情感的瞬间凝结,化为客观意象,从而造成诗歌的雕塑品质。她写下了《马》,"这混雄的形态当它静立/在只有风和深草的莽野里/原是一个奔驰的力的收敛/藐视了顶上苍穹的高远/他曾经像箭一样坚决/披着鬃发,踢起前蹄/奔腾向前,像水的决堤……"北风呼啸的莽野里,深草被高高的吹拂起来朝着一个方向律动,而这时一匹马站在高处,像一尊庄严的雕塑,它原本奔驰的力量都收敛在这恍若雕塑的躯体中,让他筋肉凸起,它原本的力量是很雄浑的,曾经,它像箭一样奔腾向前,这力量就像水决堤般的恐怖,因此我们可以从一个侧面得知,现在这静止的马的躯壳中所凝聚的力是多么的强大与浑厚。没有情绪的宣泄,诗人的情思和意念与马达到了统一。马像一位高贵的英雄站立在世界之巅,诉说着自己的骄傲与潇洒,诗人通过马表现了自己对自由的生命的热切呼唤。如果此时诗人停止查看,那么就不会察觉到物的本质,幸运的是,我们看到诗人有着里尔克一样观察的姿态,看到马的形体与力量的同时,也看到了它背后的忍受"也许它知道那身后的执鞭者/在人生里却忍受更冷酷的鞭策/所以它崛起颈肌,从不吐呻吟/载着过重的负担,默默前行/形体渐渐丧失了旧日的美……"曾经的英雄在冰冷的鞭打下,身体渐渐失去了往日的美丽,疲惫的身姿,马的生命似乎在沉重的负担下即将结束。然而,它挺起的颈部肌肉默默地传递着坚韧不拔的内在力量,从不抱怨和呻吟,而是默默地向前走。由是,一个坚忍的行者形象在读者的脑海中定格,一匹老马昂头负重的形象如雕塑般跃然纸上。

像里尔克的豹子一样,马被剥夺了自由,因为马自身的软弱和忍耐力而饱受煎熬,而郑敏也从马的身上体会到了对象"马"痛苦。她似乎化身为其他事物,感知它物的内心。很明显,郑敏从里尔克那里学会了从表面到深层的关注,寻找它物内在的精神。然而,这种观察万物的姿态、视觉和情感,却脱离了中国传统诗歌的直白叙述情感的方式。相反,郑敏将在里尔克中学习到的现代手法来审视传统的体裁,选择用客观的话语去表现意象本身的样子,看到意象本身的价值和意义。《马》的最后写道:"从那具遗留下的形体里/找不见英雄的痕迹"。这里,马最后的结局,英雄的搏击化为终极的虚无,马从自由的英雄变成了被禁锢的老马,然而马并没有自怨自艾,而是甘愿无怨无悔的走完世间所有艰苦的道路。郑敏体会到了马的痛苦与不屈,通过马本身的坚韧与勇敢,郑敏看到了如马一般的苦难者身上的价值。顶天立地的英雄解构了高远,走上了日常,在时光的蹉跎中负重前行,却不呻吟责怪,平和超脱地面对苦难,这是在苦难中孕育出来的崇高,也是在平凡之中造就的伟大。

郑敏通过简洁、含蓄的意象表达自己的思想,将个人的经历与宇宙万物结合起来,从而形成了朦胧而静谧的诗歌风格。袁可嘉评价郑敏风格是"注意雕塑或油画的效果,以连绵不断的新颖意象表达蕴藉含蓄的意念"③。诗人不仅从整体上把握了诗歌的情感、情感和氛围,而且把它们注入了意象之中,使之成为诗歌和哲学的最佳体现。因此,笔者认为,郑敏笔下的雕塑意象脱离了具体的感官,留给了我们许多想象的空间,让我们走向精神和思想地深处。

二、追求诗化哲学

九叶诗派表现出追求知性与感性相统一的倾向。九叶诗人用感性来触发知性,使"思想知觉化",即把抽象的概念与具体的形象结合起来,通过感觉来写出生活感受,表达思想体验,九叶诗派这种通过对生活的哲学的理解和对社会现实的批判思考,来达到形而上的超越性高度,使得该诗派有一种追求诗化哲学的现代主义诗歌倾向。与何其芳、戴望舒的"情胜于理",卞之琳、废名的理胜于情不同,九叶诗人以一系列符号和物象——"客观对应物"来表达对现代社会和生活的理解。同时,九叶派诗人常常把这种理解提升到一种哲学的高度,这种理解不是空洞的,而是耐人寻味的。九叶派诗人喜欢用这种方式来写作,哲学成为他们不可回避的话题。作为九叶诗人中的一员,郑敏正继承着这一传统,她写于1940年代的诗歌富有独特的哲学意蕴。

1940年代的郑敏,仅仅二十几岁,就拥有了罕见的哲学眼光与人类视野,独特的中西方文化交织的生活环境造就了郑敏非凡的哲思风度。西方诗人尤其是里尔克成为郑敏诗歌的重要参照和资源。中国传统诗学崇尚感性，崇尚主观情绪的自然表达，里尔克则带给了郑敏追求客观化的西方的理性思维的熏染。从"见物"到"思物"，里尔克的诗歌关注日常事物，探究其背后的真谛，发现其隐含的意义。里尔克的思维方式深深触动了郑敏，她的诗作沉静、内敛，充满了对宇宙、人生的独特思考。她在金色的稻田里看到了人类的伟大与平凡，永恒与刹那。在日常生活中，她在"小"中看到"大"和"永恒"，将日常生活中的平凡事物上升到哲学的高度。

值得进一步指出的是，郑敏这样一种对诗化哲思的追求，还来源于她在西南联大的求学经历。在哲学系的学习使得郑敏诗歌充满了哲学的思考，联大名师们的教导又影响着郑敏的思想发展。其中，她受冯至以及冯友兰的影响最深。郑敏大学三年级开始写作，在创作之初，就受到了冯至《十四行集》的影响。冯至的诗集创作于1941年，但它超越了当时的抗战的时代的主流，表现出另一番哲思。郑敏还喜欢听冯友兰先生开设的人生哲学课程，冯友兰先生对人生境界的认识，激发了郑敏对人生目的的理解和追求。她从老师的课堂上了解到，只有与自然融为一体，与自然相连，与生命对话，才是真正的天地境界。个人的生命体验与文化视野的相互融合，使郑敏的诗歌具有广阔的文化视野和跃动的生命力。可以说，正是西南联大哲学系，是冯至、冯友兰等大师的教诲，以及西方诗人里尔克等的影响，使郑敏获得了生命的滋养和广阔的哲学视野，这都成为她诗歌创作的最深的源泉。

在传统文化与西方文化交互冲击的时代，中国现代知识分子感到文化的激变和精神的无归。在这样的背景下，西南联大的诗人们审视和分析着个体自我的生命意志，探索生命的价值和意义。郑敏把"生"与"死"放在整个人类的长河中，从哲学角度思考问题，使其获得了超越时代的人类视野。《1942-1947诗集》的62首诗中，有24首关于"死"的诗歌。郑敏诗歌创作的重要母题其中之一就是死亡。④ 郑敏对于"死亡"毫不害怕，甚至赞美它，歌颂它。

但是，不同于传统诗歌通过直接抒情的方式表现"生"与"死"的哲理，郑敏诗歌中诗化的哲学是诗人通过把情感隐藏在一个客观物象之中来表现出来的。这种表现手法其实是受到了西方诗人艾略特、里尔克等的影响。艾略特认为，在艺术形式上表现情感的唯一方式就是找到一种"客观对应物"，即通过一系列的对象、场景和事件来表达特定的情感，从而达到"非个人化"的升华。郑敏《诗集1942-1947》中《战争的希望》《死》《时代与死》这三篇都是通过客观物象表现哲思的代表作。

张若虚的《春江花月夜》是写人生哲理的代表作。诗人在观看春江美景时，发出了"江畔何人初见月？江月何年初照人""人生代代无穷已，道江月年年只相似；不知江月待何人，但见长江送流水"的人生感慨。时光像流水一旦流过，就不会再来；但是，当年老的人逝去时，新的生命又会马上诞生，在消逝中，诗人感受到了永恒，宇宙万物就在这种此消彼长中达到了平衡。张若虚通过对万物的体悟，直接抒发了对宇宙人生的思考。但是，郑敏的《战争的希望》则不同，整首诗中，诗人没有一句表现自己主观心情的句子，我们却能从一个个的物象中寻找到诗人蕴含着的情感。上节出现了三个听觉物象，从"宁静突然到来"到"生命恢复他原始的脉搏"，最后到"无人力达到的海"，看似毫无关联其实是作者奇特的构思，战争结束后，原本炮火连天的战场突然变得宁静，这时人的原始脉搏也开始恢复了，人开始恢复理性，开始对于战争进行质疑与呼问。这种对战争的发问，正是郑敏超越现实的哲学目光老观照现实,在下一节中,诗人将听觉物象转化为了视觉物象,她看到了交错重叠的尸体,双方交战之对立、激烈显露无遗,但是,当诗人用哲人的视角观察着战场上的尸体时,却发生了惊心动魄的艺术转换:"敌""我"活着的时候相互对立,但死时是"何等的无知亲爱"。亲爱是形容关系深厚的样子,诗人用这个词表现:只有当生命没有知觉的时候,两方的士兵才能相亲相爱。与下文"同一个母性的慈怀"形成强烈的对比。这里"同一个母性的慈怀"指的是人类母亲,不管是"敌"方还是"我"方的士兵,其实都同属于人类母亲,但是却只能在生命终止的时候才能相亲相爱,这是多么的讽刺与可悲,诗人通过这种强烈的对比,把反战意识上升到了人类之爱的高度,和超越时代的生命哲学的高度。由此,我们可以清晰地看到区别于《春江花月夜》的直接抒情,《战争的希望》依托一个个客观化的物象来完成情感的抒发和哲理的表达。

郑敏的诗《死》有一种哲学意味:"每一秒是一个世界/穿过多少个世界/我们向无穷旅行/ 待望到生的边疆/却又像鸟死跌降…"这首诗其实写的是人无奈的一生,诗人把人生比作是一场"旅行",把"每一秒"都比作是"一个世界",随着时间流逝,我们也就经过了无数个世界,但是正当我们不断追寻人生的意义的时候,"却又像鸟死跌降",这里将人面临死亡的时候比喻成了鸟的跌落,鸟是注定要飞翔的,但是即使是自由如小鸟,也抵不过生死规则的禁锢,更何况的人的生命。这里的"生"与"死"其实是富有悲剧与宿命意味的,人们无法回避"生"也无法逃避"死",以为即将获得"生"的时候,"死"却突然来临,这种"生"与"死"的抗争其实是可怖、残忍的,但是诗人没有夸大"死"的恐惧,反而通过小鸟等意象将"死"定义为是鸟跌降,使得"死"有了一种静穆之美。

在《时代与死》中,生与死的辩证关系中则表现得更加明显:"倘若恨正是为了爱,/侮辱是光荣的原因,/'死'也就是最高潮的'生'。"诗人先是用"恨"与"爱"、"侮辱"与"光荣"相互依存的关系来引出"生"与"死"的不可分割,极大地增强了诗歌的信服力,"死"也就是最高潮的"生",生命的起始与终结就像是画一个圆,每个生命的终结都预示着另一个生命的开始。后面几句,郑敏写到了"死"即是"生"的原因:"这美丽灿烂如一朵/突放的奇花,纵使片刻/间就已凋落了,但已留 /下生命的胚芽。"这里诗人将"死"化成是"一朵奇花",而"死的一瞬间"是"一朵突放的奇花",诗歌巧妙的运用了"花"这一物象把死的一瞬间比喻成昙花一现,刹那间凋零,但是就像是花凋谢之后留下种子一样,生命在枯萎的瞬间也会留下"生"的希望,然后周而复始生生不息,这不是简单的年龄线性增长,而是人生观的轮回。因为生命作为一种个体的存在,只是一种短暂的"现象",它们永远无法超越自身存在的局限而进入永恒。但是,他们像"把一只木舟/掷入无边的激荡""把一面旗帜/升入大风的天空","以粗犷的姿态,/人类涉入生命的急流",这里诗人把个体的生命物象化为:"一只木舟""一面旗帜",用"木舟进入河流""旗帜进入天空"预示着个体的生命汇入历史的急流变,以另一种方式获得了永恒,每个个体生命都是历史的一部分。在这个"长长的行列里",他们告别了卑微与渺小,勇敢地前进。在需要的时候,他们甚至"把自己的肢体散开/铺成一座引渡的桥梁""为带给后者一些光芒,/让自己的眼睛永远闭上"。诗人用个体生命的肢体比喻成"一座桥梁",反映出个体生命的价值是承载了历史与未来的,每一个个体生命的价值和意义都是在整个永恒中被认识的,并在历史的进程中得到确认和反映。

这种客观对应物式的创作手法,使得郑敏的诗歌显得深刻而深邃,她独特的哲学思维,以及对现代性表现手法熟练把握,探讨了"生"与"死"的辩证关系,从而表征出超越时代的生命哲学。

三、《诗集1942-1947》的现代性价值涵蕴

1940年代的中国,民族在战争的血泊中呼唤着勇气和智慧,而在这一呐喊和高亢的声音中,国民党控制区的学子们悄然亲近了现代主义诗歌潮流,这股潮流也呼应了时代的呼唤,但更多的是受人尊重的、深邃含蓄的个性和艺术。现代化意味着一种更新,它立足于对传统规则的反叛,创造出更适用于现在的东西。郑敏通过诗歌形式的反叛,用融合东西方文化的创作手法写下了立足于现代的《诗集1942-1947》,因而也就造就了郑敏1940年代诗集独一无二的价值。

郑敏雕塑式的凝定意象的艺术手段蕴含着对宇宙以及自然本质的深刻体验与探究。诗人对意象的描绘,不同于一丝不苟的古代雕塑,也不是一种完整的展示,而是用一种用比喻或者对比的手法将其内在特质体现出来。这样的雕塑就像是温克尔曼眼中高贵的古希腊雕塑外形,但同时又透露出中国传统写意画的内在精神,使得诗人的情感并不直接表达而是通过隐藏在雕塑般的意象中得到心灵上的传达,即诗人通过将情感隐藏在客观物体之中,使诗歌获得了更加深沉的生命体验。

在炮火连天的战争年代,郑敏将对人生、现实的思考融入到诗歌之中,并且用象征、暗示等手法表现出来,形成了其诗歌独特的诗化哲学特质。如前所述,郑敏通过比喻将"死"的瞬间比喻成"花"开放的一瞬间,赞颂死亡的伟大,并且认为"死"是最高潮的"生",每一个生命都在人类的薪火相传中得到精神上的永恒。可见,诗性哲学使郑敏超越了时代,获得了关注人类命运的世界视野,因而具有广泛的价值。通过郑敏诗歌雕塑般的意象,我们可以把握到她对人微观世界的探测,从她的诗化的哲学诉求,我们可以体会到的是诗人对宏阔人生的理解,省净的语言传达出理性的光辉与美丽。

作为一名在西南联大浓郁的学院风气中走上诗坛的青年诗人,郑敏的骨子里有着东方特有的情感方式与审美习惯。但在西方诗人里尔克等人的启发下,她反叛了传统的看待事物、思考事物的方式,拓展了新的诗歌空间。东西方文化的熏陶和融合,使她诗歌呈现出独特的韵味,这也就造就了其诗歌独一无二的气质。郑敏对现代诗艺追求的背后是她对诗歌的美学功能和社会价值与意义的思考。在战争年代,郑敏有着中国知识分子的人生体验,更有着忧国忧民的情怀,而这也是当时一代年轻人的精神面貌。在校园里,他们关注社会现实的同时也没有忽略诗歌的艺术质地。他们将不可言说的热情与忧思注入到诗歌之中,铸就了西南联大特殊的文学传统。

注释:

①作者单位:浙江树人大学人文与外国语学院。

②冯至:《里尔克—为10周年祭日作》,《冯至学术论著自选集》,北京师范大学出版社,1992年版,第482页。

③袁可嘉:《九叶集·序》,选自辛笛、陈敬容等著:《九叶集》,作家出版社,2000年版,第9页。

④曾立平:《牵手死亡——郑敏诗歌死亡总象解析》,《湖南文理学院学报》,2005年第1期。

"另类"的新诗史
——徐芳《中国新诗史》的文本内外

● 李佳悦

"五四"文学革命当中,"新诗"受到的争议最大也最早结出果实,诗歌的创作、批评和理论之间形成相互辩难及推进之势。而对于新诗发展历程的整体观照,直到1930年代初期的新文学史写作热潮兴起,才逐渐成形。在此背景下,北大学生徐芳于1935年在胡适指导下,完成了本科学位论文《中国新诗史》,作为最早以"史"命名的"中国新诗史",其殊异的文本特质同生成语境蕴藏了丰富的可阐释空间。

一

明晰《中国新诗史》的"论文"体例,是对文本进行有效细读之前提。《中国新诗史》共设四章,包含了引论和新诗的三段分期,相当符合一般"文学史"均衡端严的写作趣味。同时,这一前提又不免让人产生某种好奇:既作为初出茅庐的本科学生,徐芳将以何种目光来端详"新诗"的生成与发展?又将用何种方式为"新诗"建构起"史"的论述?

为"新诗"所下的定义,无疑是打开徐芳对于"新诗史"某种独异想象的有效入口。"引论"一章,作者开门见山地对"什么是新诗"提出设问:

"新诗就是白话诗。我们可以说新诗是诗的一种,它的产生是由于新文化运动者的倡导,首倡新诗的便是胡适之先生。他在鼓吹文学革命的时候,便主张了诗体大解放。"①

"我们的高深的理想和复杂感情,决不是古旧的诗体能装得下的。所以我们要创新体来表达我们的新思想和新精神"②。

"新诗是诗体中最新的一种,它是推翻旧诗的格式,平仄和押韵而另创了一个新体:它是用现代的语言,自由的形体,自然韵律来表现人们的复杂的生活和情感的。"

"如果将旧诗中的老调子写到自由的形体中算不得新诗,因为它的形式虽新,其内容却是陈旧。如果将电灯、火车放入词曲中,也算不得是新诗,因为它的内容虽新,形式仍是旧的。所以我要补充一句:要有新的内容,同时要有新的形式,才能算是新诗。"③

白话语体、涵容"新思想"和"新精神"的"新的内容",以及包括"自由的形体"与"自然韵律"的新形式,徐芳对"新诗"的理解集中在以上三个层面。事实上,"新诗史"认为语体、内容与形式之间又有着潜在的"高下之分",这在《中国新诗史》的"分期"中显示得更加清晰。

《中国新诗史》认为,新诗的发生起点应从1917年2月胡适在《新青年》上发表《白话诗八首》算起,到"五卅"前夕是为第一期。这一阶段,新诗已将"一切有韵的诗体推倒",却谈不上有何"艺术价值",只建立起了"新的雏形"。第二期的诗人们则开始对这"新的雏形"进行有意识地"琢磨"和"修整",以1925年4月1日《晨报副刊·

诗刊》出版为转折点,诗人们自此开始苦心经营"诗的格调",用"格律"为新诗造一个"适当的躯壳",使得新诗有了截然不同于往日的面貌。1932年起,诗坛进入了新诗的第三期,"因为在这年有的杂志上开始登载了意象诗(象征诗),诗坛又开了一个新局面"④。从"白话"到"格律"再到"意象"/"象征",徐芳对新诗的整体观照以及演变线索的抓取集中在"形式"一端,这既是对新诗内部演进方式的有效概括,又与徐芳个人的新诗趣味息息相关。

"新诗的第一期"选择了胡适、刘半农、周作人、俞平伯、朱自清、宗白华、郭沫若、谢冰心、康白情、徐玉诺、刘大白、汪静之、王独清、穆木天等14位诗人作为代表。按照徐芳个人的眼光,能够代表"第一期"成就的诗人要数郭沫若、谢冰心和王独清⑤。徐芳认为,冰心诗歌的独异性在于"小诗体"以及善于妥帖地"表达个人的感情";而王独清的诗充溢着情调深沉、气势强大的特征,并达到了"色"与"音"完美结合。而第一期的"新文坛上最有成绩的一个诗人"当属郭沫若,因郭诗风格独树一帜,诗中"处处表现着丰美的感情,和伟大的力量",这一评价背后的激赏态度正可对应"第一期"新诗在普遍缺乏艺术价值的前提下,诗界对于"感情"和"力量"等内在诗质的隐性追求。在"新诗的第二期"当中,徐芳首先对新月诗人的格律运动做了相当全面、细致的介绍。以徐志摩、闻一多、朱湘、孙大雨、梁宗岱、陈梦家、曹葆华、林徽音、饶孟侃、于赓虞、孙毓棠、焦菊隐、邵洵美等13位诗人为个案加以评述,徐芳对"第二期"整体的评价是:"第二期的诗显见得是比第一期进步了"⑥,尤其对于徐志摩、闻一多等新月派诗人,徐芳均给予了相当正面的评价,并认为"第二期的诗,在形式与音节方面都极讲求,这给我们的新诗,打下了一个很好的根基"⑦。按下徐芳与新月诗人有诸多交游之谊暂且不表,能够厘

清诗、文界限的"格律"实践显然和徐芳的新诗趣味最相符合,徐芳同时期的新诗创作便能显著见出新月派的影响。

《中国新诗史》对于第三期新诗的叙述则显现出不同于前两期的新异面向。这一期推介了李金发、戴望舒、卞之琳、臧克家、林庚、何其芳、冯废名、李广田等8位现代诗人,有意味的是,徐芳基本只对诗人做知识性的简介,对其作品大都只列举不评价,甚至在"宜读者自己去领会"⑧等表达中吐露个人对于这一期广泛流行的"象征诗"⑨充满了阅读的困惑。在徐芳眼中,"象征诗"的发生近于一场进入"新时期"后实验者们的"异军突起",创作声势虽然格外浩大,诗的内核一时间还无法得到大众理解,其前途如何,尚不能推测。这番评述很能代表1930年代初期一部分对于"象征诗"前景抱有疑虑的看法:在"诗体大解放""诗的格律"等运动中,新诗的发展往往外显于形式的变动之上;而"象征诗"意在充分发挥词语的暗示力量、不注重形式而重视词的色彩和声音等特征,显然与徐芳所认同的新月派格律诗之间存在明显的差异,因而无论是作为诗人还是文学专业的评论者,徐芳对"象征诗"内含的多义性始终感到隔膜。

论文以"中国新诗的展望"作为收尾,在"钩沉"近二十年的新诗历史之后,徐芳写下了个人对于新诗前途的五点思考:

1.新诗应该有一个自由的形式和自然的韵律;

2.新诗应以感情为主;

3.一个诗人应该有丰富的生活经验,而且应该多读书;

4.介绍西洋的诗歌的理论,与翻译西洋的诗歌,是当今第一要务;

5.诗的精神贵创造,自己能写什么诗,就写什么诗。要表现自己的独立人格。

这五点思考确乎均属于新诗写作题中的应有之义。若考虑到徐芳作为本科生的学历和学位论文体例等方面的限制,便无须苛责论者过于平直而缺乏纵深感的表述方式。五点思考之间虽缺乏系统的关联性,所延展开的视域却是相当开阔的:从"形式""情感表达"到"诗人修养"⑩"理论与翻译""诗之精神",徐芳对"中国新诗的展望"包含了众多百年新诗史上孜孜不倦以求索的话题,如有关"诗的本体论"的探究仍是学界当前所热议的主题之一;译介西方诗歌和理论则一直是使新诗创作实现有效自我更新中最重要的外部资源。

可以见出,《中国新诗史》的写作是带有徐芳本身丰富、生动而细微的个体经验的。一方面,这种个体经验帮助作者有效抓取到早期新诗史中富有代表性的多个面向,同时敏锐的捕捉到早期新诗创作中存在的多方问题。另一方面,丰沛的个体经验还在无意中凸显出了作者某些"非自觉"贯穿的行文线索,如对"韵律"的看重便在另一维度上开启了某种自我叙述。

二

《中国新诗史》中征引最多的外来资源莫过于胡适的见解,从"新诗"的定义到新诗的"起点",行文风格与内在理路都显而易见的脱胎于胡适早期"谈新诗"相关的理论叙事。在整部《中国新诗史》当中,胡适的话语还被置于"权威"和"标准"的位置,用以辅助徐芳对"新诗"发展演进中出现的问题做出明晰的判断。究其背后的动因,一来因胡适作为"新诗的发明人"⑪,对新诗的阐发既多且深,"谈新诗"自然可以尊胡适为"正统";二来徐芳与胡适私谊颇深,加之由徐芳主动邀请胡适担任毕业论文的指导老师,胡适的新诗观念最有可能性成为徐芳所熟习的一套知识。

徐芳在对新诗的定义中从形式的角度阐明了"现代的语言""自由的形体""自然韵律"三大要素,基本和胡适"诗体大解放"的表述如出一辙:"要作真正的白话诗,若要充分采用白话的字,白话的文法,和白话的自然音节,非作长短不一的白话诗不可。这种主张可以叫作诗体大解放。诗体大解放就是把从前一切束缚自由的枷锁镣铐,一切打破:有什么话,说什么话;话怎么说,就怎么说。这样方可有真正的白话诗,方才可以表现白话文学的可能性。"⑫此外,"引论"一章中叙述"什么是新诗"和"新诗起来的原因"所援引的五篇原始文献,有四篇都是胡适的自我言说。从发生学的角度来看,徐芳最初对新诗的认知可以说悉数来自胡适。《中国新诗史》在"文前栏目"中曾披露了徐芳在1935年写作时的两页目录手稿,上面清晰记录下了几处由胡适亲笔修订的印迹,胡适主要是在诗人的选定和排序方面提供了一些参考。对比阅读2006年出版的定本,徐芳对胡适的建议可以说是悉数采纳。因而,在《中国新诗史》一开始,徐芳沿袭胡适过去对于新诗的相关辩护和想象应属有意为之。有关"自然韵律"的认知,最初也是受到胡适所谓"自然音节"的影响,但事实上,随着文本写作的延展,属于徐芳个人的新诗观念也在潜移默化的生成与更新当中,对于"自然韵律"的理解和观照,逐渐偏离了胡适所谓的"自然音节"的既定轨道。

细察胡适与徐芳对于"自然音节"和"自然韵律"的阐释语境,二人显然有各自的偏重:胡适倾向于诗歌无韵无体而生的"自然",而徐芳更认可的显然是既有外在"形式"又有内在"节奏"的"韵律",尤其是在对"第二期的诗人"的评点中,这种观念时有流露。如对于闻一多《飞毛腿》之"严整的格律"表示激赏;特意提到梁宗岱在《诗与真》中在格律层面阐释"怎么用字,怎么用韵"的方法论;以及评论陈梦家诗的好处在于"全运用形式的美丽",可谓"美而无疵",都显现了"韵律"处在徐芳阅读经验和评述方法的重要位置上。颇有意味的是,整本新诗史当中,徐芳与胡适在诗学观念层面的最显在的冲突发生在二人对于康白情纪游诗的看法上。胡适曾在《草儿在前集·序》里高度认可了康白情纪游诗的成绩:"洪章的《草儿在前集》在中国文学史上的最大贡献,在于他的纪游诗。中国就是最不适于作纪游诗,故纪游诗好的极少。……这是用新体诗来纪游的第一次大试验,这个试验可以算是大成功了。"徐芳引述了此段观点并反驳道:"我认为康氏也许是,中国第一个用新诗写纪游诗的人。不过他并没有成功。如他的《庐山纪游》,《日光纪游》等,写得够烦乱的,一点没有诗意,倒不如写一篇散文的好。"⑬"纪游诗"本身强调的是诗的"叙事性",借用废名的观点,新诗所应包含的是"诗的内容,散文的文字",康白情的纪游诗之所以能让胡适击节称赞或正在此端。而显然,徐芳并不认同此道,如其所言,没有诗意的文字倒不如凑成一篇散文,潜在说明若想恢复"诗意",一首诗须有自己的"自律性","韵律"便是新诗"自律性"的标志所在。

让徐芳和胡适对同一类观念产生"罅隙"的原因很多,究其根源,师生二人在新诗实践中的取向有明显不同。胡适提出"自然的音节"的直接意图是以此来取代旧诗的形制:"新诗发展的方向是长短无定、依据语气轻重高下而产生的'自然的音节',以区别于依靠平仄、声律形成的旧诗音节",可知在新诗和旧诗截然对立的前提下,胡适言说的重心因而放在了"自然"二字上。实际上,在胡适力主"自然的音节"之初就伴生了不少波澜,有名的如任鸿隽曾提出诘问:"今人倡新体的,动以'自然'二字为护身符。殊不知'自然'也要点研究。不然,我以为自然的,人家不以为自然,又将奈何?"⑭。胡适对此复信虽承认"'自然'也要有点研究",但对于究竟用什么限定"自然"的尺度与规律并没有明晰的阐发。也因如此,论及新诗的"韵律"和"音节"时,胡适的观点也显得相当含糊:比如针对新诗的用韵问题,胡适言"有韵固然好,没有韵也不妨"⑮;再例如前边一再强调新旧诗之间的分立,却仍然认同新诗有时也可以采纳旧诗的音节,在其谈新诗的文章中,还多次提到双声叠韵对于节奏"和谐"的积极贡献。也就不必奇怪,为何胡适明言倡导"自由的形式"和"自然的音节",以《尝试集》为代表的新诗实践仍饱受"没有形式""缺乏韵律"的指摘。

徐芳的新诗实践集中在新文学发展中的1930年代,这一时段,随着时代与诗学思潮的演进,"新诗"面对的诗学资源、创作语境、建构目标均在变动。早期胡适们强调的"诗体"建设在这一时段已被"新月派""现代诗人"等等实践者对于"诗质"的求索代替,而《中国新诗史》的写作,无疑是受到了以上多种观念的合力形塑而最终生产出来的。从"自然"到"韵律"在倾向上的微妙偏移,背后直接关系到新诗创作和理论在1925年之后开始翻转且逐渐复杂起来。如果将徐芳对"自然"的有意抓取归结到胡适的直接影响下,那么《中国新诗史》在"无意"中流露出的对于"韵律"的看重,则关涉到同一时段,驳杂多元的新诗观念在不断更新并逐渐蔚为大观,在此种意义上,《中国新诗史》既是"自觉"的产物,又是时代的塑造。

三

1930年代出现的新文学史写作热潮与现代教育"知识生产"的因素有关⑯,而作为一篇本科毕业论文,《中国新诗史》本身属于此种新式教育制度下的产物,它的选题与成文所倚重的基础首先是现代大学的课程体系。

1931年，徐芳从女师大国文系一年级转学，考入北大国文系一年级当插班生。彼时徐芳所设想的是北大的师资与氛围较别处有所不同，能更好的助力个人在新文学方面的志趣发展。尤其是在胡适重返北大出任文学院长后，致力推进北大国文系的新文学研究和课程的开设。1931年9月14日的《北京大学日刊》上，刊登了北京大学文学院中国文学系（1931年9月至1932年6月）的课程纲目。从这一年起，国文系开设A、B、C三类"分类必修及选修科目"，并对文学系学生大四开始写作毕业论文作出了明确的规定。⑰更引人注目的是，由胡适、周作人、徐志摩担纲的"文学讲演"和"新文艺试作"在这一年首次登台。

事实上，此一阶段，北大国文系在新旧文学的课程设置上仍是有偏重的。排梳1932年至1935年的《国立北京大学文学院课程》，与"新文学"存在直接相关的课程仅有"戏剧作法"（余上沅）"文学讲演""新文艺试作"（周作人、冯文炳等等）和"作文"（冯文炳）等，除此之外，学生仍主要与"文言"打交道，整个国文系弥漫的"重古典，轻现代；重考据，轻批评；重学术，轻创作"的氛围，直到1950年代出现意识形态重建的需要才发生根本性变革。纵观1930年代初期的北平各大学课堂，"新文学"在中文系的课程结构中都处于较边缘的位置，但"新诗"往往是新文学讲授的重点，这与30年代新文学的建构理路有关："要讲现代文艺，应该先讲新诗。"⑱因为"新诗在五四文学革命中是首先结有果实的部分，争论最多，受到的压力也最大"⑲。因此，新诗进入新文学课堂的身份既作为"问题"又当做"成果"，对其进行知识化梳理以及经典化构造的方式才逐渐有了生成的可能。

在《徐芳诗文集》的自序中，徐芳回顾了给她留下过深刻印象的课程：一类与其新诗及新文学兴趣直接相关，如孙大雨主讲的"新诗创作"、余上沅的"戏剧作法"；另一类是文学史方面的基础课程，如胡适的"中国哲学史"、傅斯年的"中国文学史"⑳以及梁实秋的"英国文学史"等。在国文系就读期间，徐芳在新文艺创作方面下了不少工夫，如1933年，徐芳创作了独幕剧《不规矩的女人》，到年末便作为"北京大学三十五周年纪念大会"的演出剧目而受到新文学界的关注。叶公超读后，邀徐芳面谈并指导修改，并将其改名为《李莉莉》发表在1934年的《学文月刊》上。同一时期，徐芳还有多篇诗作发表在《每周文艺》《京报·文学周刊》《大公报·文艺副刊》《国闻周报》《北平晨报》等等在内的期刊报纸上面。作为诗坛一位备受瞩目的新诗人，徐芳的新诗创作受到了包括朱光潜、梁实秋、梁宗岱和孙大雨等师长在内的鼓励和提携，徐芳也由此进入到1930年代北平最"富饶"的新诗圈中。

提起1930年代的北平文化圈，人们往往会将目光集中到两个影响力颇大的文艺"沙龙"上：由林徽因领衔的"太太客厅"与朱光潜、梁宗岱共同主持的"读诗会"，而徐芳曾是这两个"沙龙"的座上宾。朱光潜组织"读诗会"有一明晰的交流宗旨：即以探讨诗歌格律和实验诗朗诵为主要内容，这个完全自发性的聚会几乎囊括了1930年代生活在北平的所有具有影响力的诗人。读诗会上，徐芳虽尚属诗坛新人、高校学生，在一众熟谙中外诗歌，长于新诗创作的师友面前，却是丝毫不露怯："当时长于填词唱曲的俞平伯先生，最明中国语体文字性能的朱自清先生，善法文诗的梁宗岱、李健吾先生，习德文诗的冯至先生，对英文诗富有研究的叶公超、孙大雨、罗念生、朱光潜、林徽因诸先生，此外还有个喉咙大，声音响，能旁若无人高声朗诵的徐芳女士，都轮流读过些诗。"㉑寥寥几句很能显现出徐芳读诗时的专注与热情。有学者曾总结:"沙龙利于交流,利于把新人推向文坛,如萧乾小说和何其芳散文得京派沙龙的推荐。它能启发、促进文艺的繁盛,能试验性地提出文学革新的命题,像在朱光潜的'读诗会'讨论过的新诗形式和前途,和'语体文'的发展走向,但不足以产生伟大的作品。"②且不论有无"伟大的作品"产生,"读诗会"的确建立起了一个富有生产性的公共讨论空间。以诗歌的创作、阅读、朗诵和批评为媒介,参与者由此不断接触到诗坛最"前沿"的理论与创作,多元的新诗观念在"读诗"行动的潜移默化中得到形塑和更新。联系徐芳对"自然韵律"的"天然"爱好,或许来自"读诗会"的经验与《中国新诗史》写作之间有相互激发的可能性。

《中国新诗史》的写作显露着突出的"在场感",一方面是因其本科论文的求真性质规约着"新诗史"叙述的基本要求:"重点不在于如何评价历史,而是希望通过展开新诗的历史景观证明作者对新诗知识的掌握程度,尝试从中找到发展的线索。"③另一方面,或受到徐芳藉由诗人之眼而非专业研究的标准来评估新诗的影响。

徐芳对新诗发生兴趣可以追溯至少年时期,这种发生的可能性亦是被植根在她早年的教育背景当中的。徐芳随家人迁居北平后曾就读于"私立适存中学",在学校停办后转往北平市立第一女子中学念初中二年级,有意思的是,在女一中读书期间,徐芳的老师就包括了庐隐、石评梅、陈学昭和朱湘等一众新文学的创作者。据徐芳回忆,石评梅那时所教授的是全校的体育课,然而徐芳记存较深的却是她"晚上用过餐就趴在桌上写稿"的写作者形象。徐芳的早期习作带有明显的自娱性质,如其所叙:在纸店里看到好看的本子便买下来,用以记随笔写心事。最早呈现在纸页上的新诗均是"小诗体",正如徐芳对冰心的评价,

徐芳的小诗也都情真意切,充满少女的意趣。进入北大之后,徐芳的诗作风格亦出现"陡转":"小诗体"长度增加,早期歌颂"爱"和"美"的主旋律渐渐消隐,开始书写与现实社会直接相关的题材,如《老农人》《去吧!爱我的人》《中国好像……》。1932年之后,徐芳的写作技巧更加成熟,视域也明显有扩展,试举一例:

我展开那晦涩的厚布,
为我们的战者制作军服。
我一件又一件地裁剪,
我仔细地缝上棉、线。

这件把谁的壮躯包裹?
可能使他暖和?
这件将披在谁的肩上?
是否正合他的身量?

也许他穿着得胜而归,
给我们带回了无限安慰。

也许他穿着死在原野,
在衣襟上染满热血。

我作的戎装,还是殓衣?
我不敢,也不忍去推臆。
缝衣的人将感到光荣,
假若穿衣的人是刚强、奋勇。
("一二八"之役为抗日将士缝战衣时作)
(《征衣》)

这首诗在形式和音节方面都极为讲究:格律齐整、末字押韵,诗情真挚而流畅,隐现着新月诗派式的创作格调。如徐芳所言,新诗要有"自由的形式""自然的韵律",还"应以感情为主",在这首作品中,徐芳创作实践和理论倾向达成了统一。

结　语

《中国新诗史》写成之后，据言胡适曾把论文交给赵景深，拟将出版。虽然这个计划最终受到战争因素影响而搁浅，却显示了胡适对这篇文章的认可与看重。从北大毕业后，徐芳在胡适的提携下曾短暂从事过《歌谣周刊》的编撰工作，后辗转多地，最终于1949年跟随家人迁居台湾，从此寂寂无闻于现当代文坛，直至2006年《中国新诗史》及《徐芳诗文集》在台湾出版，才让学界得以重新审视这位"新诗史上的'失踪者'"。

《中国新诗史》之"另类"正在于它无法被简单归入到传统"新诗史"的序列，它的论文性质、学生笔力以及有偏好的新诗兴味在某种程度上影响了它作为"历史"叙述的客观性；而从另一个角度看来，《中国新诗史》近似于1930年代新诗现场的一幅"卷轴画"，在"观看—叙述"的方式中生成，这种直接而无遮蔽的眼光有效还原出了1930年代一位青年学生对于新诗发展历程的追问和描绘，展现了徐芳作为写作主体在新诗历史中富有创造力的实践。遍览当代的"新诗史"写作，被构造的成分居于主流。而徐芳以"毕业论文"形式写作的《中国新诗史》在某种"非自觉"的情况下成为有效"回到历史现场"的"活化石"，在这一点上，《中国新诗史》称得上是一个极具生命力的有效参照。

注释：

① 徐芳：《中国新诗史》，秀威资讯科技股份有限公司2006年版，第1页。
② 徐芳：《中国新诗史》，第2页。
③ 徐芳：《中国新诗史》，第3页。
④ 徐芳：《中国新诗史》，第10页。在对第三期新诗进行具体论述时，徐芳使用了"象征诗"的概念代替了分期时提到的"意象诗"。
⑤ 徐芳：《中国新诗史》，第71页。
⑥ 徐芳：《中国新诗史》，第148页。
⑦ 徐芳：《中国新诗史》，第149页。
⑧ 徐芳：《中国新诗史》，第157页。
⑨ 在对第三期新诗进行具体论述时，徐芳使用了"象征诗"的概念代替了分期时提到的"意象诗"。
⑩ 在早期新诗理论中，"诗人人格"是一个非常核心的命题。如1920年代，康白情对诗人在"人格、知识、艺术、感情"之修养的阐发、宗白华对于"诗人人格"养成三种方法的阐发。这一时期，"诗人"是作为"新青年"典范和"理想"国民而受到关注的。详细论述参见姜涛：《诗人人格："合群"或"独在"》《公寓里的塔：1920年代中国的文学与青年》，北京大学出版社2015年版。
⑪ 姜涛：《早期新诗的"阅读问题"》，《中国现代文学研究丛刊》，2002年第3期，第182-197页。
⑫ 胡适：《尝试集·自序》，《尝试集》，人民文学出版社1984年版。
⑬ 徐芳：《中国新诗史》，第57页。
⑭ 引自胡适《答任叔永》所附原信，见《胡适文集》第2册，欧阳哲生编，北京大学出版社1998年版，第75页。
⑮ 胡适：《谈新诗》，《胡适文存·卷一》，外文出版社2013年版，第225-227页。
⑯ 详细论述参见温儒敏：《30年代前期的文学史写作热》，《中国现当代文学学科概要》，北京大学出版社2005年版。
⑰ 转引自沈卫威：《"国语统一"、"文学革命"合流与中文系课程建制的确立》，《中山大学学报》（社会科学版），2011年第3期，第68-79页。
⑱ 废名：《论新诗及其他》，辽宁教育出版社1998年版，第1页。
⑲ 王瑶：《先驱者的足迹——读朱自清先生遗稿<中国新文学研究纲要>》，《文艺论丛》第14辑，上海文艺出版社1982年版。

⑳徐芳在自序中所提及的是傅斯年主讲的"中国古代史"。而据杨向奎文章回忆:"本世纪30年代,傅孟真先生先后在北大文学院开有三门课程:'中国文学史'(1932年);'中国古代史专题研究'(1933年);'秦汉史'(1934年)。中国文学史是当时中文、历史两系选修课程……傅先生在第二学期开始,宣布上学期考试成绩时,说:'有些人的成绩不好,全班最好的是两人,是徐芳、杨向奎。'徐芳是中国文学系二年级学生,聪明绝顶,而长于新诗。不久,她就和北大的卞之琳、何其芳等同学并为有名诗人。"(杨向奎:《回忆傅孟真先生》,《谔谔之士——名人笔下的傅斯年 傅斯年笔下的名人》,上海:东方出版中心,1997年7月,第178-179页),根据上述两篇文章语境推测,徐芳所选修的应是傅斯年的"中国文学史"课程。

㉑沈从文:《谈朗诵诗》,《沈从文全集》第17卷,北岳文艺出版社2009年版,第248页。

㉒吴福辉:《沙龙:一种新都市文化与文学生产(1917-1937)·序》,费冬梅著,北京大学出版社2016年版。

㉓龙扬志:《新诗史的书写与差异:以20世纪30年代草川未雨和徐芳的新诗史为中心》,《海南大学学报》(人文社会科学版),2012年第1期,第41-45页。

稿 约

一、欢迎抒情诗、叙事诗、散文诗、诗剧等不同体裁的新诗创作,欢迎诗学理论、新诗史探、个案专论、文本解读、史料钩沉、诗坛掌故、诗人访谈及域外译作。

二、欢迎自由体新诗,也欢迎格律体新诗,尤其欢迎自由格律体新诗。

三、欢迎与新诗建设有密切关系的中国传统诗学、域外诗学专论。

四、抒情诗一般不超过30行,叙事诗一般不超过200行,长篇抒情诗和长篇叙事诗不受此限。

五、来稿文责自负,本刊保留技术性处理权。

六、本刊人手有限,一律不退稿。凡来稿三个月内不见录用通知,作者可另做处理。

七、本刊只收电子稿件,来稿邮箱:18969025677@163.com

八、联系电话:0571-88083536 18969025677

扫二维码进入《星河》

征 订 启 事

大型新诗丛刊《星河》于2009年创刊,全年四期,国内公开发行,每期定价49元,全年起订。需订阅者请直接和本编辑部联系。

电话:0571-88083536,18969025677

邮编:310012

地址:浙江省杭州市天目山路浙江大学西溪校区内